Jonathan Carroll

Wenn die Ruhe endet

Roman

Aus dem Amerikanischen
von Herbert Genzmer

Suhrkamp

Titel der Originalausgabe: *After Silence*
Umschlagfoto: Stephan Erfurt

suhrkamp taschenbuch 2325
Erstausgabe
Erste Auflage 1995

Satz: Fotosatz Otto Gutfreund GmbH, Darmstadt
Druck: Nomos Verlagsgesellschaft, Baden-Baden
Printed in Germany
Umschlag nach Entwürfen von
Willy Fleckhaus und Rolf Staudt

1 2 3 4 5 6 – 00 99 98 97 96 95

Wenn die Ruhe endet

Für
Karoline Zach
Gabriele Flossmann
Kathleen Wets
Gert Ahrer
Richtige Schutzengel

Mein Dank gilt
Monica Sullivan Dawson, RN,
die entscheidend dazu beigetragen hat,
daß dieses Buch entstand.

Alles in der Welt spiegelt unsere eigenen
Merkmale wider; selbst die Nacht
ist nicht dunkel genug, um zu verhindern,
daß wir uns in ihr wiedererkennen.

E. M. Cioran,
Eine kurze Geschichte des Verfalls

Erster Teil

Eine Rose in der Kehle

Mit dir bin ich die Frau,
für die mich jeder hält.
James Salter

Wieviel mag ein Leben wiegen? Ist es das Ergebnis unserer guten oder achtbaren Handlungen, dividiert durch die schlechten? Oder ist es einfach nur der menschliche Körper, den man auf eine Waage stellt – ein Neunzig-Kilo-Leben?

Ich halte meinem Sohn eine Pistole an den Kopf. Er wiegt vielleicht fünfundfünfzig Kilo, die Pistole nicht mehr als zwei Pfund. Noch eine andere Art, die Sache zu betrachten: Das Leben meines Sohnes Lincoln wiegt nur so viel wie die Pistole in meiner Hand. Oder die Patrone, die ihn töten wird? Ob nach dem Schuß alles schwerelos ist?

Er lächelt. Ich habe schreckliche Angst. Ich werde abdrücken, und er wird sterben. Trotzdem lächelt er, als berührte ihn nicht dieses tödliche Metall an seinem Kopf, sondern der Finger einer geliebten Person.

Wer bin ich? Wie kann ich meinem Sohn das antun? Hören Sie zu –

Viele Kilometer bedeuteten Wantans. Wenn es ein guter Tag war, mit langen Fahrten und gesprächigen Kunden, spendierte mir mein Vater oft ein Essen bei Lee, dem chinesischen Restaurant, das, unserem Haus gegenüber, auf der anderen Straßenseite war. Zwei Dollar mit allem Drum und Dran, einen Teller Wantans, Pilze auf Reis eingeschlossen. Mam und Paps konnten den Laden nicht ausstehen und wären nie hingegangen, denn alles schmeckte da »wie Fettpudding«. Aber es war wirklich nett von ihm, mit mir einen Kuß und eine Umarmung gegen zwei Dollar zu tauschen. So machte ich ein großartiges Geschäft, denn ich umarmte meinen Vater wirklich gern. Meine beiden Eltern waren großartige Umarmer, ganz im Gegensatz zu den meisten anderen Eltern, die Umarmungen im Zusammenleben mit Kindern entweder als ihre Pflicht oder als notwendiges Übel betrachteten.

Ich hatte Glück. Mein Vater lehrte mich Großzügigkeit, wie man mit einem ruhigen Menschen zusammenlebt, auch wenn man selbst keiner ist, und die Bauchrednerkunst. Er hatte riesiges Vergnügen daran, seine Stimme zum Tragen zu bringen, oder daran, anderen Leuten Worte in den Mund zu legen.

Meine Mutter war genau wie ihr Mädchenname, Ida Dax. Klein, geraderaus, akzepierte keinen Unsinn. Zu ihrem Leidwesen gab ihr mein Vater bei einem ihrer ersten Treffen den Spitznamen »Daisy« und weigerte sich, sie jemals wieder anders zu nennen. Er sagte, sowohl sie als auch ihr Name erinnerten ihn an Daisy Duck. Sie können sich vorstellen, was er danach alles anstellen mußte, um ihr gekränktes, praktisch veranlagtes, junges Herz für sich zu gewinnen. Aber es gelang ihm, denn trotz ihrer Ernsthaftigkeit lachte sie gern, und Stanley Fischer tat nichts lieber, als sie zum Lachen zu bringen. Unglücklicherweise war es meinem Vater ebenfalls bestimmt, ein mittelmäßiger bis schlechter Geschäftsmann zu sein. Zu der Zeit, da ich mir seiner voll bewußt wurde, hatte er es sich bereits mit einer erheblichen Menge von Arbeitsstellen versaut, und so waren beide, er und meine Mutter, zufrieden, als er schließlich der einzige (und damit garantiert »erfolgreiche«) Taxibesitzer der Stadt wurde. Obwohl Mam unbeherrschter und nachtragender als Paps war, lag ihr doch nicht viel an Reichtum oder materiellen Dingen. Solange die Rechnungen bezahlt waren, genügend Essen und Kleidung für die Familie vorhanden war und noch ein bißchen für unsere »Laster« übrigblieb (für mich chinesisches Essen; für die beiden die Anschaffung eines Fernsehers oder der Kinobesuch jedes Wochenende), war das Leben in Ordnung. Ich kann mich nicht daran erinnern, daß sie ihm jemals zugesetzt hätte, wenn er beruflich strauchelte. Im nachhinein glaube ich nicht, daß sie stolz auf ihn war, aber sie liebte ihn und hielt sich für klug, weil sie einen Mann erwählt hatte, mit dem sie sich gern unterhielt, einen, der abends lächelte, wenn er heimkam, und sich aufrichtig freute, sie zu sehen.

Meine Kindheitserinnerungen sind ziemlich verschwommen, aber das liegt wahrscheinlich daran, daß ich die meiste Zeit sicher und zufrieden war. Ich sehe mich in Lees Restaurant sitzen und aus dem Fenster auf unser Haus schauen. Ich erinnere mich daran, wie ich mit Dad mit einem Baseball aus Plastik spielte. Wenn der weiße Ball durch die Luft auf mich zusegelte, ließ er ihn reden. »Aus dem Weg! Hier kommt der Wiffler!«

Mein Vater hatte immer Zeit zum Spielen, und meine Mutter kaufte nur die besten Buntstifte und das beste Papier, als ihr klar wurde, wie wichtig Zeichnen für mich war. Sie liebten mich und wünschten für mich nur das Beste. Was kann man sonst von einem anderen Menschen verlangen?

Als mein Bruder Saul geboren wurde, war ich bereits zwölf Jahre alt und stand mehr auf der Seite meiner Eltern als auf seiner. Das führte dazu, daß er mit zwei Elternteilen und einem Vermittler aufwuchs und nicht so sehr mit einem wirklichen Bruder, der ihm Kopfnüsse verpaßte oder sein Leben mit fröhlicher Miene unerträglich machte. Als ich schließlich aufs College ging, war Saul erst sechs und begann mit der Grundschule. Erst ein Jahrzehnt später, als er ein Teenager war und ich in New York arbeitete, begannen wir so etwas wie eine Beziehung zueinander aufzubauen.

Eine befreundete Schriftstellerin veröffentlichte vor kurzem einen autobiographischen Roman, der schlechte Kritiken erhielt. Sie sagte mir: »Ich bin nicht böse, weil es ein Reinfall war; ich bin sauer, weil ich in diesem Buch meine Kindheit verbraucht habe.«

Die Idee ist witzig, aber ich kann mir nur schwer vorstellen, daß jemand seine Kindheit für irgend etwas »verbrauchen« könnte. Ganz gleich wie alt wir werden. So wie ein ganz persönlicher Olymp ist unsere Jugend der Ort, wo die einzigen Götter leben, die wir jemals erschaffen haben. Dort waren unsere Vorstellungskraft und unser Glaube am stärksten, dort waren wir unschuldig, bevor wir leichtgläubig und schließlich zynisch wurden. Egal, ob wir sie im Detail oder nur bruchstückhaft erinnern, sie ist unerschöpflich.

Zu meines Vaters Glück lebten wir in einer Stadt voller Hügel. Pendler, die abends aus dem Zug stiegen, schauten sich gewöhnlich die zweihundert Stufen an, die bis ins Stadtzentrum hinaufführten, um dann müde zu Vatis schwarzem, viertürigem Ford hinüberzutrotten. Er kannte die meisten Leute mit Namen, und, gegen den Wagen gelehnt, grüßte er diese zerknitterten Männer mit einem kleinen Schlag aufs Dach und einem »Nun komm schon, Frank. Das ist wohl das letzte, was du jetzt noch brauchst, die Stufen da hochzuklettern.«

Ich bin oft mit ihm gefahren und bekam den Job zugewiesen, aus dem Wagen zu springen, sobald wir angekommen waren, und dem Kunden die hintere Tür aufzuhalten. Manchmal gaben sie mir zehn oder fünfundzwanzig Cents Trinkgeld, aber mehr als das Trinkgeld genoß ich es, zu hören, was auf dem Weg zu ihrem Zuhause so gesprochen wurde. Das waren erfolgreiche Leute, Besitzer großer Häuser mit Blick auf den Fluß, zweier Wagen, manchmal sogar eines Tennisplatzes oder Swimmingpools. Ihre Kinder kannte ich aus der Schule, aber die waren für gewöhnlich eine eingebildete, unnahbare Bande. Im Gegensatz dazu unterhielten sich ihre Eltern, entweder weil sie müde und in der Stimmung für ein angenehmes Schwätzchen waren oder einfach wie schwerelos in ihren gutausgestatteten Leben schwebten, mit meinem Vater über viele erstaunliche Dinge. Er war ein guter Zuhörer und manchmal ungewöhnlich einfühlsam. Nach all den Jahren denke ich, indem ich mich an ihr Schweigen und ihre nickenden Köpfe erinnere, daß er einigen von ihnen mit dem, was er sagte, geholfen hat.

Einmal, als ich in den Semesterferien zu Hause war, fuhr ich mit ihm, als er eine Frau namens Sally O'Hara vom Bahnhof mitnahm. Sie war mit einem berüchtigten Mann verheiratet, der mit so ungefähr jeder Frau in der Stadt ins Bett ging, die noch einen Pulsschlag hatte. Unglücklicherweise handelte es sich bei Mrs. O'Hara um eine dieser Personen, die jedermann in Hörweite von ihren Problemen erzählt. An jenem Tag war es nicht anders, aber sie sagte auch etwas, das bei mir hängenblieb und später Teil meines Erfolgs werden sollte.

»Stanley, ich weiß jetzt eins, das Nötigste, was ich im Leben brauche, ist ein Seelendetektiv.«

Mein Vater, an Rücksitzphilosophen gewöhnt, wußte, wie er den aufrichtigen Mann zu spielen hatte.

»Erklär's mir, Sally. Vielleicht kann ich Max hier davon überzeugen, in das Geschäft einzusteigen.«

»Ganz einfach, Max. Du brauchst nur die Leute zu finden, die die *großen* Antworten kennen. Finde den Mann, der uns sagen kann, warum wir hier sind. Es muß jemanden da draußen geben, der das weiß. Oder den Menschen, der mir verraten kann, warum mein Mann den Abend lieber mit Barbara Bertrand verbringt als mit mir.«

Ich zeichnete damals schon Comics für die Collegezeitung, zumeist indem ich eine geometrische Form benutzte, die ich erfunden und »Büroklammer« genannt hatte, um zündende Kommentare und Beschwerden über das Universitätsleben loszuwerden. Sie waren auf bescheidene Weise erfolgreich und witzig, und die Herausgeber erlaubten mir zu zeichnen, was ich wollte. Aber als ich aus den Ferien zurückkam, begann ich damit, »Büroklammer« langsam in eine völlig neue Welt zu übertragen.

Zuvor war es einfach nur eine geometrische Figur, die, mit vielleicht einem oder zwei Objekten drumherum, die sich auf die Bildunterschrift bezogen, mitten in der Zeichnung stand. Jetzt verlegte ich diese seltsame Figur auf eine Seite des Bildes, während auf der anderen eine neue, ein Mann, auftauchte. Zwischen ihnen befand sich eine große, realistisch ausgeführte Zeichnung. Es schien, als starrten beide auf diese »Fotografie« und kommentierten sie. Der erste Comic in diesem neuen Format zeigte die Figuren, wie sie auf eine sehr große Hand schauten, die Maskara auf die Wimpern eines gigantischen Auges auftrug. Die Bildunterschrift lautete: »Warum machen Frauen immer den Mund auf, wenn sie Maskara auftragen?« Wir wissen nicht, wer von beiden das sagt, und keiner antwortet.

In der Folgezeit verfeinerte ich meinen Stil. Der fotografische Teil der Zeichnung wurde immer realistischer, aber auch undurchsichtiger. Manchmal brauchte der Betrachter eine Weile, um überhaupt zu verstehen, was da gezeigt wurde. Zum Beispiel eine Zigarettenkippe, die in einem zur Hälfte gegessenen Krapfen steckte, aber ich war durch meine Perspektive so dicht herangegangen, daß Sekunden vergingen, bis man herausgefunden hatte, worum es sich handelte. Anscheinend war das ein Teil des Spaßes an der neuen »Büroklammer« – die Leute versuchten, erst den Schnappschuß zu entziffern, und schauten dann erst auf den Text.

Manchmal befanden sich die beiden Figuren auf derselben Seite des Bildes, manchmal standen sie dahinter, dann waren nur ihre beiden Köpfe zu sehen, manchmal gingen sie ins Bild hinein, manchmal hinaus. Sie baumelten an Seilen wie Grundschulengel oder saßen mit dem Rücken zu uns auf Sesseln und betrachteten das Foto, als wäre es ein Film. Sie ruderten am Bild vorbei, joggten oben oder unten entlang, schossen quer über die Zeichnung Pfeile aufeinander. Aber das Format blieb immer dasselbe – die beiden ungleichen Figuren und das immer realistischer werdende, aber mysteriöse Foto »zwischen« ihnen.

Ich dachte oft an Mrs. O'Hara und ihren »Seelendetektiv«, denn nachdem ich den neuen Comic einige Monate gezeichnet hatte, wurde mir klar, daß ich nichts anderes versuchte, als einige der – wenngleich kleineren – kosmischen Fragen zu stellen, die sie von ihrem Detektiv beantwortet haben wollte. Nicht daß *ich* Lösungen hatte, aber aus den Reaktionen und Briefen, die ich erhielt, wurde deutlich, daß meine Arbeit öfter ins Schwarze traf als daneben.

So bin ich. Ja, »Büroklammer« hat mich bis in mein Erwachsenenleben hinein begleitet und mir eine kleine Berühmtheit und ein angenehmes Leben verschafft. Als Karikaturist lernt man, der Sprache bis auf den Grund zu gehen. Wenn drei Wörter es besser oder witziger sagen als vier, super, nimm drei. Es wäre einfach, mich jetzt hier gehenzulassen und über meine verschiedenen Jahre zu reden, aber es gibt wirklich nur eine wichtige Zeit, und die begann an dem Tag, als ich Lily und Lincoln Aaron kennenlernte. Also will ich jetzt hier abbrechen und meine Lebensgeschichte zweimal vorlaufen lassen: Einmal zu meinem achtunddreißigsten Lebensjahr, dann zu meinem fünfundvierzigsten.

Stellen Sie sich einen Mann vor, der auf die Tür des Los Angeles County Museums zugeht. Er hat kurzgeschnittenes, dickes, schwarzes Haar, trägt eine modische Brille mit blauem Gestell und Freizeitkleidung – Khakihose, einen alten grauen Pullover, teure Joggingschuhe. Das ist seine bequeme und farblose Uniform, wenn er zu Hause arbeitet. Sie glauben, Sie hätten ihn schon einmal irgendwo gesehen. Stimmt auch, denn es gab einige Artikel in Illustrierten über ihn. Jedoch ist es seine Arbeit, die ihn bekannt gemacht hat, nicht sein Gesicht oder seine Persönlichkeit. Er glaubt, er hat das Gesicht eines Physiklehrers am Gymnasium oder das eines versierten Stereoanlagenverkäufers.

Es passierte drei Wochen nach seinem, *meinem* achtunddreißigsten Geburtstag. Ich hatte einen großartigen Job, etwas Geld, keine Freundin, aber das belastete mich nicht so sehr. Rückblikkend war es eine ruhige und erfolgreiche Zeit in meinem Leben. Es wäre schön gewesen, verheiratet zu sein und Kinder zu haben, um sie mit ins Museum zu nehmen, es wäre schön gewesen, »Büroklammer« in noch mehr Zeitungen zu veröffentlichen, als es der Fall war. Aber es war zweifellos möglich, daß beides irgendwann eintraf. Rückblickend war es eine Zeit, in der die einzigen Dinge, die ich mir im Leben wünschte, nicht nur möglich, sondern ziemlich wahrscheinlich schienen.

Ich sah die Aarons fast genau in dem Moment, als ich das Gebäude betrat. Weil sie mit dem Rücken zu mir stand, war mein erster Eindruck, daß es sich bei den beiden um Bruder und Schwester handelte. Beide klein, beide in Jeans und T-Shirts. Mit ihren vielleicht einen Meter fünfundfünzig oder so war Lily unwesentlich größer als der Junge. Ihre Haare waren zu einem mädchenhaften Pferdeschwanz gebunden. Sie stritten gerade. Sie sprach lauter als ihr bewußt war, denn ihre sehr weibliche und erwachsene Stimme drang klar und deutlich quer durch die Eingangshalle bis zu mir.

»Nein. Zuerst das Museum und dann das Mittagessen.«

»Aber ich habe *Hunger*.«

»Das tut mir leid. Da hättest du dich früher melden sollen.«

Obwohl sie sich dann umdrehte, und ich sah, daß sie attraktiv war, hatte ich schon einen unangenehmen Eindruck von ihr; eine dieser großkotzigen, oberflächlichen Frauen, die ihre Kinder in einen »*Guldur*tempel« schleifen und ihre Nasen hineindrücken, wie die eines jungen Hundes in seine eigene Scheiße. Ich drehte mich um und betrat die Ausstellung.

Ich habe eine bösartige, manchmal schauerliche Vorstellungskraft. Vielleicht sind das ein paar der Handwerkszeuge, die man braucht, um Karikaturist zu sein. Was auch immer, dieses Vorstellungsvermögen trug an jenem Nachmittag ein Bild von krakeeliger Mutter und hungrigem Kind mit sich im Museum herum. Ich konnte das Jammern des Jungen oder die geschlossenen Augen der Mutter nicht loswerden, als sie ihm sagte, er hätte eben Pech gehabt. Warum konnte sie ihm nicht einfach einen Hot dog kaufen, den er wie alle Kinder in fünf Minuten verschlingen würde, und dann in die Ausstellung gehen? Ich war kein Experte, hatte aber ein paar Freundinnen mit Kindern gehabt und mich mit ihnen recht gut verstanden. In mehreren Fällen besser als mit ihren Mamas. Meiner Erfahrung nach geht man mit einem Kind so um wie mit einem Fisch, wenn man ihn einmal an der Angel hat. Lassen Sie ihm eine lange Leine und holen Sie sie dann langsam wieder ein. Sie wissen, daß Sie die Kontrolle haben, und der Trick ist, den Fisch glauben zu lassen, er hätte sie.

Ich hatte mich schon lange auf diese Ausstellung gefreut. Der Titel war »Xanadu«, und das Thema waren phantastische Städte. Es wurden Arbeiten von Künstlern, Architekten, Designern ausgestellt ... Darunter waren sogar einige von Karikaturisten wie Dave McKean, Massimo, Iosa Ghini und mir. Man hatte mich zur Eröffnung vor ein paar Tagen eingeladen, aber bei Eröffnungen kann man sich die Arbeiten nicht ansehen. Die Leute schieben einen in eine Menge von fröhlich grinsenden Piranhas und Gaffern, die versuchen gelangweilt zu wirken, aber gleichzeitig ihre neuen Kleider zeigen oder ein Geschäft machen oder sich an einen Filmstar heranmachen wollen. Ich lasse mir gern Zeit, mache mir Notizen und rede ungern mit anderen.

»Hey, Max Fischer! ›Büroklammer‹, richtig?«

Mit ausdruckslosem Gesicht drehte ich mich nach der Stimme um. Vor mir stand ein junges Paar und lächelte.

»Hallo? Wie geht es Ihnen?«

»Gut. Ich möchte Sie nicht belästigen, Max. Wollte Ihnen nur sagen, wie sehr wir Ihren Comic strip mögen. Lesen alle. Und wir haben Ihr Bild hier gesehen. Großartig! Nicht, Liebling?« Er schaute seine Frau an, die lebhaft nickte.

»Haben Sie vielen Dank. Das ist sehr nett von Ihnen.«

»Aber ich bitte Sie. Danke *Ihnen* für alles, was Sie uns gegeben haben.« Beide winkten schüchtern und wanderten weiter.

Wie nett. Ich stand da und sah sie in der Menge verschwinden. »Büroklammer« fiel mir so leicht, daß einem Teil von mir mein großer Erfolg immer etwas peinlich war. Andere Leute arbeiteten so hart an dem, was sie taten, und erhielten so wenig dafür. Ganz abgesehen von denen, die verdammt, geplagt oder behindert geboren wurden. Warum war mein Brot über all die Jahre immer wieder mit der gebutterten Seite oben liegengeblieben?

Daran dachte ich, während ich eigentlich über das Kompliment hätte lächeln sollen. Ich wurde von einer Kinderstimme aus meinem Nebel geholt, die sagte: »Weißt du, was mir wirklich angst macht, Mam? Dünne Statuen.«

Ich zog den Stift aus meiner Tasche und schrieb »dünne Statuen« auf meine Handfläche, denn ich wußte, ich mußte diesen Satz irgendwann in der Zukunft in meinem Comic verwenden. Was wohl seine Mutter darauf antworten würde?

»Ich weiß genau, was du meinst.«

Das reichte, ich drehte mich um. Die zickige Mutter und ihr hungriger Sohn. Sie bemerkte, daß ich sie ansah, und sprach den folgenden Satz in meine Richtung.

»Dünne Statuen und dünne Menschen. Trau niemals einem Dünnen. Sie sind entweder eitel oder auf der Flucht.«

»So habe ich das noch nie betrachtet.«

Sie kratzte sich am Kopf. »Weil das keine dünne *Gesellschaft* ist. Wir legen so viel Wert darauf, weil man uns das eingebleut hat, aber dann drehen wir uns um und genießen unser Fett: fette Häuser, fettes Essen, fette Klamotten. Was für ein Auto kaufst du dir, wenn du reich bist? Rolls-Royce. Ein kleines Haus? Kommt nicht in Frage. Egal wie wenig Geld einer hat, es kommt darauf an, so groß wie möglich zu kaufen. Und warum ist das so? Weil wir ganz tief in unserem Inneren Fett lieben. Die Leute kommen in das Restaurant, wo ich arbeite, und tun so, als ständen sie auf Nouvelle cuisine, aber das stimmt gar nicht. Man kann es sehen, wenn sie ihre Rechnungen bekommen, denn dann fühlen sie sich übers Ohr gehauen, wenn sie so viel für so kleine Portionen zahlen müssen. Das ist alles, was dran ist an der Nouvelle cuisine – eine clevere, neue Art und Weise, den Gast um sein Geld zu prellen. Gib ihnen zwei Stangen Spargel, arrangiere sie kunstvoll, und du kannst mehr von ihnen kassieren, als wenn du ihnen fünf Stück gegeben hättest. Heiliger Himmel, ich rede zuviel.

Ich bin Lily Aaron, und das ist mein Sohn Lincoln.«

»Max Fischer.«

Als wir uns gerade die Hände schüttelten, kam der Mann, der mir noch vor einigen Minuten das Kompliment gemacht hatte, mit einem Ausstellungskatalog in der Hand zurück.

»Es tut mir leid, wenn ich Sie noch einmal belästige, aber würde es Ihnen etwas ausmachen, das hier zu signieren? Ich hätte Sie schon vorhin fragen sollen, aber ich fühlte mich irgendwie komisch und wollte Sie nicht belästigen. Ist es Ihnen trotzdem recht?«

Er nahm an, Lily Aaron sei meine Begleiterin und schaute von einem zum anderen, als bäte er uns beide um Erlaubnis.

Also, zickige Mutter oder nicht, aber es gibt nichts Angenehmeres, als vor einer gutaussehenden Frau öffentlich erkannt zu werden.

»Sicher ist es mir recht. Wie heißen Sie?«

»Newell Kujbishev.«

Stellen Sie sich unser Schweigen vor, als er das sagte.

»Verzeihen Sie?«

»Newell Kujbishev.«

Ich schaute Lily hilflos an. Sie lächelte und pinselte sich einen Ausdruck auf ihr Gesicht, der sagte: »Sieh mal zu, wie du da wieder rauskomnmst. Bist ja ein großer Junge.«

»Ich befürchte, das müssen Sie mir buchstabieren, Newell.«

Er tat's, und ich folgte seinem Diktat langsam. Dann schüttelten wir uns die Hand, und er ging weg. »Da geht der Mann, der eigentlich ständig ein Namensschild tragen sollte.«

»Haben Sie hier ausgestellt?«

»Ja. Ich zeichne den Comic strip ›Büroklammer‹.«

»Den kenne ich nicht.«

»Das macht nichts.«

»Haben Sie von dem Restaurant *Massen und Macht* auf Fairfax gehört?«

»Ich befürchte, nicht.«

Sie nickte. »Dann sind wir quitt. Da arbeite ich.«

»Oh.«

»Mutti, gehen wir jetzt rein oder was?«

»Ja, mein Süßer, sofort. Aber würden Sie uns Ihre Arbeit zeigen, Max? Ich würde gerne so beginnen. Okay, Lincoln? Es macht dir doch nichts aus, oder?«

Der Junge hob die Schultern, aber als wir losgingen, riß er sich los und verschwand um eine Ecke. Das schien seine Mutter nicht zu kümmern. Er tauchte ein paar Minuten später wieder auf und erklärte, er hätte das Bild gefunden und würde uns hinführen. Es war eine nette Geste, armes eifersüchtiges Kind. Er wußte nicht, wie er mit mir oder dem Interesse seiner Mutter an mir umgehen sollte, also stahl er mir die Show, indem er mein Bild fand und es dadurch zu seinem eigenen machte, daß er seinen Aufenthaltsort im Museum verkündete. Wir folgten ihm plaudernd.

»Lincoln zeichnet wahnsinnig gerne. Aber meistens Schlachten. Katapulte, die kochendes Wasser schleudern, Krieger. In jedem Bild fliegen Hunderte von Pfeilen durch die Luft. Ich wünschte mir, sie wären nicht immer so aggressiv. Darum sind wir heute hier, ich hoffe, daß ihn das hier inspiriert, und er anfängt, Xanadus statt Soldaten mit Kanonenkugellöchern in ihren Bäuchen zu zeichnen.«

»Aber Kinder lieben Gewalt. Das ist ihr Revier, glauben Sie nicht auch? Ist es denn nicht besser, wenn er es zeichnet und es so aus seinem System kriegt, als wenn er jemanden verprügelt?«

Sie schüttelte den Kopf. »Unsinn. Das ist mir zu einfach. Tatsache ist, daß mein Kind gern Bilder von Leuten zeichnet, die erschossen werden. Alles andere ist Psychogequatsche.«

Touché, ich schaute weg. Es dauerte den Bruchteil einer Sekunde, bis mir klar wurde, daß sie stehengeblieben war. »Hören Sie, seien Sie bloß nicht dünnhäutig. Das Leben ist zu kurz und zu interessant dafür. Halten Sie das, was ich gesagt habe, bitte nicht für eine Beleidigung. Es war keine. Ich werde es Ihnen ankündigen, wenn ich Sie beleidige. Ich irre mich auch oft, und Sie haben das Recht, mir das zu sagen. Ein faier Handel. Ist das hier Ihr Bild?«

Bevor ich auf all das reagieren konnte, was sie mir da hingeworfen hatte, trafen wir ihren Sohn, der mit verschränkten Armen und ernstem Gesicht vor meiner Zeichnung stand. Sein Rücken war uns zugewandt.

»Was hältst du davon, Lincoln?«

»Ganz gut. Hast du das auch wirklich gemacht, sag die Wahrheit? Schwör bei Gott!«

Er trug ein makelloses weißes T-Shirt. Ohne ihn oder seine Mutter um Erlaubnis zu fragen, nahm ich meinen schwarzen Filzschreiber heraus, zog den Jungen heran und begann, auf seine Hemdbrust zu zeichnen. Er protestierte mit einem kleinen Piepser, aber den ignorierte ich und machte weiter. Seine Mutter blieb still.

»Was ist dein Lieblingsteil aus meinem Bild?«

»Weiß nicht. Das kann ich von hier nicht *sehen*!« Er zappelte und wand sich. Aber nicht zu arg. Es war offensichtlich, daß ihm gefiel, was hier geschah. Er fühlte sich in meinen Händen wie ein junger Hund, dem man den Bauch streichelt.

»Macht nichts. Erinner dich. Kannst du dich an nichts erinnern?« Ich zeichnete weiter. Der stechende Geruch von Filzschreibertinte lag überall in der Luft.

»Ja, ich erinnre mich! Vielleicht sogar besser als du! Ich mag den Teil, wo sich die großen Häuser die Hände schütteln.«

»Alles klar, das zeichne ich jetzt hierhin.« Ich hielt einen Moment inne und schaute Lily an. »Sind Sie böse?«

»Nicht im geringsten.«

Also legte ich mich ins Zeug. Tanzende Uhren, Vögel mit Zylindern, händeschüttelnde Gebäude. Es dauerte ein paar Minuten, bis es fertig war, aber es machte uns beiden großen Spaß (Lincoln wand sich hin und her und kicherte, ich zeichnete schnell), und die Zeit verging wie im Fluge. Sicher gab ich an, aber ich bitte Sie, das ist erlaubt, wenn man ein Kind damit zum Lachen bringt.

Als ich fertig war, zog sich Lincoln das Hemd aus und hielt es hoch, um sich anzuschauen, was ich gemacht hatte. Sein Lächeln war so breit wie ein Teller. »Du bist verrückt!«

»Meinst du?«

»Mutti, hast du das gesehen?«

»Es ist toll. Jetzt mußt du ganz vorsichtig damit umgehen, denn Max ist berühmt. Du hast da sicher das einzige Hemd dieser Art auf der ganzen Welt.«

Er schaute mich mit großen Augen an. »Stimmt das? Das einzige?«

»Ich habe vorher noch nie ein Hemd bemalt, also ja, es stimmt.«

»Cool!«

In ihren Gesichtern waren Züge, die ihre Verwandtschaft verrieten: dünne wohlgeformte Nasen, lange Münder, die gerade, ohne Schwung oder angehobene Ecken verliefen. Wenn sie nicht lächelten, obwohl beide oft lächelten, konnte man an ihrem Gesichtsausdruck nicht ablesen, was sie gerade dachten.

Lincoln war neun, aber klein für sein Alter, und das machte ihm zu schaffen. »Warst du klein, als du neun warst, Max?«

»Ich erinnre mich nicht, aber das kann ich dir sagen – der härteste Bursche in der ganzen Stadt war klein, und keiner hat sich mit ihm angelegt. *Keiner*. Bobby Hanley.«

»Was hätte er gemacht, wenn es einer probiert hätte?«

»Dir das Ohr abgerissen.« Ich schaute Lily an. »Das ist wahr. Ich habe Bobby Hanley, der wirklich der härteste Bursche in der Stadt war, einmal gesehen, wie er bei einem Basketballspiel einem anderen fast ein Ohr abgerissen hätte.«

»Klingt ja wie ein Supertyp.«

Lily trug ein weißes Männerhemd und einen langen blauen Leinenrock, der ihr bis an die Fußknöchel reichte. Kompliziert und wundervoll verschlungene Ledersandalen, rotlackierte Zehen.

»Wie kommt's, daß Sie Ihre Zehen lackieren, aber Ihre Fingernägel nicht?«

»Zehen sind witzig; lackierte Fingernägel sind sexy. Ich will nicht, daß sich irgend jemand falsche Vorstellungen macht.«

Sie hatte zu allem eine Meinung, und sie gab sie bei jeder Gelegenheit blitzschnell zum besten. Zuerst dachte ich, sie wäre aufgeblasen und/oder eine Idee verrückt, denn einige ihrer Ansichten waren reuelos schwarzweiß, andere völlig absurd. Fernsehen war immer schlecht. Reisen war eher verwirrend als bildend. Gorbatschow war ein Schleicher. Sie war davon überzeugt, daß man Pflanzen immer wässern sollte, wenn es draußen regnete, denn sie »wüßten«, daß es regnete und sehnten sich danach, auch draußen zu sein. Sie las gerade die Biographie eines berühmten Komponisten, aber wie immer, wenn sie Biographien las, zog sie es vor, mit dem letzten Kapitel zu beginnen und dann rückwärts zu lesen, weil ihr diese Methode ein besseres Bild des Künstlers vermittelte.

»So ist es ja auch im Leben – zuerst lernt man Menschen kennen, wie sie heute sind, und erst wenn man an einem *interessiert* ist, will man mehr über seine Vergangenheit oder seine Kindheit wissen. Richtig?«

Wenn man sich eine Ausstellung mit einem neuen Menschen ansieht, so ist das, als wenn man seine Hausaufgaben macht und gleichzeitig Radio hört. Man will sich alles anschauen, aber auch einen guten Eindruck machen. Und denken Sie an das Kind, das Sie zwar mag, aber gleichzeitig auch mißtrauisch ist. Die einzige Arbeit, die Lincoln gefiel, war eine verrückte 3-D-Straßenschlucht von Red Grooms. Die restliche Zeit über verschwand der Junge oder er fragte seine Mutter, ob sie jetzt gehen könnten.

Im Gegensatz zu meinem ersten Eindruck gefiel mir die Art, wie Lily Aaron ihren Sohn behandelte. Sie beachtete den Jungen wirklich, hörte ihm aufmerksam zu und sprach mit ihm ohne den Anflug eines herablassenden Tons. Hätte man nur diese Stimme gehört, man hätte vermutet, sie unterhielte sich mit einem Freund, mit jemandem, der ihr wichtig war, dem sie sich aber in keiner Weise überlegen fühlte.

Sie war großartig, aber war sie verheiratet? Mit jemandem zusammen? Ich tastete mich links, rechts und in der Mitte vor. Ich versuchte, ihr unsanft auf die Sprünge zu helfen, aber nichts brachte mir die Antwort, auf die ich aus war: Ja, ich bin verheiratet. Nein, ich lebe jetzt allein.

»Und was tut Ihr Mann?« Wir saßen vor einer Reihe von Videomonitoren und sahen Lincoln zu, wie er von einem zum anderen ging und sich die Szene auf jedem einzelnen anschaute. Auf jedem Monitor lief derselbe Film, nur mit verschiedenen Geschwindigkeiten: Bauarbeiter bauten einen Wolkenkratzer.

Lily drehte sich mir zu und verpaßte mir einen Blick, der jede Menge Effet hatte. »Sie stellen diese Frage, als begingen Sie ein Verbrechen. Sie dürfen fragen. Ich bin nicht mehr verheiratet. Lincolns Vater lebt schon seit langer Zeit nicht mehr hier. Rick. Rick Aaron. Rick das Arschloch.« Als sie das gesagt hatte, lächelte sie fröhlich. »Wenn es um den Mann geht, verliere ich meinen Anstand. Auf ihn passen nur alte Wörter – ›Schwerenöter‹ oder ›Schurke‹. ›Scheißkopf‹ klingt auch ganz ausgezeichnet.«

Ich lachte. Sie auch.

»Ich glaube, wir müssen bald gehen, Max. Ich weiß, wann Lincoln griesgrämig wird.«

»Hätten Sie Lust, mit mir zu Mittag zu essen?«

»Das wäre eine Idee. Einen Moment bitte.« Sie stand auf und ging zu dem Jungen hinüber. Sie hockte sich neben ihn und sprach mit einer leisen, flüsternden Stimme. Er stand still, schaute geradeaus auf die Fernsehmonitore. Manchmal verengt sich das Leben zu einem einzigen laserstrahldünnen Wort: Ja oder nein. Ich beobachtete sie genau. Was, wenn er nein sagte? Sie war so hübsch ...

»Okay. Aber nur, wenn wir zu *Massen* gehen!«

Sie schaute mich über die Schulter hinweg an und hob eine Augenbraue. »Das ist, wo ich arbeite. Er ißt sehr gerne da, denn alle sind seine Freunde. Macht es Ihnen etwas aus?«

Draußen ging ich mit ihnen zu ihrem Wagen, einem alten, aber wunderbar erhaltenen Volkswagen-Käfer. Ich hatte gerade die schwarzen Ledersitze bemerkt, als sich innen etwas erhob, das den gesamten Rücksitz einnahm.

»Ist das ein Hund oder ein Bulgare?«

»Das ist Cobb. Er ist ein Windhund.«

Lily schloß die Tür auf, und der gigantische Hund lehnte seinen schmalen Kopf langsam nach draußen. Sein Gesicht war ergraut, und er hatte die ruhigen, ausgewaschen braunen Augen eines alten Knaben. Er schaute mich nachdenklich an und streckte dann ohne ersichtlichen Grund seine lange Zunge heraus.

»Er mag Sie. Das ist seine Art, Ihnen eine Kußhand zuzuwerfen.«

»Wirklich? Darf ich ihn streicheln?«

»Nein. Er wird nicht gerne angefaßt. Nur Lincoln läßt er an sich heran. Aber wenn er jemanden mag, dann wirft er ihm Kußhände zu, wie gerade eben.«

»Oh.« Kann man sich für eine Frau interessieren und sie gleichzeitig für verrückt halten? Wahrscheinlich ja.

Der Hund gähnte, und seine Zunge fuhr noch weiter heraus. Sie sah wie ein dicker, sich ausrollender rosa Gürtel aus.

»Wie alt ist er?«

»Ungefähr zehn. Er war einmal ein Champion, aber wenn Windhunde zu alt zum Rennen werden, dann ist es nicht ungewöhnlich, daß ihre Besitzer sie aufgeben, denn sie werden zu teuer im Unterhalt. So haben wir Cobb bekommen. Sie wollten ihn umbringen. Ihn umbringen oder sein Blut verwenden.«

»Wie bitte?«

»Windhunde haben von allen Hunden das kräftigste und beste Blut. Veterinäre nehmen es gerne bei Transfusionen für andere

Hunde, also gibt es Leute, die sie nur züchten, um ihnen das Blut abzuzapfen.«

»Ist das wahr?« Ich schaute den alten Giganten an und empfand großes Mitleid.

Lily lehnte sich vor, spitzte ihre Lippen einige Zentimeter von Cobbs schwarzer Nase entfernt und küßte die Luft zwischen ihnen. Der Hund blickte sie ernst an. »Das ist die traurige Wahrheit. Wissen Sie jetzt, wie Sie zum Restaurant kommen?«

»Ja, wir treffen uns dort.« Ich klopfte auf das Dach ihres Wagens, als sie hineinglitt. Hinter mir erscholl das laute Quietschen von Bremsen, dann das brutale metallische Knirschen eines Autounfalls. Ich hatte mich noch kaum umgedeht, um zu sehen, wo es war, als Lily die Wagentür schon aufgestoßen hatte und sie mir in die Seite schlug.

»Vorsicht! Wo ist es?«

»Da. Niemand ist verletzt. Sieht aus wie ein eingedellter Kotflügel.«

»Das weiß man nicht. Lincoln, bleib hier. Beweg dich nicht von der Stelle!« Sie sprang aus dem VW und rannte über den Parkplatz.

»Aber es ist doch nichts passiert«, sagte ich noch laut zu mir selbst.

Lincoln redete aus dem Wageninneren. »Ich weiß. Das macht sie immer. Immer, wenn jemand verletzt ist oder es einen Unfall gegeben hat, geht sie hin und hilft. Man kann sie nicht davon abhalten. Sie macht es immer.«

»Okay, dann gehe ich wohl am besten auch hin und schaue nach, ob ich auch helfen kann. Du bleibst hier, Lincoln. Wir kommen gleich wieder.«

»Mach dir keine Sorgen. Ich habe das schon tausendmal mitgemacht. Immer hilft sie gerade *irgend jemandem.*« Er legte seinen kleinen Arm um den Hund, der genau in diesem Moment wie ein oberster Bundesrichter aussah.

Auf der anderen Seite des Parkplatzes hatte sich eine kleine Gruppe um einen schwarzen Jaguar XKE Cabriolet und einen kleinen Lieferwagen gebildet, die zusammengestoßen waren. Die Fahrerin des XKE war eine schwangere Frau um die Dreißig. Aus ihren Augen schoß sie Dolche auf den Fahrer des Lieferwagens, einen jungen Orientalen mit Strohhut. Die Ladefläche des Lieferwagens war mit Gartengeräten beladen. Aus ihrem wütenden Blick und seinem Es-tut-mir-leid-Lächeln war klar ersichtlich, daß der Unfall seine Schuld war. Lily stand neben der Frau und sah sie besorgt an.

»Sind Sie sicher, daß es Ihnen gutgeht? Möchten Sie auch bestimmt nicht, daß ich einen Krankenwagen rufe?«

»Nein, vielen Dank. Aber vielleicht einen Polizisten. Gucken Sie sich doch mal meinen Wagen an! Verdammt! Kostet mindestens fünftausend Dollar, das in Ordnung zu bringen. Ich weiß nicht mal, ob er jetzt überhaupt noch fährt.«

Der Orientale sagte etwas in seiner eigenen Sprache, und zu unserer Überraschung antwortete Lily ihm in seiner Sprache. Die schwangere Frau und ich blickten uns an, während der Mann, sichtlich erleichtert, Lily wieder ansprach.

»Er sagt, er ist voll versichert, zumindest glaube ich, daß es das ist, was er meint. Er sagt immer wieder, Sie sollen sich keine Sorgen machen.«

»Welche Sprache spricht er?«

»Vietnamesisch.«

»Whow, und das sprechen Sie?«

»Nur ganz elementar. Ich habe Grundkenntnisse, aber ich kann verstehen, was er sagen will.«

Lily übernahm die gesamte Situation. Sie beruhigte sowohl den Verursacher als auch die Leidtragende, veranlaßte sie, die nötigen Vorbereitungen zu treffen, so daß der Polizei, als sie eintraf, nichts mehr zu tun blieb. Beide, die Frau und der Vietnamese, waren für ihre Hilfe so dankbar, daß sie nicht aufhören konnten, ihr zu danken. Freundlich und wirkungsvoll hatte sie diesem Zwischenfall das Giftige genommen und ihnen geholfen, obwohl sie selbst mit der Angelegenheit nichts zu tun hatte. Wie oft läuft einem solch eine Person über den Weg?

»Gut, Max, jetzt habe ich wirklich Hunger. Wie steht's mit Ihnen?«

»Das war sehr nett, was Sie da für die beiden getan haben.«

»Wissen Sie, ja, Sie haben recht. Aber ich bin mir selber böse, weil ich das weiß. Ich möchte gerne an einen Punkt in meinem Leben kommen, wo ich für andere solche Dinge tue, aber nicht einmal weiß, daß ich sie gerade tue, und noch viel weniger, daß es auch eine nette Geste ist. *Das* wäre ein Fortschritt. Wäre das nicht toll?«

»Lesen Sie Kriminalromane?«

»Krimis? Ich weiß nicht. Manchmal.« Ich stellte langsam fest, daß ihre abrupten Themenwechsel gar nicht so abrupt waren, irgendwie bezog sich doch immer wieder alles aufeinander, man mußte sich nur an die merkwürdigen Abzweigungen gewöhnen, die sie nahmen.

Sie fuhr fort. »Ich nicht. Zu irreführend. Die Leute kaufen sie wegen der Haken und Verdrehtheiten und des Wer-ist-der-Täter, aber ich nicht. Das Leben ist kompliziert genug – komm *damit* klar. Man braucht keine Kriminalromane oder Kreuzworträtsel, um sich zu beschäftigen. Dann implizieren solche Geschichten auch noch, daß die Leute konfus würden, weil es weder Gut noch Böse gäbe. Unsinn – wir können den Unterschied erkennen. Die meiste Zeit über wissen wir sehr wohl, was gut und böse ist, richtig und falsch. Wir beschließen nur, uns nicht danach zu verhalten. Was ich da drüben gemacht habe, *war* richtig – aber auch nur, was jeder in einer solchen Situation tun sollte. Und darum bedarf es keiner Belohnung.«

»Okay, aber es *war* ›lieb‹.«

Sie schüttelte den Kopf. »Ich lebe nicht gern in einer Welt, wo ›korrekt sein‹ so selten vorkommt, daß man es ›lieb sein‹ nennt.«

In meiner Familie gibt es eine großartige Geschichte, die hier erzählt werden muß. Meine Großmutter war eine gefährlich schlechte Fahrerin. Sie fuhr so langsam, daß niemand mit ihr in einem Auto fahren wollte, wenn sie hinter dem Steuer saß. Einmal war mein Großvater wegen einer kleinen Operation im Krankenhaus. Am Tag seiner Entlassung machte sich seine Frau auf den Weg, um ihn mit dem Auto abzuholen. Immer noch in Pyjama und Morgenmantel, half man ihm, auf dem Rücksitz Platz zu nehmen. Oma machte sich in ihrem üblichen Schneckentempo auf den Heimweg. Gewöhnlich tönte er immer laut, wenn sie fuhr, aber jetzt lag Opa hinten absolut still. Sie glaubte, er leide immer noch unter der Operation. Aber seine Ruhe war beunruhigend. Von Zeit zu Zeit fragte sie ihn, ob es ihm gutgehe, ohne in den Rückspiegel zu schauen. »Ja, aber mach ein bißchen schneller.« »Natürlich, Lieber.« Dann fuhr sie weiter mit ihrer Geschwindigkeit von fünfundzwanzig Stundenkilometern. Auf halbem Weg nach Hause hielt sie an einer roten Ampel. Die schlug um, und nach ein paar Minuten fragte sie wieder, ob er okay sei. Keine Antwort. Sie fragte wieder. Keine Antwort. Besorgt schaute sie in den Spiegel. Kein Opa. In Panik, er könnte aus dem Wagen gefallen sein, hielt sie mitten auf der Straße an, um nach ihm zu suchen. Kein Opa. Da sie schon in der Nähe des Hauses war, fuhr sie hin, um die Polizei anzurufen, damit die ihren armen, kranken Ehemann fänden. Dreimal dürfen Sie raten, wer da zu Hause auf der Terrasse saß und auf sie wartete. Raten Sie mal, wer da an der roten Ampel ausgestiegen war und in seinem Pyjama ein Taxi angehalten hatte...

Lily hatte einen guten Sinn für Humor, aber ich glaube nicht, daß sie den Witz an dieser Geschichte wirklich verstanden hat, denn sie fuhr wie meine Großmutter.

Als ich ihr an diesem ersten Tag zum Restaurant folgte, hatte ich den Eindruck, daß mit ihrem Wagen ernsthaft etwas nicht stimmte. Als wenn die Handbremse gezogen oder der Motor ausgefallen wäre, und sie ihn jetzt mit den Füßen schieben müßte. Kleine Probleme dieser Art. Sie nannte es vorsichtiges Fahren. Ich nannte es den Herzstillstandstil. Bestimmt verstieß es gegen das Gesetz, wie langsam diese Frau fuhr. Ich konnte mir gar nicht vorstellen, daß sie mich nicht auf den Arm nahm. Aber sie tat's nicht – so war sie, und es ist mir nie gelungen, sie davon zu überzeugen, ein wenig mehr Gas zu geben. Wenn ich fuhr, war sie mit jeder Geschwindigkeit einverstanden, die ich wählte. Aber wenn Lady Lily selbst am Steuer saß, dann ging's schnurstracks zurück zu den Tagen des Ochsenkarrens. Nur daß sie statt der Zügel den Schaltknüppel hielt.

Auf der Fahrt stierte Cobb mich durch das Rückfenster an. Er erinnerte an einen dieser gigantischen Steinköpfe auf den Osterinseln. Gelegentlich drehte sich Lincoln um und winkte, aber bis wir unser Ziel erreichten, waren es hauptsächlich der alte Hund und ich, die sich quer durch die Stadt im Verkehr von L. A. in die Augen schauten.

Ich kannte sie nicht, aber ich mochte beide bereits sehr. Lily war intelligent und redete zuviel. Ich stellte mir vor, mit ihr zu erwachen. Der Windhund nähme die Hälfte des Betts ein. Lincoln käme schläfrig herein und setzte sich auf eine Ecke, erwärmt von einer Sonne, die über blaue Decken schien. Wie sie wohl am Morgen aussehen mochte? Was dachten sie über mich? Ob ich sie nach heute wiedersehen würde, oder ob etwas passierte, das alles zerstörte und es wieder auflöste? Ich war romantisch und glaubte an unmittelbares Erkennen, direkte Zuneigung. Warum sollte es *nicht* geschehen? Auch vorher hatte ich schon Glück gehabt und deshalb das Zutrauen, daß es keine einmalige Sache war.

Von außen war *Massen und Macht* so unaufdringlich und einfach, daß ich es irrtümlich für ein Lagerhaus hielt. Dann rannte der Parkplatzwächter zu Lilys Wagen hinüber, und ich wußte, das mußte es sein. Ein mit Parkplatzwärtern bemanntes Lagerhaus. Es war aus graublauen Schlackesteinen, und nur wenn man genau hinsah, entdeckte man den kleinen lachsfarbenen Neonschriftzug mit dem Namen des Restaurants. Ich habe nichts gegen Understatement und Zurückhaltung, aber in L. A. bemühen sie sich so arg darum, cool bis fast in die Nichtexistenz zu sein, daß es oft widerlich und dämlich zugleich ist.

»Wir sind da, Max. Wie finden Sie es?«

»Schwer zu sagen, daß es überhaupt ein Restaurant ist. Keine großen – äh – Fanfaren oder so.«

»Da hätten Sie es letzten Monat sehen sollen! Keine Fassade ist besser, als die, die wir hatten. Warten Sie, bis Sie Ibrahim kennenlernen. Kommen Sie.«

Der Parkplatzwärter hatte den Wagen geparkt und lief zu uns zurück, und ich sah, daß er Orientale war. Lily sagte etwas in einer Sprache, die so klang wie die, die sie zuvor beim Museum gebraucht hatte. Die beiden lächelten.

»Max, das ist Ky.«

»Hallo, Ky.«

»Hallo, Büroklammer. Hallo, Max Fisch-ah.«

»Sie kennen mich?«

»Ky kennt alle berühmten Leute von L. A. Das ist seine Art sich darauf vorzubereiten, Amerikaner zu werden. Hab ich recht, Ky?«

»Das ist richtig. Ich kann Ihren Comic nicht verstehen, aber Sie sind berühmt, also muß er sehr gut sein. Glückwunsch.« Er verbeugte sich tief und nahm ohne ein weiteres Wort meinen Wagen.

»Was ist mit ihm?« Wir gingen zum Restaurant.

»Nur was ich sagte. Ky ist Vietnamese und will seine Green Card. Er glaubt, daß Amerika ihn besser leiden könne, wenn er sich seine Berühmtheiten merkt.«

»Das ist das Verrückteste, was ich heute gehört habe.«

»Nicht ganz so verrückt. Was ist denn in Amerika wichtiger als berühmt zu sein? Berühmt ist das größte, berüchtigt kommt direkt danach. Gehen wir.«

In dem Moment, als sie die Tür öffnete, ertönte eine Stimme von gepfefferter statischer Elektrizität, scharfkantig und knisternd spie sie mit Spitzengeschwindigkeit wahllos Tonhöhen.

»Du hältst dich für einen Wolkenkratzer, Ibrahim. Du meinst, du hast die Phantasie eines World Trade Centers. Vergiß es. Du hast ein Stockwerk gekriegt, du Kanone. Einen Maulwurfshügel. Du hast 'ne starke Antenne, Ib, aber die Kanäle kriegst du nur verzerrt. Was *du* hast, ist Enthusiasmus und Geld, aber damit kannst du bloß *Material* kaufen. Popcorn und Öl, aber nicht den Ofen, um es zu machen. Schwule sollen *Geschmack* haben, hab ich mal gehört. Araber haben Geld, Schwule haben Geschmack! Gott sei Dank hast du mich.«

Der Sprecher war klein, dunkel und gutaussehend. Er hätte ein Schauspieler in einem Film über ethnische Minderheiten in Brooklyn oder über italienische Einwanderer sein können. Aber weil er so klein war und so schnell sprach, klang er auch wie ein Komiker, der bösartig witzige Geschichten über seine Familie und sich selber erzählte. Er beschimpfte einen anderen dunklen Mann, größer und runder und mit einem unzweifelhaft arabischen Gesicht. Dieser größere hatte einen wundervollen Gesichtsausdruck – eine Kombination von Liebe und Scham und Vergnügen gleichzeitig. Er hörte gut zu. An dem Ausdruck in seinen Augen ließ sich erkennen, daß einiges von dem Gesagten ankam, aber größtenteils war er einfach glücklich, in der Nähe seines Strafpredigers zu sein.

»Mensch, Gus, tu 'nen Deckel drauf«, sagte Lily und ging geradewegs auf sie zu. Der kleine Mann drehte sich auf den Absätzen um, als wenn er zu einem Pistolenduell herausgefordert worden wäre. Der Araber blieb, wo er war, aber sein Gesicht glühte noch glücklicher.

»Hollo, Lily! Es ist dein freier Tag. Warum bist du hier?«

»Hi, Ibrahim. Ich habe einen Freund mitgebracht, um ihm das Restaurant zu zeigen. Max Fischer, das ist mein Chef, Ibrahim Safid, und sein Partner, Gus Duveen.«

Ibrahim warf beide Arme über den Kopf. »Hollo, Mox!«

Gus machte eine finstere Miene und sagte angewidert: »*Max,* nicht Mox. Wie treiben wir dir bloß jemals das beschissene Kamel aus? Wie geht's denn so, Max? Hi, Lil, Finky Linky.«

Lincoln trat vor und nahm Gus' Hand. »Wir sind im Museum gewesen und haben einen Autounfall gesehen.«

»Wahrscheinlich ein *Happening* im Museum und irgendein Trottel von 'ner Kunstschule hat ein *Stipendium* gekriegt, um es zu veranstalten.«

Lincoln schaute verwirrt: »Waaaas?«

»Vergiß es. Lily, stell dir vor, Ibrahim will zur Abwechslung mal wieder um-bau-en.« Er wandte sich an mich. »Mein Partner hat zwei Leidenschaften – mich und das Restaurant. Als er wußte, daß er mich hatte, versuchte er, dieses Restaurant berühmt zu machen. Er gibt ihm alles, was es will – Gesichtsliftings, Haartransplantationen, Abspeckoperationen ... In den letzten zwei Jahren hat es drei völlig verschiedene Inneneinrichtungen bekommen, aber jetzt sind wir am Ende angekommen.

Ich verspreche dir, Ibrahim, wenn du dieses Restaurant noch mal änderst, bin ich weg. Ich werde meinen Badezimmerspiegel nicht länger mit einem Mann teilen, der kein Vertrauen in seine eigene Urteilskraft hat. Und es ist mir egal, ob du es dir leisten kannst.« Er kniff die Augen zusammen und schoß seinem Lover einen Blick zu, bei dem Medusa weggeschaut hätte.

»Hör jetzt auf, Ignaz. Streitet euch, wenn ihr zu Hause seid.«

Später erzählte mir Lily, daß sie sie Ignaz und Krazy Kat nannte, weil sie beide so viel Ähnlichkeit mit den Figuren aus dem berühmten Comic hätten: Duveen schmiß immerzu mit Dreck, während Ibrahim nicht aufhörte, ihn liebevoll anzusehen, oder, wenn er wirklich böse auf den anderen war, mit absoluter Hingabe.

Glücklicherweise waren nicht viele Leute im Restaurant, deshalb wurde Gus' Ausbruch nicht von vielen gehört. Die, die es mitbekamen, schauten auf und dann ganz ruhig wieder weg. Ich hatte das Gefühl, sie hatten es schon einmal gehört und schenkten ihm keine Beachtung mehr.

»Wer kocht heute, Ibrahim?«

»Foof.«

»O gut! Dann können Sie alles essen, Max. Foof kocht.«

»Foof? Großartig. Wer ist Foof?«

»Kys Freundin. Sie haben sich im Büro der Einwanderungsbehörde kennengelernt und leben seitdem zusammen. Sie wechselt sich beim Kochen mit Mabdean ab.«

»Mabdean?«

»Mabdean Kessack. Er kommt aus Kamerun.«

»Sehr gut mit Gemüse. Aber er mag kein Fleisch, darum ist es keine gute Idee, das an Tagen zu bestellen, an denen er in der Küche ist«, sagte Ibrahim, der Verantwortliche für die Einstellung und Chef des Fleischhassers Mabdean.

Mabdean lebte mit Alberta Band zusammen, einer der zwei Kellnerinnen bei *Massen und Macht*. Die andere war ihre Schwester Sullivan, die in ihrer Freizeit in der berühmt-berüchtigten Theatertruppe *Schneller Schlucker* auftrat. Wollen Sie mehr? Diese Band-Frauen waren die Töchter von niemand geringerem als Vincent Band, dem Revolutionär/Mordverdächtigen/außergewöhnlichen Bankräuber aus den sechziger Jahren, der in San Quentin eine lebenslange Freiheitsstrafe verbüßte, jedoch kurz vor seiner Begnadigung stand. Glaubt man den Bands, so plante ihr Vater, die Welt lebendig zu fressen, wenn er jemals rauskäme.

Schließlich aßen wir zu Mittag. Aber was gab es? Worüber sprachen wir bei Tisch? Sagte ich etwas? Das Restaurant war eine Feuersbrunst an Energie, Launen, Dingen, die passierten. Kunden kannten sich, Essen kam, wenn man am wenigsten damit rechnete. Foof, die Köchin, kam; sie trug eine Kochmütze und ein T-Shirt, auf dem stand »Arschloch Surfer«. Es zeigte zwei Zirkusclowns, die den Mittelfinger vorstreckten.

Allgemein kann man wohl sagen, daß die Leute dieses Restaurant liebten, oder aber nach einem unvermeidlich rauhbeinigen Mahl nie mehr wiederkamen. Das Essen war köstlich, der Rest hing von jedermanns eigenem Sinn fürs Theatralische ab, oder eher, fürs absurde Theater.

Ibrahim Safid war vor Jahren als Austauschstudent aus Saru nach L. A. gekommen. Aus einem dieser Staaten aus dem Mittleren Osten, die hundertmal mehr Öl haben als Einwohner. Er kam, um Wirtschaftswissenschaften zu studieren, und hatte die Absicht, eines Tages wieder nach Hause zurückzukehren, um westliches Know-how in ein Land einzubringen, das über sehr viele Bodenschätze und alte Weisheiten verfügte, aber über wenig zwanzigstes Jahrhundert. Statt dessen wurde er süchtig nach allem, was mit Kalifornien zu tun hatte, und blieb da. Sein Vater war reich und großzügig, und als sein einziger Sohn erklärte, er wolle in Amerika leben und ein Herrenoberbekleidungsgeschäft eröffnen, steuerte Dad das Geld dazu bei. Das Geschäft lief gut, aber Ibrahim begann sich zu langweilen und verkaufte es. Ungefähr um diese Zeit lernte er Gus kennen, der in einem edlen Restaurant in Beverly Hills arbeitete. Nachdem sie schon einige Zeit zusammen waren, beschlossen sie, ihr eigenes Restaurant zu eröffnen.

Es hieß von Anfang an *Massen und Macht*, und was man auch immer über das Restaurant sagen konnte, das Essen war gut. Ibrahim hatte eine gute Hand mit Köchen. Hinzu kam, er war ein Neophiler. *Neo*, nicht *necro*: alles mußte ständig erneuert werden.

Streich den Laden an, tausch das Mobiliar aus, die Küche. Das am meisten gefürchtete Wort aus seinem Mund war »renovieren«, und die Leute, die dort arbeiteten, hörten es sehr oft. Es ging ihm nicht unbedingt darum, zu verbessern oder zu verfeinern. Es war ihm gleichgültig, ob die Avocadosuppe perfekt war, die Wände in einem wundervollen Blau gehalten, oder daß das merkwürdige High-Tech-Besteck die Leute zum Lächeln brachte, und sie die Teile in ihren Händen wogen wie entzückte Kinder ihre neuen Spielzeuge. Raus mit dem Alten! Raus! Raus! Raus! Was einen auf die Palme brachte, war, daß der Mann oft genug recht behielt. Die Menschen in Los Angeles lieben Veränderung. Je mehr Ibrahim den Stil, das Äußere, die Gerichte bei *Massen und Macht* veränderte, um so mehr Menschen kamen. Lily war damit zufrieden, daß ihr Chef wußte, was er tat, egal wie wirrköpfig seine Entscheidungen zu sein schienen. Gus bestand darauf, sein Geliebter hätte nichts als Glück. Irgendwann würde er wieder alles verändern, und sie blieben »leer wie eine Nonnenfotze« und so wäre es dann, denn am Ende würden auch die besten Gäste es leid, nicht zu wissen, worauf sie sich diesmal zum Teufel einließen, wenn sie kämen. Kratz Kat Ibrahim hörte Gus zu und lächelte liebeserfüllt und tat, was er wollte.

Lily gelang es, hier die Geschäftsführerin zu machen. Ich hatte den Eindruck, das war möglich, weil sie über die Fähigkeit verfügte, sich immer im rechten Moment aus dem Handgemenge zurückzuziehen. Sie war keine besonders geduldige Frau, aber in ihrer Arbeit konnte sie abwarten, bis sie über alle Informationen verfügte, bevor sie sich dazu äußerte.

Jeder dort mochte und schätzte sie, selbst der misanthropische Gus. An der Art und Weise wie Leute sie ansahen oder sie um ihre Meinung fragten, konnte man erkennen, daß sie ihnen etwas Besonderes war, eine geschätzte Denkerin und Schiedsrichterin, die alle Seiten bedachte und für gewöhnlich fair in ihren Urteilen blieb.

All das an einem Tag. Nach dem Mittagessen spazierte ich hinaus, und die Hitze und das Licht draußen trafen mich wie ein Posaunenstoß, so daß ich augenblicklich bewegungsunfähig war. Aber kam das von der Sache, die ich verlassen, oder von der, in die ich hinausgetreten war? Ich besaß ihre Adresse und Telefonnummer, sie hatte sie mit nervöser Handschrift auf die Innenseite eines Streichholzbriefchens des Restaurants geschrieben.

Als Ky in meinem Wagen vorfuhr, saß Cobb der Windhund neben ihm auf dem Beifahrersitz.

»Macht er das immer?«

»Nein! Er ist ein sehr guter Hund, aber manchmal gibt es ein Auto, das er mag, und dann tut er das.«

»Stört das keinen?«

»Ja! Viele hassen es. Dann gibt Ibrahim ihnen ein Essen gratis.«

Ich kletterte hinein und schaute den alten Jungen an, der immer noch nicht ausgestiegen war, obwohl Ky die Beifahrertür geöffnet hielt und ihm zurief, rauszukommen.

»Ich muß jetzt heim – wenn dir das recht ist?«

Er schaute mich nicht an. Ich wollte ihm gerade den Kopf streicheln, erinnerte mich aber daran, daß Lily gesagt hatte, daß er es nicht mochte, wenn man ihn anfaßte. Nach einer Weile gähnte er gewaltig und stieg langsam aus.

Ich fuhr mit guten, neuen Gerüchen im Auto nach Hause – Windhund, Hoffnung, Erregung.

Meine Freundin Mary Poe ist der hartherzigste Mensch, den ich kenne. Sie ist eine auf Scheidungsfälle spezialisierte Privatdetektivin. Sie ist auch ein großer Fan von »Büroklammer«, und mehr als einmal hatte sie mir schon Geschichten aus ihrer Arbeitswelt erzählt, die ich in meinen Zeichnungen verarbeitet habe. An jenem Abend – ich arbeitete und aalte mich noch immer in den Ereignissen des Tages – rief sie an.

»Max? Ich hab was für dich. Ich weiß nicht, ob du es gebrauchen kannst, aber es ist trotzdem wahnsinnig komisch. Ich kenne da diesen Bullen, der mir erzählte, sie hätten da einen Anruf von einer Frau bekommen, die gerade in irgendein schickes neues Appartement oben auf Sunset eingezogen war. Sagte, sie sei aus ihrer Wohnung gekommen und habe jemand um Hilfe schreien hören. Das Komische war, daß dieses ›Hilfe‹ richtig leise kam, verstehst du? Nicht HIIIILLLFFE! Sondern ›hilfe‹, mit kleinen Buchstaben. Also schicken sie einen Streifenwagen hin, und die Frau zeigt ihnen das Appartement. Und was soll ich dir sagen, die horchen an der Tür und hören es auch – ein kleines, stilles ›hiillfe‹.

Romms! Sie brechen die Tür auf und stürmen rein. Die Anruferin folgt ihnen, um auch zu sehen, was los ist. Im Wohnzimmer nichts. In der Küche nichts. Bingo! Dreimal darfst du raten, was im Schlafzimmer los ist. Eine splitterfasernackte Frau ist an einem Messingbett festgebunden. S & M, klar? Aber es kommt noch besser, denn auf dem Boden neben ihr liegt ein Kerl in einem Batmananzug und bewegt sich nicht mehr. Sieht so aus, als wäre er tot.

Der Wahnsinn ist, es stellt sich raus, die beiden Turteltauben sind verheiratet. Das einzige, was sie anturned, ist, wenn er sie fesselt, sich dann sein Batmankostüm anzieht, auf die Kommode klettert und ›BAAAATMAAAAN!‹ brüllend auf sie drauf springt. Nur daß Mr. Romantico diesmal vorbeigesprungen ist und sich den Kopf an einem der Bettpfosten aufgeknackt hat. Er lag schon seit mehr als einer Stunde auf dem Boden, und seine Frau hatte Angst, er ist tot, aber gleichzeitig ist ihr peinlich, wo *sie* ist, also hat sie nichts anderes getan als ›Hilfe‹ gerufen – aber eben wirklich leise – damit nur die richtige Person das hört und kommt.«

»War Batman tot?«

»Nee, nur Gehirnerschütterung.«

»Es gefällt mir. Mary, aber es ist nix für den Comic. Hör mal, was ganz anderes. Kennst du ein Restaurant *Massen und Macht*?«

»Nein.«

»Schuldest du mir noch einen Gefallen?«

»Nein, Max. Du schuldest mir zwei.«

»Oh. Wie wär's, wenn wir drei daraus machten?«

Sie seufzte. »Ich hole Papier und Bleistift.«

»Nicht nötig. Ich will nur, daß du dich mal über das Restaurant ein bißchen umhörst.«

»Über eine spezielle Person da?«

»Nur ganz allgemein.«

»Wieso?«

Ich erwog, sie zu belügen, aber wozu? »Ich habe eine kennengelernt, die da arbeitet, und ich will wissen –«

»Sehr romantisch, Max. Du lernst eine Frau kennen und stellst sie umgehend unter Beobachtung. Wie heißt sie?«

»Lily – Nein, warte mal, du hast recht. Es ist furchtbar. Vergiß es. Vergiß, daß ich darum gebeten habe.«

»Hey, versteh mich nicht falsch – heutzutage ist das gar keine so schlechte Idee. Ist die Liebe jetzt nicht wundervoll? Du lernst jemanden kennen und bist erregt, aber man kann nicht miteinander ins Bett gehen, denn sie könnten Aids haben, und man kann nicht heiraten, denn dann würden alle anderen Ehen zerbrechen, und wer gibt denn wem Blumen, wo wir doch jetzt alle so *frei* sind? ... Sag mir, wenn du willst, daß ich mir das näher ansehe. Ich hab es echt gern, wenn du mir Gefallen schuldest.«

»Tu ich. Wie geht's Frank?«

»Frank ist Frank. Er catcht am Wochenende. Willst du hingehen?«

Marys Mann war kein anderer als Frank Cornish, besser bekannt als »Reißnagelkopf«, ehemaliger Weltmeister im Catchen. Eine von Marys Lieblingsbeschäftigungen war es, zu seinen Kämpfen zu gehen, am Ring zu sitzen und ihn auszubuhen. Ein paarmal war ich mitgegangen und hatte den größten Teil des Abends damit verbracht, sie auf ihren Sitz zurückzuziehen. An einem denkwürdigen Abend hatte sich Reißnagelkopf über die Seile gelehnt, mit drohendem Finger auf seine Frau gezeigt und gebrüllt: »Tanz mir auf dem Schwanz, Rattenkönigin!« Zu Hause schauten sie sich Preston-Sturges-Filme an, lasen Science-fiction-Romane, und sie kommandierte ihn rum. Nicht daß es ihm etwas ausgemacht hätte. Ich konnte die Dynamik ihrer Ehe niemals ermessen, obwohl wir ziemlich viel Zeit zusammen verbrachten. Sie stritten ständig und in aller Öffentlichkeit, und selbst wenn sie Frieden geschlossen hatten, war es wie die aufgeladene Pause zwischen Blitz und dessen langsamem Gatten, dem Donner. Jeden Moment konnte ...

Ich hatte eine Idee. »Kann ich zwei Karten haben?«

»Zwei? Ah-hah, du willst Frau Restaurant mitbringen?«

»Warum nicht? Gibt es etwas Romantischeres, als bei seiner ersten Verabredung zu einem Schwergewichtskampf im Catchen zu gehen?«

»Das ist clever, Max. Entweder ist sie beeindruckt oder sie rennt schreiend raus. Laß uns bloß hoffen, daß sie sich nicht als neue Norah rausstellt.«

»Dazu sag ich nur Amen.«

Meine letzte Freundin, Norah Silver, war eine brillante, nervöse Frau, die als Illustratorin für medizinische Schulbücher arbeitete. Sie reiste gern, und wir fuhren an viele Orte, wohin ich ohne sie nie gefahren wäre. Sie erzählte erstaunliche Geschichten – sie war sehr nahe an Mekka herangekommen; die Python, die sich ein ehemaliger Freund als Haustier hielt, kam in ihrem Wagen frei und hielt sich fünf Tage lang irgendwo hinter ihrem Armaturenbrett verborgen. Sie war witzig und hatte sich auf wundervolle Weise das Erstaunen eines Kindes bewahrt. Diese beiden Charakterzüge halfen ihr über einen angeborenen Pessimismus und den Glauben hinweg, das Leben sei nichts weiter als eine Verkettung von Atomen und Ereignissen, die wahllos gegeneinanderstießen. Ich gewöhnte mich an ihre düsteren Stimmungen, und es schien so, als hätte sie sich an meine unbeabsichtigte Unnahbarkeit gewöhnt. Eine Zeitlang, für ein paar Monate, meinten wir, das Licht der Welt sei auf uns als Paar gefallen, und wir bereiteten uns darauf vor, zusammenzuleben. Zumindest dachte *ich* das.

Eines Abends dann gestand sie mir, daß sie einen Mann kennengelernt hatte, der Flugzeuge flog. So beschrieb sie ihn das erste Mal: »Er fliegt Flugzeuge.« Als ob sein Beruf ausreichen würde, ihren Betrug zu rechtfertigen. Wir waren im Bett und befanden uns zehn Minuten nach der Liebe in jenem schwebenden Niemandsland, wo die Wahrheit die Angewohnheit hat, wie Nebel aus dem Schweiß und der angenehmen Leere des Aktes aufzusteigen.

Warum ist Sex so oft sowohl der Anfang als auch das Ende einer Beziehung? Was ist es, was uns dabei eine solche Reichweite und Vielseitigkeit verleiht? Ob Norah Angst davor hatte, in ein engeres Verhältnis mit mir zu rutschen, oder ob der Flugzeugmann über unwiderstehliche Qualitäten verfügte, die ich nicht besaß, ich konnte mir ihre Handlungsweise, Entscheidung, Wahl – was es auch war – wirklich nicht erklären.

Mary Poe war sich sicher, den Grund zu kennen. »Sie hat den anderen Typ gefickt, um zu sehen, wie du reagierst. So einfach ist das. Max, ich kenne dich jetzt fast mein ganzes Leben und liebe dich, aber du tust so, als wäre eine Heirat dasselbe wie die Landung eines Flugzeugs auf einem Flugzeugträger. Erst wenn alles perfekt ist, kannst du runtergehen. Aber das Schiff schwimmt auf dem Wasser und bewegt sich hin und her, Mann! Du kannst nicht herumtrödeln oder deine Landeklappen wieder neu einstellen und auf den perfekten Augenblick warten, bis du zur Landung ansetzt. Du mußt tun, was in deiner Macht steht, und dann hoffen, daß der liebe Gott und gute Sicht den Rest erledigten.«

»Ich glaube daran, daß man bei einer Sache bleibt, wenn man einmal damit begonnen hat.«

»Vielleicht dachte Norah, du hättest noch nicht angefangen.«

»Quatsch! Es gibt so was wie Loyalität und Vertrauen. Wir wissen alle, was das bedeutet.«

Mary legte ihre Hand auf meinen Kopf und ließ sie langsam bis auf meine heiße Wange gleiten. »Hast ja recht, Süßer. Das macht mich ja an meinem Job jeden Tag so fertig. Ich sehe all diese gierigen Menschen, wie sie herumschleichen und so viel grabschen wollen, wie sie können, aber wenn du sie mit den Fingern in der Keksdose erwischst, fangen sie an zu schreien wie Sechsjährige. ›Ich war's nicht! Ich hab nichts getan! Flenn, flenn!‹ Das mag ich so an Frank – er ist dumm, aber gut, und ich kann ihm vertrauen. Die einzigen anderen Frauen, die er sieht, bewerfen ihn mit Tomaten.«

Meine Beziehung zu Norah reduzierte sich darauf, daß wir uns wie zwei Hunde durch einen Zaun hindurch anbellten. Es war hoffnungslos. Das letzte Mal, als wir miteinander schliefen, war besser als all die Monate zuvor. Traurig sprachen wir darüber, bis ihr Telefon klingelte. Sie griff den Hörer, bevor ihr Anrufbeantworter den Anruf hätte entgegennehmen können. Sie hörte zu und sagte dann: »Ich rufe dich zurück«, und kicherte, als sie die Antwort des anderen hörte. Ich zog mich an und ging. Einen Monat später erhielt ich eine Postkarte vom Robin-Hood-Museum in Nottingham, England. In makelloser Handschrift stand auf der Rückseite ein Zitat: »Sie wäre eine gute Frau gewesen ... wenn es jemanden gegeben hätte, der sie jede Sekunde ihres Lebens erschossen hätte.«

Bevor ich die Gelegenheit hatte, Lily Aaron zum Catchen einzuladen, lud sie mich zu einer Geburtstagsparty ein. Lincolns zehnter. Gefeiert wurde im Restaurant seiner Mutter. Als ich fragte, was für eine Art von Geschenk er gern hätte, sagte sie: »Ein Monster. Kaufen Sie Lincoln irgendein Monster, und er ist ein glücklicher Mann.«

Das war ein Mann, den ich ganz bestimmt glücklich sehen wollte, also machte ich mich daran, das *Nonplusultra*-Monster in der Stadt Los Angeles zu finden. Ich fing mit den Spielwarenläden an und sah Dinge, die dumm oder einfach nur ekelhaft waren, jedoch nichts, was einem Zehnjährigen wirkliche Freude bereitet oder ihn in echtes Erstaunen versetzt hätte. Ein Freund erzählte mir von einem Laden im Stadtzentrum, wo sie nur japanische Roboter und Monster verkauften. Ich ging hin und war umgehend versucht, einen zwei Meter großen aufblasbaren Godzilla zu kaufen. Aber damit war ein Risiko verbunden, denn was, wenn der Geburtstagsjunge schon einen zwei Meter großen aufblasbaren Godzilla besaß? Ich konnte mir die Szene im Restaurant vorstellen: Mitten im Auspacken der Geschenke müßte er entweder Freude vortäuschen oder, und für ein Kind wahrscheinlicher, mir sagen, er hätte schon einen. Katastrophe! Das war eine strategische Anschaffung, ein wichtiger Moment in der Geburt meiner Beziehung zu seiner Mutter. Ich durfte keinen Fehler machen.

In einer Tierhandlung schaute ich mir angestrengt und aufgeregt einen unbeweglichen Leguan an, aber es galt den schon vorhandenen gigantischen Aaron-Hund zu bedenken und was, wenn die beiden sich nicht vertrugen? Seufzend verließ ich das Monster und machte mich weiter auf die Suche nach einem ohne Herzschlag oder Appetit. Einen Nachmittag lang versuchte ich, den größten Cartoon-Menschenfresser der Welt, zwei Meter hoch und umgeben von tropfendem, vorquellendem Schleim zu zeichnen. Aber Kinder machen am liebsten ihre eigenen Zeichnungen. Und was wäre, wenn meine Vorstellung vom Grauenhaften für diesen Jungen nur Mumpitz gewesen wäre? Noch eine mögliche Katastrophe.

Es war ein guter Vorwand, Lily anzurufen. Hier und da übertreibend, um meine Suche sowohl anstrengend als auch ungeschickt erscheinen zu lassen, brachte ich sie schnell zum Lachen. Obwohl sie beim Sprechen eine mittlere Stimmlage hatte, war ihr Lachen hoch und hell.

»Seien Sie nicht verrückt! Kaufen Sie ihm einfach eine Maske oder eine von diesen Beetlejuice-Figuren, und er ist glücklich.«

»Ich will nicht, daß er glücklich ist. Ich will, daß er überwältigt ist.«

»Ich mag einen Mann mit großen Plänen. Letztens im Restaurant waren Sie ein Hit. Ich habe Leute mit dorthin genommen, die es für eine Irrenanstalt hielten. Aber ich glaube, Ihnen hat es gefallen. Jedenfalls mochte man Sie. Selbst Gus. Ich habe ihn dabei erwischt, wie er sich am nächsten Tag ›Büroklammer‹ anschaute, und der ist nicht der Mann, der Comics liest. Viel Glück bei Ihrem Monster. Ich weiß noch nicht, wer aufgeregter ist, es zu sehen, Lincoln oder ich.«

Nimm vor des Maxens Ide(e)n dich in acht. Es kam mir, als ich zeichnete, und erschien mir wundervoll, aber gleichzeitig konnte es auch ein Schuß in den Ofen sein und Schwierigkeiten mit sich bringen. Also beschloß ich, den Überraschungseffekt einem sicheren Erfolg zu opfern, und rief Lily wieder an, um sie auszufragen. Es gefiel ihr so gut wie mir, und sie war davon überzeugt, ihr Sohn wäre begeistert, wenn ich das erfolgreich abziehen könnte.

Volle Kraft voraus!

Ich rief die Tierhandlung an, die den Leguan verkaufte, und nach einigen Erklärungen sagte man mir, ich solle einen Tierdresseur anrufen, der darauf spezialisiert ist, Tiere für Filme abzurichten. Der Dresseur hörte mich an und nannte mir dann einen so ungeheuerlichen Preis, daß ich für dasselbe Geld leicht einen ganzen Zirkus hätte kaufen können.

»Du lebst schon zu lange mit deinen Schlangen, Alter. Ich glaube, die haben dir ins Hirn gebissen.«

Er fluchte immer noch, als ich auflegte und ihn und seinen Preis damit vergaß. Ich rief noch andere Tierhandlungen an und erhielt weitere Telefonnummern und Namen. Schließlich fiel der Name Willy Snakespeare, und ich hatte gefunden, was ich suchte.

Kalifornien ist voll mit Leuten von der dunklen Seite des Mondes. Entweder liegt es am Klima oder daran, daß man so weit westlich ist, daß man seine Verrücktheit bringen kann, bevor man in den Ozeen fällt, in diesem Staat gibt es Exemplare von Irren, wie es sie nirgends sonst gibt. Man kann davon ausgehen, daß Willy Snakespeare nichts weiter tat, als mit zwei Boa Constrictors namens Laverne und Surly zu reden und zu leben. Man sagte mir, ich könnte ihn täglich irgendwo in der Nähe des Dessousgeschäfts *Frederick's of Hollywood* auf dem Hollywood Boulevard antreffen. Wo oder wie er lebte, fand ich während der zwei Tage, die ich ihn kannte, nie heraus. Ich fuhr einfach in die Straße, parkte und schaute mich nach einem Mann mit Bart und Schlangen um, die über seinen Schultern hingen. Es dauerte nicht lange. Er stand vor einem Zeitungskiosk und blätterte in einem Computermagazin. Nur eine Schlange begleitete ihn, aber so wie ihr Kopf hing, schien es, als läse sie über seine Schulter gelehnt mit.

»Sind Sie Willy?«

»Ich bin Willy. Wenn Sie ein Foto wollen, das kostet Sie zwei Dollar.«

»Was, wenn ich Sie und Ihre Schlangen einen Nachmittag lang anheuern will? Wieviel?«

»Hängt davon ab, wofür. Mal ganz grade raus, ich sag Ihnen gleich, ich mach keinen Schweinkram mit. Und die Schlangen laß ich das auch nicht machen. Denn Schlangen *wissen*, wissen Sie.«

»Was wissen sie?«

»Na gut, ich sag's Ihnen. Schweine wissen. Katzen nicht. Ein paar Hunde ja. Aber Schlangen wissen das meiste.«

Ich fragte mich einen Moment, ob er verschleierte biblische Anspielungen machte, aber in seinen Augen stand ein so schlauer Ausdruck, daß ich das Gefühl bekam, für diesen Mann *wüßten* Schlangen etwas unendlich viel Größeres. Ich hielt es für das beste, dieses Wissen bei ihm und seinen schlanken Freunden zu belassen.

»Nein. Ich möchte Sie anheuern, damit Sie mit ihnen auf die Geburtstagsparty eines Jungen kommen.«

Die Dinge, die man vergißt, brechen einem das Herz. Selbst wenn man sie später erneut erlebt – exakt dieselben Dinge –, so können sie uns doch nicht an ihre eigentliche Wahrheit erinnern, wie sie nämlich waren, als wir Kinder waren. Geburtstagsparties sind ein gutes Beispiel. Sicher, Erwachsene setzen sich einen ulkigen Papierhut auf, schreien »Überraschung« und machen sich einen schönen, dämlichen Tag. Aber sie tun nur so, als wären sie Kinder. Bei einer wirklichen Kinderparty geht Freude Hand in festumschlossener Hand mit Gier, echter Wut, Frohlocken. Die Reise nach Jerusalem gewinnen, ein zu kleines Stück Kuchen bekommen oder vom wichtigsten Gast ein doofes Geschenk, das sind Dinge, die lassen einen abheben oder sie kippen einen über die Kante seiner kleinen Welt. Und was wir als Erwachsene am meisten vergessen, ist der tödliche Ernst, der in diesen Details liegt. Für ein Kind sind sie weder niedlich noch trivial, sondern sie machen diese wichtigen Tage wirklich aus.

Die Fassade von *Massen und Macht* sah aus wie eine gewaltige Geburtstagstorte. Kein Wunder, Lincoln wollte seine Party dort feiern! Ky stand draußen und trug ein Kostüm wie die Kreatur aus der schwarzen Lagune. Das traf mich.

»Ky. Das ist doch keine Kostümparty, oder doch?«

»Kostüm? Nein. Nur ich. Ich bin das Parkplatzmonster. Sie können so reingehen, wie Sie sind.«

»Wer hat das dekoriert?« Ich zeigte auf die Fassade des Restaurants.

»Wir alle. Letzte Nacht kommen wir und tun's.«

Daß all diese verschiedenen Typen sich mitten in der Nacht getroffen hatten, um ein Gebäude in einen Kuchen zu verwandeln, war das schönste, was ich seit langem gehört hatte.

»Das ist ein sehr glücklicher Junge.«

»Wir sind eine Familie. Er ist unser Sohn.«

Ein Wagen fuhr vor und noch bevor er anhielt, sprangen bereits zwei Kinder heraus. Ich sah ihnen nach, wie sie ins Haus liefen, und beachtete die Fahrerin nicht, bis sie neben mir stand. Es war Kathy Jerome, die Nachrichtensprecherin aus dem Fernsehen.

»Seit Wochen höre ich schon von dieser Party. Wir konnten nicht eher in Ferien fahren, bis sie vorbei ist.«

Wir stellten uns einander vor und gingen gemeinsam hinein. Es war komisch, diese für ihren Ernst berühmte Frau sagen zu hören »heilige Scheeeiße!«, als wir sahen, was aus dem Restaurant geworden war. Von der Decke spannten sich gigantische Spinnweben und Aluminiumblitze zuckten; an den Wänden hing etwas, das wie die Kulissen von Horrorfilmen aussah. Cobb dem Windhund hatte man einen Supermanumhang um die Schultern gebunden. Die Geschwister Band waren als Frankenstein und Dracula verkleidet, die erotischsten Monster der jüngeren Geschichte. Alles war wundervoll und von allem gab es zu viel. Aber mir wurde klar, daß diese verrückte Mischung aus einem bestimmten Grund entstanden war – es war wie eine Geisterbahn in einem Vergnügungspark, in die kleine Kinder konnten, ohne Angst zu bekommen. Die Übertreibung in alle Richtungen machte es komisch und zahm und verwandelte es nicht in eine Alptraumlandschaft. Kinder rasten herum und aßen Schokoladenfledermäuse und Marzipanratten. Der eigentliche Geburtstagskuchen – ein monumentales Gespensterhaus – stand hoch oben auf der Bar und war einer der Hauptanziehungspunkte. In einer Ecke des großen Raums wurden unter der Leitung von Gus Duveen, der als Werwolf verkleidet war, Spiele abgehalten. Ibrahim servierte Essen und Getränke und trug dazu die hohe Mütze eines Chefkochs und war weiß gekleidet, nur sein Gesicht hatte er mit dem schaurigen Stanniolsilber des berühmten Monsters aus den *Mitternacht*-Filmen bemalt.

Mir gefiel am besten, daß die vielen Erwachsenen, die da waren, sich ebenso köstlich amüsierten wie ihre Kinder. Der Krach und die Freude waren ansteckend. Leute tanzten mit ihren Kindern zu Rock-and-Roll-Musik, respektabel aussehende Väter krochen auf allen vieren mit Kindern auf ihren Rücken in Wettrennen über den Boden (alle Verlierer durften den Papis aus Mineralwasserflaschen ins Gesicht spritzen). Eine Pizza, so groß wie ein Autoreifen, wurde unter lauten Ooohs und Aaahs präsentiert und von groß und klein umgehend gestürmt. Es war eine vegetarische Pizza, und als der Koch Mabdean aus der Küche trat, applaudierte man ihm lautstark.

»Wie finden Sie es?«

»Oh, hallo, Lily! Was für eine Party. Jeder amüsiert sich prima.«

»Ja, das finde ich auch. Wo sind die Schlangen?«

»Die kommen! Die brauchen ja eine kleine Fanfare. Warum sind Sie nicht kostümiert?«

»Lincoln bat mich, es nicht zu tun. Er hatte Angst, ich könnte mir etwas Besseres einfallen lassen als er. Das ist in Ordnung, ich mache mir nicht viel daraus. Kommen Sie, lassen Sie uns ein paar Schritte gehen.«

Ihre Begleitung war ein Kompliment. Die Leute kannten sie hier, und darum sahen sie mich mit fragenden Augen an, wer ist das, daß er diese Begleitung verdient hat. Sie war freundlich zu den Gästen, dabei aber nicht überschwenglich. Sie waren froh, sie zu sehen; es war offensichtlich, daß man es gern gesehen hätte, wenn sie auf ein Gespräch geblieben wäre. Aber sie verhielt sich wie eine vollendete Diplomatin – jeder bekam ein wenig, ein Lachen, das aufrichtig klang und es vielleicht auch war, und weiter zum nächsten und »Hallo! Sie haben kommen können. Wie schön!«

Lincoln kam immer wieder zu uns, um nach diesem und jenem zu fragen. Er war als Zauberer verkleidet, mit rotem Samtumhang und Turban, mit goldenen Ringen und Armreifen, komplizierten Ledersandalen, die vorn an den Zehen spitz zuliefen und wie kleine Gondeln aussahen. Heute ging seine Mutter sofort auf ihn ein, egal was sie tat, sie hörte zu und gab ihm Ratschläge. Normalerweise tat sie das nicht. Sie glaubte daran, daß ihr Sohn gutes Benehmen lernen, einen Teil seines kindlichen Egoismus verlieren und abwarten sollte, bis er an die Reihe kam. Einmal mußte sie sich nach unten beugen, damit er ihr ins Ohr flüstern konnte. Sie wartete, bis er fertig war, und wandte sich an mich.

»Er möchte wissen, ob Sie ihm ein Geschenk mitgebracht haben?«

»Muttiii! Das sollst du ihm nicht sagen!«

»Das ist okay. Klar hab ich ein Geschenk für dich! Aber das kommt erst noch. Ich mußte es bestellen, und sie sagten, es wäre erst ein bißchen später fertig.«

Das befriedigte ihn, und er ging mit einem Mädchen in einem T-Shirt weg, auf dessen Bauch à la Alien ein dreidimensionaler Kopf herausschaute.

»Wie wird das gehen mit diesen Schlangen?«

»Warten Sie es ab. Die Choreographie steht bis ins kleinste Detail.«

Nimm vor des Maxens Ide(e)n dich in . . .

Folgendermaßen *sollte* es ablaufen: Obwohl er in seinem kompletten Catcherkostüm größer und bösartiger als ein psychopathischer Alptraum aussah, mochte Reißnagelkopf Frank Cornish Kinder sehr. Nicht in einer Million Jahren hätte er sie erschrecken wollen. Aber wie seine Frau schon sagte, Frank ist dumm, und ich bin sicher, er wollte nur, daß die Kinder auf der Party etwas für ihr Geld bekamen. Wir hatten es so geplant, daß Reißnagelkopf die Tür von *Massen und Macht* öffnete und mit einer von Willy Snakespeares Zimmergenossen in jeder Hand unbekümmert hereinspazierte. Willy hatte sie zwei Tage lang gefüttert, um so zu garantieren, daß sie sich in einem Zustand von Verdauungsbenommenheit befanden. Das war alles. Der berühmte Catcher kommt herein, schwingt zwei original lebendige Schlangen und ruft mit freundlicher Stimme: »Wo ist das Geburtstagskind?« Er findet Lincoln, gibt ihm die komatösen Schlangen und sagt: »Die beiden wollten unbedingt auf deine Party.« Alle anderen Kids dürfen die Schlangen streicheln und Reißnagelkopf begaffen. Es war als eine süße Showunterbrechung gedacht. Gerade genug Drama, um für ein paar Minuten zu erstaunen und zu erfreuen. Und wenn sich alles beruhigt hatte, würde ich als Spender erkannt, und Lincoln würde mich mit neuen und liebenden Augen betrachten.

Frank ist fast zwei Meter groß und wiegt ungefähr dreihundert Pfund. Sie glattrasierter Kopf sieht aus wie der Amboß eines Schmieds. Mary sagt, er hat Schuhgröße fünfzig. Ich bat ihn darum, sein Catcherkostüm zu tragen, weil es auffallend war und irre aussah.

Als eine halbe Stunde später die Tür aufexplodierte und ein atemberaubendes, erdbebenartiges Röhren jedes andere Geräusch im Restaurant augenblicklich zum Verstummen brachte, dachte ich eine Sekunde lang: Junge, Junge, das ist besser, als ich dachte!

Allerdings wußte ich ja, was gerade geschah. Davon abgesehen war ich ein Erwachsener. In der Tür, als enorme Silhouette im gleißenden kalifornischen Licht, mit ausgestreckten Armen und hängenden Schlangen, sah Frank nicht so sehr wie ein Mann aus, nicht einmal wie ein Mensch. Er sah wie ein rasierter Bär vom Jupiter aus. Ein sehr wütender Bär. Und als er brüllte: »WO IST DAS GEBURTSTAGSKIND?!« und dazu die armen Schlangen schüttelte, daß sie wie schwarze Blitze wirkten, drehten die Leute bereits durch. Wenn ich mich recht entsinne, war es zuerst eine Frau, die schrie, und nicht ein Kind. Es war ein klassisches Horrorfilm-»AAAAAUUGH!«

Jemand schrie: »Schlangen!«

Jemand schrie: »Er verstellt uns den Weg!«

Jemand schrie: »Ma-ma!«

Jemand schrie: »Nein, Moment mal! Warten Sie doch, es ist nur –« Das war ich, aber da gab es bereits kein Halten mehr.

Als ihm klar wurde, was er angerichtet hatte, drückte sich Frank in die Tür, aber wenn man so groß ist, kann man sich nicht sehr weit wegdrücken. Er befand sich mitten in einer Erklärung, als ein Stuhl quer durch den Raum und gegen seine Brust flog. Das hatte nur die Wirkung, daß er die Schlangen fallen ließ. Das wiederum brachte alle wieder zum Schreien: »Sie sind auf dem Boden!« »Vorsicht!« »Raus hier!« »Schlaaaangeeeen!«

Ich wußte nicht, ob ich mich zuerst um die Schlangen oder um Frank kümmern sollte. Ich wählte Frank. Irgendwo in dem Aufruhr rief Willy Snakespeare: »Laßt sie in Frieden! Sie beißen nicht!«

Einen Moment lang sah ich Lily auf Händen und Knien auf Schlangenjagd. Gott sei Dank strahlte ein Lachen auf ihrem Gesicht. Mitten in diesem Chaos lachte sie.

Andere nicht. Sie gerieten in Panik. Die Geburtstagsparty hatte viele von ihnen schon erregt, aber dieses explosionsartige Auftreten eines echten röhrenden Riesen und sich windender Schlangen half dabei, ihre Gaspedale weit über ihre Geschwindigkeitsbegrenzungen hinweg bis auf den Boden durchzutreten.

Was sollte ich, der Angeklagte, also tun? Zuerst kämpfte ich mich durch den Mob bis zu dem Jupitermonster durch und holte ihn verflucht noch mal da raus.

Ich war nur noch drei Meter von ihm entfernt, hatte die Arme bereits ausgestreckt, um dazwischenzugehen, als der Schmerz mich traf. Er explodierte in der Mitte meines Rückens und war unvorstellbar. Ich stolperte, fiel auf die Knie. Es ging weg, kam aber zweimal so schlimm wieder zurück. Ich versuchte, meine Arme um mich zu schlingen, um mich vor den Schmerzen in meinem Inneren zu schützen, aber es war unmöglich. Ein Teil von mir versuchte die anderen Teile zu töten.

Ich fiel nicht in Ohnmacht, obwohl nichts als schwarzer, knochenbrechener Schmerz übrigblieb. Keine Party, Schlangen, Erde. Nur Schmerz, und ich konnte nicht atmen, und es herrschte kein Zweifel, daß ich starb. Laß mich nur sterben und dieser Schmerz hört auf. Laß mich sterben, denn nichts, nichts konnte so schlimm sein wie das.

Wenn ich nur so viel Glück gehabt hätte.

»Was ist das?«

»Das ist ein Reiskorn, Mr. Fischer. Ihr Stein war etwa halb so groß.«

»Wie kann etwas so Kleines so weh tun?«

Meine Frage schien den Arzt zu befriedigen, als wäre ich ein Student, der in der Klasse die korrekte Frage gestellt hat. »Die Regionen, durch die er muß, sind *sehr* klein. Nierensteine verursachen die entsetzlichsten Schmerzen, die ein Mensch erleben kann. Sie sind vergleichbar mit den Geburtsschmerzen bei Frauen.«

»Frauen gebären Kinder, wir gebären Reiskörner. Und Sie sagten, ich könnte wieder welche bekommen?«

»Sie haben die Angewohnheit, wiederzukehren. Aber Sie können dagegen ankämpfen, indem Sie viel trinken und sich gut ausspülen.«

Er war ein langweiliger Mann, der sich dadurch noch mehr zum Langweiler machte, daß er immer wieder dieselben Dinge sagte, und das mit einer so päpstlichen Stimme, die nur seine Mutter oder ein anderer Arzt hätten lieben können.

Zum Abschied legte er das schuldige Reiskorn sehr dramatisch auf den Nachttisch und ging. Das Korn lag neben einem Kunstbuch, auf der aufgeschlagenen Seite stand:

GIB NICHTS ZU
BESCHULDIGE ALLE
SEI BITTER

Ich hielt das Buch schon seit zwei Tagen an dieser Seite aufgeschlagen und würde es wahrscheinlich so liegenlassen, bis ich das Krankenhaus verließ, obwohl fast jeder Besucher nachdrücklich betonte, das Schlangenfiasko sei nicht meine Schuld gewesen. Gus sagte, es sei die Idee eines Arschlochs gewesen, aber das Ergebnis sei nicht »wirklich« meine Schuld. Mary Poe verteilte die Schuld auf ihren Mann, mich und sich selbst. »Ich hätte mitkommen sollen. Ich *wußte*, ich hätte mitgehen und ihn im Auge behalten sollen, aber ich war selbstsüchtig. Ich geb's zu. Ich wollte mein Buch auslesen.«

Was Lily und Lincoln dachten, war wichtiger als alles andere, und beide waren in ihrer Zustimmung einer Meinung.

»Es gibt da dieses Mädchen, Brooke, und ich kann sie nicht ausstehen. Ich mußte sie einladen, denn ich war auf ihrer dämlichen Geburtstagsparty. Aber weißt du, was wirklich super ist? Ich weiß, daß sie sich in die Hose gepinkelt hat, als sie die Schlangen gesehen hat. Patrick Klinkoff hat's mir erzählt.«

»Warum ist Ihnen das peinlich, Max? Keiner ist verletzt, und sie haben was, worüber sie reden können. Über wie viele Kinderparties kann man das schon sagen? In zehn Jahren sagen sie immer noch: ›Erinnerst du dich noch an diese verrückte Party, als die Schlangen los waren?‹ Ich hatte auch ein paar Minuten lang Angst, aber ich habe es genossen. Ich habe auch schon seit Jahren nicht mehr so sehr gelacht. Schlangen, Catcher, Monster ... Haben Sie gesehen, was mit dem Geburtstagskuchen passiert ist? Mein Gott war das komisch.«

Es ist einfach, Leute zu lieben, die einem vergeben. Im tiefsten Inneren meines geheimen Herzens dachte ich auch, daß es komisch war, was da auf der Party geschah, aber andere Teile von mir, die nicht versagen mochten und sich auch nicht schämen wollten, hielten es für das beste, wenn Max Fischer zu dem Rest der kriechenden Kreaturen auf den Meeresboden zöge. Und mitten in einem Desaster, das man selbst geschaffen hatte, umzufallen, schlug dem Faß den Boden aus. Ich bin in meinem ganzen Erwachsenenleben gesund gewesen, wurde jedoch auch von der Vorstellung gepeinigt, plötzlich zusammenzubrechen, weil mein Körper versagt oder eine elektrische Sicherung einfach herausspringt. Warum war mir diese ewige Furcht gerade auf dieser Party zugestoßen? Sorgten die Götter für die Spezialeffekte, oder hatte ich einfach zuviel getan, weil ich unbedingt einen guten Eindruck machen wollte?

Egal warum man drin ist, Krankenhäuser haben eine demütigende Wirkung auf den Menschen. Ohne ein Wort zu sagen, vermitteln sie einem, daß man älter ist, zerbrechlicher, und empfänglich für Dinge, die man nie für möglich gehalten hat. Man kann annehmen, daß in dem Bett, in dem man liegt, bereits jemand starb. Das rückenfreie Nachthemd kleidete schon Menschen, die keine Hoffnung mehr darauf hatten, dieses letzte Land der langen Korridore und der kleinen zischenden Geräusche dicker Schuhe und Wagenräder jemals wieder zu verlassen. Ein Tag dort bedeutet Warten auf Nahrung und Testergebnisse. Das einzige, dessen man sich sicher sein kann, sind die alten Illustrierten auf dem Tisch am Ende des Gangs. Man versucht, sich daran zu erinnern, wo man gerade war, als man dieselbe Illustrierte vor drei Monaten las. Es macht einen außergewöhnlich glücklich, wenn man sich daran erinnert, daß es bei einem Freund oder beim Friseur war.

Ich hatte einen Nierenstein. Es war furchtbar, aber die Ärzte wußten, wie sie vorzugehen hatten. Sie schossen irgendeine Art von Strahlen in meine Seite, die das Ding zertrümmerten und ihm so den Durchgang verschafften. Danach konnte ich den Gedanken an Steine in meinem *Körper* nicht mehr loswerden. Es war, als hätte ein Teil von mir langsam, aber im Geheimen schon mit dem Prozeß des Sterbens begonnen und würde so zu seiner ursprünglichen Materie zurückkehren. Man zeigte mir ein Bild auf einem Schirm und berichtete mir stolz: »Da ist er, das ist Ihr Stein.« Ich schaute hin, denn es war der Beweis dafür, daß ich dabei war zu verderben, daß ich kaputtging, unheilbar war. Irgendein wichtiges Organ hatte ihn geschaffen, so wie es normalerweise mein Blut gereinigt oder Nahrung verarbeitet hätte. Wie konnte ich mir das selbst antun?

Es gibt Tage oder Wochen im Leben, in denen so viel passiert, daß es Monate, selbst Jahre dauern kann, bis man sich darüber klargeworden ist, was alles geschehen ist. Zwei Wochen, nachdem ich die Aarons kennengelernt hatte, ihre Geburtstagsparty zum Platzen gebracht und eine erste ernsthafte Begegnung mit meiner eigenen Sterblichkeit gehabt hatte, saß ich daheim, schaute aus dem Fenster auf ein Vogelhaus und hatte keine Lust, irgend etwas darüber hinaus zu tun. Mein Kopf war voller Seufzer und flüchtiger Gedanken. Das Buch, das ich noch vor Tagen mit Enthusiasmus gelesen hatte, lag unangetastet neben meinem Bett. Um etwas zu tun zu haben, räumte ich die Wohnung auf. Aber das trug nur zu meiner Verwirrung bei, denn als ich fertig war und mich umschaute, erinnerte sie mich an ein Bild in einer Illustrierten. Eines von diesen anonymen, gutgepflegten »Zuhause«, die man sich uninteressiert ansieht und dann umblättert. Ohne Persönlichkeit, ohne Individualität. Wer auch immer dort leben mag, er tut alles auf die vorgeschriebene Weise, besitzt die richtigen Objekte, hat sogar zu einer statistisch korrekten Zeit in seinem Leben Nierensteine. Im Krankenhaus machte man mich wieder auf ein Mädchen aufmerksam, das angeblich an einer mysteriösen, unheilbaren Krankheit starb. Die Leute hatten große Angst um das tragische Kind. Sie zog Ärzte an wie Freier und ließ Millionendollarmaschinen so hart arbeiten wie möglich, nur damit sie am Leben blieb. Ich wußte, daß es nicht sie selbst, sondern die Krankheit war, die sie interessant machte, aber trotzdem. Trotzdem.

Als ich eines Morgens hineinging, nachdem ich die Post geholt hatte, hörte ich das Telefon klingeln. Wegen der Sachen in meiner Hand wollte ich es ignorieren, aber im Gegensatz zu anderen Menschen kann ich ein klingelndes Telefon nicht unbeachtet lassen. Es erregt und verstört mich zugleich aus einem Grund – was mag vom anderen Ende kommen?

Ich hielt eine Kinderzeichnung von einem lächelnden Mann in der Hand. Das Bild zeigte den ganzen Kopf und den Hals. Mitten im Hals saß eine große rote Rose, die aussah, als sei sie ganz geschluckt worden. In unzweideutig erwachsener Handschrift stand unten auf der Seite: »Wir sind uns einig, wir haben beide eine Rose für Dich im Hals.« Ich erhielt eine ansehnliche Menge an Fanpost, aber meine erste schnelle Hoffnung war, daß es von Lily und Lincoln gekommen sein mochte. Kinderzeichnung, Erwachsenenhandschrift. Was bedeutete das, »eine Rose im Hals«? Das Telefon klingelte immer noch. Eins nach dem anderen.

»Max? Vater hier. Ich habe schlechte Nachrichten, Sohn. Mutter hatte letzte Nacht einen Schlaganfall. Sie liegt im Krankenhaus im Koma. Glaubst du, daß du herkommen kannst, um bei uns zu sein?«

Drei Stunden später saß ich in einem Flugzeug Richtung Osten. Am späteren Abend hielt ich die Hand meines Vaters in einem

Krankenhauszimmer, das dem sehr ähnlich war, das ich vor kurzem verlassen hatte. Still und blaß wie sie da im Bett lag, wirkte meine Mutter bereits wie tot. Der Schlaganfall hatte etwas mit ihrem Mund gemacht, und er klaffte seltsam nach einer Seite.

Zum dritten Mal erzählte mein Vater mir die Geschichte, wie es passierte. Ich wußte, daß es wichtig für ihn war, es so oft wie möglich auszusprechen, darum sagte ich nichts.

»Wir schauten gerade fern. Sie sagte: ›Willst du eine Kleinigkeit essen, Liebling?‹ Du kennst sie ja, immerzu will sie dich füttern. Und dann muß man jeden Krümel aufessen. Ich sagte nein, danke. Dann streckte sie ihre Hand so aus, als wollte sie auf etwas im Fernseher zeigen. Ich habe sogar hingesehen, aber eine Sekunde später fiel sie vornüber und geradewegs von der Couch.

O Mann. O Max. Was soll ich bloß machen? Wenn es Mama nicht wieder bessergeht, dann weiß ich nicht... ich funktioniere nicht... ich mache nichts richtig, wenn sie nicht da ist. Du weißt, wie ich bin, Sohn.« Er schaute mich verzweifelt an, als wartete er darauf, daß ich ihm erklärte, wie er funktionierte: daß ich ihm einen Weg aus diesem Dilemma hinaus erklärte, dem er sich jetzt in Form seiner allzu ruhigen Frau gegenübersah.

»Ich glaube, sie ruht sich aus, Paps. In ihrem Innern sortiert sie ihre Sachen, schaut und überlegt sich, was sie tun muß, um zu uns zurückzukommen. Mutti würde uns nicht so hängenlassen. Hey, hör mal, du kennst sie doch – bevor sie irgendwohin geht, macht sie uns zuerst das Mittagessen fertig. Sie verläßt uns jetzt nicht einfach so, ohne sicher zu sein, daß wir versorgt sind!«

Ich verstand das als zärtlichen, beruhigenden Witz, aber der Blick in seinen Augen war plötzlich heller und sicherer. »Recht hast du! Ida hat Sachen nie unerledigt zurückgelassen. Sie *lebt* da drin und ruht sich für den nächsten Akt aus. So ist das. Sie wird jeden Moment aufwachen und uns anschreien, wir sollen gefälligst unsere Schuhe ausziehen.«

Zwangsläufigkeiten. Irgendwann zitiert uns das Leben auf den Stuhl unserer Eltern am Stirnende des Tischs, und plötzlich sind wir dafür verantwortlich, sie zu füttern, nachdem es ein Leben lang umgekehrt war. Es ist ein bewegender und zutiefst verunsichernder Augenblick, einer über dessen Tragweite man sich erst später bewußt wird.

Als die Ärzte sich mit uns über Mutters Zustand und ihre Behandlung unterhielten, beobachtete mein Vater ständig meinen

Bruder oder mich, als ob nur wir verstehen und später übersetzen könnten, was gesagt wurde. In den Tagen, die wir dort verbrachten, hörte er nie auf zu fragen: »Was haltet *ihr* davon, Jungs?« Aber was sollten wir wissen, das er uns nicht bereits beigebracht hatte? Er war derjenige, der die Weltwirtschaftskrise und den Krieg, den Verlust seiner Eltern und *neuntausend* Lebenstage mehr erlebt hatte. Nichtsdestotrotz, wenn Saul oder ich eine Entscheidung fällten, akzeptierte er sie sofort. Wir wußten nie, ob er zustimmte, aber ich hatte den Eindruck, daß der hoffnungslose Zustand seiner Frau ihn völlig entkräftet hatte. Wie jemand, der stolpert und dann ins Fallen gerät, *jeden* stützenden Arm willkommen heißt. Die Tatsache, daß es der seiner Söhne war, machte es leichter, zuzupacken und sich festzuhalten. Auch schien ihn jede schnelle und sicher gefällte Entscheidung zu beruhigen, denn das zeigte, daß es in seiner jetzt wackligen Welt noch ein wenig Ordnung und Gleichgewicht gab.

Er erzählte uns viele Dinge über Mutter und ihre Beziehung, von denen ich vorher nichts gewußt hatte. Einige dieser Geschichten waren sehr persönlich, andere langweilig. Aber wirklich verunsichernd war, daß wir alle drei über sie nur noch in der Vergangenheit sprachen. Selbst unser nostalgischer Tonfall, oder die Art, in der Anekdoten erzählt wurden, hörte sich an, als wäre die Frau schon nicht mehr wirklich da; sie war zur Hälfte schon Geist oder Ektoplasma und nicht die lebendige Ida Dax Fischer.

»Okay, genug jetzt von eurer Mutter und mir. Wie steht's mit euch, Maxie? Hast du denn in letzter Zeit eine nette Freundin kennengelernt?

»Ich glaube ja, Paps. Wir haben uns gerade kennengelernt, aber ich mag sie wirklich. Ich muß dir dazu eine Geschichte erzählen. Sie hat einen zehnjährigen Sohn, und der hatte letztlich eine Geburtstagsparty...« Ich fuhr fort und berichtete über Party/Schlangen/Reißnagelkopf, denn ihm gefällt eine gute Geschichte, und ich wollte ihn zum Lachen bringen. Zu meiner Enttäuschung und Überraschung lächelte er nur halbherzig, und als ich fertig war, fragte er, was aus den Aarons geworden sei. Ich sagte, sie seien zum Krankenhaus gekommen und daß es so aussehe, als hätten sie mir vergeben. Aber wer weiß? Vielleicht würde ich nach Hause fahren und würde nie wieder etwas von ihnen hören.

»Glaubst du, du wirst eines Tages heiraten?«

»Ich hoffe ja, Paps. Die Vorstellung, verheiratet zu sein, gefällt mir, aber ich habe noch keine Frau getroffen –«

»Hör mal. Ich würde das nicht sagen, wenn dein Bruder im Zimmer wäre, aber du weißt ja, was ich von dem Drachen halte, mit dem *er* verheiratet ist. Ich bin früh unter die Haube gekommen und hatte Glück. Saul hat früh geheiratet, und Denise war der größte Fehler seines Lebens. Aber jetzt ist Mutter, wie sie ist, und ich fühle mich, als hätte man mir den Kopf abgehauen. Was bringt's einem also, so oder so? Weißt du, was ich meine? Wenn du Glück hast, endest du kopflos. Hast du Pech, mußt du vierzig Jahre lang mit einem Monster aus der Hölle ins Bett gehen. Ich weiß nicht, ob man überhaupt gewinnen kann, Max. Vielleicht solltest du erst mal noch Junggeselle bleiben und noch ein wenig im Mittelfeld spielen.«

»Ich will Kinder, Paps. Ich möchte gern wissen, wie es ist, Kindern im Sandkasten zuzusehen und zu wissen, daß es deine sind. Das muß ein wundervolles Gefühl sein.«

»Es kommt auf dasselbe heraus – Kinder wachsen heran und gehen weg, und du fühlst dich, als hätte man dir den Kopf abgehauen.«

Zu unserer Überraschung und Freude erwachte Mutter vier Tage später aus dem Koma und bat umgehend um einen Screwpound. Als man sie fragte, was ein »Screwpound« sei, sagte sie, ein Wodka mit Orangensaft. Abgesehen von diesen vielen merkwürdigen und komischen »Absenzen«, erlangte sie in guter Verfassung wieder das volle Bewußtsein. Ihr Mund blieb schief, und so blieben auch viele Dinge, die sie sagte, aber sonst war nichts weiter beschädigt, und sie war bei guter Laune.

»Wieviel kostet das Krankenhaus?«

»Ich weiß nicht, Mam, aber mach dir keine Sorgen darum. Saul und ich zahlen.«

»Dann bringt euren Vater hierher, daß er das andere Bett nimmt. Das wären dann unsere ersten Ferien.«

Mein Vater ging wie auf Wolken. Er hatte sie immer gut, mit vollem Respekt und großer Verehrung behandelt, aber die Wiederkehr und ihre Erholung ließen sie in seinen Augen noch besonderer erscheinen. Er redete über sie in glühender, ehrfürchtiger Weise. Zu ihr sprach er fast in einem Flüsterton, als hätte er Angst, jeder laute Ton könne sie wieder dorthin, wo sie gewesen war, oder an noch schlimmere Orte vertreiben.

Sie wies ihn für seine Unterwürfigkeit zurecht, aber in ihrer Stimme schwang viel Liebe mit, und sie bestand darauf, seine Hand zu halten, wenn er sich im Zimmer befand.

Während ich dort saß, zeichnete ich die beiden immer wieder. Wir redeten, sie hielten sich bei den Händen, Saul erzählte Geschichten vom Leben in London und von der Firma, für die er arbeitete. Obwohl wir ein- oder zweimal pro Jahr zu Familientreffen zusammenkamen, war das jetzt völlig anders. Wir alle erlebten die gleiche Erleichterung, Liebe, Sorge. Es erwärmte die Gefühlstemperatur des Zimmers um fünfzehn Grad. Mam hatte uns fast für immer verlassen, ich war an Nierensteinen erkrankt, mein Vater hatte uns die familiäre Gewalt übertragen und von Ehe, Familie und lebenslanger Liebe als von Dingen gesprochen, die einen am Ende umbrachten. Vielleicht tat er gut daran, zu flüstern. Vielleicht hätten wir das alle tun sollen.

An einem Nachmittag fiel mir im Zimmer meiner Mutter, als sie schlief, Lincolns Zeichnung von dem Mann mit der Blume in seinem Hals wieder ein. Eine Rose in der Kehle. War das nicht genau, was hier geschah? An den guten Dingen des Lebens zu ersticken, wenn sie die verkehrte Röhre, den falschen Weg nach unten nahmen? Rosen sind dazu da, daß man sie anschaut und riecht, und nicht dazu, daß man sie verschluckt. Die Liebe meines Vaters zu meiner Mutter wurde augenblicklich tödlich, als er dachte, sie würde sterben. So und nicht anders. Es machte Sinn. Aber was meinten die Aarons mit ihrem Spruch? In L. A. war es zehn Uhr morgens. Im Zimmer stand ein Telefon, aber ich ging lieber in die Telefonzelle in der Eingangshalle.

»Hallo?«

»Lily? Hier ist Max Fischer.«

»Max! Ich habe schon auf Ihren Anruf gewartet! Wie geht es Ihnen? Wie geht es Ihrer Mutter?«

»Okay. Sie lag in einem Koma, aber daraus ist sie erwacht, und die Ärzte glauben, sie ist in Ordnung. Hören Sie, einfach so, ich möchte Sie etwas fragen. Erinnern Sie sich an die Zeichnung, die Lincoln mir geschickt hat? Die von dem Mann mit der Blume in seiner Kehle?«

»Die Rose. Sicher erinnere ich mich – ich habe ihm gesagt, er soll das zeichnen! Genau nach meinen Anweisungen.«

»Okay, aber was soll das bedeuten?«

Ich konnte förmlich fühlen, wie sie durchs Telefon lächelte.

»Raten Sie mal.«

»Wie bitte?«

»Sie müssen raten.«

»Ich habe rumgerätselt, seit ich sie bekommen habe, aber was mir dazu eingefallen ist, war deprimierend.«

»Nein, es ist nicht deprimierend. Das kann ich Ihnen garantieren. Kennen Sie das, wenn Sie manchmal irgendwo sitzen und aus einem anderen Zimmer ganz leise Musik kommt? Sie neigen sich nach vorne und spitzen die Ohren, um genau herauszufinden, was es ist? Nach einiger Zeit *wissen* Sie es und lehnen sich wieder zurück, als wollten Sie sagen: ›Okay, das Leben kann weitergehen.‹ So ging es mir, Max. Ich habe herausbekommen, welche Musik Sie für mich bedeuten: Sie sind eine Rose in meiner Kehle. Gefallen Ihnen Metaphern denn nicht?«

»Aber ist es gut?«

»Sogar sehr gut. Wann kommen Sie zurück?«

Ich schaute auf die Tür zum Zimmer meiner Mutter, und Schuldgefühl traf mich wie ein Schlag. Da es ihr jetzt besserging, wollte ich abfahren und zu meinem Leben zurückkehren, zurück zu dem, was zusammen mit Lily Aaron geschehen könnte. »Bald, hoffe ich. Sobald man mir hier versichert, daß sie wieder völlig kuriert ist.«

»Wir sollten zusammen eine Fahrradtour machen, wenn Sie wieder hier sind. Wir drei zusammen.«

»Großartig.« Ich machte im Kopf eine Notiz, mir gleich, wenn ich wieder in Los Angeles war, ein Rad zu kaufen.

»Wissen Sie, was ich schon seit Jahren tun will? Mit dem Fahrrad durch Europa fahren. Nicht mit dem Rucksack oder so. Man hat ein Auto, steigt in Hotels ab, ißt gutes Essen ... und hat oben auf dem Auto Räder, und wenn man in einer Stadt oder in den Bergen bleibt, kann man mit dem Rad fahren oder zu Fuß gehen. Keine Besichtigungen vom Auto aus. Können Sie sich vorstellen, wie schön es wäre, durch die Alpen zu radeln?«

»Oder Paris? Das wäre ein Traum. Kann ich mitkommen?«

»Ich weiß nicht. Kommen Sie nach Hause, und wir werden Sie abklopfen. Wie bei einem Vorstellungsgespräch – mal sehen, ob Sie aus dem richtigen Holz geschnitzt sind.«

Bevor er nach London zurückfuhr, aßen Saul und ich zusammen

zu Abend. Obwohl wir wenig gemein haben, verstehe ich mich sehr gut mit meinem Bruder. Er liebt Geschäfte, Frauen, Reisen. Wenn er nicht gerade an einem gigantischen Geschäft bastelt, ist er entweder mit einer Schönheit im Bett oder besteigt gerade ein Flugzeug mit exotischem Ziel. Unsere Eltern wissen nur, daß er erfolgreich ist und von den entlegensten Orten der Welt Postkarten oder bizarre Geschenke schickt. Seine Frau, Denise, ist eine stupide Frau, die einmal sehr schön war, bis ihre Dummheit und ihre Boshaftigkeit die Schönheit verschlissen hatten. Sie haben keine Kinder, und ihr reicht es, gut zu leben, Geld auszugeben und hin und wieder eine Affäre zu haben, wenn ihr Selbstbewußtsein leidet. Saul erzählte mir all das und behauptete, es sei ihm egal.

Wenn mein Bruder und ich plaudern, ist das immer angenehm, denn wir mögen uns, aber möchten nicht um alles in der Welt in den Schuhen des anderen stecken.

»Wie sieht diese Lily aus?«

»Klein, lange dunkle, weiche Haare. Irgendwie französisch.«

»Wie ist ihr Nachname noch mal?«

»Aaron.«

»Ist sie Jüdin?«

»Ich weiß nicht.«

»Und sie hat einen Sohn?«

»Ja, er ist nett.«

»Bist du sicher, daß du dich mit einer Frau einlassen willst, die ein Kind hat, das kurz vor der Pubertät steht? Kannst du Skateboard fahren? Bist du bereit für die Juniorenliga?«

»Saul, mein Bruder, leck mich. Mit wie vielen Frauen warst *du* denn zusammen, die Kinder hatten?«

»Das ist was völlig anderes. Du bist ein Single. Bei mir wußten sie immer, daß ich verheiratet war. Die Information hatten sie schon, bevor noch irgendwas passiert war, Alter. Ich habe nie irgendeinem Kid die Möglichkeit gegeben, in mir seinen Daddy zu sehen. Aber weil du ein Single bist, wird der Junge dich immer mehr auf diese Weise betrachten, je intimer du mit seiner Mami wirst. Glaub mir.«

»Vielleicht ist das gar nicht so schlecht. Instantfamilie. Keine Windeln, kein Zahnen. Ihm gefallen wahrscheinlich sogar dieselben Videos wie mir. Hast du nie Kinder gewollt? Ich bin sicher, Denise wollte keine, aber dich kann ich mir mit einem netten Kleinen, das du auf den Knien schaukelst, gut vorstellen.«

»Ich auch, irgendwie, aber die Vorstellung, ein halbes Leben mit Elternpflichten zu verbringen, erschöpft mich jetzt schon. Aber egal, Denise hätte sicher gern Kinder, wenn sie nichts anderes täten, als die Drinks und die Horsd'œuvres zu servieren. Sonst stellt sie sich Kinder als kleine Monster vor, die ihre Brüste zum Durchhängen bringen und Laufmaschen in ihre Seidenstrümpfe machen.«

»Hast du je an eine Scheidung gedacht?«

»Siebzehnmal am Tag denke ich daran, Max. Aber weißt du, was mich abhält? Das muß jetzt aus meinem Mund komisch klingen, aber wir haben zusammen ein Leben. Das zählt irgendwie. Ich meine, ja, ich habe eine Million Freundinnen, und sie hatte auch ihren Teil. Dazu kommt, daß sie mich verrückt macht, und ich bin nicht oft genug zu Hause, damit sie sich so fühlen könnte, als hätte sie einen richtigen Ehemann. Aber abgesehen davon, es gibt da ein Leben, das wir gemeinsam haben. Wir stöbern gern durch die Burlington Arcade und gehen gern zu den Tottenham-Fußballspielen. Denise ist ganz verrückt auf Fußball. Im Bett ist sie immer noch die beste Frau, die ich jemals hatte ... Mann, ich weiß auch nicht. Zähl alles Gute zusammen, und es kommt etwas dabei heraus. Natürlich ist sie unzuverlässig, aber sie ist meine Frau *und* meine Geschichte. Sie ist die einzige, die weiß, wie es ›damals‹ war. Das bedeutet was.« Er redete weiter, und ich liebte ihn für alles, was er sagte, und auch für das, was er andeutete. Die Ehe kann selbst im schwierigsten »Klima« so robust und manchmal so schön sein wie ein Kaktus. Denn dann und wann überrascht sie einen und läßt ohne Vorwarnung die feinsten und farbenprächtigsten Blumen erblühen. »Wer kümmert sich schon darum, wenn eine Rose blüht, weißt du? Von einer Rose erwartet man, daß sie tut, was sie tut. Aber wenn ein *Kaktus* blüht, ist es sagenhaft ...

Hör mal, was neulich abends passiert ist. Ich wollte gerade ins Bett gehen, und auf meinem Kissen lag ein Zettel. Darauf stand in Denises' Handschrift: ›Süßer, roter, herrlicher Kußmund.‹ Also rief ich: ›Hey, Den, das ist wirklich nett. Stammt das von dir?‹ ›Nein, von Swinburne.‹ ›*Swinburne*? Meinst du den Dichter? Seit wann liest du Gedichte?‹ ›Tu ich nicht – es stand innen auf der Verpackung von einem Schokoladenbonbon. Ist es nicht süß?‹ Herrgott, Max, liebte ich sie mehr dafür, es abgeschrieben und auf mein Kissen gelegt zu haben, oder unumwunden zuzugeben, daß sie es von einem scheiß Schokoladenpapier hatte?«

Eine Frau, die allein in der Öffentlichkeit wartet, zeigt gewöhnlich einen entschlossenen und verschlossenen Gesichtsausdruck. Männern sagt er: »Ja, ich warte, aber nicht auf dich, Typ. Geh weiter.« Auf Frauen wirkt er, als würden sie von Kopf bis Fuß gemustert und dann gezwungen, bloß ja nicht den Mund aufzumachen. Wenn eine Frau auf mich wartet, beobachte ich sie gern einen Moment ungesehen, bevor ich Kontakt aufnehme. Ich stelle mir dann vor, daß ich sie zum ersten Mal sehe, ohne ein Vorurteil oder Verlangen in meinen Gedanken.

Lily war schon durch die Sperre durch und saß mit genau diesem Gesichtsausdruck auf einem blauen Plastikstuhl, als ich ankam. Glücklicherweise hatte ich Air France angerufen und nach der Ankunftszeit gefragt und erfahren, daß ihre Maschine vierzig Minuten früher eintreffen würde. Trotz einer verrückten Fahrt von St.-Paul-de-Vence, glücklicherweise ohne Verkehr, hatte ich nur wenig Verspätung. So wenig, daß ich einmal gut hinschauen konnte, bevor ich hallo sagte.

Ihr Haar war kürzer und lockiger. Noch etwas war anders, nur was? Ich war so froh, sie zu sehen, so rundherum dankbar, daß sie auf meine verrückte Chance-eins-zu-einer-Million-Idee eingegangen war: Rufen Sie eine Frau an, die Sie kaum kennen. Bitten Sie sie, für eine Woche alles in ihrem Leben stehen- und liegenzulassen und mit einem von Ihnen spendierten Flugschein nach Südfrankreich zu fliegen. Wenn sie ihren Sohn mitbringen wollte, wäre das in Ordnung, aber Sie würden es bevorzugen, wenn sie allein käme. Am anderen Ende der Leitung entsteht, *entstand*, eine lange Pause, die ich natürlich als den Anfang eines »Nein« interpretierte. Statt dessen stellt sie nur eine Frage: »Haben Sie das schon einmal mit einer anderen Frau gemacht?« Und Sie wissen genau, sie sagt ja, wenn Sie nein sagen und daß Sie noch niemals auch nur daran gedacht hätten, etwas so Verrücktes und hoffentlich Romantisches zu tun. Noch bevor sie antwortet, wissen Sie, daß sich Ihr gesamtes Leben verändern wird. Gott segne sie.

Ihre Lippen waren grün. Ihre Lippen waren *grün*.

»Max! Endlich! Was ist? Was ist los?«

»Lily, geht es Ihnen gut? Ihre Lippen sind grün!«

Sie stieß ein kleines »Oh!« aus und hob eine Hand halb zum Mund. Dann wurde aus dem »Oh!« ein Lächeln, dann ein breites Lachen. »Das ist mein dämlicher Lippenstift! Das ist schon mal passiert. Es ist so ein besonderes Zeug. Wenn man es aufträgt, ist es grün. Und es verwandelt sich dann in das Rot, das einem am besten steht. Aber es stimmt, das letzte Mal, als ich ihn auftrug, ist er auch grün geblieben, da war ich genauso nervös wie heute. O Max, ist das nicht dramatisch? Ich fliege den ganzen Weg nach Europa, um Ihnen nervöse, grüne Lippen zu zeigen.«

Ich stand nah genug, um sie zu berühren, und tat es – Hände auf ihre Schultern, freundlich, warm, intim genug. »Wie geht's, Lily? Wie war der Flug?« Noch bevor sie etwas sagen konnte, zog ich sie an mich und nahm sie lange und fest in die Arme. Einen Moment lang tat sie nichts, dann spürte ich, wie sich ihre Hände zögernd meinen Rücken hinaufbewegten.

»Ich wußte nicht, ob du das tun würdest. Vielleicht waren meine Lippen darum grün. Wenn ich gewußt hätte, daß du mich gleich in den Arm nehmen würdest, wären sie sicher so rot wie Granatäpfel gewesen!«

Ich hielt sie noch und sagte in ihre Haare: »Du bist gekommen. Verflucht, du bist *gekommen*! Es wird wunderschön. Ich verspreche, daß wir uns wunderbar amüsieren werden.«

Sie schob sich ein wenig zurück und schaute mir ernst in die Augen. »Ich brauche Frankreich nicht, Max. Und ich brauche auch nichts Großartiges. Ich habe zu Hause jede Menge zu tun. Ich bin wegen dir hier. Ich bin gekommen, weil du etwas Unmögliches verlangt hast, das vielleicht so ausgeht, daß es mehr als die ganze Welt bedeutet. Wo wohnen wir?«

»St.-Paul-de-Vence. Es liegt etwa eine halbe Stunde entfernt.«

»Da ist auch das Colombe d'Or. Gus sagte, ich müßte dich dazu kriegen, mit mir dahin zum Abendessen zu gehen.«

»Okay. Wo ist Lincoln?«

»Bei Ibrahim und Gus bis zum Wochenende, dann bei Foof und Ky. Er schwebt im Himmel – sechs Tage lang total verwöhnt. Foof und Ky nehmen ihn mit auf eine vietnamesische Hochzeit.«

»Und du machst dir auch keine Sorgen um ihn?«

»Sicher mache ich mir Sorgen, aber ich werde mich daran gewöhnen. Er ist jetzt zehn. Mein Gott, zehn Jahre alt. Weißt du, was er sagte, bevor ich abfuhr? ›Wirst du mit ihm ins Bett gehen, Mami?‹ Mein Sohn fängt an, sich dafür zu interessieren, mit wem ich Sex habe.«

Ich lachte. Mehr über ihre Lippen – seit ich das letzte Mal hingeschaut hatte, hatten sie sich in ein blasses Pink verfärbt.

»Findest du das komisch?«

»Ich finde deine Lippen komisch. Sie haben endlich die Farbe gewechselt.«

Sie berührte sie mit einem Finger und schaute nach. »Willst du nicht hören, was ich zu Lincoln gesagt habe?«

»Das ist eine gefährliche Frage.«

»Du weißt selbst, daß du es unbedingt wissen willst. Ich sagte ja, ich werde mit dir schlafen, wenn du einen Aidstest gemacht hast. Lincoln hat große Angst davor, daß ich Aids bekommen könnte. Er sieht zu viel fern.«

Ich legte eine Hand auf ihren Ellbogen. »Ich hab ihn schon gemacht. Ich habe einen Test machen lassen, als ich im Krankenhaus war.«

»Ich auch. Ich habe ihn gleich dort machen lassen, als wir dich einmal besuchten.«

Fünf Schritte vor mir drehte sie sich um. Ich war wie angewurzelt stehengeblieben, ihre Eröffnung und die Gelassenheit ihrer Antwort hatten mich zum Stehen gebracht. Ihr Unterkiefer klappte auf komische Weise auf, und sie zuckte mit den Achseln. »He, man kann ohne Sex keine romantische Woche verbringen. Ich wußte, daß du dich testen lassen würdest. Du bist der Typ. Das ist einer der Gründe dafür, warum ich eingewilligt habe, zu kommen. Du bist interessant, aber du bist nicht wahnsinnig. Ich brauche nicht noch mehr Wahnsinnige in meinem Leben. Laß uns gehen. Ich war erst einmal in Frankreich und da habe ich Hepatitis gekriegt und mußte ins Krankenhaus.«

Die Leute gehen einfach davon aus, daß die meisten schönen Orte heutzutage vom Tourismus, von Umweltverschmutzung, Gier oder Bauspekulanten ruiniert worden sind... aber ich stimme dem nicht zu. Wenn man vorher weiß, was einen erwartet, können solche Orte immer noch herrlich und erfüllend sein. Was unsere zynischen Gedanken vernachlässigen, ist die Tatsache, daß diese Orte für ihre Schönheit berühmt sind. Gewiß, einige sind im Lauf der Zeit ruiniert worden, aber viele andere sind herzhaft und unverwüstlich und stur – sie stehen einer Veränderung nicht freundlich gegenüber und wehren sich auf angenehme Weise gegen die billige Tageskosmetik unserer Tage.

Nachdem wir uns im Hotel angemeldet hatten, tat ich etwas, das ich fast noch nie mit einer Frau gemacht hatte: Sobald wir auf unserem Zimmer und allein waren, nahm ich Lily in die Arme und brachte sie zum Bett. Sie war willig.

Das erste Mal mit jemandem ist oft nur so lala, selbst wenn die Beziehung sich später in ein wahres Wunder verwandelt. Das Neue und die Nervosität, die Ängste, ob ich / ob sie gut ist?, machen es eher zu einem Experiment als zu einem Erlebnis. Aber selbst unter Berücksichtigung dieser Tatsache war Lily beim ersten Mal so leidenschaftlich, daß ich sie hinterher ansah und »Whow« sagte. Sie war voller Gegensätze – hart und weich, schnell und langsam, erst zärtlich, dann hinterhältig. Sie verunsicherte mich fast die ganze Zeit hindurch, was das gesamte Erlebnis unglaublich steigerte. Ein Kuß wurde plötzlich zum Biß, dann zu einem Lecken, einem Zwicken, einem langen weichen Kuß. Ihr Mund riß sich plötzlich los, kam zurück und wollte mehr, verzog sich in ein langsames erotisches Lächeln. Sie machte Geräusche, aber sie waren still und tief, die Geräusche waren nur für uns und sonst niemanden bestimmt. Ich ertappte mich, wie ich ihre Hände beobachtete. Sie zuckten und bogen sich, wurden zu Fäusten oder lagen hilflos offen. Sie erzählten die gesamte Geschichte. Ich war verrückt nach diesen Händen und drückte mein Gesicht immer wieder in sie hinein oder zog sie an mich, damit ich ihre Stärke und Wärme fühlen und alles an ihnen riechen konnte. Ich roch uns beide daran, und unsere Gerüche waren Schweiß und Geilheit und Kouros-Parfüm, das gegen die anderen Düfte keine Chance hatte.

Viel später, als wir fertig waren, ging sie ins Bad und drehte die Dusche an. Schnell stand ich auf, ging hinein, stellte mich hinter sie und drehte sie wieder ab. Sie senkte die Augenbrauen und schob ihre Unterlippen vor. »Was machst du da?«

»Dusch dich noch nicht. Ich liebe die Vorstellung, daß du da draußen mit unseren Gerüchen an dir herumläufst. Das ist mit das beste daran, findest du nicht? Das seltenste Parfüm der Welt.«

»Okay. Das ist interessant. Die meisten Männer, die ich kenne, jagen direkt danach ins Bad. Es ist schön zu hören, daß dir die Gerüche gefallen, Max. Ich mag sie auch, aber im Laufe der Jahre hat man mir das praktisch aus dem Hirn gewaschen. Du und ein anderer Mann seid die einzigen, mit denen ich jemals zusammen war, die so reagierten. Ich glaube, die meisten Typen mögen deine

Möse, solange sie richtig gebraucht wird. Geh einen Schritt weiter, und viele von ihnen werden *wirklich* nervös.«

»Wer war der andere Mann?«

»Mein Ex, Rick.«

»Rick das Arschloch?«

»Genau der. Du hast ein gutes Gedächtnis.«

»Erzählst du mir von ihm?«

»Wenn du willst. Aber es tut weh, darum kann ich es nur häppchenweise.«

Eines dieser Häppchen kam beim Essen. Sie schaute auf eine Gurkenscheibe, balancierte sie auf ihrer Gabel und lächelte. »Willst du eine Rick-Aaron-Geschichte hören? Ich erzähle dir eine über Salatgurken. Sie ist mir gerade eingefallen. Ich habe schon seit Jahren nicht mehr daran gedacht. Nachdem Rick und ich zusammengezogen waren – das war an der Universität –, beschlossen wir, es wäre an der Zeit, daß ich seine Eltern kennenlerne. Seit Monaten schon hatte er mich vor ihnen gewarnt, aber ich dachte, er wäre nur vorsichtig – weißt du, und daß er keine falschen Erwartungen erzeugen wollte. Sie wohnten ein paar Stunden von der Schule entfernt, und eines Sonntags fuhren wir ganz herausgeputzt hin. Wir sahen aus wie Barbie- und Kenpuppen. Ich sollte seinen Vater bei der erstbesten Gelegenheit nach ihrem Garten fragen, denn Daddy war verrückt auf Gartenarbeit. Wir kamen an, und ich wurde vorgestellt. Die Familie unterzog mich der ersten Überprüfung, dann wurde es Zeit fürs sonntägliche Abendessen. Sie setzten mich neben Mr. Aaron, und als wir die Suppe zur Hälfte gegessen hatten, sagte ich süßlich: ›Ich habe gehört, Sie haben einen wunderschönen Garten, Mr. Aaron. Kann ich ihn nach dem Essen sehen?‹

Er sagt: ›Alllso, ich weiß nicht. Haben Sie im Moment Ihre Periode?‹ Ich war gerade zwanzig, Max. Ich hatte diesen Blödmann noch nie gesehen, und das erste, was er mich fragte, war *das*. Ich war sprachlos. Ich schaute über den Tisch und suchte bei Rick Hilfe, aber mein Held da drüben stierte in seine Suppe. *Aber* die restliche Familie schaute mich an, als wenn sie sagen wollten: ›Und übrigens, wie geht's Ihnen?‹, und warteten auf meine Antwort! ›Was hat das mit Ihrem Garten zu tun, Mr. Aaron?‹ ›Hah! Verflucht offensichtlich, daß Sie nicht viel vom Gärtnern verstehen! Ich kann bloß soviel sagen, wenn eine menstruierende Frau in die Nähe von Gurkenpflanzen kommt, so ist das der *sichere* Tod für die Gürkchen. Mehr ist nicht dran an der Sache.‹«

Um uns herum wogten gelbe Bäume. Auf dem Tisch stand ein Glas milchigweißen Pernods neben meiner schwarzen Brille. Teller mit knackigem Salat und weichen Käsen. Mein Portemonnaie war voll mit diesen wundervoll großen Einhundertfrancscheinen, die sie einem in der Bank bündelweise geben, alle in einer Ecke von einer kleinen Nadel zusammengehalten. Bald schon würden wir zurück aufs Zimmer gehen, baden und uns dann fürs Abendessen umziehen. Was sie wohl tragen würde? Was auch immer, ich wußte jetzt, wie sie unter ihrer Kleidung aussah. Ich wußte auch, daß ich bald wieder da anlangen würde, und sie schien so versessen darauf zu sein wie ich. Ich glaube, wir beide waren an diesem ersten Tag so glücklich, daß wir ihn immerzu hätten wiederholen können, bis es Zeit geworden wäre, Frankreich zu verlassen, und wir wären trotzdem völlig zufrieden gewesen.

Es war das perfekte Land, um unsere Beziehung zu beginnen, denn der Süden Frankreichs ist ein langanhaltendes Streicheln der Sinne. Vieles von dem, was man dort erlebt, kann einen entscheidenden Teil der Seele auffüllen. Denn es ist Erde, sinnliches Leben in seiner allerbesten Form. Und genau das ist auch der Anfang einer Liebe, wenn man Glück hat. Ich sagte Lily, dies seien die beiden Orte, wo man die besten Zutaten der Welt fände.

Ich könnte eine Handvoll Schnappschüsse anbieten oder den Diaprojektor anschmeißen und Sie mit Bildern davon langweilen, wie glücklich wir waren, wieviel Spaß wir hatten, aber lieber beschreibe ich Ihnen zwei weitere Szenen.

Sie war verrückt nach Straßenmärkten, und wir fanden oft welche, wenn wir durch diese wunderschöne Landschaft fuhren. Unser Mietwagen war schon bald voll mit Parfümessenzen, alten Leinenkleidern, getrockneten Kräutern der Provence und Lavendel. Ich liebte es, neben Lily zu stehen und zu beobachten, wie sie in Schachteln mit alten französischen Illustrierten kramte oder sich Olivenöl auf den Handrücken rieb, weil sie so besser die Qualität erkennen konnte. In jener Woche brachte sie mir eine Menge übers Essen bei, und ich war ein dankbarer und eifriger Schüler. Sie lachte, wenn ich sagte, wie erfrischend ihr Enthusiasmus sei, und wie anders als die Haltungen der Frauen, mit denen ich in letzter Zeit zusammen war (mit Ausnahme von Norah Silver), die kaum ihre Sonnenbrillen absetzten, nicht einmal, um sich die Speisekarte anzusehen.

»›Sag nichts, tu so, als ob nichts wäre‹, nicht? Was das anbelangt, bin ich nicht sehr kalifornisch, oder? Ich besitze nicht mal eine Sonnenbrille.«

Wie hieß die Stadt? Ich sehe sie so deutlich vor meinem geistigen Auge. Der schnelle braune Fluß, der vorbeifloß. Das Restaurant am Wasser, wo wir aßen. Eine historische Gedenktafel, die verkündete, daß dort jemand wie Petrarca gewohnt habe. Gerade als wir hineinfuhren, entdeckten wir einen großen Markt, also hielten wir an, um zu essen und herumzustöbern. Der Fluß, der Markt und die Hauptstraße verliefen parallel zueinander. Lily und ich trennten uns, denn sie wollte sich die Lebensmittel anschauen, während ich eine Schachtel mit alten Comics entdeckte, die mich die Hände reiben ließ. Wir verabredeten uns in einer Stunde wieder am Wagen. Dicker Kuß. Bis später. Noch was, das ich an ihr mochte – es war keine große Sache, wenn man mal eine Weile seiner eigenen Wege gehen wollte. Häufiger als ich war sie es, die vorschlug, getrennte Wege zu gehen, wenn wir irgendwo waren, aber unsere Augen in unterschiedliche Richtungen blickten.

Ich war so in die Bücher vertieft, daß das Geräusch des Zusammenstoßes und das Heulen des armen Tiers einen Moment brauchten, bis sie in meinen Schädel drangen. Leute begannen, sich gegenseitig zu rufen und in dieselbe Richtung zu rennen. Mein Französisch ist über das Grundwissen nie hinausgekommen, aber ich hörte ›*chien*‹ und ›*accident*‹. Abgesehen davon waren die Schreie grauenhaft und unmißverständlich. Es war klar, was geschehen war. Ich hoffte nur, daß es ein Hund und nichts anderes war.

»*Oh, pauvre –*«

»*Il n'est pas mort!*«

»*Qui est la dame?*«

»*Sais pas.*«

Um was auch immer dort auf der Erde lag, hatte sich im Halbkreis eine Menschentraube gebildet. Ich kam von hinten, und durch ihre Bewegung hindurch sah ich den Schwall leuchtenden Blutes, Eingeweide, und das schöne, glänzende, schwarze Fell eines jungen Hundes. Seine Hinterläufe lagen zerquetscht auf der Straße. Neben ihm auf dem Boden hockte Lily. Sie rief auf französisch nach etwas, laut genug, um es über das quiekende Todesjammern des Hündchens hinweg hören zu können. Später sagte sie, sie hätte um Kordel oder Draht gebeten – alles, was sie hätte benutzen können, um ihn zu erdrosseln. Ich kämpfte mich durch und hockte mich neben sie. Der Hund stöhnte, und seine Kiefer schnappten in wahnsinnigem Schauern und Knurren. Immer wieder versuchte er, sich zu seinem zerquetschten Hinterteil umzudrehen. Schwarzer Pelz. Weißes, schäumendes Maul. Rot. Die Hälfte seines jungen Blutes war an meiner Geliebten.

»Max, hol ein Seil oder eine Kordel. Nein, gib mir deinen Gürtel!«

Ich wußte, was sie wollte und warum. Ich zog den Gürtel heraus, sagte aber: »Ich werd's tun, Lily. Geh weg – er kann noch beißen. Er ist wahnsinnig.«

Als der Hund sich wieder umdrehte, warf ich ihm den Gürtel um den Hals und zog mit aller Kraft zu. Bei dem bißchen Leben, das noch übrig war, dauerte es nur Sekunden. Die Geräusche waren weich und sehr kurz.

»Fest, Max. So fest du kannst! Töte ihn schnell. Bitte bring ihn jetzt um.«

Was ich, abgesehen von der Grauenhaftigkeit der Szene, bemerkenswert fand, und woran ich lange, nachdem alles vorüber war, immer wieder denken mußte, war die Art, wie sie auf das reagierte, was geschah. Ich erinnerte mich daran, wie sie am ersten Tag, als wir uns kennengelernt hatten, zu der schwangeren Frau auf dem Parkplatz gelaufen war, um ihr zu helfen. Sie war fraglos einer von diesen wenigen guten Menschen, deren erster Impuls immer der ist zu helfen, wenn Hilfe gebraucht wird. Aber das hier war anders. Helfen ist eine Sache, ein vor Schmerzen wahnsinniges, gefährliches Tier von seinen Leiden zu befreien, eine andere. Pragmatisch, dennoch moralisch, aufopfernd, eine sichere, gute Mutter, witzig *und* eine Flamme im Bett... das war's. Lily Aaron war für mich eine Gottesgabe. Ich wußte, daß ich alles in meiner Macht Stehende tun mußte, um sie zu gewinnen.

Es gab noch eine andere Szene in Frankreich, obwohl sie eher eine Geschichte als eine Szene ist. Eine Geschichte, die ich ihr zu Beginn unseres Fluges zurück nach Los Angeles erzählte. Aber wenn ich noch mal darüber nachdenke, will ich sie Ihnen doch erst später erzählen. Lassen Sie uns dieses Kapitel mit Tod und Hoffnung beenden. Der echten Möglichkeit von Freude. Stellen Sie sich uns vor, wie wir aus einem kleinen runden Flugzeugfenster auf die Welt unter uns blicken. Eine Welt, die uns gehört hätte, wenn das Kind nicht gewesen wäre.

Zweiter Teil

Krähen mit blauen Augen

Warum sollten wir Fetzen und Überreste
in die neue Stunde hinüberretten?
Emerson

»Mary hat mir von einem Paar erzählt, das in den Ferien nach Thailand fuhr. In irgendeiner Stadt gingen sie eine Straße hinunter und sahen einen ganz jungen Hund einfach daliegen. Er war bezaubernd, aber man hatte ihn verlassen, und sie wußten, er würde sterben, wenn sie ihn nicht retteten. Also nahmen sie ihn mit und schmuggelten ihn irgendwie nach Hause. Nach Amerika.

Er wuchs heran und wurde ein richtig Hübscher – zutraulich und süß. Er saß gern auf ihrem Schoß, wenn sie fernsahen. Aber sie hatten auch eine Katze, die der Hund haßte und hinter der er ständig her war. Eines Tages verschwand die Katze, und als nächstes fand der Mann lauter kleine Knochen oder so was neben dem Körbchen des Hundes.«

»Hör auf! Der Hund hat die Katze *gefressen*? Mit Fell und allem?«

»Warte, es wird noch besser. Der Hund hatte die Katze mit Fell und allem gefressen, und das machte die Besitzer ein klein wenig mißtrauisch. Also brachten sie den Hund zum Veterinär, denn sie hatten Angst, er könnte anfangen, auch andere Dinge in der Nachbarschaft zu fressen. Der Tierarzt warf nur einen Blick auf ihn und sagte: ›Das ist kein Hund. Ich weiß nicht, *was* es ist, aber es ist ganz bestimmt *kein* Hund.‹«

»Was war es? Was haben sie gemacht?«

»Brachten das Tier zum Zoo. Weißt du, was es war? Eine *Ratte*. Hieß Große Siamesische Ratte oder so ähnlich.«

»SIE HABEN SICH EINE RATTE IM HAUS GEHALTEN?«

»Eine Große Siamesische Ratte.«

»Was haben sie damit gemacht?«

»Eingeschläfert.«

Lincoln wandte sich an seine Mutter und fragte. »Heißt das, daß sie sie umgebracht haben?«

»Ja, mein Süßer. Hey, Max, ist die Geschichte wahr?«

»Mary sagt ja.«

Es war ein Sonntag im Winter. Wir drei saßen immer noch, jeder mit einem Teil der Sonntagszeitung, in Schlafanzügen um den Küchentisch.

Zwei Monate nach unserer Rückkehr aus Frankreich waren wir zusammengezogen. Es war für uns alle schwer, aber für Lincoln war es am härtesten. Lily und ich entschieden uns dafür wegen unserer Hoffnung und wegen unserer neuen Liebe. Natürlich würde es Schwierigkeiten geben, aber da war auch die Begeisterung, die die Möglichkeit einer wirklichen und langanhaltenden Befriedigung begleitet. Wie Diplomaten, die einen Vertrag über den Stop von Nukleartests verhandeln, tasteten wir den Jungen so behutsam wie möglich ab und wählten dann unser Verhalten und unsere Wörter so aus, daß er sich vorkam, als wäre er an unserer Entscheidung beteiligt.

Lincoln war daran gewöhnt, seine Mutter für sich allein zu haben. Ich fand heraus, daß er kein schrecklich egoistisches Kind war, aber daß er, wie jeder andere auch, gern der Mittelpunkt im Universum einer anderen Person war. Zehn Jahre hatten sie allein zusammengelebt. Er war ihre Geschichte, und sie war sein Fels und seine Wahrheit. Über die Jahre hatten sie verschiedene Freunde gehabt, zwei relativ ernste Beziehungen darunter, aber nichts war jemals ernst genug, um den festen Abstand zwischen ihnen beiden zu bedrohen. Lincolns Vater, Rick Aaron, war für den Jungen ein Gerücht und ein Gespenst. Er erschien überlebensgroß, drei Meter groß, ein Abenteurer, Zorro, et cetera, aber er blieb für seinen Sohn eher ein Ereignis als ein wirklicher Mensch.

Lily und Rick lernten sich am Kenyon College kennen. Er war eine gutaussehende Mathekanone mit einem gepflegten langen Pferdeschwanz, einem blauen Jeep und einem zweihundert Seiten starken Notizbuch, das er mit Gedichten vollgeschrieben hatte. Er beschäftigte sich mit Fotografie, Kalligraphie, kannte sich sehr gut in Ornithologie aus. Lily wurde von ihm in gleicher Weise eingesponnen wie verunsichert. Warum war dieser Megamann an Lily Margolin, der Sprachstudentin, interessiert. Sie sah gut aus, verfügte über genügend Selbstbewußtsein, um sich in einem Gespräch behaupten zu können, und mochte Sex mehr als die meisten anderen ihrer Freundinnen. *Aaaaber* Rick Aaron war einer dieser seltenen Menschen, denen alles gelingt, wohin sie auch kommen. Männer mochten ihn nicht, wollten aber seine Freunde sein. Frauen schauten ihn zu lange an, und manchmal klafften ihre Münder dann ein wenig auf. Er hatte einen bestimmten Ruf, aber nach allem, was Lily erfuhr, waren seine alten Freundinnen stolz auf ihn und nur wenige sagten Schlechtes über ihn. *Was* an Schlechtem berichtet wurde, war gut: er sei zu intensiv, zu hungrig, zu sehr mit sich selbst beschäftigt. Sie schätzte diese Qualitäten. Abgesehen davon, war es nicht sein volles Recht, mit sich selbst beschäftigt zu sein, nach allem, was er anzubieten hatte? Es machte Rick um so einnehmender, als er seine Tausend-Kerzen-Watt-Aufmerksamkeit auf sie scheinen ließ. Einmal träumte sie sogar, er sei ein Leuchtturm. Ein menschlicher Leuchtturm, mit genug Brillanz und Potenz, um jeden Teil der Nacht zu beleuchten. Das einzig Merkwürdige an diesem Traum, den sie natürlich als ein wichtiges Zeichen vom Grunde ihres Herzens betrachtete, war, daß Ricks Kopf sich auf seinem Hals völlig herumdrehte. Aber damals betrachtete sie das als ein weiteres Zeichen dafür, daß er ein wahrhaftiger Leuchtturm war. Um alles einzuschließen, muß man alle Richtungen abdecken, drehbar oder nicht.

Und wie er sein Licht auf *sie* scheinen ließ! Sie hatte auch Freunde gehabt. Es gab sogar einen, der jetzt an einem anderen College studierte, aber auch der Typ, jeder Typ, hatte im Vergleich mit diesem Mann keine Chance. Das war ein Teil davon – obwohl Rick erst im dritten Semester war, betrachtete sie ihn als Mann. Das Wunderbare an ihm war, daß er manchmal so verrückt und charmant wie ein Junge sein konnte, während seine Stärke und Wißbegier ihn sicher, ruhig, *erwachsen* erscheinen ließen. Sie lernten sich im September kennen, und zum folgenden Weihnachtsfest gab Rick ihr ein von Hand gefertigtes Lederalbum mit Gedichten und Fotos, die er für sie gemacht hatte. Sie hatte monatelang gespart und kaufte ihm ein besonderes Objektiv für seine Kamera, fühlte sich jedoch dann wie ein oberflächlicher Hohlkopf, als sie das wunderschöne schwarze Lederbuch in Händen hielt und die Seiten mit dem Daumen umblätterte. Was ist ein Objektiv im Vergleich zu Gedichten?

Je mehr er sich um sie kümmerte, desto glücklicher und nervöser wurde sie. Sie wartete darauf, daß die Bombe platzte, oder zumindest jemand kam und ihr die Rechnung darüber präsentierte, was dieser Mann und ihre Beziehung wirklich kosteten. Die meisten Menschen glauben, sie hätten etwas Besseres verdient als sie haben. Das Problem ist, wenn wir »es« tatsächlich bekommen, werden wir furchtbar mißtrauisch.

Die Rechnung wurde vorgelegt, kurz nachdem sie zusammengezogen waren und Lily ihre Salatgurkenepisode mit Mr. Aaron überlebt hatte. Eines Abends kündigte Rick an, er wolle sich für eine Zeit von der Schule beurlauben lassen. Einfach so wollte er ein Semester aussetzen und nach San Francisco gehen, um zu sehen, was das ganze Theater dort zu bedeuten hatte. Wie von einem Gehirntumor oder einer tödlichen Krankheit, die jahrelang in unserem Körper ruht, bis der Tag kommt, an dem sie aktiv wird und anfängt, uns von innen heraus zu verzehren, wurde Rick plötzlich von entweder Wanderlust oder Verantwortungslosigkeit befallen. Das hing davon ab, wie man die Sache betrachtete und wie man zu ihm in Beziehung stand. Immer der gute Junge, der gute Student, der gute Gute, beschloß er unvermittelt, sich auf den Weg zu machen und nachzusehen, was fehlte. Einfach so. Unglücklicherweise ließ er (unter anderem) eine junge Frau zurück, die hoffnungslos an ihn gefesselt und dazu bereit war, diesen ganzen romantischen Mist mitzumachen, um Teil seines Lebens bleiben zu können. Sie fragte sogar, ob sie mitkommen könnte. Das war eine erstaunliche Entdeckung. Also existierten solche Gefühle doch! Sie hatte tatsächlich einen Mann kennengelernt, für den sie bereit war, alles aufzugeben. Auch sie würde ihr altes Leben hinter sich lassen, wenn er sie ließe. Er ließ sie nicht. Nicht, daß er an ihr Wohlergehen dachte. Seine Dialoge entlehnte er schlechten Cowboyfilmen und sagte tatsächlich etwas in der Art wie, ein Mann müsse tun, was ein Mann eben tun muß, und ließ Lily Margolin auf der Türschwelle in Gambier, Ohio, zurück, wo sie stand und seinen Jeep im Sonnenuntergang verschwinden sah.

Zu Beginn einer Beziehung machen wir viele verrückte Dinge. Später dann neigen wir dazu, uns dies wieder zu verzeihen, denn es war jener erste tiefe Luftzug großer Liebe, wie Hochgebirgsluft, der uns schwindlig machte und uns schließlich so in die Irre leitete.

Lily wartete auf ihn. Sie hätte weinen und seinen Namen verfluchen sollen, dafür daß er sie verließ, schwarze Kleider tragen und für ein paar Wochen auf poetische Weise tragisch aussehen müssen. Sie warf sich in das interessante Universitätsleben zurück, behielt aber die Spur einer Viktorianerin an sich. Einmal sagte sie lachend, sie hätte auch eine gute Kapitänsfrau abgegeben – die Vorstellung, lange Monate zu warten und noch längere Briefe zu schreiben, die nur mit wenig Wahrscheinlichkeit jemals ankämen, reizte ihr Zartgefühl. Hinzu kam, hatte sie je ein besseres Erlebnis gehabt? Sie war in fetter Mittelschichtsbequemlichkeit aufgewachsen. Ein angenehmes Leben. Aber nichts darin leuchtete, nein, *brannte* jemals so, wie ihre Verbindung mit Rick. Sie fühlte sich von ihm erleuchtet, Wattkapazitäten, die sie vor diesem Mann niemals kennengelernt hatte. Aber wie dem auch sei, vielleicht mußte man mit etwas so Magischem genau so umgehen – es genießen, solange es da war, es verehren, wenn es weg war. Vielleicht testete Rick sie auch nur – testete ihre Long-distance-Hingabe. Aber aus welchem Grund auch immer, sie würde sich und ihm zeigen, aus welchem Holz sie geschnitzt war.

Sie wurde eine Einsiedlerin. Sie ging ins Seminar, sie ging nach Hause. Sie bereitete sich zu lange auf Prüfungen vor und belegte merkwürdige Kurse, mit denen sie niemals würde etwas anfangen können. Es bereitete ihr Freude, Autoren zu entdecken und zu lesen, deren Arbeiten schon seit Jahren nicht mehr aus der Bibliothek entliehen worden waren. Wyndham Lewis. James Gould Cozzens. Sie war die erste, denn ihr stand die Zeit der Liebe zur Verfügung. Ein Buch fand sie und verlängerte es immer wieder, nicht weil es so gut war (es war unverständlich), sondern wegen des Titels: *Das Verlangen und das Streben nach der Gesamtheit*. Was für verrückte Dinge sind wir nicht bereit, aus Liebe zu tun? Andere wollten sich mit ihr verabreden, aber sie wollte nicht. Ihre Verweigerung machte sie noch verführerischer und mysteriöser. Sie war weder das eine noch das andere. Sie war einfach in einen Mann verliebt, der sie wie einen Heißluftballon aufgeblasen hatte und ihr dann, ohne ihr eine Gebrauchsanleitung zu geben, die Halteseile durchgeschnitten und sie in den freien Raum hatte treiben lassen. Die Aussicht von da oben war super, aber wenn man nicht weiß, was man als nächstes machen soll, bekommt man es mit der Angst. Was sollte sie tun, wenn er nicht zurückkäme? Würden die Schmerzen, die sie zu spüren begonnen hatte, jemals wieder vergehen? Gab es irgendeine Möglichkeit, den Verlust einer so wichtigen Person jemals zu verwinden? Sie war willens, eine Weile ziellos und verloren über der Erde zu schweben, aber was geschah nach dieser Weile?

Sie brauchte sich keine Sorgen zu machen. Zwei Monate später tauchte Rick in Batikhemd, indischer Weste und mit Bart, der ihm nicht sehr gut stand, wieder auf. Aber sie war glücklich. Er hätte auch mit implantiertem drittem Auge wieder auftauchen können, sie wäre dennoch in Ekstase geraten. Trotz seines neuen Äußeren war er nicht sehr beeindruckt von dem, was er gesehen hatte. Allerdings bedeutete das auch nicht, daß er zurückkam, um zu bleiben. Der Dreckskerl sagte, er sei nur nach Ohio zurückgekehrt, um sie zu besuchen, denn sein nächstes Ziel sei Europa. Er war daheim! Er fuhr wieder ab! Aber er war gekommen, um sie zu besuchen! Sie sagte, die Zeit seines Aufenthalts sei wie ein ganzer Vergnügungspark von Gefühlen gewesen. Was konnte sie anderes tun, als ihn zu lieben und ihm das bißchen Zeit völlig zu widmen, das ihnen blieb?

Ein Teil von alldem war Sex. Lily sagte, sie hätte in ihrem ganzen Leben noch nie so viel gebumst. Einen Monat, nachdem Rick nach Luxemburg geflogen war, stellte sie fest, daß ihr Pessar versagt hatte. Sie fuhr heim nach Cleveland, um ihren Eltern zu sagen, daß sie mit einem Mann zusammengelebt habe, schwanger sei, ein Kind bekomme. Und, ach ja, der Mann sei nicht mehr da. Joe und Frances Margolin waren die Art von progressiven Eltern, die afrikanische Batiktogas trugen und für verschiedene revolutionäre Sachen Geld spendeten. Wenn ihre Tochter ein Kind haben wollte, ihnen sollte es recht sein.

Doch noch vor Ablauf des dritten Monats hatte Lily eine Fehlgeburt. Als Rick aus Europa zurückkehrte, erzählte sie ihm zum ersten Mal alles, was geschehen war. Er war so gerührt und erstaunt darüber, daß sie ihr Kind hatte behalten wollen, obwohl sie nicht wußte, ob er jemals wiederkäme, daß Mr. Wonderful sich umgehend entschloß zu bleiben. Sie heirateten, und da sie nicht gestorben sind, lebten sie zwei Jahre lang glücklich zusammen, bis er seinen Abschluß machte und die Ferne ihn wieder lockte. Diesmal geschah es über einen Job bei einer grünschnäbligen kalifornischen Computerfirma. Das war vor den Zeiten von Silicon Valley, als diese gesamte neue Industrie aus nichts weiter als einer Handvoll brillanter Experimentierer und Enthusiasten bestand, die allein aus eigenem Antrieb arbeiteten. Rick gefiel das alles. Ein Jahr vor ihrem Abschluß zogen sie Richtung Desaster gen Westen.

Sechs Monate. Dieses von sich selbst besessene Arschloch hielt es ganze sechs Monate in seinem guten neuen Job aus, bis er sich beschwerte, die Arbeit schränke ihn ein und er müsse abhauen. So nannte er das. Wohin würde er jetzt abhauen? Israel. In einen Kibbuz an der syrischen Grenze. Er hatte mit einem Typ gesprochen... Sie unterbrach ihn mitten in seinen Ausführungen und fragte unumwunden, ob er sie diesmal mitnähme. Seine Antwort war der Anfang vom Ende ihrer Beziehung: »Lil, du mußt deine eigenen Entscheidungen über dein Leben fällen. Was mich anbelangt, so ist das okay, wenn du mitkommen willst.« Als sie mir von dieser Unterhaltung erzählte, überzog eine Härte ihre Stimme und ihren Gesichtsausdruck, die Jahre alt und im Laufe der Zeit nicht im geringsten erweicht worden war.

»Mich selbst entscheiden? Ich war seine *Frau*, verflucht noch mal! Allein die Art, wie er es sagte, machte mir klar, wie es damals um uns stand. Er glaubte wirklich, es wäre genug, dem großherzigen Johannes zu mimen und mich hinterdreintapsen zu lassen. Aber was, wenn ich zu diesem Zeitpunkt etwas anderes gewollt hätte? Kümmerte es ihn? N-E-I-N. Rick das Arschloch. Ich glaube, damals nannte ich ihn zum ersten Mal so. Rick das Arschloch. ›Du mußt deine eigenen Entscheidungen über dein Leben fällen.‹ Kannst du dir vorstellen, so was zu deiner Frau zu sagen?«

So behutsam wie möglich fragte ich: »Warum bist du dann mitgefahren?«

»Weil ich ihn liebte. Ich konnte nicht genug von ihm kriegen.«

Ihre Eltern, die seit Jahren schon freigebig für Israel spendeten, hielten es für eine großartige Idee und finanzierten ihre Reise. Drei Monate lebten sie in dem Kibbuz. Beide arbeiteten in der Pappfabrik dort, bis Rick mit einem der Manager eine Schlägerei hatte und die Aarons wieder auf der Straße saßen. Sie gingen nach Frankreich, wo sich Lily eine Hepatitis holte und im Krankenhaus landete. Ihr letzter Strohhalm war ihr Mann, der vor Begeisterung glühend an ihr Bett kam und erzählte, er habe in einem Café jemanden kennengelernt, der als Lektor in London arbeitete. Dieser Typ las einige von Ricks Gedichten und wollte sie herausbringen. Ob Lily etwas dagegen hätte, wenn er für ein paar Tage hinflöge, um mit den Leuten dort zu reden?

»Ich habe mich so sehr für ihn gefreut, Max. Da lag ich also in diesem französischen Krankenhaus, fühlte mich nur zwei Schritte vom Tod entfernt und sagte, er solle das Geld meiner Eltern nehmen, um nach London zu fliegen. Mein Gott, zwei Wochen war er weg!«

Wie bei einem Bergsteiger, der an einer vertikalen Wand hochkletterte, so hatte Lilys Liebe für ihren Mann einen Punkt erreicht, wo es absolut keine Griffe mehr gab, an denen man sich hätte weiterhangeln können. Es war, als hätte sich die Oberfläche, die sie emporkletterte, von zerklüftetem Granit unten auf dem Weg nach oben in poliertes Aluminium verwandelt, wo jeder Ausrutscher den Tod bedeutete. Wenn man nicht wahnsinnig ist, sucht man sich andere Wege, um weiterzukommen. Stellt man fest, es gibt keine, kehrt man um. Lily kehrte um. Oder besser, an dem Tag, als sie aus dem Krankenhaus entlassen wurde, nahm sie ihr letztes Geld und kaufte einen Flugschein nach Hause.

Keine große Liebe endet jemals wirklich. Wir können sie mit einer Pistole erschießen oder sie ganz hinten in den finstersten Schrank unseres Herzens stopfen, aber sie ist clever; sie weiß, wie man überlebt. Sie findet ihren Weg ins Freie und schockt uns, wenn sie wieder auftaucht, wo wir doch so verflucht sicher waren, daß sie tot war oder zumindest sicher versteckt unter Bergen von anderen Dingen.

Rick tauchte wieder auf. Rasiert, zerknirscht. Er erinnerte sie an einen Mann, der kurz davor stand, Priester zu werden. Unnötig zu erwähnen, daß sie wieder auf ihn hereinfiel. Sie hatte ein Interview mit einer älteren Schauspielerin gelesen, die sagte, sie möge alle Falten in ihrem Gesicht, denn jede einzelne komme von einem anderen Mann in ihrem Leben. Lily hatte keine Falte im Gesicht, aber sie verstand sehr gut, wovon die Frau sprach. Ihr Ehemann ängstigte sie, sie fühlte sich, als habe er ihr Wesen zum Hinken gebracht. Aber er verstand es auch, in ihr die Toten zum Leben zu erwecken, denn es war zwischen ihnen nie richtig gestorben – nur in einen Winterschlaf gefallen. Es brauchte seine Zeit, aber er schaffte es. Sie wurde erneut schwanger. Sie war dreiundzwanzig.

Ein Jahr nachdem Lincoln geboren worden war, ging sein Vater in einen Supermarkt in Windsor, Connecticut. Er kaufte eine Pakkung Zigaretten, doch bevor die Kassiererin das Wechselgeld zusammen hatte, brach der gutaussehende Mann mit den langen Haaren zusammen und starb an Herzversagen.

Als Lincoln alt genug war, um alles zu verstehen, und begann, Fragen über seinen Vater zu stellen, erzählte ihm Lily die Geschichte ihrer Beziehung. Er konnte nicht verstehen, wie sie jemanden so sehr lieben und ihn am Ende hassen konnte. Er konnte darüber hinaus auch nicht verstehen, wie dieser wunderbare Mann seine noch viel wundervollere Mutter so schlecht behandeln konnte. Sie antwortete so gut es ging, aber wie ein Psychiater, der dieselbe Frage immer wieder neu formuliert, um auf den Grund des Problems zu gelangen, hörte der Junge nie auf, sie über dieses Thema auszufragen.

Als ich sein Vertrauen gewonnen hatte, setzte er mich auf den heißen Stuhl und fragte, warum ich meinte, daß diese Dinge zwischen den beiden wichtigsten Personen in seinem Leben geschehen seien. Ich las jedes Buch über Kinderpsychologie, das ich finden konnte, aber es gab so viele verschiedene und berechtigte Möglichkeiten, auf seine Fragen zu antworten, daß ich manchmal gar nicht mehr wußte, was ich sagen sollte. Wie oft hatte ich *die* perfekte Antwort auf Lincolns Fragen, aber sie kam zu spät? Verflucht oft. Hinzu kam die Schwierigkeit, vor seinem Sohn nicht sagen zu können, was ich wirklich über Rick dachte. Ich hielt den Mann für einen selbstsüchtigen, verantwortungslosen Bastard. Das konnte ich Lincoln nicht sagen. Aber ich wollte, daß er mir vertraute. Ich wußte, ich würde seinen Vater niemals ersetzen können, aber wenn ich ein Freund werden könnte, dem er vertraute, würde mir das ausreichen. Ich stellte fest, daß man ein Meister darin werden mußte, sowohl Kind als auch Erwachsener zu sein, um das Vertrauen eines Kindes zu gewinnen. Man muß ihnen zeigen, wer der Herr im Haus ist, sie aber gleichzeitig mit dieser Macht glücklich und zufrieden machen. Lily verstand das sehr gut. Was zur Folge hatte, daß sie ihren Sohn ganz allein zu einem sicheren, selbstbewußten Jungen erziehen konnte, der gewöhnlich offen genug war, auf die Stimme der Vernuft zu hören.

Am interessantesten fand ich, wie sehr ich es genoß, mit den beiden zusammenzuwohnen. Sie waren wie zwei neue exotische Geschmäcker oder Gerüche, die einen zunächst erschrecken, einen aber schon einen Moment später nach mehr verlangen lassen. Lily sang im Bad, las sich jede Nacht in den Schlaf, mochte Sex als erstes direkt am Morgen, gefolgt von einem großen Frühstück. Wenn sie stritt oder wütend war, wurde sie oft unfair und sehr emotionell. Sie erwartete, daß ich bestimmte Dinge tat, sagte aber nicht immer, was für welche, bis ich sie zur Verzweiflung trieb und sie explodierte. Es war schwer, sie wieder zu beruhigen. Es war leicht, sie zum Lachen zu bringen. Schon von Anfang an wußte ich, wie sehr ich sie mochte und wollte. Ich erlebte es als einen richtiggehenden Schock, wie schnell ich sie liebte.

Lincoln war anders. Da ich zum ersten Mal mit einem Kind lebte, war ich immer wieder aufs neue über seine Anwesenheit und seine Wahrnehmung erstaunt. Die Leute verbreiten sich immer wieder darüber, wie unterschiedlich Männer und Frauen die Welt sehen und wie erstaunlich es ist, daß wir uns trotzdem vertragen. Das ist zweifellos richtig, aber noch viel unplausibler ist es, wie Erwachsene und Kinder auf derselben Ebene funktionieren. Sie fühlen sich viel wohler im Leben als wir, während wir informierter darüber sind. Beide betrachten den Blickpunkt des anderen als unwirklich und oft lächerlich.

»Max, muß dir unbedingt den grauenhaften Traum erzählen, den ich letzte Nacht hatte. Ich wurde von Typen mit großen Taschen mit Salz die Straße runtergejagt. Sie kriegten mich und sagten, sie würden meine Finger reinstecken. Und dann taten sie's!« Zufrieden ließ er sich zurücksinken. Es konnte nichts Schlimmeres geben, als seine Hand in einer Tasche mit Salz zu haben. Sein Gesichtsausdruck machte deutlich, daß jeder Mensch, der bei klarem Verstand war, kapierte, wie grauenvoll das war, und welche Qualen er ertragen hatte, die letzte Nacht heil zu überstehen. Ein Erwachsener käme sich verrückt vor, diesen Traum nur zu erzählen. Lincoln war davon erschüttert. Indem er mich daran teilhaben ließ, überreichte er mir die grundlegenden Geschenke seiner Furcht und seines Erstaunens. Solche Dinge sind nicht klein. Sie sind nicht niedlich oder süß oder ach, Kinder sagen die verflixtesten Sachen. Ich sollte nicht nur zuhören, sondern auch verstehen. Seine Anforderungen waren hoch. Wenn ich mit ihm leben, seine Mutter und sein Leben mit ihm teilen wollte, würde ich ständig getestet werden, bis er zu einem Ergebnis gelangte. Ich konnte da nicht mitreden. Es gab keine Zwischengrößen. Triumph oder Versagen. Er war der einzige Richter.

Aber ihn um sich zu haben, war meistens auch erfreulich. An den meisten Morgen begleitete ich ihn zur Schule. Wir redeten über alles, und er wußte, er konnte jede Frage stellen, die er wollte, besonders in Männerangelegenheiten. Als Ergebnis fand ich mich einmal an einen Briefkasten gelehnt wieder, wo ich eine schnelle Zeichnung von einer Vagina machte, die er an sich nahm, aber schnell in seiner Hintertasche verschwinden ließ. »Macht es dir was aus, wenn ich sie mir später ansehe? Es ist mir etwas peinlich.« Als wir einmal im Auto fuhren, roch er an seiner Achselhöhle, immer wieder roch er daran und sagte: »Ich fange an, wie ein Mann zu riechen.« Er wollte alles über meine Familie wissen, meine alten Freundinnen, wie ich war, als ich jung war. Er gestand, daß er auf der Schule nicht beliebt war, weil er zu herrisch und ungeduldig war. Ich stimmte ihm zu, daß er herrisch sei, aber auch interessant. Das machte das andere wieder wett. Lily sagte, er hätte um ein Bild von mir gebeten, das er in sein Portemonnaie stecken wollte, aber sie solle nichts sagen. Alle drei fuhren wir nach Disneyland, Marineland, zu den Wrestling-Kämpfen. Es gibt ein Foto von Reißnagelkopf Frank Cornish, der einen ekstatischen Lincoln Aaron über seinem Kopf hält, als wollte er das Kind zehn Reihen weit in den Zuschauerraum werfen. Auf dem nächsten Foto, das zum Poster vergrößert wurde und an der Wand in seinem Zimmer hing, stand Lincoln in Siegerpose mit einem Fuß auf der Brust des am Boden liegenden Riesen. Wir aßen Hamburger und spielten Videospiele bis lange nach seiner Schlafenszeit. Wir lasen gemeinsam mit Lily Geschichten.

Einer der unerwarteten Vorteile war ein ständiger Fluß neuer Ideen für »Büroklammer«, der von den beiden kam. Die Leute fragten oft, wo ich die Ideen für die Zeichnungen hernahm. Meistens murmelte ich Brillantes wie: »Die fallen mir einfach zu.« Aber jetzt konnte ich ehrlich sagen: »Von den Leuten, mit denen ich zusammenlebe.« Ich benutzte den Salztraum dafür. Ich benutzte die Art, wie Lily sich gewalttätig aus dem Schlaf riß, egal, was gerade geschah. Und Lincolns Art, abends zu beten. Mein Leben wurde verwickelter und in gewisser Weise komplizierter, aber es wurde auch erfüllter und interessanter. Interessant war das Wort. Wenn man mit anderen zusammenlebt, weiß man nie wirklich, was als nächstes kommt. Neue Geräusche, Bewegungen, neues Leben. Die Tür öffnet sich nach der Schule, oder das Telefon klingelt, und da sind sie und haben einem etwas zu erzählen, das einen Tag auf den Kopf stellt oder seine Lautstärke um tausend wunderbare Dezibel hochdreht. Allein ihre Anwesenheit verändert das Gelände.

Bis ins Extrem getrieben, konnte einen das verrückt machen, aber das war hier nicht der Fall. Eigentlich das Gegenteil. Schon nachdem wir einige Wochen zusammengelebt hatten, wurde mir klar, daß mein Leben vor den Aarons so vorhersehbar und langweilig geworden war, daß ich seine flache Straße mit verbundenen Augen hätte abfahren können. Schlimmer, immer wenn einmal ein kleiner Buckel oder eine Umleitung *kam*, wurde ich nervös und unglücklich. Wie konnte die Existenz es wagen, sich von gestern zu unterscheiden! Offensichtlich war diese Gleichheit weder gesund noch produktiv. Dann kam der Augenblick, als ich durch ihre Tür trat und: TOTALE TRANSFORMATION. Mit dieser Frau und diesem Kind zu leben zwang mich, meinen ausgetretenen Pfad zu verlassen und neues Gebiet zu betreten. Es war nicht einfacher, aber reicher. Um so vieles reicher.

Lincoln war versessen auf Baseball. Ich als Kind auch. Also hatten wir da einen wirklichen Berührungspunkt. Der Unterschied zwischen uns war der, daß ich versessen auf die Götter der Oberliga war – wer in welcher Mannschaft spielte, wie hoch sein Schlagdurchschnitt war –, während Lincoln nur einfach gern spielte. Es machte ihm Spaß, zu einem Spiel der L. A. Dodgers zu gehen, aber durch nichts zu übertreffen war, in den Park zu gehen und ein paar Bälle zu fangen oder hohe oder tiefe Bälle zu schlagen. Er hielt sehr viel von Sport. Ein Ruf wird an einem Nachmittag aufgebaut, Verherrlichung oder völliges Versagen sind sich immer nah. Das Großartige daran ist besonders für Kinder, man unterscheidet sofort zwischen Schwarz und Weiß: gut, wenn man gewinnt, schlecht, wenn man verliert.

Er spielte in einer Juniorenmannschaft und trainierte an zwei Nachmittagen pro Woche auf einem Schulhof, der nur ein paar Häuserblocks von unserem Haus entfernt lag. An diesen Tagen machte ich meine Arbeit so schnell wie möglich fertig, nahm Cobb an die Leine, und wir beide marschierten hinüber, um unserem Freund beim Spiel zuzusehen. Einmal dort, setzte sich der Hund neben mich auf die unterste Sitzreihe und sah aus wie eine Sphinx mit Nase. Wenn er müde wurde, kletterte er langsam nach unten und legte sich auf die Seite in die Sonne. Ich genieße die Erinnerung an diese Nachmittage. Im Rückblick fühlte ich mich dann am meisten als Lincolns Vater. Für ihn dazusein, ihm beim Spiel zuzusehen, anschließend mit ihm zusammen nach Hause zu gehen, über seine Leistung zu sprechen, ließ mich ein solides und ehrliches Band zwischen uns spüren. Wir hatten Baseball im Kopf. Beide hörten wir gut zu, was der andere sagte, und bedachten es behutsam.

Es war unvermeidlich, daß in seinem Team auch einer seiner eingeschworenen Feinde mitspielte. Es war unvermeidlich, daß der Bursche besser war als Lincoln. Andy Schneider. Ich kann immer noch sehen, wie sich seine schmalen Lippen in völliger Verachtung und Abneigung verzogen, wenn er Andys Nachnamen aussprach, so als bezeichne es gleichzeitig eine seltene Krankheit *und* nenne ein anderes Wort für »Furz«.

Als es geschah, dachte ich gerade darüber nach, was ich zum Abendessen kochen sollte. Cobb lag auf dem Boden ausgestreckt und beobachtete eine Biene, die um seinen Kopf summte. Lincoln spielte als Shortstop und schlug sich in Erwartung dessen, was von

Andy Schneiders Schläger kommen mochte, mit der freien Hand in seinen Handschuh.

»Schlag endlich, du Scheißkerl!«

Lincolns Stimme? Ich schaute auf. Wenn es so war, machte mich das nicht froh. Er konnte Schneider hassen, aber ihn so anzufahren, war billiges Benehmen, und das würde ich ihm sagen, sobald –

CRRRRRACK!

Andy schlug den nächsten Ball so hart, daß der zweite Aufprall des Balls nur Sekunden, nachdem er seinen Schläger verlassen hatte, zu hören war. Das zweite Geräusch kam, als er Lincolns Gesicht traf. Er brach direkt zusammen.

Ich sprang von der Tribüne und rannte aufs Spielfeld. In meinem Kopf war kein anderer Gedanke als der, zu ihm zu gelangen. Er lag in einem Haufen da, ein Arm bedeckte halbwegs seinen Kopf. Herb Score. Mein anderer erster Gedanke. Herb Score war ein berühmter Pitcher der Cleveland Indians, der von einem niedrigen Flugball im Gesicht getroffen und davon fast getötet wurde.

Kein Blut war zu sehen. Ich beugte mich nach unten und bewegte Lincolns Arm behutsam, damit ich besser sehen konnte.

»Mutter Gottes!«

Seine rechte Schläfe schwoll bereits an. Es schien, als habe er seinen Kopf noch einen Moment vor dem Aufprall zur Seite drehen können, um dadurch zu verhindern, mitten ins Gesicht getroffen zu werden. Aber seine Schläfe wurde so schnell dicker, daß sie schon jetzt so groß wie ein Golfball und violettblau war. Seine Augen waren geschlossen. Er bewegte sich nicht.

Hinter mir hörte ich eine Jungenstimme schreien: »Was hab ich getan? Ist er tot? Was hab ich getan?«

Der Trainer hockte sich neben mich und versuchte zu sprechen, verschluckte aber seine Sätze ständig zur Hälfte.

»Wir haben einen Krankenwagen gerufen. Es ist nicht so weit bis ...«

»Verstehen Sie was von Medizin?«

»Nein. Mein Vater war Arzt, aber ... Hey, hören Sie mal, vielleicht gibt es da noch eine ...«

Wir redeten miteinander, hatten aber kein einziges Mal Augenkontakt. Beide beobachteten wir Lincoln nach Lebenszeichen. Es gab keine. Immer wieder bückte ich mich hinunter und legte meinen Kopf auf seine Brust. Ich mußte wissen, daß sein Herz noch schlug. Irgendwo in diesem stillen Körper arbeitete es, um ihn am Leben zu halten.

»Meinen Sie, wir sollten künstliche ...? Schauen Sie sich die verdammte Schwellung an!«

Kein Blut war zu sehen. Das ängstigte mich am meisten. Ich dachte immerzu an all das wütende, explodierte Blut in seinem kleinen Kopf. Wenn es nur alles in einem furchtbaren Strahl hervorsprudeln würde, wäre er sicher okay. Er würde aufwachen und vor Schmerzen schreien, aber er wäre okay. Aber es war kein Blut da. Es schwoll und schwoll, aber kein Blut außer dem tödlichen Violett unter seiner Haut.

»Hab ich ihn umgebracht? Ich wollte das doch nicht! Ich hab nur den Ball geschlagen!«

Die schlimmsten Momente. Er lebt, ist aber so schwer verletzt, daß es nichts auf Erden gibt, was man tun kann. Nur zusehen und beten und die Fäuste ballen darüber, wie unfähig man ist. Warum ist man nie in einen Erste-Hilfe-Kurs gegangen? Was, wenn er stirbt, und man hat nichts anderes getan, als zuzusehen? Was wird seine Mutter sagen? Wie sieht das restliche Leben aus? In deinem Kopf ist nur Terror. In deinem Herzen ist nur Furcht.

Im Krankenwagen war ein Telefon, aber ich war zu beschäftigt damit, den Krankenpflegern bei ihrer Arbeit an Lincoln zuzusehen. Ich dachte nicht eher daran, Lily anzurufen, bis wir schon im Krankenhaus angekommen waren und sie ihn in die Notaufnahme schoben. Ein Arzt betrat den Raum und sagte mir unfreundlich, ich solle gehen.

»Er ist mein Sohn, Herr Doktor.«

»Gut. Ich behandle ihn, als wenn er meiner wäre. Jetzt gehen Sie bitte. Ich sage Ihnen in ein paar Minuten alles, was ich sagen kann.«

An der Rezeption füllte ich alle notwendigen Papiere aus und rief *Massen und Macht* an. Lily war nicht da, aber ich erzählte einer der Kellnerinnen, was passiert war, und sie sagte, sie würde sie finden.

Was willst DU? Ein paar Jahr von meinem Leben? Laß ihn am Leben. Was kann ich tun, um ihn zu retten? Laß ihn am Leben. Ich fühlte mich wie ein Zehnjähriger. Ich wollte mich auf Hände und Knie niederlassen. O Gott, hilf ihm da raus, und ich werde für immer gut sein. Das schwöre ich Dir. Laß bitte das Kind am Leben, und ich tue, was Du von mir verlangst. Ich gehe von jetzt an in die

Kirche. Ich höre auf zu zeichnen. Ich verlasse Lily. Laß ihn wieder gesund werden. Oh, bitte.

Der Gesichtsausdruck von Leuten in der Notaufnahmestation eines Krankenhauses ist gebrochen und sehnsüchtig zugleich. Ein Teil von ihnen ist auf das Schlimmste gefaßt, der andere Teil zeigt die hinterhältige Hoffnung eines Hundes, den man geschlagen hat, der sich aber ans Bein zurückschleicht, um zu sehen, ob die Luft wieder rein ist.

Ein Mann lehnte an der Wand und kaute an seinem Finger, als wenn es ein gegrilltes Rippchen wäre. Er schaute nur auf diese Hand. Ein Kind in einem wunderschön gebügelten gelben Kleid versuchte mit einer Frau »Schau mich an und ich erschreck dich« zu spielen, die mit geschlossenen Augen vor und zurück wippte. Das Kind versteckte sein Gesicht hinter seinem Arm, hob es dann plötzlich hoch und schaute fröhlich. Ich hab dich! Sie bemerkte, daß ich hinsah, und versteckte sich schnell neben der Frau.

»Hör auf! Hör jetzt auf damit!« Sie griff das erstaunte Mädchen am Arm und schüttelte sie hart. Ich wollte hingehen und *sie* zum Aufhören bringen, aber ich wußte, ich hatte schon genug angerichtet. »Bleib einfach hier stehen und sitz still. *Bitte!* Kannst du denn nicht bitte *stillstehen* zum Teufel noch mal!«

Das Gesicht des Kindes war Schock und Angst. Nichts, was in diesem Krankenhaus geschah, nichts, was der verletzten Person geschah, auf die sie wartete, konnte schlimmer sein, als dieses Ausschimpfen durch ihre Aufsichtsperson. Man könnte ihr sagen, »Papi ist tot« oder »Mami ist sehr krank«, aber es würde sie weit weniger berühren als diese verängstigte Wut der anderen. Das stellte das Ende der Welt dar, soweit sie es verstand. Sie stand still und steckte ihren Daumen in ihren Mund und schaute mich haßerfüllt an.

Eine Hand berührte meine Schulter, und bevor ich mich umsah, sagte eine Männerstimme: »Mr. Aaron?« Einen Augenblick meinte ich, sie hätten mich mit jemand anderem verwechselt. Aaron? Dann strich ein merkwürdiges, unnatürliches Rascheln, wie Blätter vor einem Sturm, über mich, als mir klar wurde, daß sie mich für Rick Aaron hielten.

Noch im Umdrehen wollte ich sie verbessern, als mir klar wurde, daß sie mich dafür hielten, weil ich den Jungen gebracht und gesagt hatte, ich sei sein Vater.

Der Name des Arztes war Casey. William Casey. In diesem Augenblick der Wahrheit schaute ich einen Moment zu lange auf sein Namensschild. William Casey.

»Mr. Aaron, es wird alles gut. Ihr Junge hat wirklich Glück gehabt. Der Ball traf ihn an der Schläfe und nahm ihm das Bewußtsein. Wir haben da ein großes Hämatom, und er wird eine Zeitlang verfluchte Kopfschmerzen haben, aber davon abgesehen ist er okay. Keine Fraktur oder ernstliche Gehirnerschütterung. Er ist gleich, nachdem Sie draußen waren, wieder zu sich gekommen.«

»JA!« Ich schlug beide Fäuste hoch in die Luft und schloß die Augen. »JA!«

»Wir würden ihn gern zur Beobachtung über Nacht hierbehalten, aber das ist reine Routine. Ich bin sicher, es fehlt ihm nichts weiter.«

Ich schüttelte und schüttelte und schüttelte Dr. Caseys Hand, bis er sich vorsichtig frei machte und mir sagte, ich solle mich setzen und ganz tief Luft holen.

»Aber sein Kopf kommt wieder in Ordnung? Es wird doch keine Nachwirkungen geben, oder –«

»Nicht soweit ich das beurteilen kann, und wir haben ihn gründlich untersucht. Er wird schlimme Kopfschmerzen haben, und seine Baseballkappe wird er auch eine Zeitlang nicht tragen können. Das ist alles. Er wird wieder okay.«

»Ich danke Ihnen, Herr Doktor. Ich danke Ihnen von ganzem Herzen –«

»Mr. Aaron, als ich ein junger Doktor war und mit mir selbst *sehr* zufrieden, dankte mir ein Patient, und ich akzeptierte das als etwas, das mir zustand. Nach fünfundzwanzig Jahren in der Medizin habe ich gelernt, keinen Dank dafür anzunehmen, daß ich nur mein Bestes getan habe. Ich freue mich für Sie. Bin froh, daß ich Ihnen eine gute Nachricht geben konnte. Ich muß jetzt gehen.«

Ich setzte mich, und ohne es zu wollen, schaute ich der Frau mit dem Kind direkt ins Gesicht. Sie lächelte und machte eine Geste zum anderen Raum hin. »Geht es ihm gut?«

»Ja. Ein sehr schlimmer Schlag auf den Kopf, aber es wird ihm wieder gutgehen. Er ist mein Sohn.« Tränen traten mir in die Augen. Mein Sohn.

»Ich freue mich für Sie.«

»Danke. Ich hoffe ... ich hoffe, den Ihren geht es auch gut.«

»Es ist meine Tochter, die da drinnen ist. Die Mutter von der hier. Wissen Sie, warum wir hier sind? Weil diese so schrecklich smarte Tochter von mir ihre Zunge in einer Coca-Cola-Flasche stecken hat! Das ist wahr. Fragen Sie mich nicht, wie. Wir sitzen alle gemütlich und zufrieden auf der Geburtstagparty von dem Mädchen. Ihre Mama trinkt eine Coke und alles, was wir dann sehen, ist, daß sie mit den Armen wedelt, als wenn sie ertrinkt oder so. Aber nein, das ist es nicht, sie kann nur ihre Zunge nicht mehr aus dieser verdammten Flasche kriegen. Können Sie sich das vorstellen? Wir mußten ein Taxi her nehmen, weil mein Auto kaputt ist, und der Taxifahrer hat uns den ganzen Weg über ausgelacht. Aber was soll's, ich hab auch gelacht.«

Ob es wegen der Erleichterung war, die ich verspürte, weil ich wußte, daß es Lincoln gutging, oder ob es an der Art lag, wie die Frau am Ende ihrer Geschichte lächelte, was immer, ich lächelte, kicherte und lachte dann offen. Sie auch. Jedesmal, wenn wir uns ansahen, mußten wir noch mehr lachen.

»Wie schafft man es denn, mit seiner Zunge in einer Colaflasche steckenzubleiben? Wo die Öffnung so klein ist?«

»Fragen sie mich nicht. Meine Tochter hatte immer schon besondere Talente.«

Eine Ärztin eilte vorüber, blieb aber abrupt stehen, als sie hereinschaute und uns alle so heftig lachen sah. Selbst der Fingerkauer machte jetzt mit. Wie merkwürdig wir ausgesehen haben müssen. Wer lacht schon in der Notaufnahme? Waren wir Monster oder Irre? Das kleine Mädchen verstand nicht, warum wir uns so amüsierten, aber ihr war es recht. Sie begann im Zimmer herumzuhüpfen und sang: »Coca-Cola. Coca-Cola.«

Und genau das sah Lily, als sie, dicht gefolgt von Ibrahim, um die Ecke geflogen kam: alle lachten, ein hüpfendes Kind, eine Party.

»Max! Wo ist er? Was ist los?«

In all dem Gelächter, der Überraschung, sie zu sehen, und der Erleichterung, die sich immer noch in meinem Magen breitmachte, winkte und lächelte ich nur, was ein entsetzliches Benehmen war. Sie wußte nicht, daß sich ihr Sohn außer Gefahr befand. Nach allem, was sie wußte, hätte er auch tot sein können.

»Herrgott, Max, wo ist *Lincoln*?«

Immer noch lächelnd stand ich auf. »Es geht ihm gut, Lily. Du brauchst dir keine Sorgen zu machen.«

»Was soll das? Wo ist er?«

»Nebenan. Aber der Arzt war gerade hier und hat gesagt, es geht ihm gut. Er ist von einem Ball getroffen worden und hat das Bewußtsein verloren –«

»*Das Bewußtsein verloren?* Das hat man mir nicht gesagt. Sie sagten nur, er sei von einem Ball getroffen worden. Das Bewußtsein verloren? O mein Gott –«

Ich faßte sie bei beiden Armen. »Lily, hör mir zu. Der Ball traf ihn am Kopf, und er verlor das Bewußtsein. Aber er ist in Ordnung. Er wird eine dicke Beule kriegen, und sein Kopf wird eine Zeitlang weh tun, aber sie haben alle möglichen Tests gemacht, und er ist in Ordnung. *Es geht ihm gut.*«

»Warum hast du ihn hierhergebracht? Warum hast du mich nicht angerufen und es mir gesagt?«

»Moment, beruhige dich erst mal. Er wurde getroffen und fiel in Ohnmacht. Wir hatten Angst, also haben wir ihn direkt ins Krankenhaus gebracht. Das mußten wir doch, es hätte ja auch richtig schlimm sein können.«

»Verdammt noch mal, du hättest ihn nicht herbringen dürfen.« Sie brach wütend ab und schüttelte den Kopf. »Mußtest du irgendwelche Formulare ausfüllen? Was haben sie dich ausfüllen lassen?«

Ibrahim stand unmittelbar hinter ihr. Er zuckte mit den Schultern, als würde er nicht verstehen, worüber sie sich so aufregte.

»*Was hast du ausgefüllt, Max?*«

»Formulare, Lily. Man muß ihnen hier allgemeine Informationen geben. Das ist in einem Krankenhaus normal, Schatz.«

»Normal für wen? Was hast du da angegeben? Was hast du denen für Informationen gegeben?«

Sie war sehr wütend. Ich schrieb das der Anspannung zu, der sie wegen des Vorfalls ausgesetzt war, und sprach so ruhig ich konnte. »Seinen Namen, sein Alter, unsere Adresse. Ob er gegen irgendwas allergisch ist.«

»Was noch?«

»Nichts. Ein Standardformular.«

»Standardformular, wie? Ich scheiß auf dein Standardformular.«

»Lily, *jetzt beruhig dich endlich*. Das ist in einem Krankenhaus so. Man muß ihnen bestimme Informationen geben.«

Sie packte mich vorn am Hemd und zog mich sehr unwirsch zu

sich. »Du gibst ihnen *nichts*, Max. Absolut nichts.« Ihre Stimme wurde zu einem heiseren Raunen.

Ibrahim hatte sie inzwischen in die Arme genommen, zog sie zurück, redete ruhig auf sie ein und führte sie von mir fort. Es war merkwürdig und sehr verwirrend. Sie hatte jedes Recht der Welt, durch den Unfall ihres Sohnes aus der Fassung zu geraten, aber ihr Gesichtsausdruck, ihre Stimme und was sie sagte, hatten insgesamt mit etwas anderem zu tun. Etwas, das mit dieser Situation absolut nichts zu tun hatte. Was sie als nächstes sagte, bestätigte das.

»Glaubst du, die nehmen auch Fingerabdrücke?«

»Von Lincoln? Nein! Er ist Patient hier und kein Gefangener.«

Sie hörte zu und drehte sich zu Ibrahim, um zu hören, was er zu sagen hatte.

»Lily, komm. Bitte dreh jetzt nicht durch. In einem Krankenhaus werden keine Fingerabdrücke genommen!«

»Wir wissen es nicht ganz genau, aber na gut. Jetzt will ich ihn nur noch hier rausholen. Wann können wir ihn mit nach Hause nehmen?«

»Morgen. Der Arzt hat gesagt, sie wollen ihn heute nacht noch zur Beobachtung hierbehalten. Morgen kann er nach Hause.«

»Morgen? Wo ist dieser Arzt? Ich will mit ihm reden. Wir machen, daß wir hier wegkommen.«

Mit ›wir‹ meinte sie, daß sie ihren Sohn umgehend da raushaben wollte. Wir fanden Dr. Casey, der zunächst versuchte, sie zu beruhigen, aber schon bald bestimmend und auf kalte Weise berufsmäßig wurde, als er festetellte, daß diese äußerst erregte Frau ihr Kind *jetzt* mit nach Hause nehmen wollte. Er sagte, es sei unklug, dann, keine gute Idee, schließlich, es wäre gefährlich. Es habe Fälle gegeben, bei denen –

»Das ist mir egal, Doktor. Wir gehen. Ich bin seine Mutter und ich will ihn mit nach Hause nehmen. Sollte es irgendwelche Probleme geben, kommen wir zurück.«

Nichts an alldem, was er sagte, konnte sie überzeugen. Nichts, bis sie schließlich die Auseinandersetzung beendeten und er verloren hatte und wegging, um alle nötigen Papiere für Lincolns Entlassung vorzubereiten.

»Sie sind sehr eigen, Frau Aaron. Ich verstehe nicht, warum Sie sich so verhalten. Es ist eindeutig nicht zum Guten Ihres Sohnes, und was Sie tun, macht mich extrem mißtrauisch.«

Weil er sich auf seine Papiere konzentrierte, sah er nicht, wie sich ihr Gesichtsausdruck veränderte. Innerhalb von Sekunden wechselte er von einem aggressiven ›Leck mich!‹ zu einem ›Oho‹ und schließlich zu einem zurückschreckenden Ausdruck. Bevor sie wieder zu sprechen begann, schaute sie mich an. Hinter der zurückschreckenden Fassade war Furchtbares am Werk – Ratten unter ihrem Boden, ein verstecktes Messer in ihrer Hand verborgen.

»Dr. Casey, es tut mir leid. Ich wollte nur – ich kann nicht ... Es ist wegen der Art, wie es passiert ist ... Ja, lassen Sie ihn hierbleiben. Natürlich haben Sie recht. Es tut mir leid.«

Ärzte kennen den Tonfall der Verwirrten und Verzweifelten. Das ist Teil ihrer Tätigkeit. Als er wieder sprach, war Casey voller Sympathie und stiller Macht. »Natürlich verstehe ich Sie, Mrs. Aaron. Aber es ist wirklich das beste. Lassen Sie ihn heute nacht hier, und wenn Sie wollen, können Sie bei ihm im Zimmer übernachten. Aber es ist das beste, wenn er über Nacht hier ist.«

»Richtig. Wirklich. Es tut mir leid.«

»Sie müssen sich nicht entschuldigen. Ich sage der Krankenschwester, daß Sie bei ihm bleiben werden.«

Während dieser gesamten merkwürdigen Unterhaltung beobachtete ich sie. Was zum Teufel ging hier vor? Welche Lily war die wirkliche? Genau wie der Doktor wäre ich ihrem Einlenken auch auf den Leim gegangen, wenn ich es in ihrem Gesicht nicht hätte arbeiten sehen, oder die Angst und den Abscheu in ihren Augen, das Zucken und Beben ihres Mundes im Kampf mit sich selbst nicht bemerkt hätte. Schaute man nicht zu genau hin, war sie eine gute Lügnerin.

Wie konnte sie das sein? Dieselbe Frau, die anderen gegenüber so hilfreich und großzügig war, in Notfällen so gut, die erste, die loslief, um Fremden in der Not zu helfen. Zum Teil hing es damit zusammen, daß es sich jetzt um ihre Not handelte, um ihren Sohn. Aber nicht nur, nicht nur.

»Lily?«

Ihre Augen blieben auf den Arzt geheftet, als er den Gang hinunterging.

»Lily?«

»Hmmm?«

»Was ist los? Was hast du?«

Sie sah mich an, als hätte ich ihr ins Gesicht geschlagen. »Riesenfehler, Max. Du hast einen sehr großen Fehler gemacht. Sehr dumm.«

»Was? Was habe ich falsch gemacht?«

»Ich möchte jetzt nicht darüber sprechen.« Sie ging weg.

»Ibrahim, was ist hier los?« Neben der Tatsache, daß ich bestürzt war, fühlte ich mich wie ein kompletter Idiot. Ich lebte mit dieser Frau zusammen, aber jetzt, da wir uns in unserer ersten Krise befanden, mußte ich ihren Chef fragen, warum sie sich so merkwürdig verhielt.

»Ich weiß nicht. Sie ist sehr komisch, was den Jungen anbelangt. Das ist schon mehr als nur beschützend, Gus glaubt, daß sie –« Er tippte sich an den Kopf und machte das universelle Zeichen für verrückt.

»Hast du sie schon mal so erlebt?«

»Ja, aber nur, wenn es um Lincoln geht. Sie ist eine gute Frau, aber was ihn anbelangt, ist sie ein bißchen daneben.«

Der Schock des Unfalls, die Verwirrung, die solche Geschehnisse verursachen können, Gefühle, die wie Gummibänder angespannt und wieder entspannt werden . . . all diese Dinge waren gute Gründe für ihre Ausbrüche und Widersprüchlichkeiten. Jedoch war keiner davon befriedigend, denn ich hatte diesen furchtbaren verschlagenen Ausdruck in ihren Augen gesehen. Es gab kein anderes Wort dafür. Verschlagen. Verlogen. Nicht vertrauenswürdig.

»Ib, kannst du einen Moment bei ihr bleiben? Ich würde gern eine Tasse Kaffee trinken und mich ein bißchen beruhigen.«

»Ja, klar. Geh ruhig. Aber Max, sei nicht zu streng mit ihr. Denk dran, vor dir hatte sie nur dieses Kind.«

»Ich weiß. Ich verstehe das. Es ist nur . . . Mach dir keine Sorgen. Ich bin in einer halben Stunde wieder da.«

Fünf Minuten lang saß ich in der Cafeteria des Krankenhauses. Lange genug, um Kaffee zu kaufen, aber als schließlich eine Tasse vor mir stand, war mir klar, daß ich in Wirklichkeit frische Luft brauchte, freien Raum um mich. Ich zahlte und ging. Ein paar Häuserblocks weiter lag ein Park, den ich dankbar betrat. Spätnachmittägliche Spaziergänger flanierten umher. Frauen mit Kinderwagen, ältere Paare in greller Kleidung, Kinder auf Fahrrädern und Skateboards. Einige Meter von da, wo ich saß, spielte eine Frau mit einem jungen Bostonterrier im Gras. Das sind süße kleine Hunde, und dieser hier genoß es, hinter einem grellgrünen Ball herzulaufen, den die Frau mitgebracht hatte. Ich konzentrierte mich auf sein lustiges Spiel, denn ich brauchte Abstand von Lily und den Geschehnissen des Tages. Der Hund ließ den Ball aus und bellte die Frau an, ihn erneut zu werfen. Das hatte noch kein Hund bei mir je gemacht. Bei denen, die ich kannte, warf man den Ball, sie fingen ihn und rannten dann in die entgegengesetzte Richtung.

Dieser Ball flog, das Hündchen machte sich hinterher, nahm ihn auf, während er noch rollte, rannte zurück. Das ging so weiter, bis die Tauben kamen. Ein großer Schwarm fiel wie aus dem Nichts und landete in meiner Nähe. Es war ungewöhnlich, wie sich da unvermittelt fünfzig Vögel das Gefieder putzten, einen riesigen Wirbel machten und ihre Flügel schlagen ließen. Die Leute schauten hin und zeigten darauf. Den Hund überwältigte es. Einen Augenblick stand er in völligem Erstaunen da. Dann senkte er in klassischer Hundemanier seinen Kopf in Angriffsstellung und pirschte sich an. Es gibt nichts, was Hunde lieber tun, als Vögel zu jagen. Pirsch, pirsch, pirsch und drauf. Sie fangen fast nie einen, aber was soll's? Es muß sich gut anfühlen, wenn so viele verängstigte Leben wegen einem in die Luft gehen.

Pirsch, pirsch, pirsch. Der Terrier kam bis auf fast einen Meter an den Schwarm heran, verharrte, versessen darauf zu springen, hing eine seiner Pfoten in der Luft. Ich bereitete mich auf seinen triumphalen Sprung vor, als etwas Merkwürdiges geschah. Fast wie auf Befehl drehten sich alle Vögel um. Jede Menge Gurren und aufgeregtes Flügelschlagen, aber sie bewegten sich in einer gräulichrosa Welle gleichzeitig von der Stelle. Als hätte er verstanden, daß sie in der Überzahl waren oder daß irgend etwas nicht stimmte, wenn so viele Dinger sich gleichzeitig auf identische Weise bewegten, entspannte der kleine Hund langsam seinen Körper, und sie ständig im Auge behaltend, legte er sich auf den Boden. Vielleicht das nächste Mal.

Die Welt ist voll von rätselhaften Verbindungen, besonders wenn wir schwierige Zeiten in unserem Leben durchmachen. Die Reaktion des Hündchens auf die Vögel brachte die Leute zum Lachen. Ist das nicht niedlich? Es ließ mich erschauern. Ausgelassen und selbstsicher ging er auf das zu, was er mit vollem Recht für seins hielt. Das kannte er schon, und es machte Spaß. Diesmal allerdings waren da diese fünfzig Köpfe, einhundert Flügel, die plötzliche gleiche Bewegung... Alles sagte halt! Es ist nicht dasselbe, Hundchen. Versuchs nicht noch einmal.

Es ist nicht dasselbe, Hundchen. Was war mit Lily los? Ihr Verhalten im Krankenhaus riß mich aus meinen Betrachtungen. Vögel sind nichts als Vögel, bis sie sich wie eine kleine Armee umwenden. Lilys vertrautes Gesicht, wie es böse wurde, ihre Worte, dieses seltsame Mißtrauen und die Paranoia, die, seit wir uns kannten, zum ersten Mal zutage getreten war. Es riß mich aus allem heraus. Was geschah hier?

Ich bin kein vertrauensseliger Mensch. Ich traue mir nicht einmal selbst. Oft habe ich keinen Schimmer, was ich in bestimmten Situationen tun werde. Wer hat das schon? Wenn man nicht sagen kann, ich vertraue mir selbst, wie kann man dann sagen, ich vertraue dir, und es auch aufrichtig meinen und fühlen? Deshalb tun mir Menschen öfters weh, aber sie verwunden mich nicht. Als Norah Silver mir eingestand, daß sie mit einem anderen Mann schlief, war das ein brutaler Schlag für mein Gefühl, aber es hat mich weder verkrüppelt noch kam es unerwartet. Irgendwo in meiner Seele ist eine halbmeterdicke Tür mit einem gigantischen Sumoringer davor, der Wache steht und keinen vorbeiläßt. Das ist die Tür zur Kommandozentrale, zum Kontrollraum, der Kern von allem. Egal, was für Empfehlungen Sie haben, die Wache läßt Sie draußen. Es tut mir nicht leid, daß es so ist. Meine Eltern sind vertrauensvolle Menschen, die meinen Bruder und mich dazu erzogen haben, auch so zu werden, aber wir sind es nicht. Saul ist geschäftlich ein Gauner, ein Wüstling, und er verdreht die Wahrheit in jeder Hinsicht. Er mag Schurken, weil er selbst einer ist. Zwischen uns gibt es so viel Vertrauen, um eine andere Person wenigstens zu Dreivierteln damit zu füllen. Das ist eins der wenigen Dinge, über die wir uns einig sind.

In der Nacht, die Lily mit Lincoln im Krankenhaus verbrachte, durchsuchte ich das Haus wie ein Einbrecher. Ich hatte noch nie einen Grund gesehen, das zu bezweifeln, was sie mir über sich und ihr Leben erzählt hatte, aber den sah ich jetzt. In seinem eigenen Haus herumzuschnüffeln, um nach Anhaltspunkten über die Person zu suchen, die man liebt, ist pervers, aber ich fühlte mich völlig unberührt davon, während ich es tat. Ich dachte lediglich, das ist ihr Zuhause, hier ist ihr Leben, also muß *es* auch hier sein – ein Zeichen, ein Hinweis, der Schlüssel. Mir war klar, daß das, was ich suchte, so obskur und unentschlüsselbar sein könnte, daß selbst, wenn ich es fände, die große Möglichkeit bestand, daß ich das, was ich dann in Händen hielt, nicht erkennen würde. Ein Foto oder eine abgerissene Eintrittskarte, der Brief eines Freundes mit einem uninteressanten Satz, der, war er erst einmal entziffert, alles darlegte.

Ich begann in Lincolns Zimmer. Suchte in seinem Schrank, seiner Kommode, seinem Schreibtisch, in der Spielkiste, zwischen seinen Büchern. Schlug alle Seiten jedes einzelnen Buchs auf, drehte sie auf den Kopf und schüttelte sie. Der Fingerzeig konnte sich da befinden – ein Lesezeichen, etwas auf einen Zettel Gekritzeltes. Unter seinem Bett, in allen seinen Kisten, den hintersten Ecken seines Zimmers, wo Dinge versteckt oder mit Klebeband festgeklebt sein konnten, suchte ich. Ich hatte einen Notizblock dabei. Alles, was mir wichtig schien, notierte ich entweder oder legte es in die Mitte des Fußbodens, um später darüber nachzudenken, wenn ich in Gedanken alle Informationen nochmals durchging.

Ich fand nichts, also wurde die Operation in unser gemeinsames Schlafzimmer verlegt. Hier dieselbe Vorgehensweise – drüber, drunter, drumherum, mittendurch. Ich durchsuchte sogar meine eigenen Sachen, um mich zu versichern, daß sie nicht als neue Verstecke benutzt worden waren. Lily führte Tagebuch. Ich las es. Aber ich fand nichts anderes als kleine Meckereien und Triumphe, philosophische Gedanken. Ereignisse und Ideen, die an dem und dem Tag etwas bedeuteten, aber schnell vergessen worden wären, hätte man sie nicht aufgezeichnet. Rührend war, wie oft sie über uns schrieb und um wieviel besser das Leben geworden wäre, seit wir uns kennengelernt hatten, aber das lenkte mich nicht ab. Das Nichts vergrößerte sich zusehends, als ich mich von Zimmer zu Zimmer, von Objekt zu Objekt durch unser Haus arbeitete. Was suchte ich eigentlich? Oft hielt ich etwas in der Hand und starrte es an, als wäre ich der erste Archäologe, der die Hieroglyphen entdeckt hat. Man *weiß*, daß sie von allergrößter Bedeutung sind, daß sie Geschichten und Informationen enthalten, ganze Welten, aber alles ist Millionen von Kilometern von unserem Verständnis entfernt und dabei gleichzeitig nur zwanzig Zentimeter von unseren Augen.

Ich arbeitete stundenlang, schnitt mir in die Hand und riß mir einen Fingernagel ein, als ich Dinge auseinanderzerrte und -riß. Ich legte eine Pause ein, um mir ein Brot zu machen, und während ich es aß, schaute ich auf den kleinen Haufen, den ich auf dem Boden zusammengetragen hatte und der irgend etwas bedeuten konnte.

Nichts davon gab einen Hinweis. Ich wußte es. Ich wußte, Lily verbarg etwas. Je mehr ich daran arbeitete und darüber nachdachte, desto überzeugter war ich davon, daß ihr Ausbruch nur die Spitze des Eisbergs einer gewaltigen Lüge war. Der Beweis *war* da, nur konnte ich ihn noch nicht finden.

Als ich schließlich um drei Uhr morgens meinen Block mit Notizen gefüllt und geprüft und nochmals geprüft hatte, daß alles wieder genau dort war, wo ich es vorgefunden hatte, ich zu Ende geflucht und endlich alles zum dritten Mal gecheckt hatte ... lagen genau zwei Dinge vor: Es gab absolut keinen Hinweis auf Rick Aaron. Keine Briefe, keine Tagebucheintragungen, keine alten Hemden, die hinten in eine Schublade gestopft worden waren und sein eingenähtes Namensschild trugen, keine Fotos, nichts. Wie war das möglich? Wie konnte man jemanden so sehr lieben und trotz des bitteren Endes nichts von ihm aufbewahren, das einen an eine Zeit im Leben erinnerte, als man an nichts anderes als an diese Person dachte? Ich kannte Paare, die die Kleidungsstücke des anderen aus dem Fenster schmissen, als sie sich trennten, oder die den Besitz des anderen zur Heilsarmee brachten, aber *alle* diese Leute behielten etwas zurück. Nicht Lily. Nach dem zu urteilen, was ich »ausgegraben« hatte, waren die einzigen Beweise für Rick Aaron oder die Beziehung von Lily zu Lincolns Vater, die Geschichten, die sie erzählt hatte.

Die zweite Sache, die ich fand, war ein Ehepaar namens Meier. Gregory und Anwen Meier. Unten in der Schublade, in der sie ihre Unterwäsche aufbewahrte, lag ein kleiner Zeitungsausschnitt aus einem Hundemagazin, der für die Somerset-Zwinger warb, das Heim von in Wettbewerben ausgezeichneten französischen Bulldoggen. Besitzer Gregory und Anwen Meier. Unten waren Adresse und Telefonnummer angegeben. Lily liebte Hunde, und deshalb dachte ich zunächst, sie hätte den Ausschnitt behalten, weil sie vorhatte, sich eine dieser Bulldoggen zu kaufen, wenn der alte Cobb verschied.

Die nächste Erwähnung dieser Leute kam in einem Zeitungsartikel, den ich in einem ihrer Bücher fand. Der Artikel war alt und vergilbt, während das Buch neu war – das Erscheinungsdatum lag gerade ein Jahr zurück. Mrs. Anwen Meier blieb auf unerklärliche Weise bei einem Unfall auf der I-95 unversehrt, bei dem ihr Wagen einen Totalschaden erlitt. Mrs. Meier war zugegebenerweise mit überhöhter Geschwindigkeit gefahren, als sie die Kontrolle über das Fahrzeug verlor. Es kam von der Fahrbahn ab und prallte gegen die Säule einer Überführung. Obwohl sie nur einen leichten Schock davontrug, wurde sie in einem Krankenhaus behandelt, aus dem sie aber noch am selben Tag entlassen werden konnte. Auf den Rand neben den Artikel hatte Lily geschrieben: »Anwen = ›sehr schön‹ auf walisisch.« Also waren sie Freunde, alte Schulkameradinnen? Ich dachte, die Verbindung müßte mit Gregory bestehen. Warum sollte sie sonst den Namen dieser anderen Frau nachschlagen?

Das dritte »Stück« über die Meiers war wieder ein ebenfalls vergilbter Zeitungsausschnitt. Er schien aus derselben Zeitung zu stammen und teilte lediglich mit, das Paar verließe Fowler und würde in seinen Heimatstaat, New Jersey, zurückziehen. Gregory Meier wurde zitiert, wie er sagte, sie hätten schöne vier Jahre dort verbracht, fühlten aber, daß es Zeit sei, nach Hause zurückzukehren und sich »einen lebenslangen Traum zu erfüllen, und das heißt, reinrassige Hunde zu züchten«.

Lily hatte noch andere Zeitungsausschnitte und Fotos, aber nicht viele: eine Gruppenaufnahme von allen Leuten in ihrem Restaurant, eins von einem älteren Paar, von dem ich annahm, daß es sich um ihre Eltern handelte, einige von Fremden (auf keinen paßte ihre Beschreibung von Rick), aber die Meiers gewannen den Wettbewerb mit drei Stücken. Interessant.

Es war mir peinlich, mich mit meinem Mißtrauen wieder an Mary zu wenden, also hörte ich mich ein wenig um und fand eine andere gute Detektei. Als würde ich mich an einen Pornofilm schleichen, eilte ich durch ihre Tür und erklärte einem sympathischen Mann im mittleren Alter mit Angelsporttrophäen an der Wand, was ich wollte: Anwen und Gregory Meier. Hier ist die Anschrift in New Jersey. Bitte finden Sie alles in Ihrer Macht Stehende über diese Leute heraus. Es war eine kurze, angenehme Unterhaltung. Aber als sie vorüber war und ich zu meinem nächsten Termin fuhr, kamen mir zwei Dinge in den Kopf. Erstens hatte der Detektiv, ein Mr. Goff, kein einziges Mal gefragt, warum ich mich für die Meiers interessierte. Wer war ich eigentlich und warum war ich versessen darauf, in ihren Leben herumzuschnüffeln? Was, wenn ich böse oder gefährlich wäre und diese Informationen nur zusammentrug, um sie gegen sie zu verwenden? Goff war nicht interessiert. Nur die Fakten, Alter. Du willst alles über ihre Schwächen und Affären wissen, über ihre Schönheitsfehler, verborgenen Narben oder was sie zum Frühstück essen, wenn sie zu zweit sind und sehr verliebt? Du zahlst, und ich find's raus. Ich empfand das, was ich tat, nicht als falsch, vielmehr fühlte ich mich durch mein Tun besudelt. Es ist manchmal richtig, sich im Leben eines anderen genau umzusehen, jedoch erniedrigt uns der Akt, richtig wie er sein mag. Diese Betrachtung führte zu der zweiten Sache, die mich in meiner Zusammenkunft mit dem Detektiv erschauern ließ: Egal, was ich über Lily Aaron auf dem Weg über die Meiers erfahren würde, durch meine Vorgehensweise zerstörte ich das Vertrauen zwischen uns. Selbst wenn sich herausstellen sollte, daß sie etwas Erstaunliches oder Zweifelhaftes verbarg, ich blieb der Schuldige. Zugegeben, ich hatte bereits unser Haus nach verräterischen Zeichen durchsucht, aber das blieb unter uns. Wir lebten beide dort. Jetzt hatte ich die Linie überschritten – hatte mich auf der Suche nach »außen« gewandt, und das veränderte unsere Welt.

In der Zwischenzeit war Lincoln wieder daheim, voller Energie und abgesehen von einer häßlichen Beule am Kopf offensichtlich kerngesund. Lily gestattete ihnen, den Jungen die notwendigen vierundzwanzig Stunden im Krankenhaus zu behalten, zog ihm aber umgehend seine Tennisschuhe und Jacke an, als man ihm gestattete, zu gehen. Man sagte uns, wir sollten seine Wachsamkeit, seine Reflexe und sein Orientierungsvermögen gut im Auge behalten. Falls irgend etwas nicht stimmte, sollten wir ihn mit Affenzahn wieder zurückbringen. Wir behielten ihn drei Tage aus der Schule, aber dann war er so versessen darauf, zu seinen alten Lebensgewohnheiten zurückzukehren, daß wir ihn gehen ließen, nachdem wir seinen Lehrern gesagt hatten, sie sollten ihn gut im Auge behalten.

Nachdem Lily meinte, die Krise sei vorüber, wurde sie im großen und ganzen wieder zur guten alten Lily, obwohl es Ausnahmen gab. Zum einen entschuldigte sie sich nicht für ihr Verhalten im Hospital, ja, sie erwähnte es nicht einmal. Statt dessen benahm sie sich, als sei nichts geschehen. Selbst Lincolns Unfall war nichts mehr als ein jahrealter Tintenklecks auf einem weißen Taschentuch. Ja, wenn man genau hinschaute, so konnte man den blassen Schatten eines Flecks sehen, aber warum hinschauen, wenn er nahezu unsichtbar war?

Eines Sonntags fuhren wir drei nach Venice Beach, um uns die

Leute anzusehen und zu Abend zu essen. Die Skateboardfahrer, die Bagladies, Stadtstreicherinnen, die ihren gesamten Besitz in Massen von Plastiktüten mit sich führten, die Strandhäschen, Rastafari auf Rollschuhen, die Gitarre spielten, völlig Abgedrehte und andere Wesen aus dem großen Jenseits, die sich dort trafen, alle waren sie da, und wir wanderten unter ihnen umher, als wären sie surreale, frisch geschnittene Heckenskulpturen und große Wahnsinnsplastiken in einem Vergnügungspark wie Bomarzo oder Disneyland.

In der Vergangenheit hatten wir schon mehrmals darüber gesprochen, uns aus der Hand lesen oder uns Tarockkarten legen zu lassen. Da ich glaubte, daß der Zeitpunkt jetzt so gut war wie jeder andere auch, schlug ich vor, zu einem der vielen Wahrsager zu gehen, die ihre Kartentische entlang Ocean Front Walk aufgestellt hatten. Lily hatte keine Lust. Ich bestand nicht darauf, aber Lincoln wollte dann und drängte auch. Dreimal sagte sie nein, bevor sie es ihm erlaubte, bestand aber darauf, den Wahrsager selbst auszuwählen, und entschied sich für einen Hippie, der so stoned und nichtssagend aussah, daß ich erstaunt war, daß er seine Karten überhaupt mischen und auslegen konnte, ohne sie fallen zu lassen. Seltsame Wahl eines Wahrsagers.

»Whow Kid, das ist beinhartes Zeug. Das Stabass ist deine Karte. Ich meine, da sind jede *Menge* Stäbe drin.« Dieser Kommentar und noch ein paar andere unvergeßliche Ohrwürmer kosteten fünf Dollar.

In der Nähe war ein Buchladen mit Restaurant, wo wir aßen. Nach dem Essen gingen wir in den Laden, um ein bißchen zu stöbern, und jeder ging seiner eigenen Wege. Ungefähr fünfzehn Minuten später schaute ich mich um und sah zufällig, wie sich Lily draußen mit Lincolns vollgedröhntem Wahrsager unterhielt. Er saß noch immer und zeigte auf etwas auf dem Tisch vor sich. Ich konnte es nicht erkennen, vermutete aber, daß es sich um eine seiner Karten handelte. Lily hörte aufmerksam zu und schrieb schnell in ein kleines Notizbuch, das sie oft dabei hatte. Er sprach, tippte auf die Karte, gestikulierte, und sie kritzelte, kritzelte, kritzelte. Ich beobachtete sie, bis sie fertig waren. Sie nahm Geld heraus und gab es ihm. Sie schüttelten sich die Hände, und sie kam in die Buchhandlung zurück. Ich schaute wieder auf das Buch in meiner Hand. Fragen Sie mich nicht, wie es hieß. Ich könnte es nicht sagen. Sie kam herein und gleich zu mir, lächelnd und freundlich.

»Was sagst du, Lover? Wollen wir?«

»Laß mir noch fünf Minuten. Ich will mir noch eine Sache ansehen.«

Sie ging Lincoln suchen, während ich die Frau an der Kasse nach der Abteilung fragte, wo ich Bücher über Tarockkarten finden konnte. Ich fand zwei Bücher. Im ersten stand: »Stäbe. Diese Farbe deutet auf Lebhaftigkeit und Unternehmungslust hin, auf Energie und Entwicklungsfähigkeit. Die Stäbe, die auf den Karten dargestellt werden, erscheinen immer als Blätter, was auf die ständige Erneuerung des Lebens und der Entwicklungsfähigkeit hindeutet. Sie stehen in Beziehung mit Ideen und mit der Schöpfung in allen ihren Formen.« Im zweiten stand: »Es ist die Farbe der Anfänge, der formlosen Feuerenergie. Sie verlangt klare Ziele und Pläne, sie verlangt eine feste Grundlage, damit die Energie sich nicht selbst verzehrt. Beachten Sie, daß der Ritter durch eine Wüste reitet, ohne Häuser und Menschen, Bäume und Wasser. Ohne etwas, das diese Energie für ein Ziel nutzt, öffnet sich diese Wüste dem Leben nicht.«

Normalerweise gehe ich bei »Büroklammer« so vor: Ich zeichne zuerst die beiden Figuren und ihre Umgebung und schreibe dann den Text. Meistens weiß ich, wie es aussehen und klingen soll, aber es gibt auch Zeiten, wenn die Zeichnung den anschließenden Text völlig verändert.

Auf der Rückfahrt von Venice fiel mir ein Text ein: »Wahrheit ist wie Sauerstoff – kriegt man zuviel davon, wird man krank.« Ich stellte mir meine beiden Figuren mit Angelruten in den Händen vor, deren Leinen ins Feld hinter ihnen reichten. Einer der beiden hat einen so enorm großen Fisch an der Angel, daß wir nicht mehr als den Anfang eines Mauls und ein kolossales Auge von ihm sehen. Woher kam diese Idee? Ich hatte nichts wirklich »Böses« über Lily in Erfahrung gebracht, keine furchtbare, neue Wahrheit. Trotzdem. Irgendwo tief in meinen Knochen spürte ich, daß etwas Großes und wirklich Böses auf uns zukam. Heavy Intuition. Das Geräusch flüsternder Teufel...

Ich zeichnete meine beiden angelnden Kerlchen, zeichnete ihren Fisch, schrieb die Wörter »Wahrheit ist wie...« unten auf die Seite und hörte auf.

Nehme ein neues Blatt Papier. Die zwei rennen vor den auf eine

Leinwand projizierten gewaltigen Darstellungen ihrer selbst davon. Ich schrieb: »Ehrlichkeit ist das gruseligste Verfahren.«

Neues Blatt Papier.

Ich fertigte noch vier weitere Variationen der Idee an und hätte noch eine fünfte gemacht, wäre Lily nicht ins Zimmer gekommen und hätte mich gebeten, zu Bett zu kommen. Wie gewöhnlich legte sie ihre Hand auf meine Schulter und schaute auf das, was ich auf dem Zeichenbrett hatte. Mein Magen krampfte sich zusammen. Was würde sie sagen? Konnte sie ahnen, warum ich das gemacht hatte?

»Mensch Max, die sind aber zynisch. Sie haben gar nichts mit dir zu tun. Oder hast du schlechte Laune? Glaubst du das wirklich?«

»Ich glaube nicht, daß Wahrheit nur das ist, wozu sie immer hochgejubelt wird.«

»Wirklich? Du hast mir gesagt, du wärst kein großer Lügner.«

Ich wollte dies sagen, ich wollte das sagen. Mich umdrehen, ihr in die Augen schauen und fordern: »Bist *du* eine große Lügnerin? Denn ich mach mir die Hosen voll, Lily. Je mehr ich dieser Sache nachgehe, um so wilder wird meine Phantasie. Was ist hier los? Erzähl mir deine Geheimnisse. Sag mir die Wahrheit. Nein, lüge. Sag, daß alles in Ordnung ist. Selbst wenn ich dir nicht eine Minute lang glaube.«

Als sie ging, begann ich eine weitere Zeichnung. Die beiden schauen den Betrachter an. Hinter ihnen erhebt sich der haarige Arm eines großen Monsters. Es ist klar, daß es sie im nächsten Augenblick greifen und zum Abendessen verspeisen wird. Ungeachtet dessen, was auf sie zukommt, sagt einer: »Glaub mir, Paranoia ist der einzige wachsende Wirtschaftszweig in den Neunzigern.«

»Mr. Fischer? Hier spricht Tony Goff.«

»Wie bitte?«

»Tony Goff, von der Bekannt/Unbekannt-Agentur.«

»O ja, natürlich. Verzeihen Sie.«

»Ich habe ein Dossier für Sie zusammengestellt. Wann immer es Ihnen paßt, würde ich gern ein Treffen mit Ihnen ausmachen.«

»Haben Sie viel?«

»Ja, es ist recht umfangreich. Ich habe hier, oh, so an die hundert Seiten Material.«

»*Einhundert* Seiten?«

»Ja, in einem Fall, der über die Bundesgrenzen hinausgeht, ergibt sich unweigerlich eine große Menge von Papieren.«

»Über die Bundesgrenzen hinaus? Lieber Himmel, okay. Können wir uns heute noch treffen?«

»Ich stehe Ihnen zur Verfügung.«

»Mein Gott, sie sind *beide* so schön!« Ich schaute schnell auf, um zu sehen, wie Goff auf meinen Ausbruch reagierte. Aber es war unmöglich, nicht in Erstaunen auszubrechen, wenn man die Meiers zum ersten Mal sah. Er hatte mir drei Bilder gezeigt. Fotos können einen hinters Licht führen, Beleuchtung oder Kamerawinkel können einen glauben machen, jemand sei mehr oder weniger als das, was er wirklich ist. Aber legen Sie drei nebeneinander und Sie können sich recht gut vorstellen, was wahr ist. Anwen und Gregory Meier waren schön. Sie gehörten auf Galaempfänge, in glänzende Illustriertenanzeigen für Sonnenöl oder knappe Unterwäsche. Wenn man ein Paar wie dieses auf der Straße sieht, liebt und haßt man sie in gleichem Maße. Die Glücklichen. Güldene Menschen. Ohne auch nur etwas über sie zu wissen, vermutet man, daß sie reich und erfolgreich sind, ein fabelhaftes Sexualleben, ein wunderbares Leben generell haben.

»Warten Sie, bis Sie dieses letzte sehen.« Er fand in seinem dikken Ordner ein Blatt und schob es über den Tisch zu mir hin. »Bißchen anders, was?«

»Das ist nicht dieselbe Frau!«

»Doch.«

»Unglaublich. Sie sieht aus, als wäre sie fünfzig und stürbe an Krebs.«

»Sie ist da erst dreiunddreißig, und dieses Bild wurde vor mehreren Jahren aufgenommen. Aber ich sage Ihnen, ich habe Leute gesehen, aus denen das Leben aus einem weitaus geringeren Anlaß herausgesaugt worden war, als dem ihren. Möchten Sie eine Tasse Kaffee?«

»Nein, vielen Dank. Erzählen Sie mir die Geschichte, Mr. Goff.«

Er kratzte sich am Hinterkopf und starrte mich einige lange Momente an. »Sind Sie Journalist, Mr. Fischer?«

»Nein. Warum fragen Sie.«

»Darum.« Er zeigte auf den Ordner. »Ich weiß, daß diese Reality-Kriminalgeschichten heutzutage sehr populär sind. Kennen Sie Michael Mewshaw? Er ist mein Lieblingsautor. Das über den Jungen, der seine Eltern umbrachte? Herausragend.«

»Was hat das mit den Meiers zu tun?«

Er schien nicht in Eile zu sein. Während er seinen Stuhl vom Tisch zurückschob, verschränkte er die Hände hinter seinem Kopf, fuhr die Ellenbogen aus und blickte an die Decke. »Heutzutage verschwinden in Amerika eine Million Kinder pro Jahr. Eine Million. Das sind die letzten Ziffern. Keine große Sache mehr. Meiner Meinung nach begann es damals in den Sechzigern außer Kontrolle zu geraten, als sie verschwanden und in Kommunen wieder auftauchten. Drogen wurden plötzlich von Berühmtheiten genommen und waren nicht mehr nur verrückte Sachen, die die Beatniks nahmen. Und freie Liebe! Seitdem Jungfräulichkeit keine Rolle mehr spielte, konnten die Kids mit ihren Körpern tun und lassen, was sie wollten, und sie fühlten sich von der Minute an erwachsen, da sie in die Pubertät kamen. Was können mir meine Eltern noch erzählen, was ich nicht schon längst weiß? Sofortige Unabhängigkeit. Und um all das noch schlimmer zu machen, haben wir eine Scheidungsrate von fünfzig Prozent, und das bedeutet, daß jedes zweite Kid aus einem kaputten Elternhaus kommt. Die wirklichen Statistiken über Kindesmißhandlung *in* den Familien kommen noch auf uns zu. *Dazu* diese neuen billigen Killerdrogen ... Ach, ich will gar nicht erst richtig in Fahrt kommen. Ich rede hier nicht nur von Teenagern. Wenn Kids von fünfzehn oder sechzehn wegrennen, sind sie alt genug. Vielleicht noch nicht alt genug, um es besser zu wissen, aber sie können für sich selbst sorgen.

Das Baby der Meiers wurde gekidnappt. Zwei Monate alt. Sie wohnten damals in Garamond, Pennsylvania. Gregory Meier war Banker in Philadelphia. Er ging aufs Haverford College, seine Frau besuchte Bryn Mawr, was direkt nebenan liegt. Beide stammten aus New Jersey. Highschoolromanze, wie ich glaube. Sie waren zwei Jahre verheiratet, als das Baby geboren wurde. Ein Junge. Sein Name war Brendan. Brendan Wade Meier.«

»Ein Junge. Wie lange ist das her?«

Goff schaute in seine Unterlagen. »Neun Jahre. Neun Jahre und ... drei Monate.«

»Fahren Sie fort.«

Aber er tat's nicht. Statt dessen starrte er mich an. »Sie wissen nichts von all dem, oder?«

»Nein, nichts.«

»Sie kennen diese Leute nicht?«

»Nein.«

»Das ist komisch, denn ich hätte schwören können, daß Sie sie kannten. Einfach durch die Art, wie Sie am ersten Tag über sie gesprochen haben. Gaben mir den Namen und sagten, schauen Sie sich das mal an ... als gingen Sie davon aus, daß ich auch wüßte, wer sie sind.

Aber abgesehen davon, an einem Nachmittag ging Mrs. Meier zur Garamond Shopping Plaza. Ihr Mann aß gern französisches Brot, also kaufte sie eins für ihn in einer besonderen Bäckerei. Nach ihrer Aussage ließ sie den Kinderwagen vor dem Laden stehen, aber nur, weil dort eine große Scheibe war, die es ihr erlaubte, ihn von innen deutlich zu sehen. Sagte, so hätte sie es schon immer gemacht. Sonst war niemand im Geschäft, also dauerte der Einkauf nicht länger als zwei, drei Minuten. Sie verließ den Laden, steckte das Brot in eine Tasche, die seitlich am Wagen hing, und schob ihn davon. Jetzt kommt der absolute Schlüsselpunkt. Sie sagte, daß sie *nicht* in den Kinderwagen schaute, als sie den Laden verließ. Steckte nur das Brot in die Tasche und machte sich auf den Weg zu ihrer nächsten Erledigung. An der Tür zu diesem nächsten Geschäft schaute sie nach unten, um zu sehen, ob das Baby okay sei, und entdeckte jetzt erst, daß es verschwunden war.«

»Was –« Ich brach ab. Ich mußte mich räuspern. »Was geschah danach?«

»Was danach geschah? Das ist alles in dem Ordner, aber im Prinzip wanderte ein weiteres kleines Gesicht auf eine dieser Milchtüten: ›Haben Sie dieses Kind gesehen?‹ Der Junge wird seit neun Jahren vermißt, Mr. Fischer.

Die Meiers taten alles in ihrer Macht Stehende, hatten aber keinen Erfolg. Meine Informanten teilen mir mit, daß sie auch heute noch große Mengen Geld dafür ausgeben, ihn zu finden.

Aber, wissen Sie, bei einer Tragödie wie dieser ist es oft schlimmer, was mit den Eltern passiert. Soweit ich weiß, erlitt Mr. Meier einen Zusammenbruch. Dann zogen sie von Garamond nach Missouri –«

»Fowler, Missouri?«

Er schaute einen Moment in den Ordner. »Ja, Fowler, Missouri. Genau.«

»Wo sie den Autounfall hatte?«

Goff nickte und überflog immer noch seine Akte. »Ich habe keinerlei Beweise, wenn ich das sage, aber *ich* glaube nicht, daß es ein Unfall war. Da habe ich das echte Gefühl, daß sie versucht hat, sich das Leben zu nehmen.«

»Warum sagen Sie das?«

»Ein Verdacht.«

»Können Sie nicht deutlicher werden?«

»Sehen Sie sich das letzte Bild von ihr an. Es wurde aufgenommen, kurz bevor sie Missouri verließen. Das ist ein sehr verzweifelter Mensch. Und die einzige Beschreibung, die ich über ihren Autounfall gefunden habe, macht mich ebenso mißtrauisch.«

»Ich habe denselben Artikel gelesen.«

»Stellen Sie sich die Situation vor.« Er hob eine Hand und begann die Details an seinen Fingern abzuzählen. »Sie gestand, zu schnell gefahren zu sein. Sie verlor die Kontrolle über den Wagen auf einer schnurgeraden Autobahn, obwohl das Wetter gut war –«

»Woher wissen Sie das?«

»Ich habe die Angaben des Wetteramtes überprüft. Verlor die Kontrolle über das Auto genau in dem Moment, als sie *zufällig* an einer dieser zwei Meter dicken verstärkten Betonsäulen vorbeikam, die eine Überführung tragen? Nein, da stimmt was nicht.«

»Glauben Sie, daß sie es versuchte, weil sie ihr Kind verloren hatte?«

»Ja, und aus anderen Gründen. Eine glückliche junge Frau heiratet ihren Freund aus der Highschool, besucht ein gutes College, macht ihr Examen und landet in Sicherheit und Wohlstand. Hat blitzschnell ein Baby und bezieht ein Haus in einem Vorort. Ihr Mann bekommt einen guten Job in der Bank. Es ist alles ein wenig langweilig, aber auch sehr angenehm auf seine Weise.

Eines Tages springt diese Märchenprinzessin, hübsch und behütet wie sie ist, mit ihrem neuen Baby in ihren Kombi und zuckelt zum Laden, um das Lieblingsbrot ihres Mannes zu kaufen. Klingt wie Rotkäppchen, das sich auf den Weg zum Haus der Großmutter macht.« Goff stand auf, drehte mir den Rücken zu und berührte das Gesicht eines der Fische, die an der Wand hingen. »Und dann innerhalb von wieviel? – dreißig Sekunden? – wurde ihr gesamtes Leben unbegreiflich. Wie eine unbekannte Fremdsprache. Jedes Wort, das sie vorher kannte und auf das sie sich verließ, bekam plötzlich eine völlig andere Bedeutung. Stellen Sie sich vor, Sie wachen eines Morgens auf und stellen fest, daß jedes Wort, das Sie gestern noch verstanden, eine neue Bedeutung bekommen hat. ›Kind‹ bedeutet nicht mehr Kind, es heißt jetzt Terror, Verlust, Verzweiflung. Man spricht die gestrigen Wörter und Sätze noch, wie man es immer tat, nur versteht einen heute keiner mehr. Schließlich versteht man auch sich selbst nicht mehr. ›Wo ist mein Baby?‹ bedeutet jetzt ›der Tod ist hier‹ oder ›heute starb Gott‹.

Die meisten von uns haben schon in der Schule Schwierigkeiten mit Fremdsprachen. Aber was passiert, wenn unsere eigene Sprache innerhalb von *einer Sekunde* zu Russisch oder Farsi wird? Und nach dieser Sekunde ist sie nie mehr die, die sie einmal für uns war.

Anwen Meier hatte ein ruhiges, beschütztes Leben. Sie war nicht auf das vorbereitet, was sie traf – aber wer ist darauf schon vorbereitet. Ihr Baby wurde gestohlen, ihr Mann brach zusammen, keiner von beiden konnte den Verlust je verwinden ... Ich kann verflucht gut verstehen, warum sie versuchte, sich umzubringen.«

»Von Missouri gingen sie nach New Jersey zurück?«

»Genau. In einer Stadt namens Somerset kauften sie eine alte Hühnerfarm. Das ist in der Nähe von New Brunswick, wo die Rutgers-Universität ist. Auf der Farm betreiben sie eine Hundezucht. Züchten französische Bulldoggen. Häßliche kleine Dinger. Je einen gesehen? Sehen aus wie Kartoffeln. Kartoffeln mit Käferaugen.«

Ich saß da und war versessen auf mehr und hatte gleichzeitig das Gefühl, bereits übersättigt zu sein. Wer waren diese Menschen mit ihrer Schönheit und ihrer Tragödie? Was machten sie dreifach in den unteren Schubladen und in den versteckten Ecken von Lily Aarons Leben?

»Mr. Fischer? Sind Sie in Ordnung?«

»Ja, ich dachte gerade über das nach, was Sie sagten.«

»Das glaube ich. Ich sage Ihnen jetzt etwas, das ich jedem Kunden an diesem Punkt meiner Nachforschungen erzähle. Es ist nichts weiter als ein guter Ratschlag, aber ich fühle mich verpflichtet, Ihnen den zu geben. Wie wir anschließend weitermachen, bleibt Ihre Entscheidung.

Ich mache diese Arbeit jetzt seit fünfundzwanzig Jahren. Leute beauftragen mich damit, Dinge herauszufinden ... aus was auch immer für Gründen. Obwohl es widersprüchlich klingen mag, ich bin kein neugieriger Mensch. Die Arbeit interessiert mich, weil sie logisch und eindeutig ist: sammel Fakten, leg sie vor, laß den Kunden darüber entscheiden, was er mit der Information anfangen will. Manchmal fühle ich mich wie ein Bibliothekar – Sie nennen mir das Thema, ich gehe in das Magazin der Bibliothek und suche alles zusammen, was wir darüber haben.

Aber jetzt halte ich meine kleine Ansprache völlig gratis.

Was ich Ihnen sagen will – machen Sie hier Schluß. Ich kann Ihnen garantieren, je weiter Sie das verfolgen, um so mehr wird es Sie aus dem Gleichgewicht bringen, egal für wie wichtig Sie es halten mögen. Höchstwahrscheinlich sind Sie jetzt schon durcheinander. Die meisten sind's. Und es wird schlimmer. Die Leute sind neugierig, also heuern sie mich an. Aber wenn ich ihnen erst mal den ersten Schwung Informationen gegeben habe, beginnt es sie innerlich aufzufressen. Untreue Ehefrauen, unehrliche Eltern ... es gibt viele gute Gründe, einen Detektiv zu bemühen. Aber machen Sie jetzt Schluß, ich rate es Ihnen. Wenn es nicht von absoluter Wichtigkeit ist oder das Leben eines Menschen rettet, hören Sie jetzt auf. Bezahlen Sie mich, gehen Sie durch diese Tür und vergessen Sie's. Das mag aus meinem Munde komisch klingen, aber ich sag's Ihnen, ich habe in diesem Job so viele Schmerzen erlebt ... Ich habe keine Freude daran, zu sehen, wie Leute sich auflösen. Ich verliere ein paar Kunden, aber in diesem Geschäft hat es daran nie einen Mangel.«

»Sie haben wahrscheinlich recht.«

»Ganz sicher sogar. Ich habe sogar so sehr recht, daß ich wetten möchte, daß ich weiß, was Sie gerade denken. Sie denken: Er hat recht und ich *werde* Schluß machen – er soll nur noch diese eine Sache für mich herausfinden. Und ›diese eine Sache‹ ist es schließlich, die Ihnen die Seele brechen wird. Was ein Kunde zu diesem Zeitpunkt gewöhnlich hat, ist die erste Rauchwolke. Es macht ihn mißtrauisch, wenn nicht gleich total paranoid. ›Was meinen Sie damit, Sie haben meine Frau gesehen, wie sie Bill's Bar verließ? Sie trinkt nicht!‹ Solche Sachen. Bitte hören Sie auf mich, nehmen Sie Ihren Verdacht und versuchen Sie, ihn loszuwerden. Kehren Sie zu Ihrem Leben zurück, wie es einmal war, und vergessen Sie das –«

Ich weiß nicht wieso, aber ich war augenblicklich wütend auf diesen Mann. Was bildete er sich ein, mich hier belehren zu wollen und mir so wortreich zu sagen, daß er wisse, was am besten für mich sei, und daß ich jetzt wie ein braver kleiner Kerl heimgehen solle ...

»Vielen Dank für Ihren Rat, Mr. Goff. Aber ich treffe meine

eigenen Entscheidungen. Sollte ich mich also entschließen, diesen Fall weiter zu verfolgen, und es ist für Sie zu anstrengend –«

»Noch ein guter ›Rat‹, Mr. Fischer. Seien Sie kein Arschloch, wenn Ihnen jemand, der weiß, wovon er redet, einen Tip gibt, über den es sich lohnt nachzudenken. Erstens – das ist nicht zu ›anstrengend‹ für mich. Ich sage Ihnen lediglich, ich habe tausend Leute mit Informationen das Fallreep runterstürzen sehen, die sie mich *gebeten* hatten zu besorgen. Zweitens – es ist mir gleichgültig, was mit Ihnen geschieht. Es ist mir egal, ob es Sie glücklich oder traurig macht oder ob es Sie schockt. Denken Sie dran, ich bin der Bibliothekar. Ich bringe nur die Bücher. Sie lesen sie, und in den meisten Fällen *verändern* sie Ihr Leben. Garantiert. Ich sage nur: Seien Sie vorsichtig mit diesen Büchern, denn oft genug –«

»Ich *verstehe*, worauf Sie hinauswollen.«

Er spitzte die Lippen und legte seinen Kopf ein paar Zentimeter auf die Seite.

»Vielleicht.«

Ich habe ein sehr gutes Gedächtnis. Manchmal zu gut. Die Leute reden so viel, daß früher oder später irgendwas unwahr wird. Sie haben gute Gründe, sie wollen beeindrucken, geliebt werden oder witzig sein. Man erwartet nicht von dir, daß du dir ihre Übertreibungen merkst, die kleinen Lügen, die großen, die sie dem Rezept für eine umwerfende Story hinzufügen, weil sie diese geschmackvolle Verzerrung brauchen, um ihren Vortrag perfekt zu machen. Aber ich merk's mir. Natürlich war ich im Falle von Lily aufmerksamer denn je. Zwei Tage vor meinem Treffen mit Goff sagte sie etwas im Vorbeigehen, das mich damals nicht interessierte, jetzt aber nahm ich den Faden wieder auf.

Ich kaufte mir ein neues Hemd und zeigte es ihr. Als sie sah, daß es von einer Firma namens Winsted hergestellt worden war, schrak sie zusammen.

»Winsted! Wie seltsam. So heißt die Stadt, wo Rick gestorben ist.«

Als sie mir die Geschichte von Rick Aaron zum ersten Mal erzählte, sagte sie, er sei in Windsor, Connecticut, gestorben. Jetzt war es Winsted.

Wie beiläufig fragte ich: »Wo?«

Sie zeigte auf das Etikett im Hemd und schaute mich an. »Winsted. Warum?«

»Ich kannte mal einen Typ aus Wallingford. Ist das in der Nähe?«

»Ziemlich. War er auf Choate?«

»Genau, auf Choate!«

Hätte sie nichts über die Geographie von Wallingford oder Connecticut gewußt, hätte es mich nicht so getroffen. Hätte sie nicht gesagt, ihr Mann sei einmal da und beim nächsten Mal dort verstorben. Aber das tat sie, also traf es mich doch.

»Ja, Sie haben recht, da ist noch eine Sache. Ich möchte, daß Sie für mich alles über einen Mann namens Rick Aaron herausfinden. Er war auf Kenyon College und starb entweder in Windsor oder Winsted, Connecticut.«

Mein Detektiv schrieb sich das auf einen Block. »Windsor oder Win*sted*?«

»Ich bin nicht sicher. Überprüfen Sie beides.«

Er rief mich drei Tage später wieder an. Ein Rick oder Ric oder Ricky oder Richard Aaron hatte Kenyon College nie besucht. Kein Mensch dieses Namens war je in Windsor, Windsor Locks, Windham, Winchester *oder* Winsted, Connecticut, gestorben.

Also erzählte ich meine eigene Lüge. Nach einem langen Telefongespräch mit meinem Bruder sagte ich Lily, er komme nach New York. Ich wolle mal eine Pause machen und rüberfliegen, um mich mit ihm zu treffen. Vielleicht würden wir auch unsere Eltern besuchen. Das wäre doch eine nette Überraschung für die beiden, was?

Sie sagte, das sei es ganz bestimmt. Wann fliegst du? Übermorgen. Schon? Dann sollten wir schnell die Zeit vorwegnehmen, die wir verpassen werden. Sie glitt in meine Arme und war, roch und fühlte sich lieblicher an denn je. Als sie zum zweiten oder dritten Mal stöhnte, wurde mir klar, daß das nicht aus Lust geschah, sondern weil ich sie zu fest drückte. Als klammerte ich mich an einen Strohhalm, um mein Leben zu retten, drückte ich so fest ich konnte und hoffte, da drinnen irgendwo hinter oder unter der Haut und den Knochen eine wirkliche Lily zu finden. Eine wirkliche Lily mit einem wirklichen Kind und einer wahren, eigenen Geschichte. Wie kann man der Liebe einer anderen Person vertrauen, wenn man ihr selbst nicht trauen kann? Ich dachte an Marys Geschichte über die Leute, die dachten, sie besäßen einen Hund, der sich dann aber als gigantische Ratte herausstellte. Auch an ihre andere Geschichte, die über die nackte Frau, die ans Bett gefesselt war, während ihr Mann in einem Batmankostüm auf dem Boden lag. Hunde, die Ratten sind, Liebe, die so kompliziert ist, daß man Fesseln und Batman braucht, damit sie funktioniert. Vielleicht sagte mir Mary zu Beginn meiner Beziehung zu den Aarons, ohne es zu wissen, dasselbe wie der Detektiv: Hör auf. Hör auf, bevor dir klar wird, was du dir da mit nach Hause gebracht hast, und bevor du die absurden oder grauenvollen Veränderungen vornehmen mußt, die du für nötig hältst, damit diese Situation in dein Leben paßt.

»Ich mag ganz besonders die Bemerkung, die ein Kritiker über Beethoven machte: ›Wir fühlen, daß er wußte, was es zu wissen gab.‹ Wäre das nicht wunderbar, wenn das jemand über uns sagte?«

»Fick dich selber, Herb!« Ich lehnte mich vor und drehte das Autoradio wütend ab. Verlieb dich, und jeder Mensch, jeder Ort, jedes Ding, jedes zweite Wort ist plötzlich »Liebe«. Verliere jemanden, und dasselbe passiert. Seitdem ich Kalifornien verlassen hatte, hörte ich nichts anderes als Anspielungen auf die ganze Wahrheit, Einsicht, Klarheit, Verständnis. Selbst die Einführung zu einer Sinfonie von Beethoven im Radio erinnerte mich an meine gefürchtete Aufgabe. Im Flugzeug redete eine hoffnungslos abscheuliche Frau hinter mir mit einer Stimme wie eine musikalische Kreissäge fünf lange Stunden lang über eine Frau namens Cullen James, deren Autobiographie das Leben dieser Frau verändert hatte. Wenn man dieser Anhängerin glauben sollte, hatte Cullen James irgendwie ihren Körper verlassen und war in ein anderes Land gereist, wo sie (wie üblich) alle möglichen haarsträubenden Abenteuer erlebte. Und, heiliger Bimbam, sie stand es durch, erfuhr DIE WAHRHEIT und kehrte als eine »ganzheitliche Person« nach Hause zurück. Ich hatte das Buch in Geschäften gesehen, aber ein Blick auf den Klappentext genügte, und ich legte es schnell wieder zurück. Beethoven ist eine Sache. Es mag möglich sein, daß Genies durch ihre Gabe in der Lage sind, ihren Weg durch das Labyrinth des Lebens zu finden. Wie dem auch sei, verwirrte Hausfrauen, alternde Filmstars oder übriggebliebene Sechziger-

Jahre-Gurus, die schamlos verkünden, sie hörten Gott oder zehntausend Jahre alte Krieger, die ihnen die Geheimnisse des Universums erzählen ... hör mir auf. Ich weiß, wenn Gott *mich* kontakten würde, wäre ich wenigstens ein bißchen bescheiden. So wie diese Irren es beschreiben, klingt es, als würden sie sich alle mit Ihm duzen. Mal ganz abgesehen davon, daß die kleinen alltäglichen Wahrheiten schon schwer genug zu ertragen sind. Erzählte uns einer, der sie *kennt*, DIE WAHRHEIT, so würde uns das, wenn wir es überhaupt überlebten, sicherlich innerlich und äußerlich versengen wie eine durchgebrannte Sicherung. So erging es mir.

Als ich über die Autobahn in New Jersey Richtung Somerset fuhr, versuchte ich mir die schlimmsten Szenen auszumalen, damit ich wenigstens teilweise auf die Guillotinenklinge vorbereitet wäre, die im Begriff stand, auf mein Leben niederzugehen. Aus L. A. hatte ich die Meiers angerufen und einen Termin vereinbart, ich hatte vorgegeben, mir ihre Hunde ansehen zu wollen. Ich sprach mit Gregory, der eine angenehme, aber sich durch nichts auszeichnende Stimme hatte. Im Hintergrund erklang das süße Jauchzen japsender Hündchen.

Ich nahm die Ausfahrt New Brunswick und folgte seiner Beschreibung bis zu ihrer Farm. Was erwartete ich eigentlich? Wahrscheinlich etwas Kleines, Liebliches, wie eine Doppelseite in *House & Garden* oder *Casa Vogue*. Verstehen Sie – ein schwarzer Bauhaus-Stuhl pro Zimmer, exquisit rustikale Balken und Messingangeln, einen Swimmingpool dahinter. Oder nichts. Ein Haus für zwei gebrochene Menschen, die durch den Rest ihres Lebens humpelten, die bis aufs Atmen und ein ausreichendes Dach über dem Kopf alles aufgegeben hatten.

Was mich empfing, war viel schlimmer.

Als ich eine lange und abseits gelegene Landstraße entlangfuhr, liefen die niedrigen, eingeschossigen Häuser, die mich zur Adresse der Meiers führten, vor meinem inneren Auge zusammen. Genau die Art von Häusern und Umgebung menschlicher Ansiedlungen, die man da draußen auf dem flachen Land erwartete. Verrostete Briefkästen, aufgebockte Autos im Hof, Frauen, die schlaff herabhängende Wäsche an graue Leinen hängten und einen mißtrauisch anstierten.

Whow! Erstaunt schaute ich zweimal hin, als ich das Haus sah. Ich sagte auch: »Was zum Teufel!«, denn es sah so merkwürdig aus und war dort so total, total fehl am Platz. Zuerst fielen mir die Farben ins Auge – blutroter, schwarzer und anthrazitblauer Stein. Dann sah man – entdeckte man – die verblüffenden, in alle Richtungen laufenden Winkel, in denen sie aufeinandergesetzt waren. Metallrohre glitten an den Seiten der Konstruktion hoch und entlang wie Streifen einer silbrigen Zahnpasta. Was stellte das Ding dar? Wer war in der Lage, eine solch interessante Provokation mitten in diese Landschaft zu bauen, die dessen nicht würdig war?

Als ich näher kam, war mein nächster Gedanke, es ist ein abgestürztes UFO! Die fallen immer in entlegene Kornfelder, wo nur uninteressierte Kühe oder Bauern zuschauen. Ich hatte noch vor kurzem einen Kolumnisten der L. A. *Times* gelesen, der genau diese Frage aufgriff. Wenn es Kreaturen von anderen Planeten gibt, die auf der Erde herumschnüffeln, warum landen die dann nie in New York oder Moskau, denn da leben die Führer und da ist was los? Warum werden sie immer nur außerhalb von Orten wie North Platte, Nebraska, gesichtet? Nach einem Blick auf dieses Stahl-und-Stein-Etwas vielleicht dreißig Meter von mir dachte ich, ich *stände* kurz vor einer unheimlichen Begegnung der dritten Art.

Besser seine eigene Dummheit herauskehren, als sie zu verstecken versuchen. Was ich sah, war eine der frühen Versionen des inzwischen berühmten Brendan-Hauses.

Anwen Meier hatte am College Architektur studiert und einige Sommer in den Büros von Harry Radcliffe, dem berühmten Architekten, gearbeitet. Obwohl sie ihre Studien nach ihrem Examen nicht weiterführte, blieb das Thema ein Hobby. Sie war zufrieden damit, Gregory zu heiraten und einen Hausstand zu gründen. Nachdem das Kind gekidnappt worden war, ihr Mann den Zusammenbruch erlitten und sie ihren »Autounfall« gehabt hatte, beschloß sie, daß das einzige in der Welt, was sie retten könnte, darin bestände, das Leben von vorn zu beginnen und nur noch die Dinge zu tun, die ihnen wirklich wichtig waren. Ihr Vater war gestorben und hatte ihr eine kleine Erbschaft vermacht. Dann verkauften sie alles, was sie konnten, auch die Aktien und Wertpapiere, die Gregory gekauft hatte, seit er fünfzehn Jahre alt war. Schließlich hatten sie fast siebzigtausend Dollar. Anwen entschied weise, die Summe zu halbieren – fünfunddreißigtausend gingen weiterhin in die Suche nach ihrem Sohn, der Rest in ihr neues Leben in New Jersey.

Sie liebte Architektur, Gregory liebte Hunde. Mit Anfang Dreißig taten sie, was die meisten Menschen glauben, erst nach ihrer Pensionierung tun zu können – sie lebten, wie sie wollten. Dessert nach dem Essen. Im Falle der Meiers war es kein Nachtisch. Es war die einzige Kost, die beide verdauen konnten. Sie würden weit draußen auf dem Land, wo Grund und Boden billig waren, etwas Einfaches und Robustes kaufen. Im Laufe der Jahre würden sie es zu ihrem machen. Er würde seine heißgeliebten französischen Bulldoggen züchten. Wenn sie clever wären und hart arbeiteten, könnten sie es schaffen. Keiner von beiden benutzte jemals wieder das Wort »Glück«. Glück ist der Gott der kleinen Leute. Beide hörten an dem Tag auf, an Ihn zu glauben, als ihr Kind verschwand.

Es bereitet mir solche Schmerzen, das zu schreiben.

Dreitausend Tage, nachdem sie ihren Jungen verloren hatten, parkte ich meinen Wagen vor ihrem beachtlichen Haus. Ich brauchte noch etwas Zeit, um mich umzusehen und meine Gedanken zu ordnen, bevor ich bei ihnen klingelte. Was sollte ich sagen? Würde ich es schaffen, sie auszuspionieren und ihnen bestimmte Fragen zu stellen, die nichts mit Hunden zu tun hatten, ohne daß sie mißtrauisch würden? Kennt ihr Leute eine Lily Aaron? Könntet ihr euch vorstellen, warum sie euch kennt? Waren Sie schon einmal in Los Angeles oder Cleveland oder Gambier, Ohio? Was ist mit einem Mann, der Rick Aaron heißt? Obwohl ich den starken Verdacht habe, daß er überhaupt nicht existiert –

»Hallo! Sind Sie Mr. Datlow?«

Mit meinem ausgedachten Namen noch nicht vertraut, drehte ich mich so schnell in meinem Sitz um, daß es komisch ausgesehen haben muß. Ich hatte ohne etwas zu sehen auf die Straße gestiert, während ich nachdachte, und hatte sie nicht von hinten herankommen hören, obwohl die Einfahrt mit Kies bestreut war und ihre Stiefel beim Gehen laut knirschten, wie ich später bemerkte, als ich ihr ins Haus folgte.

Schwer zu sagen, ob es die Jahre des Leidens waren, ein hartes und aktives Leben, das zum großen Teil draußen geführt wurde, oder einfach vorzeitiges Altern, Anwen Meiers Gesicht war zerstörte Schönheit. Tief in den Höhlen liegende Augen und rundherum zu dünn; ihre Wangenknochen standen vor wie Fensterbänke. Aber in ihrem Gesicht war immer noch so viel Schönheit, daß man sich wünschte, ihr Kopf wäre ein Ballon, in den man mehr Luft pumpen könnte. Ihn füllen und zu dem formen, was er einmal gewesen sein muß.

»Wir haben schon auf Sie gewartet. Gregory ist hinten in der Scheune. Kommen Sie, gehen wir ihn suchen. Oder hätten Sie gern zuerst eine Tasse Tee?«

»Etwas Tee wäre wunderbar.« Ich hielt es für besser, zunächst mit ihr allein zu sprechen, als es mit beiden gleichzeitig aufzunehmen.

»Schön, gehen wir ins Haus. Darf ich Sie fragen, wie Sie von uns gehört haben? Haben Sie die Anzeige in der *Hundewelt* gesehen?«

Ich stieg aus dem Wagen aus und stellte mich neben sie. Sie war größer, als ich zunächst gedacht hatte. Einssiebzig oder zweiundsiebzig, teils wegen der Stiefel, die sie trug, aber eigentlich war es ihre natürliche Größe.

»Ja, ich habe die Anzeige gesehen, aber ich habe von Raymond Gill von Ihnen gehört.«

»Gill? Ich fürchte, den Namen kenne ich nicht.«

Ich auch nicht, denn ich hatte ihn mir vor einer Sekunde ausgedacht. »Er ist ein sehr bekannter Züchter im Westen.«

Sie lächelte und, mein lieber Mann, die Schönheit, die sie einst gewesen war, trat deutlich zutage.

»Es gibt Leute da draußen, die von uns gehört haben? Das ist beruhigend. Greg wird sehr froh sein, das zu hören.«

Ich folgte ihr über die Einfahrt zu einer dicken hölzernen Tür, über die sich wie auf einem komplizierten Parkettboden eine große Menge verschiedener Muster hinzog.

»Was für eine Tür. Was für ein *Haus*!«

Sie drehte sich um und lächelte wieder. »Ja, entweder liebt man's oder man haßt es. Wenn es um das Haus geht, hat sich noch nie jemand auf eine Wischiwaschiweise geäußert. Was halten *Sie* davon?«

»Noch zu früh, um etwas zu sagen. Zuerst dachte ich, es sei ein Raumschiff von einem anderen Planeten, aber jetzt gewöhne ich mich gerade daran. Ist es drinnen auch so irre?«

»Nicht so sehr. Aber es ist auch nicht sehr erdverbunden! Kommen Sie herein und bilden Sie sich Ihr eigenes Urteil.«

Wir befanden uns im Wohnzimmer, als sie den Jungen zum ersten Mal erwähnte. Bis dahin waren ihre Stimme und ihre ganze Person die einer freundlichen Reiseleiterin. Sie war eindeutig daran gewöhnt, entweder entsetzten oder erstaunten Menschen ihr Haus zu zeigen, und für diese Rolle hatte sie ein angemessenes Verhalten entwickelt. Der Raum wurde von einer riesigen Kathedralendecke gekrönt. Teile davon waren wie bei Patchworkstreifen aus bunten Glasfenstern, durch die das Licht in verschiedenen Farben nach unten strömte und einen Teppich auf den Boden zauberte.

»Erstaunlich. Ich weiß nicht, was ich über Ihr Haus sagen soll, Mrs. Meier.«

»Anwen.«

»Anwen. Eine Minute ist es bezaubernd. In der nächsten Minute oder im nächsten Zimmer, in das wir gehen, glaube ich, zuviel getrunken zu haben. Dieser Raum ist außergewöhnlich. Die Art und Weise, wie Sie Stein, Metall und Holz kombiniert haben, die Fenster da oben ... Es *ist* ein UFO. Von einer anderen Welt!«

»Aber die anderen Zimmer? Wo Sie sich betrunken fühlten?«

Ich zuckte die Achseln. »Man kann nicht alles haben.«

»Es freut mich, daß Sie ehrlich sind. Ich verrate Ihnen, warum es so aussieht. Mein Mann und ich haben einen kleinen Jungen. Vor neun Jahren wurde er entführt. Bis wir ihn finden, wird dieses Haus beides sein, Brendan und alles, was wir ihm im Leben mit uns schenken möchten.«

Es fand sich weder Reue noch Selbstmitleid oder Gleichgültigkeit in der Art, wie sie es sagte. Dies waren die Tatsachen ihres Lebens. Sie teilte sie mir mit, aber bat um nichts.

»Das tut mir sehr leid. Und Sie haben keine anderen Kinder?«

»Nein. Keiner von uns kann an ein weiteres Kind denken, bevor Brendan wieder nach Hause kommt. Also züchtet mein Mann Hunde, und ich arbeite an diesem Haus. Eines Tages wird unser Sohn zurückkommen, und wir werden ihm viel zeigen können.«

Genau da, am Ende ihres Satzes, in diesen letzten vier oder fünf Wörtern, hörte ich die leichte Andeutung von Schmerz in ihrer Stimme.

»Als wir das hier kauften, war es nichts weiter als eine häßliche alte Hühnerfarm. Meine ursprüngliche Idee war, etwas zu bauen, das Brendan mag. Kindlich, aber nicht kindisch, verstehen Sie? Ein Ort mit Launen und Farben und Wutausbrüchen.«

»Wutausbrüchen. Das ist eine nette Idee.«

Mit den Händen auf den Hüften schaute sie sich im Zimmer um. »Ja, aber es hat sich verändert, nachdem wir das meiste von dem entfernt hatten, was zu Beginn hier war. Zuerst sollte es für ihn sein. Dann wurde mir klar, daß es auch für uns dasein mußte, bis er nach Hause käme. Also veränderte ich es wieder. Mehr und immer mehr. Vor meiner Ehe war ich Architekturstudentin, nur damit Sie mich nicht für völlig durchgedreht halten!«

Sie erzählte noch etwas über ihr Leben, den Zusammenbruch ihres Mannes und ihren Autounfall jedoch ließ sie aus. Ihre Version war, daß sie das Kind verloren hatten, ein paarmal ihre Stellen wechselten, schließlich das starke Bedürfnis entwickelten, in ihre Heimat zurückzugehen, um so zu leben, wie sie wollten. Ich stellte keine Fragen. Ihre Lügen waren zarte Dinge. Lügen, bestimmt für einen Fremden, der über ihren ständigen Schmerz nicht mehr als nötig wissen mußte. Ich glaube, sie war nicht so sehr auf mein Mitleid als vielmehr auf mein Verständnis aus, warum ihr Haus so anders war. Im Moment war es beides, ihr Kind und ihre Kunst. Wie eine Art von unmöglichem und herzzerreißendem Golem, den sie durch ihre Fürsorge, Liebe und Vorstellungskraft zum Leben erwecken wollte. Wenn der Junge zurückkehrte, würde sie es auf ihn übertragen. Bis dahin ging alle Energie und die Gefühle, die sie für ihr Kind empfand, darin auf, dieses unbelebte Ding zu beleben.

Jedes Zimmer ihres Hauses war eine andere Welt. Sie hatten einige der Wände und Decken durchbrochen, als wollten sie Brükken bauen, die das eine Zimmer mit dem anderen verbinden wie surreale Traumsequenzen. Ein Schlafzimmer bestand nur aus schiefen Objekten in verrückten Winkeln. Alle Bilder in Rahmen ohne feste geometrische Form und der einzige Spiegel hingen an der Decke. In Fußhöhe hatte man sprichwörtlich ein Loch in die Wand geschlagen und es mit Glas gefüllt. Man brauchte einen Moment, um sich darüber klarzuwerden, daß es sich um ein Fenster handelte. Ein anderes, es hieß das Fallzimmer, beherbergte nur weiche Objekte in zwei Farben.

Es gibt Exzentriker, die sich Häuser aus Coca-Cola-Flaschen oder aus Nummernschildern aus Wyoming bauen. Architekten, die Kirchen entwerfen, die wie schmelzende Kerzen, oder Flughäfen, die wie Rochen aussehen. Aber das eigenartigste und, ehrlich gesagt, anstrengendste am Haus der Meiers war die nackte Besessenheit, die in ihrer Arbeit lag. Anwen sagte nichts darüber, aber es war offensichtlich, daß sie wußte, ihr Verstand würde die tödliche, hoffnungslose Wahrheit ihrer Situation erkennen und daran zugrunde gehen, wenn er sich einen Moment eine Ruhepause gönnen würde. Also setzte sie sich niemals richtig hin. Sie plante und baute und bastelte an dem einzigen Bindeglied herum, das sie immer noch mit ihrem verlorenen Kind verband.

Ein kleiner schwarzer Hund watschelte ins Zimmer und bis zu meinem Bein. Ich bückte mich und streichelte ihn.

»Das ist Henry Hank. Mein Mann nennt alle Hunde nach alten Boxern. Wir wissen, daß die Kunden ihnen zu Hause andere Namen geben, aber Greg gefällt der Gedanke, für ein paar Wochen einen ganzen Stall voll mit Boxern zu haben.

Noch einer kam herein und wurde als Gil Diaz vorgestellt.

»Hallo!«

Zunächst dachte ich, ihr Mann sähe gut aus. Viel robuster und gesünder als Anwen. Braungebrannt und kompakt. Das waren die Eindrücke, die ich hatte, als ich mich erhob, um ihn zu begrüßen. Als wir uns aufeinander zubewegten, begann einer der Hunde zu bellen, und Gregory schaute nach unten, um nachzusehen, was der Aufstand sollte. Als ich ihn aus der Nähe sah, erkannte ich, daß seine Haut den unnatürlichen orangebraunen Ton hatte, wie man ihn von Bräunungsmitteln aus der Flasche bekommt. Als ich noch ein Junge war und man diesen Mist gerade erfunden hatte, kaufte sich ein Typ in der Stadt etwas Man-Tan und schmierte sich damit ein. Wochenlang sah er so aus, als wäre sein ganzer bedauerlicher Körper von einem schlecht aufgetragenen, furchtbaren Lippenstift im Farbton gebrannte Siena bedeckt. Ich vermute, seit damals hat man das Produkt verbessert, nach Gregory Meiers Aussehen zu urteilen jedoch nicht viel.

Er hatte auch einen merkwürdigen Händedruck – ein viel zu großer und kräftiger Ausbruch, als wir uns zuerst berührten und die Hände drückten, und dann nichts weiter. Seine Hand wurde völlig schlaff. Ich erinnerte mich daran, daß er einen Zusammenbruch erlitten hatte. Je länger ich ihn beobachtete, um so mehr Anzeichen seiner Schwäche und Überspanntheit traten zutage. Schließlich hatte ich das Gefühl, daß sie sich möglicherweise aus ihren vorigen Leben aufs Land zurückgezogen haben, weil die Belastung für diesen Mann einfach zu groß war und es noch für eine lange Zeit bleiben würde.

»Darling, er sagt, ein berühmter Züchter aus dem Westen hätte uns empfohlen. Der Mann heißt Raymond Gill?«

»Raymond! Natürlich, ich kenne Raymond. Netter Kerl. Was züchtet er wieder?«

»Möpse.«

»Möpse, ja richtig. Netter Kerl.«

Er räusperte sich viel zu oft. Er schenkte dem, was andere sagten, eine so dramatische, überinteressierte Aufmerksamkeit, selbst wenn es sich um völlig triviales Geschwätz, leichter als Luft, handelte, daß es peinlich war. Er gab sich so große Mühe, und das machte es so verdammt traurig. Er wollte, daß man dachte, er hielte einen für eine wichtige Person, obwohl man sich erst Minuten vorher kennengelernt hatte. Er war weder ein Kriecher noch ein Übertreiber. Wahrscheinlich mochte er mich wirklich, denn ich war nett und angenehm, solange ich da war, aber das Mitleiderregende lag in seinem offenen Lächeln, einem Händedruck, der nach zu viel erstem Druck erstarb, der ängstlich-bewundernden Art, wie er seine Frau anschaute. Im Vergleich zu ihm war sie die stärkste Person auf Erden.

Der peinlichste Augenblick entstand mitten in einer Diskussion über die Vorteile der französischen Bulldogge im Verhältnis zu anderen Rassen. Gregory brach mitten im Satz ab und grinste. »Wissen Sie, wie H. L. Mencken Calvin Coolidge genannt hat? ›Einen erbärmlichen kleinen Dreckskerl.‹ Die Zunge darf man bei diesen Hunden niemals sehen. Aber ich bin sicher, das haben Sie gewußt.«

Der Sprung von Hunden über Mencken zu Hundezungen kam so schnell, daß ich mehrere Sekunden brauchte, um ihn zu verstehen. Ich bin sicher, daß ich zu stark reagierte, denn als ich mich an Anwen wandte, spitzte sie ihre Lippen und schmollte mich an, als wollte sie sagen: »Pst! Zeigen Sie ihm nicht, daß Sie das gehört haben.« Dieser wilde Sprung von einem Gedanken zu einem völlig anderen geschah noch zweimal, während Gregory sprach, aber ich tat so, als hätte ich es nicht gehört.

Was war schlimmer, seine Zerbrechlichkeit? Die Art, wie die Meiers sich gegenseitig mit dieser gespenstischen Liebe füreinander und diese Scheusale von Hunden überschütteten? Oder einfach nur die Kraft ihres Hauses? Das Haus/Monument/Golem, das sie gebraucht und gebaut hatten, um ihr verlorenes Kind zu ersetzen.

Es war fast wie Folter, dort diesen langen, traurigen Nachmittag zu bleiben. Dringender als alles andere mußte ich weg und nachdenken. Mußte in einer Bar oder einem Hotelzimmer sitzen, einer Ecke irgendwo allein, wo ich mit mir selbst darüber sprechen konnte, was als nächstes zu tun sei.

Ich war mir fünfundneunzigprozentig sicher, daß Lincoln Aaron ihr Sohn war. Aber es blieben noch einige Dinge, die unternommen werden mußten, um ganz sicher zu sein. Ich erledigte sie in New York, indem ich eine weitere Detektivagentur aufsuchte und sie Lilys »Eltern« aufspüren ließ, Joe und Frances Margolin in Cleveland. Seit dreißig Jahren hatte unter diesen Namen keiner mehr in jener Stadt gelebt. Dasselbe galt für ein Kind namens Lincoln Aaron, angeblich vor acht oder neun oder zehn Jahren in Cleveland geboren. Kein Krankenhaus, keine staatliche Stelle führte ihn in den Akten.

Warum überhole ich mich selbst hier und erzähle den wichtigsten Teil der Geschichte, noch bevor er geschah? Weil ich an jenem Tag, als ich im Wohnzimmer der Meiers saß, die Wahrheit bereits kannte. Als ich auf einer weichen Couch saß und eine Tasse aromatischen Tee trank, wußte ich bereits, daß die Frau, die ich mehr als jeden anderen Menschen auf der Welt liebte, eine Kriminelle und ein Monster war. Kidnapping war monströs. Genau wie Mord und Vergewaltigung unterminiert es die einzigen Fixpunkte, die wir überhaupt im Leben haben: mein Leben, meine Sexualität, der Ursprung meines Blutes – gehören nur mir.

Lincoln hatte einmal eine Geschichte über Krähen mit blauen Augen erfunden. Sie war nicht gut oder interessant, aber das Bild dieser tintenfarbenen Vögel mit azurblauen Augen verfolgte mich noch lange. Krähen sind klug, hinterfotzig, angeberisch. Ich schätze sie für ihre Eigenschaften. Sähe ich eine auf einem Ast sitzen und eine Zigarre rauchen, würde ich lachen und denken, ja, so stimmt das. Aber blaue Augen gehören Babys, Engeln, Schweden. Steck sie in eine Krähe, und der Spaß hört auf. Der Kobold wird pervers. Noch einige Telefongespräche davon entfernt zu erfahren, daß meine Liebe ein Alptraum war, konnte ich dieses Bild des Jungen nicht aus meinem Kopf vertreiben. Eine Krähe mit blauen Augen. Seine Mutter, meine Freundin und meine Liebe, das schrecklichste aller menschlichen Wesen. Krähen mit blauen Augen. Lily Aaron, Kidnapperin.

Als der Besuch zu Ende ging, ich das Haus und alle Hunde gesehen hatte und wir drei geredet hatten, bis wir uns in einer nachmittäglichen Benommenheit von zu vielen Informationen und zu vielen Wörtern befanden, begleiteten sie mich zu meinem Mietwagen. Ich dankte ihnen für die Zeit, die sich sich für mich genommen hatten. Um keinen Hund kaufen zu müssen, sagte ich, daß ich wirklich einen grauen wollte, denn graue hatten sie nicht. Eins der Weibchen würde in ein paar Wochen werfen, und ich würde anrufen, um mich zu erkundigen, ob sich in dem Wurf ein grauer befand. Als Anwen mich um meine Anschrift und Telefonnummer in Portland, Oregon, bat (wo ich angeblich lebte), erfand ich eine.

Als ich den Zündschlüssel drehte, berührte mich Gregory am Arm und bat mich, eine Sekunde zu warten. Er langte in seine hintere Tasche und zog ein weißes Blatt Papier heraus. Während er es vorsichtig auseinanderfaltete, blickte ich Anwen an, die an diesem Tag zum ersten Mal peinlich berührt und verlegen aussah.

»Vermutlich haben Sie nicht, aber ich frage jeden, den wir kennenlernen. Ich weiß, es ist verrückt, aber ich bin sicher, Sie verstehen das. Anwen hat Ihnen erzählt, was unserem Sohn zugestoßen ist. So, glaubt man, sähe er heute aus. Die Polizei verfügt über solche Maschinen, die ein Gesicht in einer Art Langzeitprojektion zeichnen können. Nehmen Sie sich einen Fünfjährigen, drücken Sie einen Knopf und Sie haben eine Vorstellung davon, wie er mit zwanzig aussieht. Es ist wirklich erstaunlich, aber man sagt, daß es bei einem Baby wirklich schwer ist.« Gregorys Gesicht erzitterte, fiel zusammen, hob sich, versuchte ein Lächeln, das nicht gelang. »Die Knochen sind in diesem Alter so weich. Sie haben dann noch nicht viel Prägnantes in ihren Gesichtern. Sie haben wohl da draußen in Portland noch nie einen Jungen gesehen, der so ähnlich aussieht, oder?«

Kälte, Kälte, ungeheure Kälte troff in mein Herz und mir wurde kalt. Ich nahm das zerknitterte Blatt Papier und zwang mich, es anzuschauen. Aber für einige lange Sekunden konnte ich meinen Blick nicht auf das richten, was ich da in der Hand hielt. Mein Leben lag in meinen Händen, und das ist die letztendliche Gefahr.

Als die Panik sich etwas gelegt hatte, und ich die Zeichnung ansah, erlebte ich die grauenhafteste Erleichterung, als ich feststellte, daß es nicht mein Junge war! Die Augen stimmten nicht, die runden Wangen, das Kinn war zu weich, es hätte ungewöhnlich markant sein müssen. Das war nicht Lincoln. Einen Augenblick lang fühlte ich mich wie befreit. In Lincoln Aaron steckt kein Brendan Meier. Hurra! Gott sei Dank. Amen. Dann hatte ich den perversesten Reflex, denn ich versprürte den furchtbaren Drang, zu sagen: »Er sieht nicht so aus. Die Augen liegen viel tiefer. Er hat Lilys breiten Mund. Sein Haar –« Und mir war nicht klar, ob ich ihren Jungen oder unseren Jungen oder ein und denselben Jungen meinte. Mein Herz wußte es zuerst. Das war der Moment, um die Wahrheit zu sagen, aber mein Herz verschloß sich vor ihnen und war wie tot. Ich war von Lilys Verbrechen an diesem Paar überzeugt, konnte aber, beim Herzen angefangen, fast körperlich fühlen, wie sich mein ganzes Selbst abwandte. In einem Sprichwort heißt es, daß der Mensch zweimal in seinem Leben die Gnade Gottes erfahren kann – einmal in der frühen Jugend und dann wieder, wenn er fünfundvierzig oder fünfzig ist. Umgekehrt fühlte ich in diesem Moment, wie ich buchstäblich das Böse umarmte. Vielleicht käme ich später wieder, um ihnen die Wahrheit zu sagen, oder ich ginge zu Lily zurück, um sie mit all dem zu konfrontieren, jetzt aber gab ich ihnen ihr Bild zurück, zeigte ein kleines entschuldigendes Lächeln und sagte, nein, tut mir leid. Was war schlimmer, der Schmerz in Gregorys Gesicht, als er es nahm und es sich zum millionstenmal anschaute, oder Anwens mitleidsvoller Blick auf ihren Mann? Oder war es vielleicht die Zeichnung selbst, dieses schlecht gemalte Konterfei eines Jungengesichts, das im wirklichen Leben um so vieles hübscher und voller Leben war.

Als ich wegfuhr, beobachtete ich sie im Rückspiegel, bis ich über eine kleine Anhöhe fuhr und sie weg waren. Erst da wurde ich mir des Drucks in meiner Blase bewußt. Es fühlte sich an, als würde ich explodieren, wenn ich nicht sofort pißte. In der Nähe waren keine Häuser und kein Wagen kam über die Straße, also hielt ich an, sprang hinaus, machte meine Hose auf und schaffte es gerade noch, ihn freizubekommen, bevor das Zeug wütend aus mir hinausplatzte.

Trotz all der furchtbaren Dinge, die durch meinen Kopf segelten, war es eine Erlösung zu pissen. All die komplizierten, perversen, gefährlichen Sachen, die bisher geschehen waren und noch auf mich zukommen würden, keine war wichtiger als diese dumme kleine Verrichtung, die ich zehnmal täglich ausführte.

»Sieger und immer noch Champion, der Schwanz!« teilte ich der Landschaft New Jerseys mit. Das erinnerte mich an Lilys süßes Interesse an meinem Penis. Bei einem der ersten Male, als wir ins Bett gingen, hielt sie ihn hinterher in ihrer Hand, inspizierte, schüttelte, drückte ihn, bis ich meinen Kopf vom Kissen hob und sie fragte, ob sie einen wissenschaftlichen Versuch durchführte. Nein, sie hatte sich nur noch nie getraut, sich einen so genau anzusehen.

»Nie? Nicht mal Ricks?«

»Nee, ich war immer zu schüchtern. Es war mir immer peinlich, verstehst du?« Sie schaute mich aus ihrer Position quer über meinen Schenkeln liegend an und strahlte. Spießgesellen. Was für ein glücklicher, entspannter Augenblick. So erwachsen und gleichzeitig kindlich, wie Doktor spielen. Es war in jener Zeit, daß ich anfing, darüber nachzudenken, wie sehr ich diese Frau liebte.

Ich hatte zwei Möglichkeiten – Kampf oder Flucht. Ich bezweifle, daß viele Menschen jemals ernstlich erwogen haben, vor ihrem Leben zu fliehen. Entweder ist es kindisch oder verzweifelt, und glücklicherweise verhalten sich nur wenige von uns so oder erleben überhaupt solche dunklen Extreme. Ich kenne eine Frau, die von ihrem Mann sehr schlimm geschlagen wurde. Eine Stunde nachdem er das Haus verlassen hatte, um zur Arbeit zu gehen, packte sie eine kleine Tasche und nahm ein Taxi zum Flughafen. Sie zahlte ein Ticket nach New York mit seiner Kreditkarte (sie wollte, daß er glaubte, sie sei dorthin geflogen) und kaufte einen Flugschein nach London, den sie bar zahlte. Der Trick klappte, und als er sie Monate später aufstöberte, war sie längst in Sicherheit und gut beschützt.

Im Vergleich schien mir das eher schablonenhaft. Ihr Leben wurde bedroht, und sie rannte weg. Meine Situation, »meine Gefahr«, war viel komplexer und komplizierter. Andererseits hätte ich in dieser Epoche der schnellen Beziehungen, in der sich die Leute mit Lichtgeschwindigkeit von A nach Z bewegen, leicht zu Lily sagen können: Tut mir leid, aber das klappt doch nicht mit uns beiden, bye-bye! Niemand hätte das hinterfragt. Das wäre der einfache, ekelhafte Weg gewesen, aber bedenkt man die Alternative ... hinzu kommt, was *war* die Alternative? Tut mir leid, mein Schatz, aber ich werde dich anzeigen müssen.

Manchmal präsentiert sich die Lösung eines Problems so schnell und entschlossen, daß nicht der Schatten eines Zweifels daran besteht, was zu tun ist.

Während ich über die Autobahn zurück nach New York fuhr, zappelte es in meinem Kopf nervös hin und her. Was sollte ich tun? Der Verkehr war dicht, aber nicht so, daß man besonders achtgeben mußte. Das Radio spielte laut, ich hatte einen Rocksender eingestellt; mein Begleiter auf der Fahrt.

Es steckten so verflucht viele Lilys da drin. Die Lily, die ich kannte. Die Lily, von der ich dachte, daß ich sie kannte. Lily die Kidnapperin. Lily –

»Hey!«

In einer entfernten Ecke meines Kopfes hatte ich das Dröhnen eines sehr lauten Wagens vernommen, der von links heranratterte. Aber Autobahnen sind voll von rasselnden Rappelkisten, die man einfach ignoriert und gleichzeitig hofft, daß sie einen mit ihren Auspuffgasen nicht ersticken.

»Hey, Scheißkopf!«

Mitten in meinem Schlamassel schaute ich schnell nach dem Rufer. Genau vor meinem Fenster zielte ein Mann mit einer Pistole auf mich. Er hatte ein breites Grinsen im Gesicht, und alle paar Sekunden blaffte er: »Hey! Hey! Hey!« Dann lachte er scheppernd, und bevor ich mich bewegen konnte, drückte er den Abzug und die Pistole explodierte.

Ich warf den Wagen nach rechts. Weil ich auf der langsamen Spur war, stieß ich mit niemandem zusammen. Der Schreier und sein Fahrer jaulten vor Vergnügen auf, und mit noch lauterem Gerappel beschleunigte ihr Wagen und raste davon.

Ich bremste und fuhr den Wagen weiter auf das Bankett. Warum war ich nicht tot? Er mußte eine Platzpatrone abgefeuert haben. Warum hat er das getan? Warum war ich nicht in Panik geraten und verunglückt? Glück. Oder Segnung. Warum hatte er auf mich geschossen? Einfach so. Das Leben gibt keine Erklärungen ab, es entschuldigt sich nie. Wir sind es, die sie sich ausdenken.

Ich saß da, zitterte und fluchte, dankte dem allmächtigen Gott dafür, daß er mich verschont hatte, und spürte, wie der Moment sich langsam entspannte und vorüberging. Das Adrenalin pumpte keinen Terror, keine Entspannung mehr durch mich hindurch, und zittrig kehrte mein eigenes Leben mit seiner Gegenwart und Zukunft zurück.

Lily tauchte wieder auf, und was mich nach der Todesangst erfüllte, die ich empfunden hatte, war ungeheure Liebe für sie. Liebe, egal, was vorgefallen war. Erst der Tod, dann Lily Aaron, von einem Moment auf den anderen. Ich hatte überlebt, und während ich ins Leben zurückkehrte, dachte ich zuerst an sie. Natürlich ging es nur um sie. Autos knallten und rumpelten links vorbei, die Nacht pinselte den Himmel violett. Ich würde zu ihr zurückgehen. Ich *mußte* einen Weg finden, wie ich unsere Liebe und ein neues gemeinsamens Leben durch diese Wand, durch diese *Welt* aus Feuer bringen konnte, der wir jetzt gegenüberstanden.

Ich klingelte, aber niemand öffnete. Ich wartete noch einen Moment länger und benutzte schließlich meinen eigenen Schlüssel. Es war drei Uhr nachmittags. Lincoln war sicher noch in der Schule und Lily im Restaurant. Ich ließ meine Tasche zu Boden fallen und sog die bekannten Gerüche von zu Hause ein – parfümierte Kerzen, Hund, Zigarettenrauch, Grey Flannel, Lilys Parfüm. Während ich langsam durchs Haus ging, erschien es mir wie eine Art Museum. Das Museum unseres Lebens, wie es einmal gewesen *war*. Alles war wie immer, alles war anders. Da haben wir zusammen Scrabble gespielt, da habe ich Chilisauce auf den Teppich gekleckert. Einer von Lincolns Comics lag auf dem Tisch. Ich nahm ihn und blätterte darin.

Lincoln. Diese neue Welt drehte sich jetzt um ihn, und der Widerspruch war, falls das das richtige Wort ist, daß er ein wunderbares Kind war. Klug und ausgeglichen, oft entwickelte er einen Sinn für Humor und ein Verständnis, daß es eine reine Freude war, mit ihm zusammenzuleben. Wer weiß, mit wieviel wir geboren werden und wieviel das Ergebnis von Erziehung und Ausbildung ist. Da ich mit den Aarons zusammenlebte und beobachtet hatte, wie die beiden miteinander umgingen, hielt ich Lily für eine großartige Mutter, die auf den Jungen einen zutiefst positiven Einfluß ausübte. Das war ein Teil des Problems: Sie war wirklich gut für ihn.

Cobb lag auf seinem großen Lager in der Küche. Als er mich sah, schlug sein langer Schwanz ein paarmal auf den Boden. Ich winkte zurück und das reichte ihm aus. Er stöhnte zufrieden und schloß die Augen.

Weil ich nichts anderes zu tun hatte, öffnete ich den Kühlschrank. Zwischen all den Flaschen und Tüten stand eine weiße Tonfigur, die entfernt so aussah wie eine der Figuren aus »Büroklammer«. Warum sie im Kühlschrank stand, blieb ein Geheimnis, aber solche Rätsel sind normal, wenn man mit einem Zehnjährigen zusammenlebt. Ich hob sie vorsichtig von ihrer Metallunterlage und drehte sie langsam in meiner Hand. War der Künstler zehn Jahre alt oder neun, wie die Meiers gesagt hatten? Immerzu mußte ich an dieses traurige zerbrechliche Paar denken, an ihr Haus und das zernarbte Leben, das sie lebten. Wie aufgeregt sie wären, wenn man ihnen diese Figur zeigte und ihnen sagte, wer die gemacht hat. Wieviel Freude es ihnen bereiten würde zu wissen, sie wäre von ihrem Sohn, und es ginge ihm gut, und er wäre glücklich.

Als füllte man ihre Lungen von oben bis unten mit Luft, statt sie einfach nur flach atmen zu lassen.

»Max! Du bist wieder da!«

Gedankenverloren wie ich war, hatte ich die Tür nicht gehört. Ich drehte mich um und spürte schon kleine Arme, die mich umarmten und festhielten.

»Max, wo bist du gewesen? Ich habe dich so sehr vermißt! Hast du meine ›Büroklammer‹-Statue gesehen? Die hab ich für dich gemacht. Weißt du, wer das ist? Gefällt sie dir?«

Ich nahm ihn in die Arme und schloß meine Augen so fest ich nur konnte. So blieb die Welt einen Augenblick draußen. Darüber hinaus hatte ich direkt angefangen zu heulen, als ich wußte, daß er es war. Ich konnte es nicht unterdrücken.

»Sie gefällt mir, Linc. Es ist das perfekte Willkommensgeschenk. Ich bin wirklich froh, wieder zu Hause zu sein.«

»Ich auch! Als du weg warst, haben wir nichts gemacht. Aber wir haben jede Menge über *dich* geredet.«

»Wirklich? Das ist toll.«

Er ließ los und schaute mich an. »Du weinst ja?«

»Ach, weil ich so froh bin, dich zu sehen.«

Er umarmte mich wieder und drückte mich noch fester. »Jetzt bleibst du aber zu Hause, oder?«

Ich nickte, preßte ihn an mich, wippte uns beide hin und her. »Ja, ich bin jetzt hier.«

»Max, ich hab dir jede Menge zu erzählen. Erinnerst du dich an Kenneth Spilke, den Jungen, von dem ich dir erzählt habe? Der Typ, der die Kreide nach mir geschmissen hat?«

Durch einen Nebel von Jetlag, Liebe und Sorge darüber, wie ich mich verhalten würde, wenn ich seine Mutter sähe, hörte ich Lincoln den Teppich seines Lebens für die Zeit ausrollen, da ich weg gewesen war. So viel war geschehen! Eine offene Spielplatzschlacht mit Kenneth Spilke wegen eines Mädchens, ein Telefongespräch mit ebendiesem Mädchen über Kinder, die sie beide nicht leiden konnten, in der Schule ein Test über das Verdauungssystem, dann noch zwei lausige Essen, die Lily hintereinander gekocht hatte, obwohl er ihr genau *gesagt* hatte, daß er nicht schon wieder Brokkoli wollte... Es war großartig, ihn über all diese Sachen tönen zu hören. Ich hörte ihm aufmerksam zu, beobachtete ihn genau. Wenn das Leben nur immerzu aus diesen Minuten bestehen könnte, angefüllt mit Nachrichten aus der fünften Klasse und Vermutungen darüber, wann seine Mutter nach Hause käme. Ironischerweise hätte ich in anderen Zeiten seinem Geplapper nur mit einem Ohr zugehört und mit dem anderen auf eine sich öffnende Tür gehorcht. Jetzt hatte er mich ganz, denn er war das einzig Normale, das mir im Leben geblieben war.

»Und wie geht's deiner Mam?«

»Sag ich doch, sie hat diese zwei ekelhaften Essen gekocht –«

»Nein, ich meine, was *sonst* noch? Was hat sie so gemacht?«

Er zuckte die Achseln und leckte sich mit der Zunge über die Zähne. »Weiß nicht. Gearbeitet, glaube ich.«

Ich wäre damit zufrieden gewesen, hätte ich nicht aufgeschaut und den Ausdruck in seinem Gesicht gesehen. Lincoln war nicht besonders gut darin, etwas zu verbergen. Er war zu offen und freundlich, wollte, daß man wußte, was in seinem Leben vor sich ging.

»Was ist Linc? Was ist es?«

Er blickte mich an, konnte die Augen nicht stillhalten, schaute weg. Ich runzelte die Stirn. »Was ist los?«

»Ich wußte nicht, ob du wiederkommen würdest.«

»*Was?* Was meinst du damit?«

»Weiß nicht. Ich hab gedacht, vielleicht gehst du für immer weg.« Seine Stimme wurde viel lauter. »Ich meine, warum solltest du bleiben? Vielleicht magst du uns ja nicht mehr oder so.«

»Lincoln, warum sagst du das? Woher hast du die Idee –«

»Weiß nicht. Ich war einfach erstaunt, als du so einfach weggegangen bist. Peng und weg warst du. Woher sollte ich das wissen?«

»Weil ich dir das *niemals* antun würde. Ich würde dich nie einfach allein lassen. Ich bin dein Freund. Freunde machen solche Sachen nicht.«

Ich gab ihm ein Zeichen, zu mir zu kommen und sich auf meinen Schoß zu setzen. Wir unterhielten uns noch ein wenig, aber ich konnte kaum noch folgen, so schnell raste es in meinem Kopf.

»Max?«

»Ja?«

»Hast du mir aus New York was mitgebracht?«

»Klar! Klar hab ich. Wie konnte ich das nur vergessen? Komm mit.« Ich ging zu meiner Tasche und holte ein T-Shirt und ein Paar Basketballschuhe heraus, die ich ihm in New Jersey gekauft hatte.

»Mensch, Max, die! Genau die, die ich wollte. Du bist toll! Danke!«

Es war so leicht, das Herz eines Kindes mit Geschenken zu gewinnen. Er hatte sich dieses supermoderne Hemd und die Schuhe schon lange gewünscht, aber Lily weigerte sich, sie ihm zu kaufen, weil sie aberwitzig teuer waren.

»Willst du sie sehen? Soll ich sie anziehen?«

»Was sonst? Spinnst du? Die solltest du von jetzt an für den Rest deines ganzen Lebens tragen.«

In einer Hand hielt er die Schuhe, in der anderen das Hemd. Er schaute mich an, ließ beides fallen und drückte mich wieder. »Du bist der Beste, Max. Einfach der *Beste*.«

Während er sich abmühte, sie anzuziehen, versuchte ich so gut ich konnte, ihn behutsam auszufragen. War irgendwas vorgefallen, während ich weg war? Irgendwas Besonderes? Wie war Lily drauf? Er war viel mehr an seinen neuen Schuhen interessiert – meistens erhielt ich »Null Ahnung« und »Glaub ich« als Antworten auf meine Fragen.

Draußen wurde eine Autotür zugeschlagen, darauf folgte das Geräusch eines Schlüssels, der im Schloß gedreht wird.

»Jemand zu Hause?«

»Hier sind wir, Mutti. Max ist wieder da!«

»Gott sei Dank!«

Plötzlich drangen aufgeregte Geräusche aus der Küche – Cobbs Schwanz schlug auf den Boden, Lily sprach mit ihm, etwas wurde schwer auf der Küchentheke abgestellt, sie sagte etwas, war aber zu weit weg, um verstanden werden zu können. Dann war sie da. Es kam mir vor, als träfen wir uns zum ersten Mal. Mein Herz klopfte stark.

»Du gibst gar keine Antwort. Wie geht es deinem Bruder?« Auf einer Wolke aus Liebe und Selbstbewußtsein segelte sie ins Zimmer. Ich war daheim, wir waren wieder eine Familie. Sie wußte nicht, was ich wußte. Ich hatte Angst vor dem, was sie mir nicht erzählt hatte. Hätten sich unsere Herzen in diesem gemeinsamen Moment in unserem Leben noch unterschiedlicher fühlen können?

Mein *Bruder*? Was hatte er damit zu tun? In letzter Sekunde fiel mir ein, daß ich nach New York gefahren war, um mich angeblich mit Saul zu treffen.

»Er ist okay. Ungezogen wie immer. Macht jede Menge Geld.«

Mit Riesenschritten kam sie auf mich zu und gab mir einen dikken, langen Kuß. »Wir haben dich vermißt. Lincoln hat gesagt, ich hätte zu viel über dich geredet.« Sie sah aus wie ein großes, köstlich zubereitetes Essen, man wußte nicht, wo man anfangen sollte. In meinem Kopf und meinem Herzen gingen Sirenen los, Liebesfledermäuse stürzten hernieder und hoben wieder ab, Männer auf Pogostöcken sprangen über Holzfußböden. Wie sollte ich mich jetzt fühlen? Oder damit umgehen? Ich verehrte diese Frau. Lüsterte jedem ihrer Atemzüge hinterher. Sie versetzte mich in Angst und Schrecken.

»Also was, Dicker, sag die Wahrheit, bist du froh, wieder bei uns zu Hause zu sein?«

Bevor ich antworten konnte, hob Lincoln ein Bein und hielt es ihr vors Gesicht. »Mutti, guck dir mal die Schuhchen an, was. Air Jordans. Er hat sie mir in New York besorgt.«

»Du hast diese Dinger gekauft? Bist du völlig verrückt geworden?«

»Kann gut sein.«

»Glaub ich auch, daß das gut sein kann. Aber es ist eine nette Art, verrückt zu sein. Wir sind überaus froh, dich zurückzuhaben.«

Als Lincoln ging, um einem Freund in der Nachbarschaft seine Schuhe zu zeigen, blieben Lily und ich im Wohnzimmer.

»Warum bist du plötzlich so still? Haben wir uns schon nichts mehr zu sagen? Wie war New York?«

»Jemand hat auf mich geschossen.«

»Wie meinst du das?«

»Ein Typ schoß auf mich, als ich im Wagen fuhr.« Dankbar, daß ich eine Geschichte zu erzählen hatte, damit ich dem wichtigen Thema fernbleiben konnte, zog ich sie in die Länge, übertrieb hier und da und machte sie noch schlimmer, als sie sowieso schon war. Nicht daß ich tapferer oder nüchterner erscheinen wollte, sondern weil es eins der größten Vergnügen im Leben ist, einer Frau eine Geschichte zu erzählen. Wenn man ihre Aufmerksamkeit hat, ihre Reaktionen sieht, sie zum Lachen bringt oder sie sich vor Entsetzen oder Wunder biegen sieht ... Die Frau, die man liebt, ist die wahre Zuhörerin, das beste Publikum. Selbst wenn sie gefährlich ist und du Angst vor ihr hast.

Lily ließ mich zu Ende erzählen. Als ich fertig war, legte sie ihren Kopf auf meinen Schoß und murmelte.

»Was?«

Sie schaute auf. »Ich weiß nicht, was ich getan hätte.«

»Ich war völlig fertig.«

»Ich spreche nicht davon, mit den Nerven runter zu sein, ich spreche über das *Leben*. Wenn ich das Telefon abgehoben und irgendeinen Polizisten aus New York gehört hätte, wie er mir sagt, du wärst tot, ich weiß nicht, was ich getan hätte.« Sie schloß die Augen. »Ich wäre vielleicht durchgedreht. Ja, ich glaube, ich wäre verrückt geworden. Ich habe ohne Unterlaß an dich gedacht, während du weg warst, Max. Als wäre ich wieder sechzehn und zum ersten Mal verliebt. Ich kam an einem Blumenladen vorbei und wollte dir welche für deinen Schreibtisch kaufen. Die weißen Tulpen, die du so gern hast. Obwohl du gar nicht hier warst. Ich habe blöde kleine Geschenke gekauft und unter deinem Kopfkissen versteckt. Ich konnte kaum erwarten, zu hören, was du dazu sagst. Aber was soll's, das ist Liebe, oder? Erinnerst du dich daran, daß ich mir beim Masturbieren immer einen gesichtslosen Mann vorstelle, der mit mir schläft? Selbst das ist jetzt anders. Als ich es diesmal machte, warst *du* da, und je mehr ich mich an dich erinnern konnte, deine Stimme, oder die Art, wie deine Hände mich berühren, um so heißer wurde ich. Ich habe die ganze Zeit über masturbiert, Max. Du und ich haben gefickt und gefickt und konnten nicht genug kriegen. Wir wurden überhaupt nicht müde. Wir haben's an Stränden getrieben, in Autos, den Betten andrer Leute, überall. Einmal habe ich mir vorgestellt, wir hätten's auf Ibrahims Schreibtisch hinten im Restaurant getan. Es war so stark. Ich konnte nicht aufhören, an dich zu denken. So sehr wollte ich dich.« Sie stand auf. »Laß es uns jetzt tun, solange Lincoln draußen ist.«

»Lily –«

»Nein, ich will nicht mehr reden. Ich will nicht übers Sterben nachdenken oder darüber, daß du weg bist. Für die kurze Zeit war es schlimm genug. Ich will jetzt mit dir schlafen und dich riechen. Ich will diesen geilen Geruch überall um mich herum haben. Ich will jetzt einfach mehr, Max. Okay? Erzähl mir den anderen Kram später. Komm.« Sie nahm mich bei der Hand und zog mich ins Schlafzimmer. Erotischer als alles andere war die Art, wie sie meine Hand hielt. Sie drückte sie und ließ sie wieder locker, als hätte ihre Hand ihren ganz eigenen Puls oder eine Art von schneller Atmung. Druck, Stop, Druck, Stop.

Sie trug violette Socken. Weiße Turnschuhe und violette Socken. Sie setzte sich aufs Bett, kickte ihre Schuhe weg, ließ die Socken jedoch an. Die silberne Gürtelschnalle ihrer Jeans wurde aufgerissen, knatternd öffneten sich die Hosenknöpfe einer nach dem anderen.

»Schnell. Schnell. Schnell. Schnell.« Sie zog sich den Pullover über den Kopf und sie trug keinen BH. Schwer fielen ihre Brüste aus der weichen Wolle. In einem kleinen Slip saß sie da, die Arme nach hinten gereckt und schaute mir zu, wie ich mich aus den Sachen rang. Als ich meine Hose ausgezogen hatte, langte sie in meine Unterhose und berührte meinen Schwanz. Ihre Hände waren eiskalt. Ich bin fast zurückgesprungen. Aber sie ließ nicht los. Sacht zog sie mich zu sich, nahm ihn in den Mund, und der Wechsel von kalt zu warm geschah so schnell und war so brüsk, daß mir die Knie weich wurden. Lily saugte nicht gern an Schwänzen, denn sie fühlte sich dadurch billig und nuttig. Da ich das wußte, bat ich sie nie darum. Was nützt der ganze Sex, wenn er nicht gern getan wird? Handelte es sich hier also um ein einmaliges Willkommensgeschenk, oder verspürte sie selbst das Verlangen, es zu tun? Unsicher zog ich mich aus ihrem Mund und kniete mich hin, bis wir auf derselben Höhe waren. »Laß. Du mußt das nicht –«

»Ich *will* aber.«

»Nein. Das andere reicht.« Ich schubste sie aufs Bett, pinnte ihre Arme über ihrem Kopf fest und glitt mit meiner Zunge über ihren Hals. Ihre Kehle hüpfte auf und ab, und ich glaubte, sie versuchte zu schlucken. Aber dann begann sie zu weinen, schluchzte. Ich stieg von ihr. Sie lag auf dem Rücken, Arme noch über ihrem Kopf, als würden sie immer noch dort festgehalten. Aus offenen Augen rannen Tränen in ständigem Fluß über beide Wangen.

»Ich hab dich so sehr vermißt. Ich hatte Angst, so sehr habe ich dich verflucht noch mal vermißt. Es ist nicht richtig, sich so zu fühlen, es ist nicht gesund. Ich bin kein schwacher Mensch. *Wirklich* nicht, aber guck dir an, wie ich mich benehme. So lange warst du nicht mal weg.« Sie hob den Kopf und schaute mich an. »Vielleicht sollte ich dir das nicht sagen. Du könntest mich damit umbringen, wenn du wolltest. Du könntest mich entzweireißen.«

Als ich vor einer Stunde nach Hause kam, war ich entschlossen, alles zur Sprache zu bringen. Sie mit dem zu konfrontieren, was ich wußte, und eine Erklärung zu verlangen. Aber mein Entschluß wurde wacklig durch Lincolns freudige Begrüßung und viele Küsse. Jetzt das.

Ich starrte ihr in die Augen und sagte die Wahrheit, aber natürlich verstand sie mich nicht. »Ich kenne dich.«

»Du kennst mich besser als irgend jemand sonst. Besser als es jemals jemand tat.«

»Ich *kenne* dich.«

»Ja. Fick mich.«

»All die Sachen, die du mir nicht« – ich drang hart in sie ein – »gesagt hast!«

»Ja.« Ihre Beine um meine Taille geschlungen. Ich spürte die Socken auf meinem Rücken. Ihre Arme zogen sich um meinen Hals zusammen. »Geheimnisse. Heulsuse. Geheimnisse.«

»Ich hasse sie.«

Sie verharrte.

»Ich hasse deine Geheimnisse.«

Die Angst auf ihrem Gesicht wurde zu einem Lächeln. »Nimm sie. Nimm sie alle. Fick mich jetzt. Du kannst die alle haben.«

Ich stieß so fest ich konnte. Sie schloß die Augen, kicherte.

»Ich will sie. Versprich mir –«

»Tu jetzt nur das. Ja, das. Alles, was du willst. Alles, was du willst. Du...«

Es war so gut. Und sobald es vorüber wäre, käme der Junge heim, und wir drei säßen um den Küchentisch und wären wieder eine Familie.

Lily kam schnell, was normalerweise nicht so war, aber sie bewegte sich weiter, erschöpfte sich, machte weiter, solange sie konnte. »Max, ich liebe dich. Oh, Max.« Sie hob sich und sank zurück. Über einem riesigen Lächeln waren ihre Augen geschlossen. Ich beobachtete sie. Die eine Hälfte von mir schwamm in ihr wie ein Meer, die andere beobachtete. Beobachtete sie von so weit her, wie der Mond weg ist.

»Durch Abwesenheit verliert das Herz an Gewicht.«

Gus Duveen sah Ibrahim an, als wäre er ein übler Geruch. »Was soll *das* jetzt heißen?«

»Das ist ein Sprichwort in Saru. Das hat Lily empfunden, als Max nicht hier war. Ich hatte einen Onkel, der heiratete eine Frau, die sich in Papier verwandelte. Das ist nicht ungewöhnlich, aber er wußte nichts davon, bis es fast zu spät war.«

Lily kniff mir unter dem Tisch ins Knie, lehnte sich zu mir herüber und flüsterte mir ins Ohr: »Ich liebe Ibrahims Geschichten.«

»Mein Onkel machte eine Geschäftsreise nach Umm Hujul und lernte da eine Frau kennen. Sie haben sich wahnsinnig ineinander verliebt, und er bat sie, ihn zu heiraten. Das war wunderbar, und alles verlief nach Plan. Nach der Trauung kehrten sie nach Saru zurück, und er schuf einen Haushalt für sie. Aber er ist natürlich ein reisender Geschäftsmann, also muß er losgehen und wieder zurück an die Arbeit. Er ist Vertreter im gesamten Mittleren Osten, aber das ist kein großes Problem. Er sagte seiner neuen Frau, er käme jede Woche zurück, um sie zu besuchen. Als er jetzt das erste Mal zurückkam, war sie sehr glücklich, ihn zu sehen, aber viel, viel leichter. Als er sie im Bett umarmte, schwebte sie ihm fast aus den Armen. ›Du muß was essen!‹ sagte er, aber sie sind so froh, sich zu sehen, daß sie kein weiteres Wort darüber verlieren. Als er das nächste Mal nach Hause kommt, ist sie fünfzehnmal leichter. Sie kann inzwischen übers Wasser gehen, aber das beeindruckt niemanden, denn sie ist keine Heilige, nur dünn. Mein Onkel denkt, das ist keine Liebe, sondern Erpressung: Das ist ihre Masche, mit der sie ihn dazu bringen will, zu Hause zu bleiben. Also sagte er ihr, er hätte keinen Ballon geheiratet, und sollte sie sich vorgenommen haben, von der Erde abzuheben, dann hätte er kein Interesse mehr an ihr. Verzweifelt sagte sie: ›Nimm mich mit, und ich tue alles, was du willst.‹ ›Bist du verrückt? Frauen gehen nicht mit Männern zu ihren Geschäften.‹ Aber sie ist sehr stur und sagt: ›Also wenn ich nicht immer in deiner Nähe sein kann, verliere ich den Rest meines Gewichts und verschwinde. Ich kann nichts dagegen tun. Mein Körper liebt dich auch und hat seinen eigenen Willen. Ich will nicht sterben, mein Ehemann, aber wenn *er* will, tut er's.‹«

Lily streichelte die Innenseite meines Schenkels. Seit ich aus New York zurück war, erlebte ich an ihr eine völlig neue Seite: hungrig, besorgt, erregt. Wir schliefen öfter als jemals zuvor miteinander, aber ihr Körper blieb dabei verkrampft wie ein gespannter Bogen und schien sich nie zu entspannen. Selbst wenn wir fertig waren und in der trägen Dunkelheit lagen, spürte ich ihre Anspannung. Viel zu schnell wollte sie wieder von vorn beginnen, und ich mußte mich beeilen, ihr Verlangen einzuholen. Außerhalb des Schlafzimmers war sie übertrieben heiter und forsch. Es gab fast keine ruhigen Momente mehr. Außerhalb des Schlafzimmers mußte alles entweder in Bewegung oder in der Planungsphase sein. Ich hatte das Gefühl, daß sie instinktiv wußte, was ich herausgefunden hatte, und daß sie unsere Leben von diesem Moment der Wahrheit, diesem Augenblick der Konfrontation weglenken wollte. Solange sie sich bewegte, redete, plante ... konnten die verheerenden Tatsachen verhindert werden. Aber wie sollte sie von dem wissen, was ich herausgefunden hatte? Ich wußte um den unheimlichen Sinn für Intuition bei Frauen, aber ging das so weit? Waren sie so hellseherisch?

Ich für meinen Teil hatte einfach nicht den Mut, sie zu konfrontieren. Ich rechtfertigte diese Feigheit damit, daß ich sagte, ich wollte sie mit meinem neuen Wissen in der Hand eine Weile beobachten. Schau dir jemanden unter einem neuen Gesichtspunkt genau an und du entdeckst Neues. Sieh sie dir mit Röntgenaugen an, und ihre Schönheit wird zu Knochen und Blut, Kurven, Dellen, Zellen, Ursache und Wirkung.

»Aber Gott läßt es nicht zu, daß wir jemanden nur für einen kurzen Zeitraum lieben.« Ibrahim berührte Gus am Arm. Sein mürrischer Lover lächelte zurück und nickte. »Zuerst mal war mein Onkel ein Mann und dann erst Geschäftsmann. Er liebte seine Frau und wollte nicht, daß sie sich in Luft auflöste. Was sollte er tun? An einem Tag, kurz bevor er sie wieder verlassen wußte, spielten sie miteinander. Ihr kennt die Art, wie Liebende spielen. Er hielt einen Kugelschreiber in der Hand, und weil die Mine nicht draußen war, setzte er ihn auf den Hals seiner Frau und tat so, als schriebe er etwas. Jetzt erinnert euch, wie dünn sie war. Er machte weiter. Aber wißt ihr, was dann passierte? Sie war so *dünn*, daß ihr Blut bis an die Stellen der Haut stieg, wo der Stift sie berührte, wie bei Fischen, die im Aquarium nach Futter schnappen. Und dann stand da sein Name in blauem Blut unter der Haut seiner armen Frau! Mein Onkel war entsetzt, aber natürlich auch fasziniert. Nachdem er das gesehen und es ihr gezeigt hatte, schrieb er noch weitere Dinge, und alle blieben für lange Zeit auf ihr sichtbar. Wahrscheinlich stundenlang.«

»Der Dreckskerl benutzte seine Frau als Schreibblock, und wenn sie nicht gestorben sind, dann leben sie noch heute«, sagte Gus und ruinierte das Ende der Geschichte.

Ibrahim war hocherfreut. »Du bist sehr klug, Gus. Das ist richtig. Jetzt nahm er seine Frau auf seine geschäftlichen Treffen mit, und ihre Anwesenheit dort konnte er damit erklären, daß er sagte, er wolle sich auf ihr während der Besprechung Notizen machen. Wenn ihm niemand glaubte, zeigte er ihnen kurzerhand, wie es funktionierte. Sie wurde sein Papier.«

Einen Moment später wurde Ibrahim ans Telefon gerufen, stand vom Tisch auf und ließ uns mit dem Nachgeschmack seiner Geschichte zurück. Gus sprach als erster.

»Manchmal denke ich wirklich, er glaubt seine Geschichten.«

Lily winkte ab. »Ach, natürlich nicht. Er will uns nur unterhalten.«

»Aber sie haben alle irgendeine Art von Moral, oder nicht? Das ist nicht nur tausendundeine Nacht«, sagte Sullivan Band. »Und was für eine soll das hier gewesen sein?« Ihre Schicht begann in wenigen Minuten. »Manchmal benutze ich seine Geschichten in meiner Schauspielklasse. Als Übung. Das einzige, was ich dieser Geschichte entnehmen kann, Frauen sind schwach und tun alles, um bei ihren Männern sein zu können. Sex-istisch!«

»Sie handelt nicht von schwachen Frauen, sondern von Veränderungen. Was geschieht mit uns, oder was sind wir für die Menschen, die wir lieben, bereit zu tun?«

»Genau, Max.«

»Find ich auch.«

Sullivan hob beide Arme. »Ich glaube, du hast unrecht, aber *c'est la vie*. Ich muß jetzt zur Kellnerin werden.« Sie erhob sich und ging in die Küche. Auf dem Weg kam sie an Ibrahim vorbei. Sie sprachen ein paar Worte und setzten dann ihre Wege in entgegengesetzter Richtung fort. Als er zum Tisch kam, grinste er mich an.

»Du glaubst, die Geschichte von meinem Onkel handelt von Liebe, Max?«

»Wovon sie auch handeln mag, mir hat sie gefallen. Hättest du etwas dagegen, wenn ich davon etwas für ›Büroklammer‹ verwende?«

»Nein, das wäre eine Ehre. Hat jeder genug zu essen? Denn es tut mir leid, aber Gus, Lily und ich müssen gehen, um uns mit einem Mann über Lachs zu unterhalten. Kommt, Partner, der Lachsmann wartet.«

Die drei gingen zusammen hinaus, und Alberta Band und ich blieben allein am Tisch zurück. Das Mittagessen für die Angestellten von *Massen und Macht* war eine größere Angelegenheit, die gegen elf Uhr begann und sich meist hinzog, bis jeder fertig war, und nicht, bis sich die Türen für die Öffentlichkeit öffneten. Ich aß sehr gern mit ihnen, hörte ihren Geschichten zu, bot einige von meinen eigenen an. Das Restaurant war wie eine Art Vereinte Nationen, eine Hotelhalle von ständigem Kommen und Gehen, von Begrüßungen und Verabschiedungen. Das Essen war gut, die Leute, die es zubereiteten und präsentierten, faszinierend.

»Max, kann ich dich um einen Gefallen bitten?«

»Selbstverständlich.«

»Ich habe dir das noch nie gesagt, aber ich bin wirklich ein großer Fan von deinen Cartoons. Würdest du mir eine kleine Zeichnung von den beiden Typen machen? Nichts Aufwendiges oder Kompliziertes. Ich möchte es gern rahmen und in meiner Wohnung an die Wand hängen.«

»Sehr gern, Alberta. Willst du, daß ich es auf etwas Bestimmtes zeichne?«

»Nein, das ist mir egal.«

»Ich habe einen schönen Zeichenblock im Auto. Ich gehe ihn schnell holen und zeichne dir etwas darauf. Bleib hier – ich habe eine Idee und brauche dich dazu, um sie auszuführen.«

Als ich zurückkehrte, hatte sie sich die Haare gekämmt und ihren Lippenstift erneuert.

»Okay, bleib genau da sitzen. Ich brauche dich ungefähr zehn Minuten.«

Alberta ist eine gutaussehende Frau, also war es ein Vergnügen, sie als Modell zu benutzen.

»Was machst du?«

»Nur keine Aufregung! Du siehst es, wenn ich fertig bin. Dreh den Kopf ein bißchen nach links. Ja! So. Bleib so.«

Wir unterhielten uns, während ich zeichnete, und sie gab es auf, herausfinden zu wollen, was ich zeichnete.

»Alberta, erzähl mir was von Lily. Was dir gerade einfällt. Ich höre immer gern, was andere über sie sagen.«

Statt zu fragen, was ich meinte, faltete sie die Hände im Schoß und schaute in die nahe Ferne.

»Sie hat uns eingestellt, weißt du. Sullivan und ich arbeiteten in diesem trostlosen Delikatessenladen oben auf dem Strip. Der Boß kniff uns ein paarmal zu oft in den Hintern, also machten wir, daß wir da wegkamen. Es gibt nicht viele Läden, die zwei gleichzeitig anstellen, und du wärst erstaunt, was für eine Abneigung sie dagegen haben, Schwestern anzuheuern. Als wenn wir beide unter einer Decke steckten und sie leerklauen würden. Wir haben dann aber gehört, daß hier eventuell was sein könnte, und kamen zu einem Vorstellungsgespräch vorbei. Das erste, was ich sah, als ich zur Tür hereinkam, war Mabdean. Er hatte sich gerade alle Haare abgeschnitten und sah aus wie ein großer, schwarzer Flaschengeist. Ich sagte zu meiner Schwester: ›Wenn er hier arbeitet, schrubbe ich sogar die Böden.‹ Gus kam vorbei, ließ sich aber nicht dazu herab, mit uns zu reden. Ibrahim war außer Haus, und wir warteten, bis Lily uns schließlich fragte, ob sie uns helfen könne. Nach der Art zu urteilen, wie die Leute um sie herumwieselten, dachten wir, der Laden gehört ihr. Ich glaube, wir unterhielten uns keine zehn Minuten, und sie gab uns beiden Jobs, und eine Woche später zog ich mit Mabdean zusammen.

Was ich also von ihr halte? Abgesehen von der Tatsache, daß die Frau mein Leben so veränderte, daß ich seit Jahren zum ersten Mal wieder glücklich war? Ich glaube, sie ist solide und sorgt sich wirklich um andere. Aber ich sag dir was. Gleich als du mir die Frage gestellt hast, fiel mir diese komische Sache ein. Du weißt ja, wie sehr sie Biographien mag? Immerzu liest sie über das Leben anderer, aber es ist nie eine bestimmte Gruppe von Menschen. Komponisten, Geschäftsleute, Hitler... Ich glaube, sie weiß einfach gern, wie andere Leute lebten, nicht? Egal, einmal las sie die Biographie von John Huston, dem Filmregisseur. Ich habe sie gefragt, ob sie sie mir leiht, wenn sie fertig ist. Als sie mir sie gab, war da eine Stelle markiert. Ich liebe sie ja nun mal, aber wenn du mich fragst, ist sie extrem analregressiv, wenn es um ihre Bücher geht, denn jedes, das ich mir von ihr geliehen habe, ist in perfektem Zustand, egal ob Hardcover oder Taschenbuch. In allen meinen Büchern hat man sich sozusagen gut ausgetobt. Also sie lieh mir diese Huston-Biographie, und innen war ein Absatz mit einem orangefarbenen Filzschreiber markiert, wie Kinder sie in der Schule benutzen. Es hat mich wirklich schockiert, als ich das sah. Das ist alles – nur diese eine Markierung in den ganzen drei- oder vierhundert Seiten. Aber ich erinnere mich daran, weil ich das noch in keinem ihrer Bücher gesehen habe. Da stand: ›Bis jetzt hatte ich neun Leben und bereue jedes einzelne.‹«

Ich mußte mich dazu zwingen, meinen Kopf unten und meine Hand weiterzeichnen zu lassen. »Wie war das noch mal?«

»›Bis jetzt hatte ich neun Leben und bereue jedes einzelne.‹ Ich meine, das klingt mir nicht nach Lily Aaron. Mal ganz ehrlich, sie kann manchmal ganz schön kreischig sein und ein bißchen verschlossen, aber alles in allem hat sie sie beieinander. Verdammt viel mehr als ich, das ist mal sicher. Ich meine, ein netter Sohn, ein halbberühmter Freund... Hey, ob ich dein Bild wohl jemals zu sehen kriege?«

Ich drehte den Block um und gab ihn ihr. Oben drüber stand: »Alberta und die Band.« Ich hatte sie und meine Figuren gezeichnet, wie sie sich bei den Händen hielten und nach einer Aufführung verbeugten.

»Max, das ist fabelhaft! Vielen Dank.«

Sie riß es vorsichtig von dem Block ab und küßte mich auf die Wange. »Ich weiß genau, wo ich es aufhänge. Ich sag dir noch was über Lily. Ein paar Monate bevor sie dich kennengelernt hatte, waren an einem Abend ein paar Schauspieler hier und machten Ärger. Sie waren betrunken und wurden häßlich und lästig. Mabdean kümmert sich normalerweise um solche Dinge, aber er hatte seinen freien Tag. Zuerst versuchte es Ib, dann Gus, sie zur Ruhe zu bringen, aber diese Arschlöcher gerieten außer Kontrolle. Das war ihr Fest, und sie wollten es auf ihre Weise feiern, leck mich recht herzlich am Arsch. Die Dinge gerieten außer Kontrolle, und jemand sagte, wir sollten vielleicht die Bullen rufen. Aber Lily sagte nein. Sie langte in ihre Handtasche, zog so einen kleinen schwarzen Apparat heraus, der aussah wie ein Lichtmesser, und ging zu ihnen. Ohne ein Wort zu sagen berührte sie erst den einen, dann den nächsten am Arm, und die Typen flippten von ihren Barhockern auf den Boden, als wären sie erschossen worden. Keiner bewegte sich, und der ganze Laden wurde ganz schnell ganz still. Lily stand da wie die Pistolenbraut und steckte das schwarze Ding wieder in ihre Tasche. Ihr einziger Kommentar war: ›In ein paar Minunten kommen sie wieder zu sich.‹ Sie hatte eins von diesen völlig illegalen Viehbetäubungsgeräten, die man gegen Straßenräuber benutzt. Die, die jedem, der dich anspringen will, fünf Trillionen Volt in den Leib jagen. PIFF und PAFF – lagen auf dem Boden wie totes Fleisch. Dazu muß man Nerven haben! Ich weiß nicht, ob ich die Nerven dazu gehabt hätte. Ich habe gehört, daß sie ernstliche, bleibende Schäden verursachen können, wenn man es falsch macht oder den Typ an der falschen Stelle berührt. Aber deine Freundin zögerte nicht eine Sekunde. Die Typen gingen zu weit, und sie verpaßte ihnen einen. ZZZZZZ. Du hättest das Geräusch hören sollen. Wie ein ganz hohes Knacken. Puh! Ich könnte mich immer noch schütteln.«

»Was war mit den Männern?«

»Nichts. Wir schafften sie in die Küche, bis sie zu sich kamen, und dann machten sie sich weg. Es hat ihnen auch nie jemand erzählt, was passiert ist. Die hatten absolut keine Ahnung, was sie getroffen hat.«

»Woher hatte Lily das Gerät?«

»Sie wollte es nicht sagen. Auch nicht, als ich sagte, ich wollte auch eins. Sie hat nichts gesagt. Ganz schön, was? Geht zu einem Fremden und verpaßt ihm eine damit. Noch was – ich habe mir ihr Gesicht angesehen, als sie es tat. Es war *völlig* entspannt, Max. Nicht ängstlich oder nervös, wie man meinen sollte. Eiskalt. Ich würde die Frau nicht reizen, wenn ich du wäre.

Es wird Zeit. Tausend Dank für die Zeichnung. Ich kann es gar nicht erwarten, sie Mabdean zu zeigen.«

Ich saß an dem leeren Tisch und beendete mein Essen und begann zu zeichnen. Ich fing damit an, daß ich einen kleinen Jungen und einen riesigen Hund zeichnete, die nebeneinander standen. Dreimal dürfen Sie raten, wer das war. Im nächsten Bild kommt von der Seite ein Baseball ins Bild geflogen. Nächstes Bild, Ball trifft Jungen am Kopf. Nächstes Bild, er fällt um. Das Zeichnen wurde fast automatisch. Ich war mir nicht sicher, was los war, also ließ ich meiner Hand freien Lauf. Das Kind liegt bewegungslos da. Sein Hund schaut sich um, hebt ihn dann mit dem Maul auf und trägt ihn zu einem Haus. Es ist offensichtlich nicht das Haus des Jungen, denn als die beiden Leute die Tür öffnen und sehen, was da ist, werfen beide die Arme in die Höhe und schreien. Sie erschrecken den Hund, damit er sein Bündel fallen läßt und davonläuft. Sie heben den noch immer bewußtlosen Jungen auf und tragen ihn hinein. Da hörte ich auf und sah auf meine Uhr. Ich hatte fast zwei Stunden gearbeitet, aber hier geschah offensichtlich etwas – mein Hirn brütete in dieser Geschichte etwas aus, die Beschreibung jenes Tages. Ich machte weiter. Zunächst kamen Alberta und Sullivan immer wieder vorbei und fragten mich, ob ich noch etwas wolle, aber nachdem ich oft genug ›nein, danke‹ gesagt hatte, ließen sie mich in Ruhe. Das Restaurant füllte sich mit den Mittagsgästen, und die Frauen waren mit ihren Kunden ausreichend beschäftigt.

Das Paar trägt den Jungen in sein Schlafzimmer, und sie legen ihn auf ihr Bett. Bis jetzt gab es in der Geschichte keinen Dialog, keine Überschriften, keine Wörter. Ich beschloß, es so zu lassen. Der Mann und die Frau sehen sich an und lächeln verschlagen. Er läuft aus dem Zimmer und kommt im nächsten Bild mit riesigen Werkzeug- und Farbkisten zurück. Sie beugen sich über das bewußtlose Kind und machen sich an ihm zu schaffen. Sie sägen, malen, hämmern, Sachen fliegen in die Luft – Kleidungsstücke, Knochen, ein Tennisschuh. Arme, Beine, Werkzeuge und wildes Arbeiten. Die Frau läuft aus dem Zimmer und kehrt mit einem bizarren, gefährlich aussehenden Werkzeug zurück. Sie hält es vor sich und taucht buchstäblich in die hohe Staubwolke ein, die über dem Bett aufgestiegen ist. Einen Moment lang treten die beiden heraus, um sich auszuruhen, aber wie von Zauberhand setzt sich der Tumult aus fliegenden Objekten und Staub ohne sie fort. Sie springen wieder hinein. Die Wolke verschwindet, aber alles, was wir sehen, sind ihre beiden Rücken und viele arbeitende Arme über dem Bett oder Operationstisch.

Im folgenden Bild sitzt der Junge aufrecht da, sieht aber völlig anders aus. Er ist offensichtlich von dem Schlag auf den Kopf und der ihn verändernden Operation immer noch benommen. Er hält einen Spiegel in der Hand, betrachtet sein Spiegelbild, erkennt sich aber nicht. Als nächstes sitzen die drei an einem Tisch und essen Truthahn. Der Teller des kleinen Kerls ist voll, und er lächelt. Jemand ist an der Tür. Nahaufnahme von der Hand: KLOPF, KLOPF, KLOPF. Nahaufnahme der »Eltern«, wie sie sich besorgt ansehen. Mami öffnet. Draußen stehen zwei Erwachsene mit traurigen Gesichtern neben dem großen Hund, der den Jungen herbrachte. Es folgt ein Gespräch. Nahaufnahmen von vier Männern, die gleichzeitig aufeinander einreden. Aber es ist offensichtlich, daß die neuen Eltern die alten belügen: »Sind Sie verückt? Das ist unser Sohn. Schauen Sie ihn sich an, sieht er Ihnen etwa ähnlich? Überhaupt nicht. Kein bißchen.« Die richtigen Eltern und der Hund gehen mit gebrochenem Herzen zusammen weg. Der Hund schaut über seine Schulter zurück, während sie in einen traurigen Sonnenuntergang gehen. In der Zwischenzeit wieder am Eßtisch, geschieht etwas anderes Furchtbares – Körper und Gesicht des Jungen zerfallen und beginnen zu schmelzen.

»Cooool, Max. Echt eklig!« Lincoln ließ seine Schultasche auf den Stuhl neben mir fallen, und auf meine Schulter gelehnt beugte er sich vor, um besser sehen zu können. In der Hand hielt er ein Sandwich, das man ihm wahrscheinlich in der Küche gemacht hatte. »Elvis, das mußt du dir angucken.«

Elvis Packard, Lincolns bester Freund, kam zu uns und ließ sich dazu herab, einen Blick darauf zu werfen, während er eins von den fetten Eclairs des Restaurants verschlang. Ich hatte Lust, es ihm aus der Hand zu reißen. Ich verabscheute Elvis so sehr, daß meine Zunge mir im Mund jedesmal trocken wurde, wenn er nur in Radarnähe kam, und ich konnte den kleinen Scheißkerl kaum begrüßen. Er war der Sohn von zwei Filmagenten, hatte die Manieren eines ausgehungerten Schakals und benahm sich meistens wie ein nuklear verseuchter, verwöhnter Balg. Schlimmer noch, er war erst zehn, aber schon ernstlich übler Dinge fähig. Und noch schlimmer, Lincoln war von ihm begeistert, und die beiden waren untrennbar.

»Hi, Linc. Elvis, wie geht's?« Er kaute. Er starrte mich an. Er sagte nichts. »Reden wir heute, Mr. Vakuum? Wie wär's mit ›Hallo, Max, es freut mich, dich zu sehen?‹« Lincoln und ich schauten ihn an, um zu sehen, ob es eine Antwort gäbe. Es kam nichts. »Also, Elvis, mal zugegeben, wir beide mögen uns nicht besonders. Aber ich habe gute Gründe, dich nicht zu mögen – du bist einfach rüpelhaft und hinterfotzig. Du magst mich nicht, weil du nichts magst und weil ich wahrscheinlich der einzige Mensch bin, der jemals so mit dir geredet hat. Darum laß uns doch ein Abkommen schließen: Wir haben die Erlaubnis, uns nicht leiden zu können, aber wir müssen höflich miteinander umgehen. Weißt du, was das bedeutet? Wir sagen hallo, auf Wiedersehen, bitte und danke. Das ist schon alles. Das sind von jetzt an die Regeln. Wenn du sie nicht befolgst, habe ich das Recht, dir die Augäpfel in die Höhlen zu drücken, bis du endlich höflich wirst.«

Lincoln kicherte, Elvis nicht.

»Warum bist du immer so gemein zu mir?«

»Weil du einen Hamster gegen die Wand geworfen hast. Weil du meinem Sohn mit einer Taschenlampe auf den Kopf geschlagen hast. Weil du unserem Hund jedesmal auf den Schwanz trittst, wenn du meinst, keiner sieht hin. Wegen noch zweihundert anderer Gründe. Nichtsdestotrotz, Lincoln mag dich, also werde ich dich ertragen. Aber benimm dich, wenn ich in der Nähe bin, mein Früchtchen. Ich bin größer als du.«

Wir duellierten uns einen Moment mit den Augen, bis der kleine Feigling wegschaute. Ich war sicher, er würde für später eine Rache gegen mich ersinnen, aber im Moment hatte ich gewonnen, und der Sieg war süß.

»Also, Lincoln, was gibt's Neues?«

»Nichts. Was zeichnest du da? Kann ich das Ganze mal sehen?«

Ich zog den Block näher an mich heran und schloß langsam den Deckel. »Noch nicht. Vielleicht wenn was draus wird. Du kennst mich ja – ich mag es nicht, wenn man es sich ansieht, bevor es fertig ist.«

Er drehte sich um und übersetzte seinem Freund. »Max ist komisch mit seinen Cartoons. Er zeigt nichts, bis er glaubt, es ist fertig. Du hättest die tollen Sachen sehen sollen, die er weggeschmissen hat!«

»Mein Vater findet deine Cartoons nicht komisch.«

»Sag ihm, ich betrachte das als Kompliment, wenn es von dem Vater von Elvis Packard kommt.«

»Häh?«

»Eh, Max, willst du was machen?«

»Was zum Beispiel?«

»Weiß nicht. Elvis muß nach Hause, und ich hab gedacht, wir könnten irgendwas zusammen machen. Du weißt schon.«

»Okay. Was hast du vor?«

»Wo ist Mam?«

»Mit Ibrahim und Gus in einer Besprechung.«

»Meinst du, wir könnten ins Kino gehen? Du weißt doch, daß wir uns den mit dem Roboter angucken wollten?«

»Richtig. Klar. Komm, machen wir das.«

Er warf Elvis einen strahlenden Blick zu, der sagen wollte: »Ist mein Vater nicht super?«, und ich fühlte mich kugelsicher. Er war so ein netter Kerl. Im allgemeinen war es sehr einfach, ihn zufrieden zu machen. Als ich mir die beiden Jungen anschaute, konnte ich mir nicht vorstellen, wie es wäre, mit Elvis Packard zusammenzuleben. Wenn er nicht quengelte, war er verstockt. Er log unglaubliches Zeug zusammen, wurde er aber ertappt, leugnete er, jemals so etwas gesagt zu haben. Ich stelle ihn so dar, als wäre er ein scheußliches menschliches Wesen, aber das tue ich ausschließlich deshalb, weil es wahr ist. Ich bin sicher, die meisten Eltern kennen einen Elvis P. Gewöhnlich wohnen diese Höllenkinder nebenan (oder so angenehm nahe, daß sie einen endlos lange besuchen konnten), und aus irgendeinem unerklärlichen Grund sind sie die Lieblinge ihres für gewöhnlich normalen ausgeglichenen Nachwuchses. Man fragt sich hundertmal, was sie in diesen Wieseln *sehen*, diesen höhnischen Gernegroßen, die ihr Haus jedesmal wie jugendliche Kriminelle betreten, die das Terrain sondieren, oder wie Snobs, die von dem, was sie da sehen, äußerst amüsiert sind.

Glücklicherweise verschwand Elvis, nachdem er sein Eclair aufgegessen hatte. Er sagte »Bis bald« zu Lincoln und zu mir nichts, bis ich mir einen Daumen aufs Auge legte und ihm zeigte, was ich mit ihm machen würde, wenn er nicht höflich wäre. Das »Tschüß«, das er mir anbot, war nur mit einem Hörgerät zu vernehmen.

»Du haßt ihn ganz schön, was, Max?«

»Nun, es gibt andere Leute, die ich mehr mag. Los, komm, laß uns ins Kino gehen.«

Wir gingen beide gern in die Vier-Uhr-Vorstellung. Dann sind die Kinos leer, und der ganze Laden gehört dir.

Trotz Lilys oft wiederholter Warnung, wir verdürben uns unseren Appetit, kaufte ich eine Super-Jumbo-Packung Popcorn mit extra Butter, und wir hockten uns hin, um uns die letzte phantastische High-Tech/Roboter/Weltraum-Oper anzusehen, wo die Maschinen den besten Text hatten, während die Menschen ihre Zeit damit verbrachten, Korridore entlangzurennen oder aufeinander zu schießen. Lincoln befand sich in einer Phase, in der er neben seinen Monstern auch Roboter mochte. Die Wände seines Zimmers waren mit Postern von Robocops 1 & 2, R2D2, Robot Jox etc. bedeckt. Er übte, um so gehen und essen zu können wie einer von ihnen, zeichnete Bilder von ihnen, eben alles. Als ich noch klein war, hatte ich auch meine Leidenschaften, unter anderen Comic-Hefte und Autogramme, also hatte ich volles Verständnis dafür, wie diese Obsessionen funktionierten. Das Ergebnis war, daß ich derjenige war, der mit Lincoln gewöhnlich in diese grauenhaften Filme ging und auch sonst über alles, was damit zu tun hatte, Bescheid wußte.

Als wir aus dem Kino in den warmen Frühabend hinaustraten, diskutierten wir, was besser wäre, einen Killerroboter mit Gatlingpistolen statt Händen zu bauen oder die normalen Quetschzangen zu verwenden.

»Lincoln, ich habe eine Frage. Sie mag komisch klingen, aber beantworte sie mir trotzdem.«

»Okay. Geht's um Roboter?«

»Nein, um dich. Ich will, daß du mir deine frühesten Erinnerungen erzählst. Die Sachen, an die du dich erinnerst, als du noch ein ganz, ganz kleines Kind warst. Aber nichts erfinden. Keine Geschichten erzählen, okay? Nur die Wahrheit.«

»Weiß nicht. Ich glaube, deine Erinnerung lebt noch gar nicht, wenn du so klein bist.«

»Klar tut sie das. Versuch's mal.«

»Okay. Ich erinnere mich, wie ich aus meinem Kinderbettchen geklettert und ins Fernsehzimmer gegangen bin. Mam sah fern und aß Haferflocken, sie nahm mich auf ihren Schoß und gab mir was ab. Sie war richtig erstaunt, daß ich rausgekommen bin. Das war komisch. Ich erinner mich an die Haferflocken.«

»Toll. Was noch?« Langsam gingen wir die Straße entlang. Er nahm meine Hand und hielt sie in seiner weichen Hand.

»Ich denk nach. Warum willst du das wissen?«

»Weil ich mich für dich interessiere. Meinst du nicht auch, daß es interessant ist, die Sachen zu kennen, an die sich jemand als erstes erinnert? So wie das *erste*, an das man sich jemals in der Welt erinnert.«

»Vielleicht. Was war *deine*?«

»Im Taxi meines Vaters zu fahren und seine Zigaretten zu riechen. Die Decke in dem Wagen war grau gepolstert. Ich kann mich noch ganz genau an die Farbe erinnern.«

Das schien ihn zu befriedigen. »Ich erinnere mich an die Sache mit den Haferflocken. Auch wie wir Cobb gekriegt haben. Ich erinner mich, wie ich sehr klein war und der riesig große Hund ins Haus kam und mir angst machte. Mam sagte andauernd ›ist doch okay, er ist lieb‹, aber ich wollte nicht zu ihm hin. Aber weißt du, was komisch war, er hatte noch mehr Angst als ich. Du weißt ja, daß er es nicht mag, wenn man ihn anpackt oder so. Das kommt daher, daß ihn der Typ, der ihn vorher hatte, verprügelt und ihm angst gemacht hat. Als wir ihn gekriegt haben, hat Mam gesagt, er würde durch eine Tür rausgehen, aber nicht wieder zurückkommen. Er würde eine Treppe runtergehen, aber nicht wieder rauf.

Und ja, ich erinner mich einmal an meinen Papi.«

»Das ist unmöglich, Linc. Du hast deinen Vater nie gesehen.«

»Hab ich doch! Ich weiß, ich hab ihn einmal gesehen, als ich noch ein Baby war. Ich erinner mich an sein Gesicht, und ich erinner mich, wie er seinen Finger so auf meine Nase gelegt hat. Einmal.« Er berührte seine Nase mit seinem Zeigefinger. »Wirklich Max, ich schwör's.«

»Ich glaub's dir. Es ist nur anders als die Geschichte, die deine Mutter erzählt hat. Sie sagt, du hast deinen Vater nie gesehen. Und er ist gestorben, als du gerade ein Jahr alt warst.«

Was aber, wenn er seinen *richtigen* Vater gesehen hatte? Was, wenn der Mann, der seine Nase berührt hatte, Gregory Meier war, und nicht der mysteriöse Rick Aaron, der im Laufe der Zeit zunehmend gasförmiger wurde? Es machte Sinn.

»Erzähl mir davon.«

»Ich erinner mich daran, wie Mam mich in ihren Armen gehalten hat und das Gesicht dieses großen Mannes wie ein Ballon zu mir herunterkam. Dann hat er meine Nase berührt, wie ich's dir erzählt habe. Das ist alles, aber ich wußte, daß es mein Papi war.«

»Hat er was gesagt?«

»Weiß nicht. Ich glaub nicht. Max, kann ich jetzt mal ernsthaft mit dir sprechen?« Er blieb stehen und schaute mich an. Ich blieb auch stehen.

»Klar.«

»Elvis hatte diese Zeitung und darin stand, es gäbe in Europa eine Frau, die hätte in einer Nacht mit zweihundert Männern Sex gehabt. Geht das? Er sagt ja, aber ich glaube, das ist Quatsch.«

»Woher hat er diese Illustrierten? War das wieder *Die Wahrheit*? Wo kauft er diesen Schund? Wer verkauft das einem Zehnjährigen?«

»*Er* sagt, er klaut sie im Supermarkt. Ich weiß nicht, woher er die anderen kriegt. Er zeigt mir dauernd Zeug mit nackten Mädchen oder Sachen, in denen steht, ein Typ hätte seine ganze Familie gekocht und gegessen. Nein, aber ehrlich, ist die andere Sache wahr? Niemand kann es so oft machen. Kann man so oft Sex haben?«

»Nein! Komm schon, du weißt doch, daß diese Zeitungen idiotisch sind und voll mit Quatsch. Wir haben uns schon mal darüber unterhalten. Die meisten Menschen sind glücklich, wenn sie ein- oder zweimal die Woche Sex haben.«

Sein Mund verzog sich, und ich konnte sehen, wie er sich innen auf die Lippe biß. »Max, ich habe noch nie jemandem solche Fragen gestellt. Mam nicht und niemandem sonst. Du bist der erste, weißt du, Erwachsene, den ich kenne, mit dem ich so reden kann, ohne daß er einen zusammenstaucht oder sich aufregt oder so. Echt!«

»Deine Mutter ist eine gute Seele. Sie würde dir antworten.«

»Nee nee! Manchmal wird sie richtig wütend auf mich, wenn ich Fragen stelle. Das weißt du gar nicht, weil du nicht immer dabei bist. Du bist anders. Du bist wie mein Freund *und* mein Vater gleichzeitig. Ich weiß, daß ich einen Vater hatte, aber du nimmst seinen Platz in jeder Weise ein.«

»Vielen Dank, Lincoln. Das macht mich sehr glücklich.«

Er klang empört. »Das ist wahr! Mit Mam zu leben war okay, aber du weißt ja selbst, daß wir nicht klarkommen. Sie sieht die Sachen nicht so wie ich. Manchmal frage ich sie nur deshalb keine Sachen oder erzähl ihr, wie ich mich tief in meinem Herzen fühle, weil sie sonst ausflippt oder so. Du bist anders. Du und ich, wir sprechen über alles, und ich weiß, du machst mich nicht fertig oder schreist mich an, weil ich was über Sex frage oder was Blödes... Ich weiß auch nicht. Ach, ich muß dich jetzt einfach in den Arm nehmen!« Er verblüffte mich, faßte mich um die Taille und drückte mich richtig fest an sich. Die Leute, die auf der Straße an uns vorbeigingen, schauten und lächelten. Ein Mann und sein Junge und ihre gegenseitige Liebe füllten jede Ecke der Welt aus.

Auf der Fahrt nach Hause hatten wir eine flippige Unterhaltung über Roboter, Sex, Elvis, Lily, über mich. Lincoln setzte seine Endlosliste von »am besten/am schlechtesten«-Fragen in der gewöhnlichen Schnellfeuermanier fort: Wie hieß mein bester Freund, als ich zehn war? Was war der widerlichste Autounfall, den ich jemals gesehen habe? Ich sollte die Qualitäten für die bestaussehendste Frau auf der ganzen Welt nennen. War Lily die beste Küsserin, die ich jemals geküßt hatte? Wenn er das tat, und er tat es oft, stellte ich mir vor, wie er von mir ein endloses Persönlichkeitsprofil in seinen inneren Akten anlegte. Einmal, nach einer besonders langen und zermürbenden Befragung – mit Lily in einer entfernten Ecke des Wohnzimmers –, zeichnete ich ihr die Rückenansicht eines kleinen Jungen, der mit einer gewaltigen Feder in der Hand an einem riesigen Schreibtisch saß, umgeben von Aktenbergen und unordentlichen Papieren, die bis an die Zimmerdecke reichten. Ich betitelte das Bild: »Prüfung von Max Fischer«.

Als wir in die Auffahrt einbogen, hatte er mich gerade gefragt, ob ich Gott für eine Pflanze hielt.

Ich zog die Handbremse und schaute nach vorn durch die Windschutzscheibe. »Eine *Pflanze*? Warum das?«

»Weiß nicht. Ist doch möglich, oder nicht?«

»Ja, wahrscheinlich.«

»Max, erinnerst du dich daran, wie du gesagt hast, wenn Gott so unglaublich stark wäre, könne er einen Felsen machen, den er selbst nicht mehr aufheben kann? Das ist die tollste Idee!«

»Stimmt, aber die stammt nicht von mir.«

»*Nicht*? Das habe ich aber Elvis erzählt. Weißt du, was er gesagt hat?«

»Was?«

»Daß du komisch bist, Max. Ich muß dich noch eine Sache fragen. Ich habe Mam noch nichts davon erzählt, weil ich zuerst mit dir darüber reden wollte. Hör mal, da du ja nicht mein richtiger Vater bist oder so, willst du vielleicht mein Blutsbruder werden?«

Ich war gerührt und gleichzeitig entsetzt. Natürlich würde ich sein Blutsbruder werden, und dann könnte ich ihm als seine »Familie« erzählen, daß Lily nicht nur nicht seine Mutter ist, sondern auch, daß sie ins Gefängnis müsse. Was würde geschehen, wenn er die Wahrheit über sie erführe? Verstünde, was sie ihm angetan hatte? Ich wollte sein Vater sein, wollte seine falsche Mutter heiraten und bis in alle Ewigkeit glücklich mit ihnen zusammenleben. Aber jetzt war nichts mehr davon möglich. Ich mußte etwas gegen dieses Dilemma unternehmen. Ich konnte diese entsetzliche Wahrheit nicht länger ignorieren. Und wenn ich sie damit konfrontierte und fragte: Was willst du jetzt tun? Was sollen wir mit unserer Liebe und unserem perfekten Leben tun, jetzt, da wir verdammt sind, egal wie wir die Sache angehen? Ich lächelte, als mir klar wurde, daß die clevere Mrs. Aaron genau die richtige Person gewesen wäre, an die man sich mit diesem monströsen Problem hätte wenden können, wäre sie selbst nicht die Ursache von allem gewesen. Verzeih Lily, könntest du einen Moment aus deiner Haut steigen und mir mit diesem Problem behilflich sein, das ich gerade mit dir habe?

»Was hältst du davon?«

»Davon, Blutsbrüder zu werden? Ich halte das für eine großartige Idee. Wann willst du es denn tun?«

»Jetzt! Ich geh und hol ein Messer.«

»Whow, pfundig! Ein *Messer*? Bist du wahnsinnig? Eine kleine Nadel reicht vollkommen aus.«

»Ja, aber ein Messer –«

»Eine *Nadel*, Linc. Ich geb dir mein Blut, aber nicht meinen Arm.«

Elektrisiert rannte er weg. Wir standen kurz davor, zusammen ein Abenteuer zu bestehen, wir beide ganz allein. Seine Mutter mußte gemeinsam mit dem gesamten Rest der Welt draußen warten, während wir beide es taten – es gehört nur uns, und so wollte er es.

Ich auch. Heute abend würden wir uns in die Finger pieksen, sie zusammenpressen und uns ewige Brüderschaft schwören. Eine Zeremonie so alt wie die Freundschaft zwischen Menschen. Wir würden unser gemeinsames Rot auf das Kameraobjektiv schmieren und den drohenden Rest für einen Augenblick ausblenden. Solange ich nicht wußte, was ich als nächstes tun sollte, war es wunderbar, einen weiteren Abend lang mit dem Jungen zusammen glücklich zu sein.

Unser Haus war am Tag zuvor geputzt worden. Die Holzböden glänzten, Kissen lagen noch aufgerichtet und in Reih und Glied auf dem Sofa, ein süßlicher Geruch nach Seife und Möbelpolitur hing trotz Cobbs eigenem reifem Aroma in der Luft. Es würde drei oder vier Tage gemeinsamen Lebens in diesen Räumen dauern, bis alles wieder zerwühlt und von uns wieder eingenommen wäre. Ich mochte beides – die saubere Ordnung und das Wirrwarr und Durcheinander, das drei Personen anrichteten, die mit Höchstgeschwindigkeit durch denselben Raum brausten.

»Max, meinst du, die hier ist gut?« Er kam ins Zimmer geflitzt und hielt eine lange Nähnadel in der Hand.

»*Renn nicht*! Ich habe dir das schon tausendmal gesagt, du sollst nicht rennen, wenn du was Scharfes in der Hand hältst. Das ist wirklich gefährlich!«

»Ja, aber ich –«

»Aber nichts, Lincoln! Denk eine Minute lang drüber nach und du verstehst, wie gefährlich es ist. Du stolperst und fällst drauf, und vielleicht geht sie dir ins Auge. Oder in deinen *Hals* –«

»Okay. Ich glaub dir.«

»Nein. Tust du nicht. Du hast diesen Gesichtsausdruck, der mir sagt, daß ich dir auf die Nerven gehe. Aber schau her, und mein Gesichtsausdruck sagt dir, daß du ein völliger Doofmann bist, weil du mit so was Scharfem in der Hand durch die Gegend rennst.«

»Doofmann, wie?« Er ließ die Nadel fallen und kam in seiner üblichen, nach vorn gebeugten Ringerangriffsstellung auf mich zu. Er sprang mir an die Knie, aber ich griff ihn mit beiden Händen in der Taille, hob ihn hoch und drehte ihn mit dem Kopf nach unten – ein Griff, der ihn noch jedesmal in Verzückung jauchzen ließ.

»Betrüger! Nicht fair! Du bist stärker. Laß mich runter.«

»Klar bin ich stärker, Blödmann.«

»Blödmann?! Okay, du bist so gut wie tot!« Mit dem Kopf nach unten hängend griff er mir um die Taille und schüttelte mich, so gut er konnte, von einer Seite auf die andere. Ich verlor das Gleichgewicht und torkelte mit ihm in den Armen über den Boden. Wir lachten beide. Er biß mir ins Bein, nicht fest, aber hart genug.

»Hey!«

»Angriff!«

Ich lockerte meinen Griff gerade so viel, daß er glaubte, ich ließe ihn fallen. Er drückte fester: »Nein!«

Schwankend brachte ich uns bis zur Couch und ließ ihn da los, nachdem ich sichergestellt hatte, daß er weich fiele. Er lag keuchend auf dem Rücken und krümmte seine Finger wie Tentakel. Als ich mich neben ihn fallen ließ, griff er meinen Kopf. Schon rangen wir wieder auf der Couch, dem Boden, wieder auf der Couch. Ich ließ ihn mich voll in den Schwitzkasten nehmen, glitt dann frei und nahm ihn hinein. Aber man muß vorsichtig sein, denn Kinder sind empfindlich, wenn es ums Ringen geht. Manche wollen jedesmal gewinnen, andere verlieren. Es ist ein nach Diplomatie verlangender Akt, der in einer großen Beleidigung enden kann, wenn man einen Fehler macht. Lincoln mochte es fifty-fifty. Er wollte überwältigt und bei den Füßen in der Luft gehalten werden, damit er schreien und um sich schlagen konnte, aber es durfte nie zu lange dauern. Danach wollte er einen eine Zeitlang in seiner Gewalt haben – ein langer Schwitzkasten, einem auf der Brust hocken oder einem die Nase verdrehen genügte meistens. Unsere Kämpfe waren immer freundschaftlich, und er versuchte niemals, mir wehzutun, wenn er mich gepackt hielt. Ein Stöhnen oder Schrei, und er ließ sofort los und entschuldigte sich wie verrückt. Im Gegensatz dazu war ich einmal dumm genug gewesen, mit Elvis zu kämpfen, weil er darauf bestand. Der kleine Bazillenzirkus schlug mir direkt mitten in die Eier. »Ungewollt« selbstverständlich.

»Jetzt hab ich dich!« Er hielt mich fest gepackt und ritt von hinten auf meinen Beinen, während ich mit Elefantenschritten durch das Wohnzimmer tapste und so trompetete, wie ich mir vorstellte, daß ein verwundeter Elefant klingt. Eine gelungene Geräuschkulisse war ein notwendiger Bestandteil des Ringens.

»Tod den Bee Hees!« Er schlug mir hart auf den Arsch.

»Was ist ein Bee Hee?«

»Du!«

»Die Bee Hees sollen leben!« Ich drehte mich um und bückte mich, um ihn abzuschütteln, und schlug mir den Kopf mit lautem Knall an einer Hängelampe an. Sie traf mich, ich faßte mir an den Kopf, die Lampe schwang weg und dann zurück und traf mich wieder. »Herrgott!«

»Max, bist du in Ordnung?« Seine Stimme war besorgt.

»Ja, ja, ich bin okay. Hast du das gesehen? Sie hat mich zweimal getroffen! Zweifellos eine der blödesten Sachen, die ich seit langem gemacht habe – zweimal von derselben Lampe. Man muß schon sehr talentiert sein, um das zu schaffen!«

»Laß mich sehen. Es blutet, Max!«

Ich betrachtete mich in einem Wandspiegel und sah einen breiten Blutstrom, der aus einer Wunde über einer meiner Augenbrauen floß. Auffällig, aber nicht ernst. »Es ist okay. Würdest du ins Bad gehen und mir ein nasses Papiertaschentuch holen und ein paar Heftpflaster?«

»Bist du sicher, daß du nicht ins Krankenhaus oder so willst?«

»Nein, es ist nicht so schlimm. Hol mir nur bitte die Sachen.«

Er ging, und ich betrachtete mich wieder im Spiegel. Die Gefahren beim Ringen mit einem Zehnjährigen. Mir kam eine Idee. Ich rief laut: »Lincoln, wohin hast du die Nadel getan? Die, die wir benutzen wollten?«

»Ich glaube, sie ist da auf dem Tisch.« Er kam mit einem tropfenden Waschlappen und einer Handvoll Heftpflaster zurück. »Warum?«

»Denn das hier, Compadre, ist meine Hälfte der Blutsbrüderschaft! Jetzt brauchst du dir nur noch in den Finger zu pieksen und meinen Kopf zu berühren.«

»Deine *Wunde* soll ich berühren? Das ist aber eklig, Max!«

»Hör mal, ich bin da mit meinem Blut, *Bruder*. Meinst du, ich schneide mich noch woanders? Das ist gut, und auf jeden Fall ist es genug. Los, hol die Nadel und laß uns die Tat begehen.« Ich nahm ihm die Sachen ab und berührte meinen Kopf mit dem Lappen.

»Ich hab sie.«

»Gut. Stich dir *vorsichtig* in den Finger. Wir können hier keine zwei Notfälle brauchen.«

»Kannst du es für mich tun? Ich bin ein bißchen nervös.«

»Linc, wir müssen das nicht tun.«

»Nein, nein, ich will ja! Ich will mir nur nicht selbst in den Finger stechen, verstehst du?«

»Okay, komm her. Gib ihn mir. Streck die Hand aus.«

»Tut es weh?« Durch fest zusammengekniffene Augen beobachtete er, wie ich die Nadel nahm.

»Nein, es ist nichts weiter als ein –«

»Aua! Du hast nicht gesagt, daß du es so schnell tust! Laß mal gucken. Whow! Guck dir das Blut an! Su-per!«

»Schau dir meinen Kopf an! Mal vergleichen, wer schlimmer dran ist?«

»Meinst du wirklich, ich soll dich da berühren? Das ist ein ziemlich böser Schnitt.«

»Ich glaube nicht, daß du irgendwie verseucht bist. Komm, tun wir's! Was sollen wir sagen? ›Mit diesem Blute heirate ich dich‹?«

»Sehr komisch, Max. Du bist ein richtiger Loser.«

»Danke.« Ich betupfte meinen Kopf. »Wir wär's mit ›Blut zu Blut, *Brothers in Arms*‹?«

»So heißt die Dire-Straits-Platte. Warte mal, ich hab's! Wie wär's mit ›Ein Hoch den Bee Hees!‹? Einfach nur das.«

»Meinst du nicht, es klingt zu sehr wie die Bee Gees?«

»Nein, Bee *Hees*. So wie ich dich genannt habe, als wir kämpften.«

»Wenn es dir gefällt, dann machen wir's damit.«

Er leckte sich über die Lippen und kam mit seiner Hand langsam auf meinen Kopf zu. »Okay. Wir sagen genau gleichzeitig ›Ein Hoch den Bee Hees‹. Okay? Ich zähl bis drei, und sowie ich dich berühre, sagen wir es zusammen. Okay? Okay, eins zwei drei.« Er berührte mit seinem blutenden Finger meinen blutenden Kopf.

Blut zu Blut.

»›Ein Hoch den Bee Hees!‹ Hey, Max, sag's, mach schon!«

Sie hatte Lincoln für das Wochenende in Elvis' Haus verfrachtet. Den Abend hatte Lily sich freigenommen, um uns ein anspruchsvolles exotisches Abendessen zu kochen. Sie trug ein neues Kleid. Hinterher liebte sie mich stürmisch und mit entzückendem Einfallsreichtum. Nicht lange nachdem wir fertig waren und auf dem Rücken im Dunkeln lagen und sich nur unsere Finger berührten, begann sie zu weinen. Das war schon einige Male vorher geschehen, nachdem wir miteinander geschlafen hatten, also blieb ich still liegen und streichelte mit einem Finger über ihren Daumen.

»Ich muß dir was sagen, Max. Es ist schlimm, und ich habe große Angst, aber ich weiß, ich muß es dir erzählen.« Sie drehte sich um und kroch näher an mich heran. Ich glaube, sie schaute mich an, aber es war so dunkel im Zimmer, daß ich keine Ahnung hatte, was sie machte. Es schien, als dächte sie einen langen Augenblick über mich nach, damit ich sie entweder stärkte oder ihr etwas in die Erinnerung brannte für den Fall, daß das, was sie mir sagen wollte, uns zerstören könnte. Sie sagte nichts und verharrte in dieser Stellung. Ich verhielt mich ruhig und bewegte mich nicht.

Schließlich stöhnte sie tief und traurig, murmelte »Gott« und rutschte weg. Meinen Arm nahm sie mit und zog ihn über ihre plattgedrückten Brüste. Sie küßte meine Hand, preßte sie gegen eine Seite ihres Gesichts und küßte sie wieder. »Ich liebe dich mehr als alle Männer, die ich jemals gekannt habe. Ich liebe dich so sehr, daß ich dir diese Dinge sagen muß, obwohl –« Sie ließ meine Hand los und preßte sie gegen ihre Lippen. Sie küßte die Handfläche, die Finger. Sie drückte sie in eine Faust und stieß sie gegen ihr Gesicht. Unter einem meiner Finger fühlte ich, wie ein starker, angsterregend schneller Puls in ihrer Kehle schlug. »Ich habe furchtbare Dinge getan. Wenn du bloß irgendeiner auf der Welt wärst, würde ich dir niemals ein Wort sagen. Das mußt du wissen. Das ist mir sehr wichtig, denn ich glaube daran, daß zwischen Menschen, die den Rest ihrer Leben miteinander verbringen wollen, Ehrlichkeit herrschen muß. Selbst wenn es sich um so was Schlimmes handelt wie das. Es ist so ein Widerspruch – ich liebe dich so sehr, daß ich dir etwas erzählen muß, von dem ich weiß, daß es mich umbringen kann.«

Ich drehte mich nicht in ihre Richtung und zeigte ihr ein ausdrucksloses, ruhiges Gesicht, das, hätte sie etwas im Dunkeln sehen können, ihr verraten hätte, daß ich bereits alles wußte. Stattdessen sagte ich – ihr Beichtvater – leise zur Decke hinauf: »Was würde dich umbringen?«

Plötzlich setzte sie sich auf. Die Bewegung verursachte eine kleine Brise, die die Gerüche unserer genossenen Lust und ihres Parfüms zu mir herwehte. »Ein Verbrechen. Ich habe eins der schlimmsten Verbrechen auf Erden begangen. Ich, Lily Aaron. Ich kann nicht glauben, daß ich dir das erzähle. Aber ich muß mit meiner Geschichte ganz vorn beginnen. Vielleicht ist sie dann einfacher zu verstehen. Wahrscheinlich nicht. Es gibt keine Möglichkeit, das zu verstehen.

Als du klein warst, gab es da etwas, das du mehr als alles auf der Welt wolltest? Ich meine so sehr, daß dein Hunger darauf dich entzweiriß?«

»Ich glaube, Karikaturist zu werden, war nah dran. Das wollte ich sehr dringend werden.«

»Ich wollte ein Baby. Ich wollte Mutter sein. Meine frühesten Erinnerungen handeln davon, wie ich mit Puppen spiele. Aber ich sah sie nie als Erwachsene, wie andere Mädchen. Ich arrangierte nie Teepartys für sie oder sprach mit ihnen, als wäre ich eine Frau und wir alle Erwachsene. Die einzigen Puppen, die ich wollte, waren Babys. Wenn mir jemand eine erwachsene Puppe gab oder selbst eine Barbie, schmiß ich sie hinten in meinen Schrank. Ich konnte mir nie erklären, warum jemand eine Barbie wollte. Einen Teenager? Wer spielt schon gern mit einer Teenagerpuppe? Ich wollte Babys. Ich wollte mein eigenes.«

»Warum?«

»Ich weiß nicht. Es steckte von Anfang an in meinem Blut. Wenn ich auf der Straße einen Kinderwagen sah, rannte ich hin und schaute hinein, als wäre ich auf der Suche nach Gott. Egal, ob das Kind schwarz, gelb oder weiß war. Es war ein Baby, und das reichte. Wenn ich Glück hatte, bemerkte die Frau meine Liebe und ließ es mich ein paar Augenblicke halten. Ich erinnere mich daran, daß ich schreckliche Angst hatte. Was, wenn ich es fallen ließe oder sonst einen Fehler machte? Aber es in den Armen zu halten machte mich unendlich glücklich, Max. Es war das tollste Gefühl, das ich auf der Welt kannte.

Als ich zwölf war, erlaubte mir meine Mutter, in unserer Nachbarschaft zu babysitten. Ich benutzte die Vervielfältigungsmaschine im Büro meines Vaters, druckte mir selbst eine Anzeige und befestigte sie an jedem Telegrafenmast in unserem Block. Je jünger das Kind, desto besser. Du weißt sicher, daß die meisten Babysitter fernsehen oder telefonieren, sobald die Eltern weg sind? Ich nie. Ich habe mit dem Kind gespielt, bis es todmüde war, badete es, ob es notwendig war oder nicht, brachte es dann zu Bett und sah ihm zu, bis es einschlief. Meistens nahm ich meine Hausaufgaben mit in sein Schlafzimmer und machte sie neben seinem Kinderbett, während es schlief. Ich war die allerbeste Babysitterin, die man sich vorstellen kann, absolut vertrauenswürdig und in jedes Kind verliebt, um das ich mich kümmerte.

Das ist langweilig, nicht? Ich langweile dich, aber glaub mir, es ist alles wichtig. Also gut, es wird Zeit, meine ersten Lügen zu gestehen. Mein Familienname ist nicht Margolin, sondern Vincent. Ich stamme aus Glenside, Pennsylvania, nicht aus Cleveland.«

»Warum hast du mir diese anderen Sachen erzählt?«

»Weil ich jetzt seit fast zehn Jahren Lily Aaron aus Cleveland bin. Ich wurde sie so gut, daß ich mich jetzt an den Namen Vincent selbst erinnern muß. Das bin ich nicht mehr. Ich bin die Lily, die du kennst.«

»Klingt so, als würde ich Lily nicht kennen.«

»Doch, du kennst sie! Du kennst mich besser als sonst jemand. Du kennst nur diesen Teil nicht, weil ihn noch nie jemand kennengelernt hat. Niemand konnte ihn kennen. Bitte, laß mich fortfahren und unterbrich mich nicht. Ich fürchte, wenn ich dir jetzt nicht alles auf einmal erzähle, fange ich wieder an zu lügen, und das will ich nicht. Es hat lange genug gedauert, bis ich den Mut zusammengenommen habe, das zu tun, und je mehr ich dich liebte, desto schwieriger ist es geworden. Ich glaube, es ist, als bekäme man ein Baby – wenn es anfängt zu kommen, will man es nur noch raushaben.« Während sie den letzten Teil des Satzes sagte, begann sie wieder zu weinen, und diesmal hörte sie nicht wieder auf. Ich fragte sie, ob ich etwas tun könnte, aber sie sagte nein, bleib einfach hier, geh nicht weg.

Ich war so ruhig, ich war ... interessiert. Interessiert an den Details ihrer Geschichte und daran, wie sie es formulieren würde, wenn sie erzählte, sie habe ihren Sohn gestohlen. Noch vor einigen Wochen hätte ich an dieser Stelle ihrer Geschichte auch geschwitzt und gezittert, hätte darauf gewartet, daß sie ihre geheime Sünde gestand. Dann hätte ich sie höchstwahrscheinlich gepackt und geschüttelt und geschrien *Ich weiß es! Ich weiß, daß du das getan hast!* Jetzt nicht.

Sie hörte auf zu weinen und versuchte durch dieses heftige Schluchzen zu sprechen, das nach starkem Weinen kommt, wenn der Körper sich bemüht, von dem Abgrund fortzukommen, der sich vor einem aufgetan hat.

»Aber a-a-als ich schließlich ins Teenageralter kam, wurde alles anders. I-I-Ich interessierte mich ni-nicht mehr für Kinder. Ich verlor das Interesse da-daran. Jetzt gab es Jungen, und es wurde sehr wichtig, in der Schule beliebt zu sein. Alle meine Interessen veränderten sich. Ich verbrachte meine Zeit mit Mädchen, die dachten, wenn man stirbt, kommt man in den Himmel, wird da Cheerleader und bekommt sein eigenes Prinzeßchen-Telefon.

Und Sex. Vorher hatte das nichts mit Babys zu tun, da war es noch so, daß man eines Tages einen Mann hatte, und irgendwie laßt ihr beiden dann zusammen Kinder erscheinen. Aber in der achten oder neunten Klasse begannen die Hormone zu singen, und Jungs, die man einmal haßte, sahen zunehmend wunderbarer aus. Erinnerst du dich daran? Alles dreht sich plötzlich um Sex und darum, beachtet zu werden. Nicht darum, auch Sex zu haben, sondern mehr um alle Dinge, die sich darum drehten. Büstenhalter, Flirten, wer mit wem geht, von wem das Gerücht umgeht, daß er das und das tut...

Zuerst beachtete man mich nicht, denn ich sah nicht so gut aus wie Alexa Harrison oder Kim Marcus, aber ich war abenteuerlustig und bereit, Sachen auszuprobieren, die andere Mädchen nicht taten. Ich war die erste in unserer Gruppe, die Zungenküsse gab, und das Gerücht verbreitete sich wie ein Lauffeuer. Es gefiel mir sofort. Ich küßte gern, ich mochte es auch, berührt zu werden, obwohl ich mich von niemandem an *den* Stellen anfassen ließ, weil man das einfach nicht tat. Aber ich habe mich jede Menge herumgewälzt! In der zehnten Klasse schliefen manche Freundinnen ziemlich regelmäßig mit Jungs, ich nicht. Das Komische war, daß ich in dem Ruf stand, ich sei schnell und leicht zu haben, während diese ›schlimmen‹ Mädchen als Prinzeßchen Rührmichnichtan betrachtet wurden. Sie hätten's mit der ganzen Footballmannschaft treiben können, und niemand hätte sie verdorben genannt. Nur mich.«

»Hat dich das gestört?«

»Nicht so sehr, wie man meinen könnte. Es stimmte ja nicht, und das wußte ich. Wenn mich jemand für eine Schlampe hielt, dann waren sie eben nicht meine Freunde. Die Leute, auf die es ankam, kannten die Wahrheit, die wußten, wer ich war.

Also tat ich, was ich wollte, und verlor meine Unschuld erst mit achtzehn. In der Abschlußklasse der Highschool, und das war damals ganz schön spät.

Kompliziert wurde es auf dem College. Ich war nicht auf Kenyon, wie ich dir erzählt habe, sondern auf NYU. Ich hatte schon immer in New York leben wollen, und damals wollte ich Schauspielerin werden. Aber es klappte nicht so, wie ich es mir vorgestellt hatte. Im zweiten Jahr an der Uni lernte ich einen Typ kennen, Bryce hieß er, und der war mit der wahnsinnigsten und interessantesten Gruppe von Leuten zusammen, die ich jemals kennengelernt hatte. Hauptsächlich Studenten, aber es gab auch ein paar Schriftsteller und Musiker, auch Schauspieler schauten ab und zu vorbei. Einer von ihnen spielte sogar in einem Andy-Warhol-Film mit. Du kannst dir vorstellen, wie ich die bewundert habe. Miss Glenside, Pennsylvania, trifft die Lower East Side. Jeder nahm Drogen, und jeder schlief mit jedem. Nach ein paar Monaten ich auch. Keine große Sache. Abgesehen davon betrachteten diese

Leute einen als emanzipiert, wenn man herumschlief, und nicht als Schlampe wie zu Hause. Und das Kiffen machte es schöner, sanfter, oder manchmal, wenn man Probleme hatte, gingen sie davon auch wieder weg, also wurde es zu meinem Allheilmittel in allen Lebenslagen. Der kleinen Lily Vincents Auftritt in der Szene. Die Schwierigkeit war, keiner von uns war wirklich talentiert, obwohl wir so klangen, als hätten wir alle Schliche drauf. Wir wußten alle die genau richtigen Wörter einzusetzen, damit es so klang, als stünde Großes unmittelbar bevor.

Genau vor den Sommerferien in jenem Jahr begann ich schlimm zu bluten und hatte furchtbare Krämpfe. Meine Periode kam immer sehr regelmäßig, und ich bekam furchtbaren Schiß, denn ich hatte da unten noch nie irgendwelche Schwierigkeiten gehabt. Ich hatte mir eine Spirale einsetzen lassen, also glaubte ich, es hinge damit zusammen. Ich ging ins Universitätskrankenhaus, und dort nahmen sie jede Menge Tests an mir vor. Schließlich erklärten sie mir, ich hätte eine Beckenentzündung, die sich gefährlich in meinem gesamten Inneren ausgebreitet habe – in der Milz, dem Uterus, der Leber... Sie konnten nicht sagen, ob sie von einem der Männer stammte, mit denen ich geschlafen hatte, oder von der Spirale. Es war ein grauenvolles Erlebnis. Drei Wochen lag ich im Krankenhaus. Als es vorüber war, hatten meine Eierstöcke so schlimme Narben davongetragen, daß ich unfruchtbar war.«

Den letzten Satz sagte sie ohne jede Emotion. Das letzte Wort war das wichtigste in ihrem gesamten Leben, das, welches schließlich alles auslöste. Aber sie betonte es auf keine besondere Weise. Kein mündliches Unterstreichen, kein sprachlicher Effet.

»Ich kenne mich mit diesen Ausdrücken nicht gut aus, Lily. Tut mir leid. Heißt das, du kannst nie Kinder haben?«

»Nein, ich bin nicht steril, aber die Ärzte haben gesagt, durch die starke Narbenbildung in meinen Eileitern seien die Chancen, jemals schwanger zu werden, fast gleich Null.«

Die Stille war so dick wie Blut.

»Lincoln.«

»Lincoln.«

»Und Rick.«

»Es gibt keinen Rick. Was ich dir über Rick Aaron erzählt habe, bezieht sich hauptsächlich auf diesen Typ Bryce, den ich kannte. Er ging sehr lange Zeit in meinem Leben aus und ein. Willst du mir jetzt Fragen stellen, oder kann ich weitermachen? Ich würde es vorziehen, dir zuerst alles zu erzählen. Ich glaube nicht, daß du anschließend noch Fragen hast.«

»Mach weiter. Aber ich würde gern das Licht einschalten, ich möchte dein Gesicht sehen.«

»Bitte nicht! Ich kann das nicht, wenn wir uns sehen. Ich habe Angst vor deinem Gesicht. Aber deine Stimme ist so ruhig. Wie kannst du nur so ruhig sein, wo du all das hörst? Das macht mir auch angst.«

»Mach weiter, Lily.«

»Okay. Im Krankenhaus sagte man mir, ich hätte Glück gehabt, mit dem Leben davongekommen zu sein. Meine Eltern kamen mich abholen, und meine Mutter begann zu weinen, als sie das Zimmer betrat und mich sah.«

»Wer sind deine Eltern? Ihr Name ist Vincent?«

»Laurie und Alan. Meine Mutter ist tot. Sie litt an der Alzheimerschen Krankheit und starb, ohne jemanden zu erkennen. Mein Vater arbeitet immer noch für eine Ford-Vertretung in der Nähe von Philadelphia. Wir haben sehr wenig Kontakt. Ich habe Lincoln gesagt, beide wären tot.«

»Weiß dein Vater von Lincoln?«

Von Blut zu Stein. Zuvor noch heiß, lebendig und greifbar, war ihre Stille jetzt kalt und tot. Und dauerte an. Sie schnaubte einmal, als hätte ich einen kleinen Scherz gemacht, der keinen ganzen Lacher wert war. Ihre Antwort war großartig.

»Die einzigen Leute, die von Lincoln wissen, sind die Leute, die Lily Aaron kennen.«

»Und Lily Vincent?«

»Sie wurde von Lily Aaron auf ihrem einmaligen Trip quer durch die Vereinigten Staaten aufgefressen. Ich kann mich immer noch daran erinnern, wie ich mich in ein Motel in Illinois einmietete und ohne nachzudenken den Meldezettel mit ›Lily V‹ unterschrieb. Ich wartete einen Augenblick, setzte einen Punkt hinter das V, als wäre es eine Initiale, und schrieb ›Aaron‹ dahinter. Es ist leicht, jemand anders zu werden. Man muß nur bereit sein, die Person, die man einmal war, an der Tür stehenzulassen und wegzugehen.«

»War Lincoln mit dir zusammen auf dieser Fahrt?«

»Ja.«

»Geh zurück und erzähl mir von der Stelle, wo du im College krank wurdest.«

»Ich kam aus dem Krankenhaus und verbrachte den Sommer zu Hause und erholte mich. Das war in dem Jahr, als meine Mutter die ersten Anzeichen von Alzheimer zu zeigen begann. Mein Vater kümmerte sich um keine von uns. Er mag keine Krankheiten und ist nur nach New York gekommen, um mich abzuholen, weil sie darauf bestand. Wir beiden kranken Seelchen saßen auf der Terrasse und schauten auf Mutters tragbaren Fernseher.

Eines Tages, als ich mich sehr niedergeschlagen und traurig fühlte, fuhr Bryce bei uns vor und sagte, alle in New York vermißten mich, und wann ich also wieder zurückkäme? Das war so ein Kompliment. Ich war gerührt. Er stellte sich letztendlich als nichts anderes als ein Quadrat-Scheißkerl heraus, aber Bryce verfügte auch über das wirklich gefährliche Talent, genau zu wissen, zu welchem Zeitpunkt er *die* perfekte Geste zu machen hatte. Wie zum Beispiel den ganzen Weg nach Pennsylvania zu fahren und sich zu erkundigen, wie es mir ging. Kennst du jemanden, der so ist? Solche Leute begehen zehn schreckliche Dinge, wissen aber ganz genau, wann eine Nettigkeit nötig wird, die dann alles andere aus deinem Gedächtnis vertreibt. Es ist ein bösartiges, interessantes Talent. Aber es gibt da noch einen anderen Aspekt, über den ich in dem Zusammenhang nachgedacht habe. Ein Mensch kann zehn Schlechtigkeiten begehen, dann eine gute Tat, und die holt ihn in die Herzen der Menschen zurück. Wenn du aber das *Gegenteil* tust – zehn gute Taten, auf die eine böse folgt –, traut man dir nicht mehr. Wenn du böse bist, erinnert man sich an das Gute in dir. Bist du gut, erinnert man sich an das Böse. Jeder bastelt sich seinen eigenen Untergang, nicht?

Der clevere, alte Bryce setzte sich zu Mami und mir auf die Terrasse, fuhr sogar am nächsten Tag mit Vater ins Geschäft, um sich die neuen Modelle anzusehen. Zum Lachen. Autos interessierten Bryce einen Scheißdreck. Außer für sich selbst interessierte er sich für gar nichts. Ich war für ihn eine willige und praktische Partnerin gewesen. Ich habe später erfahren, daß er einem seiner Freunde so lange gestattete, mit mir zu ficken, wie der ihn mit Stoff versorgte. Netter Boyfriend, was? Aber hauptsächlich war es meine eigene Schuld. Da hätte ich ihm sagen müssen, er soll abhauen und entweder auf ein College in der Nähe, zum Beispiel Temple, wechseln oder ganz abgehen und ein neues Leben beginnen.

Aber nichts davon tat ich. Ich wartete nicht mal eine Woche, warf meine Sachen ins Auto und fuhr nach New York zurück, um mit ihm zusammenzusein. Das war das zweite Jahr an der Uni. Das einzige Gute am dritten Jahr waren meine Fremdsprachenklassen und der Job, den ich in einem Restaurant im Village annahm. Ich erkannte sofort, daß mir das weitaus besser gefiel als die Schauspielerei. Die Gerüche von gutem Essen, zu sehen, daß die Leute glücklich sind ... Sicher gibt es manchmal Betrunkene und Idioten, aber das ist selten. Menschen gehen in Restaurants, um sich zu entspannen und Dinge zu tun, die sie zu Hause niemals machen. Mir gefällt die Art, wie sie ihre Zeit mit einem Likör vertrödeln oder sich noch einen Espresso bestellen, obwohl er schlecht für sie ist und sie die halbe Nacht wachhalten wird. Wie die Frauen zur Toilette gehen und wieder erfrischt und zurechtgemacht zurückkommen, bereit für noch ein paar Stunden. Wie sie hineingehen und sich drinnen wie plappernde Teenager beim ersten Tanz gebärden. Ich liebe Gelächter. Es gibt so viele verschiedene Arten von Lachen. Wirkliches Ha-Ha, sexy oder völlig überrascht. Ich liebe Männer, die sich vor ihren Frauen in Szene setzen, und die Frauen, die es ihnen gestatten. Pärchen, die sich bei den Händen halten. Leute, von denen man es nie geglaubt hätte, zahlen die ganze Rechnung. Wenn sie gehen, halten die Männer ihren Damen die Mäntel auf, und du weißt ganz genau, daß viele von ihnen jetzt nach Hause gehen und miteinander schlafen und dann hinterher miteinander sprechen oder sich zärtlich in den Armen liegen. Diese große Wolke guter Laune, die mit einem guten Essen und einem neuen Parfüm und ein paar Drinks zuviel einhergeht. *Ich liebe all das.*«

»Erzähl mir von dir. Rede nicht von Restaurants.«

»Ich bin fast fertig mit der Uni. Das dritte Jahr war genauso, wie ich's dir erzählt habe. Im Abschlußjahr glaubte ich wirklich, ich hätte mich jetzt im Griff. Bryce und ich trennten uns, nachdem ich herausgefunden hatte, wie er mich mit seinem Freund verkuppelt hatte. Ich nahm auch so gut wie keine Drogen mehr. Gewöhnlich ein bißchen Gras oder Koks, wenn was da war. Sonst nichts. Die Leute, die ich so lange für faszinierend und aktiv gehalten hatte, begannen wie alte Schallplatten zu klingen, die ich schon tausendmal gehört hatte. Erst da erkannte ich, daß diese Typen ihre ganze Energie beim Reden und Pläneschmieden verbrauchten, aber nie etwas taten. Sie waren vor Angst, sie könnten versagen, so gelähmt, daß sie es nicht wagten, etwas zu unternehmen, denn es könnte schiefgehen und sie in Verlegenheit bringen. Da sie alle so waren, befanden sie sich gleichzeitig in Sicherheit. Aber ich war an den Punkt gelangt, wo ich kein Interesse mehr daran hatte, in die La-Mamma-Truppe oder in Paul Morrisseys neuen Film zu kommen, also machte mich ihr Gerede nicht mehr an. Ich verbrachte immer mehr Zeit im Restaurant und lernte alles, was sie mir beibrachten. Es war wie der große Augenblick im Leben, wenn man zwar jung ist, aber plötzlich eine Vorstellung davon hat, was man mit den nächsten vierzig Jahren seines Lebens anfangen will. An dem Punkt war ich angelangt. Ich hatte Land gesichtet. Weißt du, was ich meine? Dann kamen die Rosinen.«

»Was soll das heißen?«

»Das ist ein berühmter Spruch von Lincoln. Wir sahen uns einmal zusammen einen Dokumentarfilm im Fernsehen an, als der Sprecher plötzlich mit einer sehr tiefen, beeindruckenden Stimme sagte ›Und dann kamen die Rosinen!‹ Lincoln war, glaube ich, vier. Er drehte sich zu mir und sagte mit einer Stimme, so tief, wie es ihm möglich war, sehr stolz: ›Dann kamen die Rosinen!‹ Er hat so viele solcher tollen Sachen gesagt, als er klein war. Einige von ihnen habe ich mir aufgeschrieben.

Aber egal, an einem Tag im März rief mein Vater an, um mir zu sagen, daß Mam tot und bereits begraben sei. Er hätte sich nicht gedacht, daß ich bloß deshalb das ganze Stück bis zu ihnen fahren wollte. ›Bloß deshalb‹ war der genaue Wortlaut, den er benutzte, der bösartige Säufer. Die Wahrheit war, daß er nicht noch weiter belästigt werden wollte, als er's ohnehin schon war. Das beendete meine Beziehung zu meinem Vater. Nicht in einer Million Jahren würde ich ihm dafür vergeben können. Ich fuhr hin, so schnell ich konnte, stand an ihrem Grab und entschuldigte mich dafür, sie enttäuscht zu haben. Ich fuhr nach Hause und sagte meinem Vater, er sei ein selbstsüchtiger, bösartiger Schweinehund, und daß die letzte große Segnung, die meine Mutter erfahren hätte, die gewesen sei, an einer Krankheit gestorben zu sein, die sie all die lausigen Dinge hätte vergessen lassen, die er ihr dreißig Jahre lang angetan hatte.

Das Ergebnis war, daß er mich aus dem Haus warf und mir kein Geld mehr gab. Meine Mutter hatte mir etwas Geld hinterlassen, aber das bekam ich erst sehr viel später. Aber in Ordnung, ich würde das College schon allein beenden. Verängstigt, wie ich war, erfreute es mich ungemein, zu wissen, daß ich niemals mehr hinfahren und ihn wiederzusehen brauchte. Weißt du, was meine letzten Worte an ihn waren? ›Wenn du alt bist und stirbst, Daddy, dann denk immer daran, daß es auf der ganzen Welt keinen einzigen Menschen gibt, der dich liebt.‹ Dann bin ich gegangen.

Ich habe das alte Schrottauto, das er mir gegeben hatte, in der Einfahrt stehen lassen und einen Bus zurück nach New York genommen. Ich fühlte mich gut und stark, aber sehr traurig wegen Mutter.

Ich kam am Busbahnhof bei der Hafenbehörde an, der Bus hielt, und ich erlitt eine dieser unerträglichen Panikattacken, die dich mitten im Leben gefrieren lassen, und du hast keine Ahnung, was du tun sollst. Eine Stunde saß ich auf einer Bank und zitterte. Das einzige, was mir in den Sinn kam, war Bryce's Telefonnummer. Ich meinte, das müsse etwas Wichtiges bedeuten. Ein Omen oder ein Zeichen in all meiner Verwirrung. Ich torkelte zu einem Telefon und rief ihn an. Er klang so erfreut, von mir zu hören. Fing gleich damit an, mir zu sagen, ich hätte völlig recht, die ganzen anderen Typen wären nichts weiter als eine Bande von Versagern, und ich wäre die erste gewesen, die das erkannte. Wie scharfsinnig von mir. Ich erzählte ihm, was los war, und er sagte, ich solle direkt zu ihm kommen.

Ich bin nie dahintergekommen, ob er in der folgenden Woche so nett zu mir war, weil er erkannte, wie sehr ich es brauchte, oder weil er mich wieder auf eine seiner Schweinereien vorbereiten wollte. Wie auch immer, er hätte nicht netter sein können. Wir sprachen über das, was für mich zählte, und er sagte intelligente, hilfreiche Dinge. Er führte mich zum Abendessen aus und ging mit mir ins Kino. Faßte mich nicht eher an, bis ich in einer Nacht zu ihm kam und ihn darum bat. Er war mein Ritter in glänzender Rüstung, und gegen Ende der Woche war ich ihm wieder verfallen. Nur daß ich jetzt über so wenig Selbstvertrauen verfügte, so viel Schmerz und Wirrwarr erlebte, daß ich aus dem Fenster spaziert wäre, wenn er mich nur freundlich genug darum gebeten hätte. Er sagte, ich solle mich entspannen und alles tun, wovon ich glaubte, es würde mir helfen und mich stärken.

Ich tat nichts. Ging nicht in die Uni, ging nicht zur Arbeit ins Restaurant zurück, sah außer ihm niemanden. Wenn ich Geld brauchte, nahm ich für ein paar Wochen eine Stelle bei Kentucky Fried Chicken oder einem anderen Fast-Food-Ding an, wo sie jeden von der Straße weg anheuern, der nicht wie ein totaler Zombie aussieht.

Eines Abends brachte mein Ritter etwas Opium mit nach

Hause, und wir rauchten es auf. Ich war erledigt. Ungefähr zu dem Zeitpunkt, als ich den Abschluß machen sollte, sagte Bryce, das Leben sei ziemlich teuer geworden, und deutete damit an, daß ich ihm mit Drogen, Essen und so weiter ein ganz schöner Klotz am Bein sei. Was völliger Blödsinn war, denn ich nahm nie Geld von ihm und zahlte für die Lebensmittel. Er dealte auch ständig mit Drogen, wovon er mir nichts sagte, und hatte die Taschen randvoll. Aber all diese sonderbaren Beschwerden sollten nur verschleiern, was er mit mir vorhatte.

In Anbetracht all der netten, selbstaufopfernden Dinge, die er in letzter Zeit für mich getan hatte, könnte ich ihm da nicht einen Gefallen tun? Es sei ganz einfach. Er habe einen Freund, der am Wochenende in die Stadt komme, aber da er selbst schon etwas vorhabe, könne da nicht ich mit dem Typ ausgehen und ihm ein bißchen was zeigen?

Max, wir sahen uns an und wußten genau, worum er mich bat, und weißt du was? Wir lächelten uns an. Lächelten, als wollten wir sagen, klar, ist doch bloß der Rest von meiner Ehre und Selbstachtung und wahrscheinlich meiner geistigen Gesundheit, aber nimm's an, Baby. Klar, ich laß mich von deinem Fremden ficken.«

»Warum bist du nicht gegangen?«

»Weil ich Angst hatte. Vor allem. Ich konnte nicht aus der Tür gehen, ohne drei-, viermal in meiner Tasche nachzusehen, ob ich den Schlüssel dabeihatte. Der Schlüssel zu dieser Tür war in jener Zeit die wichtigste Sache der Welt. Er war mein Talisman. Solange ich ihn hatte und wieder in dieses dunkle, feuchte Loch zurückkonnte, funktionierte ich. Auf die Straße hinausgehen, paar Erledigungen machen, vielleicht zur Arbeit gehen und ein paar Stunden lang Hühnchen braten, solange nur der Schlüssel da war und ich in meiner Tasche seine harten Umrisse mit meinen Fingern ertasten konnte. Meine Welt war auf eine Zweizimmerwohnung mit Küche zusammengeschrumpft, und selbst das war manchmal noch zu groß für mich, zuviel, um damit fertigzuwerden. Ich hatte keine Kraft und keine Lust, klar über meine Situation nachzudenken oder eine Entscheidung zu fällen. Für solche Dinge braucht man wirkliche, ernsthafte Energie, aber die hatte ich nicht. Hinzu kam, daß man mir einen ganz schönen Ball zugespielt hatte, das Wochenende kam, dieser Freund tauchte auf, und, was für eine Überraschung – wir mochten uns auf Anhieb leiden, als würden wir uns schon seit hundert Jahren kennen. Ich vergnügte mich richtig! Wir gingen abendessen, machten mit der Circle Line eine Schiffsfahrt um Manhattan und landeten schließlich mit Champagner in seinem Bett im Biltmore Hotel. Ich fühlte mich wie eine Königin, und er behandelte mich richtig süß. Ich kann dir sagen, ich verstehe, warum manche Frauen gern Callgirls sind. Wenn man an den richtigen Mann gerät, wird man gut und mit Respekt behandelt, und wenn man nicht gerade pingelig ist, mit wem man ins Bett geht, so gibt es sicher schlimmere Arten, Geld zu verdienen.«

»Lily, du bist sehr pingelig darin, mit wem du ins Bett gehst.«

»Genau. Darum hinterließ es eine solche Narbe. Ich glaube, ich hätte mit diesem Mann sowieso geschlafen, denn ich mochte ihn so sehr. Aber als es geschah, wußte ich nicht, ob ich es tat, weil ich wollte, oder weil es so arrangiert worden war und man es von mir erwartete.

Am nächsten Morgen ging ich, bevor er aufstand, und dachte, okay, das war's. Ich habe was gelernt, und es war nicht *so* schlecht. Aber das war es doch. In meiner Magengrube spürte ich, daß es das war.

Glücklicherweise war Bryce nicht da, als ich in seine Wohnung kam. Ich bin nie neugierig gewesen, aber aus irgendeinem Grund verspürte ich an jenem Morgen das überwältigende Verlangen, diese gesamte Wohnung von oben bis unten zu durchsuchen. Ich weiß nicht, warum. Vielleicht Telepathie. Vielleicht war es auch eine seltsame Art, mich an meinem Mitbewohner zu rächen: seinetwegen hatte letzte Nacht jemand in *meine* ganz geheimen Orte geschaut, also war es nur fair, daß ich mir die von Bryce ansah. In seinem Rasierzeug waren zweiundzwanzig Zehncentsäckchen Heroin. Er dealte mit hartem Stoff! Wenn wir geschnappt worden wären, hätte man mich als Komplizin verhaftet, mindestens, und das Schwein hat mir nie erzählt, was er machte. Heroin! Hat mir nie eine Möglichkeit gegeben, zu entscheiden, ob *ich* auf einem Pulverfaß leben wollte, während er den samtweichen Gauner spielte. Und als nächstes kam mir in den Sinn: Sollte das heißen, daß ich letzte Nacht mit einem seiner *Kunden* geschlafen hatte? Höchstwahrscheinlich. Er hatte mich vorher schon einmal dazu benutzt. Ich war mir über Bryce's Schachergeschäfte um die Dinge, die er im Leben wollte, völlig im klaren. Andererseits hatte ich mich sehr gut amüsiert, warum sollte es also wichtig sein? Darum! Egal, wie nett der Typ gewesen sein mochte, der einzige Grund, warum mein alter Freund und *Beschützer* uns zusammengebracht hatte, war der, mich seinem guten alten Kunden als Matratzenfleisch-Bonus anzubieten.

Ich ging in der Wohnung auf und ab und sagte leise ›Scheißkerl – Scheißkerl – Scheißkerl‹ und schnupperte wie ein Hund, der eine Witterung aufgenommen hat. Gott sei's gelobt, denn ganz hinten in seinem Schrank steckte in einem Paar Winterstiefel, die er nie anzog, ein Jumbopaket Einhundertdollarnoten. Ohne auch nur im geringsten zu zögern, nahm ich zehn davon an mich, warf ein paar Sachen in eine Reisetasche und ging. Ich wollte da raus, raus aus diesem Leben, dieser Stadt, aus allem.

Ich stieg in die U-Bahn und fuhr bis zu einer der letzten Haltestellen in der Bronx. Die ganze Fahrt über starrte ich auf den Boden. Das erste, was ich sah, als ich die Treppen der Station hochging, war ein Gebrauchtwagenhändler mit den größten Schlitten, die ich je gesehen hatte. Oldsmobiles, Pontiacs, Buick Riveras. In meiner Erinnerung sind sie alle gold und violett und meerschaumgrün, wie die Fahrzeuge in einem Vergnügungspark. Vielleicht war ich völlig aus dem Häuschen, aber diese Autos erschienen mir *gigantisch*. Ich vermute, meine Perspektive war so daneben ... Aber egal, ich ging voller Erstaunen hinüber, nur um mir alles anzuschauen, bevor ich zu meinem eigentlichen Ziel aufbrach. Genau in dem Moment, als ich dort anlangte, trat dieser wunderbar aussehende Schwarze in einem glänzenden Fischgrätanzug und gelber Krawatte wie ein Magier aus einem kleinen Büro am Rande des Geländes. Er sagte, ›Ich *weiß*, daß ich das habe, wonach Sie suchen!‹. Ich stellte meine Tasche ab und sagte: ›Vielleicht, aber was haben Sie unter fünfhundert Dollar für mich?‹. Er klatschte in die Hände und schaute gen Himmel, als sei die Erlösung nahe. ›Lady, ich beantworte Ihre Frage mit einem Statement: Ich habe Autos hier, in denen Sie *bis zum* Dritten Weltkrieg, durch *ihn hindurch* und wieder *zurück* hierher fahren können.‹ Ich lachte und wollte ihn umarmen und hätte jeden Wagen gekauft, den er zu verkaufen hatte. Statt dessen sagte ich, daß ich mich in der schlimmsten Periode meines ganzen Lebens befände und einfach am Ende Ende Ende sei. Wenn ich jetzt ein Auto kaufte, dann darum, damit es mich eine Million Meilen von New York wegbrächte und nicht zusammenbräche, denn ich hätte absolut kein Geld mehr, um es reparieren zu lassen. Er machte mir ein Zeichen, ihm zu folgen, und wir gingen bis ans hinterste Ende des Platzes. Versteckt hinter all den aufgeblasenen Wagen stand, wie der Kleinste aus einem

Hundewurf, ein elfenbeinfarbener Opel Kadett Kombi. Er sagte, er würde ihn mir für dreihundertfünfzig verkaufen, obwohl er leicht das Doppelte wert sei. Er habe ihn persönlich geprüft, und so wie er das beurteile, sei er in Ordnung. Ich fragte ihn, ob das bedeute, er sei gut, und er sagte: ›Ist eine Blechkiste, aber er bringt dich aus der Hölle raus‹. Es gab niemanden mehr, dem ich vertrauen konnte, und er hatte mich zum Lachen gebracht, als ich es brauchte, also zog ich mein Geld raus, und der Deal war in einer halben Stunde perfekt.

Ich fuhr ein paar Häuserblocks die Straße runter, aber als ich an das Schild zu einer Autobahnauffahrt kam, die aus der Stadt führte, hielt ich an. Wohin fuhr ich eigentlich? Wir wär's mit Norden, nach Boston? New Orleans? Chicago? Wenn ich tatsächlich dieser Art von spontaner ›yellow brick road‹ folgen wollte, so mußte ich auch am wirklichen Anfang beginnen, und das war im alten Glenside. Abgesehen davon, daß ich meine Mutter nicht mehr hatte und noch weniger ein Zuhause, wenn ich diesen Teil des Lebens wirklich für immer verlassen sollte, dann wollte ich mir doch den alten Spielplatz noch ein letztes Mal ansehen. Unser Haus, die Orte, wo ich mich gewöhnlich herumgetrieben hatte, meine Highschool. Also steuerte ich das erste Ziel auf dieser Fahrt an – Glenside, Pennsylvania.

Selbst wenn man langsam fährt, kann man von New York aus in ein paar Stunden da sein. Ich war nicht in Eile. Ich wußte nicht, was ich tun würde, wenn ich dort angelangt wäre. Einen letzten Blick darauf werfen, die Luft ein bißchen schnuppern, mich wieder orientieren ... sowas. Im Auto war ein Radio, und den ganzen Weg über habe ich mitgesungen. Alles fühlte sich gut an. Mit leichtem Gepäck zu reisen, bietet wirklich sehr viele Vorteile. Einfach alles aus den Händen fallen zu lassen und zu gehen. Unterwegs spielte ich ein Spiel, ich versuchte mich daran zu erinnern, was ich in meine Tasche gepackt hatte. Nicht viel.«

»Du bist die zweite Frau, die ich kenne, die ihrem Mann weggelaufen ist. Die andere sagte, als sie ihre Tasche später aufmachte, sei das meiste darin Unterwäsche gewesen.«

»Unterwäsche, genau! War bei mir genau dasselbe. Und was sagt uns das über Mädchen auf der Flucht? Bei mir ist die Antwort nicht schwer – ich wollte wieder sauber sein. Duschen und danach einen frischen Schlüpfer und Büstenhalter anziehen, und du ziehst dich psychisch total rauf. Klingt doof, aber es klappt immer, und anschließend fühle ich mich wie neu. Und ich hatte es bitter nötig, mich neu zu fühlen, nach allem, was in den letzten Wochen vorgefallen war.

Gegen neun Uhr fuhr ich an jenem Abend nach Glenside hinein. Als erstes lenkte ich den Wagen an unserem Haus vorbei, aber kein Licht war an, und in der Einfahrt stand kein Wagen. Das holte mich völlig runter. Wenn das Haus nur hell erleuchtet gewesen wäre, wie damals, als ich noch klein war, wenn ich im Winter nach dem Volleyballtraining müde und frierend nach Hause ging und bei Teresa Schuellers Haus über den Hügel kam, und da unten lag mein Zuhause, erleuchtet und Wärme ausstrahlend, vorn sind die gelben Terrassenlichter eingeschaltet, vielleicht kommt aus dem Kamin Rauch. Mam wäre im Wohnzimmer und läse ihr Buch, bis ich hereinkäme, wir küßten uns, und sie ginge in die Küche und kochte das Abendessen fertig, jetzt, da jeder daheim war...

Sie war tot, und mein Vater war wahrscheinlich mit seinen Kumpels unten in der Freimaurerhalle oder bei einer langweiligen Frau, die ebenso traurig und dumm war wie er. Auf dem Hinweg dachte ich, ich hätte keine anderen Erwartungen, als den Ort noch einmal zu sehen und mich dann auf den Weg dahin zu machen, wo sich der Rest meines Lebens abspielen würde. Aber da stand unser Haus, und es war dunkel, kleiner als in meiner Erinnerung, und die Büsche davor waren so stark zusammengestutzt worden, daß sie keine Form mehr hatten. Diese stummeligen Büsche brachten mich zum Weinen, und ich startete durch, als wäre ich in einem Autorennen.

Ich fuhr zu einer Bar in der Stadt und war vielleicht fünfzehn Minuten da, als ein Typ namens Mark Elsen auf mich zukam und ›Hallo‹ sagte. Mark war einer von diesen süßen Jungs aus der Highschool, die ein bißchen bekloppt sind, aber dich ganz toll finden. Die meisten von ihnen treten nach der Schule in die Armee ein, aber schließlich landen sie wieder in ihrer Heimatstadt und übernehmen den Haushaltswarenladen ihrer Familie. Ich wußte, daß er in der Schule sehr auf mich stand, und immer wenn er sich traute, kam er, um sich mit mir zu unterhalten. Er sah eigentlich ganz gut aus und war sehr nett, aber so langweilig wie eine leere Pappschachtel.

Andererseits, was hatte ich schon anzubieten? Da saß ich also in dieser Bar, Ladies und Gentlemen, Miss Lily Vincent, eine halbe Tagesreise entfernt von einem fabelhaften Leben als ausgebrannte, vollgekokste Verliererin, die die letzte Nacht höchstwahrscheinlich als Bakschisch für einen Drogendeal mit einem Fremden im Bett verbracht hatte.

Mark war vermutlich die am besten und gleichzeitig am schlechtesten geeignete Person, der ich an jenem Abend auf der weiten Welt begegnen konnte. Er war so erfreut, mich zu sehen, so glücklich, daß ich nach Hause gekommen war und wir uns zufällig getroffen hatten. Ich fühlte mich *verehrt.*«

»War das denn nicht gut für dein Ego?«

»Ja, vielleicht eine Stunde lang, aber dann holte mich die Wirklichkeit ein, und egal, was er dachte, ich wußte, wer ich war und wie dicht die Dämonen mir auf den Fersen waren.

Um alles noch schlimmer zu machen, tat ich das Allererbärmlichste und konnte nicht aufhören damit. Er fragte mich immerzu, was ich denn so im ›Big Apple‹ triebe. Er fuhr fort, es so zu nennen, als wäre er ebenfalls in, weil er den Spitznamen der Stadt kannte. Was ihn nur noch herzzerreißender machte. ›Was treibst du also so alles da oben im Big Apple? Schauspielschule, was? Schon einen Hollywoodvertrag in der Tasche?‹ In der Art und Weise, wie er es sagte, war keine Spur von Zynismus. Er vermutete, ich sei bereits ein großer Erfolg und wäre es in L.A. erst recht, würde da in kürzester Zeit alles in die Knie zwingen. Weißt du, was ich tat? Ich begann zu lügen. Erzählte ihm die ungeheuerlichsten Lügen und Phantasien. So Sachen wie die, daß ich in so einer Eliteklasse in NYU wäre, die von Dustin Hoffman unterrichtet wird. Bald schon würde ich in einen Andy-Warhol-Film kommen, und ich hinge meistens zusammen mit Lou Reed in der Factory rum ... Es ist selbst heute noch peinlich, wenn ich daran denke. Später gestand er mir, daß er die Hälfte der Leute, die ich erwähnte, gar nicht kannte, daß es sich aber enorm angehört habe. Das war sein Wort: enorm. Egal, was ich sagte, er sagte ›Enorm, Lily. Das ist enorm‹. Er kaufte mir Drinks und ein Steaksandwich, während ich diesen Mist durch die Luft sausen ließ. Er schüttelte nur immerzu den Kopf und sagte ›enorm‹, als könnte er meine Großartigkeit nicht fassen. So ein netter Kerl. Ich brauchte das nicht zu tun. Er hielt mich auch ohne den ganzen Kram für toll. Ich hätte auch genausogut an seiner Schulter heulen und ihm erzählen können, was wirklich vorgefallen war. Seines Mitgefühls wäre ich sicher gewesen.«

»Du hast dir diese Lügen selbst erzählt, nicht ihm. Du wünschtest dir, das Leben wäre so, wie du es beschrieben hast. Es war eine Aufführung. Für ihn *warst* du die Schauspielerin in dem Warhol-

Film, das Mädchen, das sie in New York alle in die Knie zwang. Das ist völlig in Ordnung.«

»Ja, in Ordnung schon, aber traurig. Unendlich traurig. Es wurde so schlimmm, daß er mich fragte, wie Warren Beatty sei. Ich saß da mit einer Zigarette in der Hand, schaute in die Tiefen des Raums, als dächte ich tatsächlich ernsthaft über seine Frage nach, und sagte: ›Ich mag ihn, aber ich kenne Leute, die ihn nicht mögen.‹«

Darüber mußte ich lachen. Lily lachte auch, und es fühlte sich an, als bräche in dieses nervöse, dunkle Schlafzimmer eine Welle der Erleichterung über uns herein. Ich wußte, was jetzt kam, wußte, daß wir uns darauf zubewegten wie auf das Ende einer langen Treppe, aber dieses Lachen jetzt ließ uns verharren und vor den letzten Stufen nochmal Luft holen.

»Es ist komisch, nicht? Wir unterhielten uns noch ein paar Stunden und wurden ein wenig betrunken. Nicht sehr, nur soviel, daß er noch beeindruckter und ich noch verwegener wurde. Ich war es, die vorschlug, wir sollten gehen und noch eine kleine Spritztour irgendwohin machen. Draußen auf dem Parkplatz fragte er mich, ob ich gern mit seinem Wagen fahren würde. Als ich ja sagte, zeigte er auf einen flammneuen Camaro Z-28. Ein richtig schönes, aufgemotztes Gerät, das wie ein Düsenflugzeug röhrte, als er es anwarf. Ich erinnere mich an ›Z-28‹, weil es sich so technisch und gefährlich anhörte wie eine Waffe, als ich aber Mark fragte, was es bedeutete, wußte er es nicht.

Wir fuhren durch die Gegend, und er erzählte mir mehr über all die Sachen, die in der Stadt geschehen waren, seit ich weg war: Wer wen geheiratet hatte, wer weggezogen war, welche Geschäfte sich verändert hatten, Kleinstadtneuigkeiten. Man glaubt, daß es einen nicht mehr interessiert, wenn man einmal weg und in der großen Welt draußen ist, wenn man es aber hört, ist man begeistert.

Wir landeten schließlich bei Dairy Queen und aßen Banana Splits. Mark fragte mich immerzu nach verschiedenen berühmten Leuten aus, von denen er sicher war, daß ich sie kennen mußte. Mensch, die Geschichten, die ich erfand! Wie er sie verschlang. Du hast recht, es *war* eine Aufführung, und ich genoß es. Ich erinnere mich, daß er so intensiv zuhörte, daß er sich einen Löffel voll mit Eis minutenlang vor den Mund hielt und es nicht aß, weil er von dem, was ich erzählte, zu begeistert war. Dieses hübsche Gesicht, sein Mund stand offen wie bei einem Kind, und Schokoladensauce tropfte auf den Tisch.« Sie wurde still, seufzte, räusperte sich. »Ich habe meine Hand auf seine gelegt und gesagt, ich wolle mit ihm ficken.«

»Das hast du nicht! Das ist bösartig.«

»Psst. Laß mich weitererzählen. Ich dachte: Was soll's, ich werde das bis zum bitteren Ende ausspielen, sowohl für ihn als auch für mich. Wir stiegen wieder in seinen Wagen, und ich sagte, er solle auf den Parkplatz hinter der Highschool fahren. Es gab berühmte Gerüchte und Witze in der Stadt über Leute, die es da hinten trieben, aber man wußte, daß nichts daran wahr war, denn es war zu gefährlich, weil die Polizei etwa fünfmal pro Nacht in der Gegend patrouillierte. Sie folgten keinem festen Zeitplan, also wußte niemand, wann sie das nächste Mal vorbeikämen. Mark wußte, was ich im Sinn hatte, und bekam es mit der Angst. Er wollte nicht hin, aber ich sagte ›entweder da oder nirgends‹, vergessen wir's. Wenn er nein gesagt und damit mehr Angst vor den Bullen bewiesen hätte, als er scharf auf mich war, wäre das der krönende Abschlußschlag für mein Ego gewesen. Er zögerte wirklich sehr lange, bevor er den Wagen wendete und zurückfuhr. Aber es ging ja gerade darum, ihm zu sagen, er solle dahin fahren! Es *mußte* gefährlich und mit einem Risiko verbunden sein. Wer hätte sich an irgendeinen Fick am Ende einer dunklen Landstraße erinnert? Die Erinnerung an mich sollte hochkarätig sein. Eine, die ihn zum Kichern brächte und ihn den Kopf schütteln ließe, wenn er achtundfünfzig wäre und mit Arthritis und sonst nicht viel mehr auf seiner Terrasse säße. Wie viele davon haben wir?«

»Mir ist was aufgefallen. Du gebrauchst immerzu das Wort ›ficken‹. Das ist keins von ›deinen‹ Worten. Hinzu kommt, daß du es so aussprichst, als wolltest du jemanden damit schlagen. ›Wer hätte sich an irgendeinen Fick erinnert –‹ Warum redest du so?«

»Weil es das war – ficken. Ficken – hart, schnell, auf den Punkt gebracht und ab dafür. Männer ficken gern. Ficken und kommen. Das wollte ich mit Mark – ihn ficken, wie er es noch nie erlebt hatte, und dann in einer Rauchwolke verschwinden. Ein Traum geht in Erfüllung und verschwindet im nächsten Moment, noch bevor etwas von seinem Glitzer abbröckeln kann. Er soll sich so an mich erinnern. Diese eine Nacht auf dem Rücksitz seines neuen Wagens hinter der Schule, als er Lily Vincent endlich ficken konnte, und sie war ein Knallkörper de Luxe.«

»Warst du ein Knallkörper?«

»Mehr als das! Sobald wir hinkamen, setzte ich mich rittlings auf ihn und zog mich so geil ich konnte aus. Als er mich berühren wollte, ließ ich ihn nicht, denn ich wollte ihn wie Mais in heißem Öl. Du weißt ja, wie es in der Pfanne brutzelt und tanzt, kurz bevor es zu Popcorn explodiert. Ich wollte, daß er sich in seinem Sitz wand und vor Verlangen nach mir durchdrehte. *Ich wollte, daß mich jemand wollte!* Und das tat er.«

»Warst du wunderbar?«

»War ich.«

»Warst du heiß?«

»Gegen Ende ein bißchen. Aber nein, nicht sehr. Es erinnerte mich zu sehr an Gymnastik. Ich arbeitete zu hart daran, ihn heiß zu machen und in dem Glauben zu lassen, daß er mich um den Verstand brachte.«

»Ich bin eifersüchtig.«

Ich hörte, wie sie sich umdrehte. Ihre Stimme war hoch und erregt, als sie sprach. »Wirklich? Warum? Das ist so lange her, und ich habe alles nur gespielt.«

»Weil Eifersucht Habgier ist. Ich will alles und will nichts davon jemals teilen. Manchmal, wenn ich drüber nachdenke, bin ich eifersüchtig auf die Männer in deiner Vergangenheit, und was sie mit dir gemacht haben. Ich möchte gern zurückgehen und ihnen alle Küsse und Ficks abnehmen und sie für mich selbst behalten.«

»Das ist nett, Max. So habe ich das noch nie gesehen.«

»Ich ja. Mach weiter, Knallkörper.«

»Also wir machten es ein paarmal, und ich glaube, ich war zufriedenstellend. Du hast mich vorhin gefragt, ob es gut war, und ich habe gesagt ›ein bißchen‹. Das stimmt nicht. Ich *war* gut, weil ich mich voll hineingestürzt habe. Ich habe ihn geleckt und geküßt und umarmt und gestöhnt. Zuerst habe ich gedacht: Was kann ich noch alles heiß machen, was ihn den Mond anheulen lassen? Aber man verstrickt sich darin, selbst wenn es eine Aufführung ist. Es gefiel mir, und es *war* gut.

Als wir völlig ausgepumpt und erledigt waren, zogen wir uns an, saßen da und sagten nichts. Nachdem ich langsam bis einhundert gezählt hatte, sagte ich, er solle jetzt gehen und mich da lassen. Ich wollte allein durch die Stadt zu meinem Wagen zurückgehen. Er war platt. Weggehen? Wie konnte ich nach dem, was passiert war, so was sagen? Ich wurde unruhig, wollte aus dem Wagen raus und allein sein. Er sagte, daß er mich liebe, und außerdem, wie ich es so wunderbar gemacht haben konnte, wenn ich nicht auch was für ihn empfände? Ich antwortete nicht, begann aber, mich über ihn zu ärgern, obwohl ich das ganze Spiel eingefädelt hatte. Er geriet in Verzweiflung und fragte, ob es ein Zeitproblem sei? Es sei so schnell und spontan gewesen, ob ich vielleicht einfach ein bißchen Zeit für mich allein brauchte, um mir über alles klarzuwerden? Glücklicherweise lieferte er selbst mir diesen Vorwand, um zu entkommen, denn ich war nicht in der Verfassung oder der Stimmung, mir einen auszudenken. ›Ja, du hast recht, Mark, ich bin verwirrt und muß allein sein und nachdenken.‹ Das beruhigte ihn. Seitdem denke ich immer darüber nach, was geschehen wäre, wenn er nein gesagt hätte. Wenn er hart geblieben wäre und einfach darauf bestanden hätte, daß ich den Rest der Nacht mit ihm zusammen verbrächte. Aber der süße Mark Elson tat so was nicht. Statt dessen stieg er aus und raste um den Wagen, um mir die Tür aufzuhalten. Zum Abschied küßten wir uns. Er zog mich eng an sich und flüsterte mitten auf diesem großen, leeren Parkplatz: ›Wie geht es weiter, Lily?‹ Die Frage war ein Volltreffer, denn ich hatte keinen Schimmer und war heute in der Hoffnung hierhergekommen, einen Weg heim zu finden. Aber ich *wußte* andererseits, was los war: Ich fiel schneller als mit Lichtgeschwindigkeit auseinander. Ich stieß ihn weg und begann in die entgegengesetzte Richtung zu rennen. Er rief mir nach, aber als ich nicht anhielt, schrie er: ›Ich bin morgen im Laden, wenn du mich brauchst!‹ Klar brauchte ich ihn. Ich brauchte jeden verfügbaren Menschen auf der ganzen Welt, um eins dieser riesigen Feuerwehrsprungnetze zu halten, in die Leute fallen, wenn sie von einem brennenden Gebäude springen. Aber es war zu spät.«

»Warum? Warum war es zu spät?«

»Weil ich zu dem Zeitpunkt schon zu weit gegangen war, ich sprang von jeder Ecke des Geäudes gleichzeitig und nicht nur von einer. Sie hätten nicht genügend Netze gehabt, um mich aufzufangen.

Das Weglaufen tat gut. Als ich lief, dachte ich einen halben Augenblick daran, nach Hause zu gehen und meinen Vater zu fragen, ob ich dort die Nacht verbringen könne. Was für ein Witz! Home, Sweet Home. Dunkel wie es war.

Ich merkte, wie Marks warmes Sperma an der Innenseite meiner Beine herunterlief. Ich dachte an Babys. All diese Mark-Babys, die niemals sein würden. Aus mir käme nie ein Baby. Die Krankheit und die Narben hatten dem ein Ende gesetzt. Wieder eine Möglichkeit weniger, wie viele blieben mir noch? Ich hatte so lange nicht mehr an Kinder gedacht. Das war die Stadt, wo ich Kind gewesen war, und jetzt rannte ich vor ihr davon, rannte vor meinem Leben davon, rannte *aus* dem Leben und wußte gleichzeitig, daß es keinen Ort gab, wohin ich laufen konnte. Ich wäre nie in der Lage, Leben zu erschaffen. Das hat mich in dem Augenblick *sehr hart* getroffen.

Ich lief und lief. Es waren vielleicht vier oder fünf Kilometer vom Parkplatz bis zur Bar, aber ich war schnell da. Nach Luft schnappend sprang ich in den Wagen und startete ihn. Ich stieß rückwärts gegen eine Stützmauer, denn ich hatte vergessen, den Gang herauszunehmen, als ich den Wagen abstellte. Dieser Ruck brachte mich wieder ein wenig zur Besinnung. Ich legte mir die Hände aufs Gesicht und rieb sie hin und her, bis es heiß wurde. Dann ließ ich den Motor wieder an und fuhr vom Parkplatz.

Es war immer noch dunkel, als ich abfuhr, aber Morgenvögel sangen. Ich begann zu weinen, als ich an bestimmten Orten in der Stadt vorbeikam. Ich verabschiedete mich von ihnen. Adieu, Bibliothek, Beaver College, Marilyn Zoddas Haus. Einige waren wichtig, andere nur Teile der Landkarte meines Lebens. Sie würden bald für immer verschwinden. Ich wußte, ich würde nie dorthin zurückkehren, das war's also. Tschüs, Howard Johnson. Ich drehte tatsächlich sogar das Fenster runter und winkte dem dämlichen Restaurant zu! Lebt wohl, ihr gebratenen Muscheln und ihr Zigaretten, die ich nach der Schule da mit Marilyn und Lynda Jones in unserer Lieblingssitznische geraucht habe. Bones Jones. Tschüs, lebt wohl, adieu! Bumm – Ende der Tage in Glenside. Ich rollte auf die Autobahn und *fuhr*.

Bis das Auto eine Stunde später den Geist aufgab. Unter der Haube begann Rauch aufzusteigen und: Puff! blieb es stehen. Ich war ruhig, ließ es auf dem Seitenbankett ausrollen und stellte es ab. Es war ein wundschöner Morgen. Ich stieg aus und stand neben dem Wagen, während die Sonne über den nebligen, blauen Feldern dort aufging. Es fuhren nicht viele Wagen vorbei, aber das war okay, denn ich fühlte mich noch nicht danach, einen anzuhalten. Ich vermutete, der Opel sei im Eimer, und das bedeutete, daß ich mich auf andere Weise auf den Weg machen mußte. Die Vorstellung machte mich ratlos.

Ein Lastwagenfahrer hielt und nahm mich bis zur nächsten

Stadt mit. An einer Tankstelle fand ich einen Mechaniker, der mit mir zurückfuhr und nachsah. Erstaunlicherweise war es nur ein kaputter Keilriemen, eine Reparatur von neun Dollar. Und der Mann hatte das Ersatzteil bei sich im Lieferwagen. Ich hätte überglücklch sein sollen, aber als er es mir sagte, war ich nur sprachlos. Er muß mich für einen Zombie gehalten haben. Einen Zombie, der plötzlich Hunger bekam. Während er am Wagen arbeitete, fragte ich, ob er mir in der Stadt etwas Gutes zum Frühstücken empfehlen könnte. Er empfahl mir den Garamond Grill.«

»Garamond? Garamond, Pennsylvania?« Das war's: Brendan Wade Meier wurde da entführt.

»Kennst du die Stadt?«

»Nein, aber ich weiß, was du da gemacht hast.«

»Wovon redest du?«

»Ich rede von Garamond. Ich rede von Anwen und Gregory Meier und ihrem Sohn Brendan, heute etwa neuneinhalb Jahre alt. Zuletzt wurde er in einem Kinderwagen vor einem Laden im Garamond Shopping Plaza gesehen. *Ich weiß, was du getan hast, Lily, ich weiß, daß du ihn entführt hast.*« Ich schaltete das Licht neben dem Bett an und legte mich wieder hin. Ich schloß die Augen und erzählte ihr, wie ich das Haus nach ihrem bizarren und mißtrauenerregenden Verhalten durchsucht hatte, als Lincoln im Krankenhaus war. Wie ich ihre Zeitungsausschnitte über die Meiers gefunden und den Detektiv angeheuert hatte, um den Fall zu verfolgen. Dann über meine Reise nach Osten, während der ich das verzweifelte Paar traf, wie man auf der Autobahn in New Jersey auf mich geschossen hatte.

Jetzt redete ich. Ficks auf dem Rücksitz eines Wagens, Marilyn Zodda oder Einundzwanzigjährige, die einen Nervenzusammenbruch erlitten, interessierten mich nicht. Lily waren sie wichtig, für sie bildeten sie Sterne, die die Konstellation ihres Lebens ausmachten. Indem sie alles erzählte, positionierte sie sie, ordnete ihr vergangenes Chaos, damit es für uns beide Sinn machte.

Aber mir war das egal, denn ich wußte inzwischen Dinge, die sie nicht wußte. Es reduzierte sich alles auf eine elementare Tatsache: Sie *hatte* ihren Sohn gekidnappt. Sie hatte die feine Gaze ihrer stabilen Geistesverfassung aufgerissen und in einem Akt, von dem sie dachte, er bewahre sie davor, für immer in Dunkelheit zu versinken, tief in eben dieses Dunkel gelangt. Der Horror, dessen wir fähig sind, um uns zu retten.

Das machte alles andere im Leben, schon gar ihre Geschichte, ungeheuer unwichtig.

Später, eher nebenbei, in Anekdoten, in spätnächtlichen Beichten und Mittagsgesprächen, hörte ich den Rest der Geschichte. Sie floh mit dem Kleinkind durch Pennsylvania. Oft hielt sie es auf dem Schoß. Das Summen und Rütteln des Autos auf der Straße war ein natürliches Wiegenlied, das das Kind ruhig oder fröhlich glucksen ließ. Es schüttelte gern seine Hände oder nahm ihren kleinen Finger in den Mund und saugte schmatzend daran. Es, *er* (es dauerte eine Weile, bevor sie an das Kind als einen Jungen dachte) mochte Musik und begann oft wild zu wackeln, wenn Rock 'n' Roll im Radio lief.

Nachdem sie eine Woche unterwegs waren, »taufte« sie ihn Lincoln. Um sich die Zeit während des Fahrens zu vertreiben, dachte sie stundenlang an verschiedene Männernamen. Zweimal, als das Wetter unangenehm wurde, hielt sie an einem billigen Motel und verbrachte einen zufriedenen Abend damit, das örtliche Telefonbuch und die Lokalzeitungen durchzusehen und sich und dem Kind im Bett neben ihr schließlich interessant klingende Namen laut vorzusagen. Aber »Lincoln Vincent« klang nicht gut. Da sie jetzt ihren Nachnamen ändern mußte, beschloß sie einen zu finden, der gut zu »Lincoln« paßte. Irgendwo in der Nähe von Pepper Pike, Ohio, kam sie auf »Aaron«.

Zunächst war sie, ohne dabei die Geschwindigkeitsbegrenzung zu übertreten, so schnell wie möglich nach Westen gefahren. Aber einmal in Ohio, trieb sie sich nur noch auf den Nebenstraßen des Staates herum. Jeden Morgen studierte sie eine Karte und fuhr dann in Städte, deren Namen sie interessierten: Mingo Junction, Tipp City, Wyoming.

Nachdem sie den Wagen gekauft hatte, begann Lily ihre Reise mit etwas mehr als sechshundert Dollar. Sie versuchte vorsichtig damit umzugehen, aber Benzin und Essen mußten bezahlt werden und so viele Dinge für Lincoln, daß das Geld nach drei Wochen weg war. Sie blieb in Gambier, Ohio, und nahm einen Job in einer Kombination von Buchladen mit okkulter Literatur und Head-Shop an, der die Studenten aus Kenyon College versorgte. Dem Hippie, dem der Laden gehörte, sagte sie, sie sei ihrem fixenden Ehemann im Osten weggelaufen, weil er sie geschlagen habe. Der Boss sagte nur »Wahnsinn« und erlaubte ihr, das Kind mit zur Arbeit zu bringen. Sie mietete ein winziges Appartement in der

Nähe der Universität und lernte, wenn sie nicht arbeitete, wie man sich um ein Baby kümmert.

Die Leute waren von Anfang an freundlich und hilfsbereit. Sie wußte nicht, ob das so war, weil sich ihr Stern gedreht hatte, oder ob sie einfach sahen, wie glücklich sie mit ihrem strahlenden, kichernden Kind war. Freude öffnet einem die Herzen der anderen sehr schnell. Sie wußte um das Monströse ihrer Tat, aber sie war noch nie so glücklich gewesen. Ihr Leben bestand jetzt aus zwei einzigen Dingen, und auf unheimliche Weise spielten beide sich wunderbar und aufregend gegeneinander aus: Sie war eine junge Mutter, sie war eine Kriminelle.

Lincoln und Lily Aaron lebten fast zwei Jahre in Gambier. Die kleine Universitätsstadt war der perfekte Ort für sie. Es war ländlich, aber anregend, liberal und vielschichtig genug, so daß eine gutaussehende, junge, alleinerziehende Mutter und ihr Kleinkind keine angehobenen Augenbrauen provozierten. Natürlich war sie vorsichtig mit dem, was sie sagte. Wenn man sie drängte, erzählte sie nur mit dem größten Widerstreben die Geschichte von Ehemann Rick in New York, der sie zur Flucht getrieben hatte.

Als der Buchladen nach einem Jahr pleite machte, begann sie als Geschäftsführerin in einem Steakhaus in der Stadt zu arbeiten. Das bedeutete, daß Lincoln in eine Kindertagesstätte mußte, aber die in Gambier war ein freundlicher, lichtdurchfluteter Ort voller Lehrer, die noch vom Enthusiasmus der sechziger Jahre für die Ausbildung und Erziehung kleiner Kinder erfüllt waren. In der Zwischenzeit konnte Lily mehr über eine Branche lernen, die ihr wirklich gefiel. Sie machte Bekanntschaften und hatte für eine kurze Zeit einen Freund, einen Austauschstudenten aus Vietnam. Er war zartfühlend und intelligent und ein außergewöhnlich guter Liebhaber. Als er vorschlug, sie solle nach New York gehen, sich von Rick Aaron scheiden lassen und zurückkehren, um ihn zu heiraten, verließ sie statt dessen Ohio.

An einem heißen, ruhigen Samstag im August, als alle weggefahren waren oder sich drinnen vor der Sonne versteckten, bestiegen sie und ihr gestohlenes Kind den bereits beladenen Opel (er war für die Fahrt überholt und nachgesehen worden) und fuhren davon. Sie erzählte Lincoln, sie würden zu einem Abenteuer an einem anderen und neuen Ort aufbrechen, und wenn es ihnen gefiele, würden sie bleiben. Das war ihm recht, solange sie in der Nähe war. Ob es daher kam, daß er seinen Vater nicht kannte, oder von einer angeborenen Unsicherheit stammte, Lincoln wollte nie lange von Lily getrennt sein. Im Kindergarten war es in Ordnung, denn er mochte die Leute da, und es war klar, daß sie auch ihn mochten. Aber seine Mutter war der unbestrittene Mittelpunkt seines Universums. Es war nicht wichtig, ob er das Leben dort gern hatte, wenn Mami sagte, es sei Zeit zu gehen und da, wo sie hinführen, würden sie viel Spaß zusammen haben, dann war er der erste, der im Auto saß. Wenn sie nur da war, wenn er nur wußte, daß sie nicht mehr als eine Armlänge weit weg war, war alles okay.

Sie fuhren nach Norden, denn sie hatte von einem Mann in Milwaukee erfahren und bereits Kontakt mit ihm aufgenommen, der für sie und das Kind falsche Papiere und Pässe anfertigen würde. Da sie seit zwei Jahren nicht mehr in der Nähe einer großen Stadt gewesen war, fand sie den Lärm und das Getöse dort unerträglich. Als die falschen Papiere fertig waren, fuhr sie umgehend weiter nach Norden und landete in Appleton, Wisconsin. Da befand sich die Lawrence Universität, und obwohl es sich um eine viel größere Stadt als Gambier handelte, gefiel es ihr, und sie blieben.

Portland, Oregon, war die letzte Station, bevor Familie Aaron vor drei Jahren in Los Angeles eintraf. Fast umgehend nach ihrer Ankunft sah sie in der *L.A. Weekly* eine Anzeige für einen Job in einem Restaurant. Sie war von Ibrahim Safid aufgegeben worden.

»Warum hast du mir nicht gesagt, daß du es wußtest?«

»Lily, was hättest du getan, wenn du in meiner Lage gewesen wärst?«

»Ich wäre weit weggerannt. Aber das liegt daran, daß ich seit zehn Jahren davonlaufe. Das leiseste Klicken auf dem Monitor, und ich bin weg.« Nackt saß sie mir in einer Lotusposition gegenüber und schaute mich an. »Hast du es irgend jemandem erzählt?«

»Niemandem. Schau mich an! Glaub mir das: Ich habe es *niemandem* erzählt.«

»Gut. Was soll ich sagen, ich *muß* es wohl glauben. Was wirst du jetzt tun, Max? Ich kann das immer noch nicht glauben, du *weißt* es. Du weißt alles. Was wirst du jetzt tun?«

Ich legte eine Hand auf ihre Kehle und drückte sie behutsam wieder nach unten. Ich richtete mich auf und kletterte auf sie, spreizte mit einem Knie ihre Beine, glitt sehr vorsichtig in ihre Vagina. Sie riß die Augen auf, sagte aber nichts. Ich stieß, bis ich so tief drinnen war, wie es ging, dann legte ich ihre Arme über ihren Kopf und bedeckte sie mit meinen eigenen. Still lagen wir eine

Weile lang so da. Der Augenblick und das gemeinsame Wissen waren stärker als Sex, trotzdem war ich sehr geil. Ihr Mund lag an meinem Ohr, als sie mit einer Stimme, nur unwesentlich lauter als ein Flüsterton, sagte:

»Ich liebe dich. Egal, was du mit uns oder mir tust, du sollst wissen, daß ich dich mehr liebe, als ich jemals irgend jemanden geliebt habe.«

»Das weiß ich.«

»Es ist so tragisch. Das ist alles, was ich jemals vom Leben wollte: dich hier, Lincoln, der in seinem Zimmer nebenan schläft. Ich habe einfach gebetet, aber damit aufgehört, weil ich nicht mehr wußte, wofür. Darum beten, daß du nichts sagst, beten, daß du niemals aufhören wirst, mich zu lieben. Alles ist durcheinander. Und wer bin ich schon, daß ich mir anmaße zu beten? An welchen Gott soll *ich* mich denn wenden, wenn ich Hilfe brauche? Die Leute sagen, sie wollen Gerechtigkeit, aber das stimmt nicht. Wir wollen, daß alles so klappt, wie wir es wollen. Sonst nichts. Selbst jetzt sagt mir ein großer Teil von mir immerzu, ich verdiene das nicht, denn ich bin ein netter Mensch. Ich tue anderen Gutes. Ist das nicht verrückt? Ist das nicht krank? Max, was *willst* du tun? Weißt du es?«

»Ja, ich werde dich heiraten und versuchen, Lincoln ein guter Vater zu sein.«

»Gott. O Gott.« Sie begann unregelmäßig zu atmen, als ob sie nach Luft schnappte. Unsere Gesichter waren nur Zentimeter voneinander entfernt, und wir starrten uns gegenseitig in die Augen. Keiner von uns lächelte, in uns oder in unserer Nähe war keine Freude. Egal, wie sehr sie sich danach gesehnt haben mochte, ich glaube nicht, daß sie auf das vorbereitet gewesen war, was ich gesagt hatte. Ihr unverzeihliches Geheimnis zu bewahren bedeutete gleichzeitig, das meiste von dem aufzugeben, an das ich glaubte.

»Das würdest du tun? Das würdest du für mich tun?«

»Ja, Lily. Es war nicht schwer, diese Entscheidung zu treffen.«

Sie umarmte mich und wiegte uns so von einer Seite auf die andere und sagte wieder: »Gott, O Gott.«

Dritter Teil

Ein Hoch den Bee Hees

Laß uns, Schweigender, mit Laken feinen Leinens
das steife, tote Profil
unserer Unzulänglichkeit bedecken.

Fernando Pessoa

Mary und ich beobachteten die drei, wie sie über den Rasen des Vorgartens auf das Haus zukamen.

»Wie alt ist Lincoln jetzt?«

»Er wird in ein paar Wochen siebzehn.«

»Großer Gott, erst? Er sieht aus wie hundert.«

»Ich weiß.«

»Ein gutes, sauberes Leben schafft es doch noch immer, was, Max?«

Wenn sie jemand anders gewesen wäre, hätte ich ihr etwas Gemeines zurückgegeben, aber Mary konnte nichts Böses mehr gebrauchen. Ihr Mann war vor zwei Monaten gestorben, und obwohl sie sich nach außen stark gab, schmolz sie in ihrem Inneren doch zu purer Hoffnungslosigkeit zusammen.

»*Was* steht da auf dem T-Shirt? Lese ich, was ich zu lesen glaube?«

»›Scheiß aufs Tanzen – Laß ficken.‹ Es ist eines von seinen Lieblingshemden.«

»Mensch Max, du läßt ihn damit aus dem Haus?«

»Nein. Er trug heute morgen etwas anderes, als er aus dem Haus gegangen ist. Wahrscheinlich hatte er das Hemd in seiner Tasche und hat sich in der Schule umgezogen. Wir haben uns früher über diese Sachen gestritten, aber er ist klug geworden und macht es jetzt anders. Ablenkungsmanöver. Die Kunst des Endlaufs. Streite dich niemals, aber wenn dir nicht gefällt, was gesagt wird, dann denk dir einen Umweg aus, damit du genau das tun kannst, was du willst. Unser Sohn ist ein ausgeklügelter Leisetreter.«

»Und die Lederjacke ist Elvis Packard?«

»Richtig. Das Mädchen ist Little White.«

»Warum klingt der Name so düster? Sie sieht wie ein Specht aus. Was steht auf ihrem T-Shirt?«

»›Nine Inch Nails.‹ Das ist eine Rockgruppe, nur für den Fall, daß du ihre Platte nicht hast.«

»Ich dachte, es wäre eine Maniküre.«

Die Tür öffnete sich, und die drei trampelten herein. Alle trugen überdimensionale Springerstiefel, die bis zur Mitte ihrer Schienbeine hinauf geschnürt waren. Der Rest der Uniform bestand aus zerrissenen Jeans und T-Shirts. Obwohl es draußen kalt war, trug Elvis als einziger eine Jacke. Sie war über und über mit sehr großen Sicherheitsnadeln, Ketten und Buttons bedeckt, auf denen Sachen wie »Du kotzt mich an« standen.

Ohne uns einen Blick zuzuwerfen wieselten sie durchs Zimmer, und wenn ich nichts gesagst hätte, wären sie ohne ein Wort zu sagen wieder gegangen. »Lincoln! Mary ist hier. Kannst du nicht mal Hallo sagen?«

»Hallo Mary!« sagte er monoton und machte dann ein übertriebenes Gesicht in meine Richtung, als wollte er sagen: »Okay, zufrieden?« Die ganze Bande grinste affektiert und ging weiter. Einen Moment später wurde hinten im Haus eine Tür zugeschlagen.

»Was für ein Verein von Kriminellen! Wie kannst du damit leben? Sind die jeden Tag hier?«

»So ungefähr. Sie verdrücken sich in sein Zimmer, schließen die Tür ab und drehen Kadaver auf. Hast du jemals von Kadaver gehört?«

»Ich nehme mal an, es handelt sich auch um eine Rockgruppe?«

»Ja. Willst du mal ein paar von ihren Songtiteln hören?« Ich langte nach meinem Portemonnaie und zog daraus einen kleinen Notizblock hervor, auf dem ich mir Ideen für »Büroklammer« notierte. »Da ist es. ›Knirschende Beckenerosion.‹ ›Verwesungsgestank‹ –«

»Köstlich. Was soll's, ist eben *nicht* ›Wake Up, Little Susie‹, aber haben Jugendliche nicht immer ihre eigene Musik? Wir hatten sie jedenfalls. Was die eine Generation verehrt, findet die nächste dämlich.«

»Mary, um Himmels willen, *›Knirschende Beckenerosion‹*?«

»Schon richtig, was du sagst. Was glaubst du denn, was sie sonst noch da drin tun? Wessen Freundin ist sie eigentlich?«

»Lincoln hat mir gesagt, daß sie es beide mit ihr treiben, aber ›keiner von uns steht richtig auf Ficken, weißte?‹«

»Was, das hat er gesagt? Die Zeiten haben sich geändert, was, Max? Wir haben die Hälfte unserer *Leben* damit verbracht, über Sex nachzudenken. Glaubst du, das stimmt, oder hat er nur versucht, dich zu beeindrucken?«

»Er legt keinen Wert darauf, mich oder überhaupt irgend jemanden zu beeindrucken. Er will auf seinem Bett liegen und Kadaver hören.«

»Und Drogen nehmen.«

Wir sahen uns an. Ich biß mir auf die Innenseite meiner Wangen. »Was hast du herausgefunden, Mary?«

»Namen und Orte. Ich habe gefunden, was du erwartet hast.«

»*Und*?«

»Und er nimmt jede Menge Drogen. Für gewöhnlich kauft das Mädchen sie, denn sie kennt jemanden in einer Gang in East L.A., die mit Drogen dealt. Übrigens ist der Name, den sie als menschliches Wesen führt, Ruth Burdette. Ihren Spitznamen hat sie, weil sie die Freundin eines Typs aus einer Gang war, die sich Little Fish nennt. Wenn man einen Fisch gebumst hat, kriegt man den Beinamen Little.«

Die Tatsache, daß Little White einen richtigen Namen und eine Biographie hatte, erstaunte mich fast mehr, als daß mein Sohn Drogen nahm.

»Sobald Lily und ich geheiratet hatten, haben wir mit Lincoln über Drogen geredet. Er hatte immer große Angst davor. Ich erinnere mich, daß er ein paarmal sogar richtige Alpträume hatte, in denen böse Kerle mit gigantischen Injektionsnadeln ihn verfolgten. Was für ein Zeug nimmt er denn?«

»Kokain, wenn sie Geld haben, Crack, wenn nicht.«

»Lily dreht durch. Sie will das nicht akzeptieren. Sie glaubt, er geht nur durch eine Auflehnungsphase.«

»Das mußt du ändern. Sie muß das akzeptieren und mit dir zusammen an dem Problem arbeiten. Sonst wird der Junge sterben. So einfach ist das. Besorg dir professionelle Hilfe, melde ihn vielleicht in einem Drogenprogramm an –«

»Du klingst wie ein Handzettel vom Gesundheitsamt. Glaub mir, es ist nicht so einfach. Er *haßt* uns, Mary. Das verstehst du nicht. Bei allem, was wir tun, sagen oder denken, bekommt er einen völlig angeekelten Gesichtsausdruck. Wir sind die Feinde. Wir mit unseren sauberen Laken, bezahlten Rechnungen, Kabelfernsehen ... In seinen Augen können wir nichts richtig machen. Was wir ihm auch geben, er hält es ohnehin für rechtmäßig seins, aber was wir ihm sagen, beachtet er nicht.«

»Also ist er ein undankbarer kleiner Scheißkerl. Er ist immer noch nicht volljährig. Steck seinen Arsch in ein Rehabilitationszentrum, und wenn's ihm nicht paßt, Pech gehabt.« Sie zündete sich eine Zigarette an und warf das Streichholz in den Kamin. »Was zum Teufel ist bloß mit dem Jungen passiert? Er war das wunderbarste Kind. Witzig, charmant ... Weißt du noch, wie gern Frank ihn hatte? Ihr beide habt alles richtig gemacht. Er wurde geliebt, und ihr verpaßtet ihm die richtige Dosis Disziplin. Habt ihm vorgelesen, ihm Sachen gezeigt ... Was ist passiert?«

»Er ist älter geworden. *Falls* sie überhaupt bereit ist, zuzugeben, daß sie einen Fehler gemacht haben könnte, dann glaubt Lily, daß es teilweise mit Greer zu tun haben könnte.«

»Unsinn! Das glaube ich nicht. Warum sollte eine kleine Schwester ihn in das Monster der schwarzen Lagune verwandeln? Wie ich euch beide kenne, werdet ihr euch sicherlich dabei verrenkt haben, den beiden Kindern ihren ihnen zustehenden Teil Liebe zukommen zu lassen. Hinzu kommt, daß Greer ihn verehrt. Er mag sie auch, oder nicht?«

»Ich glaube ja. Er verhält sich ihr gegenüber nett und freundlich. Sie führen tatsächlich richtige Gespräche, und manchmal hilft er ihr sogar bei den Hausaufgaben. Er schien glücklich zu sein, als Lily schwanger wurde. Und du hast recht – wir haben wirklich viel Zeit damit verbracht, darauf zu achten, daß beide ihren Anteil bekamen, was gerade am Anfang nicht einfach war, weil Greer so ein Winzling war. Erinnerst du dich noch?«

»Aber sicher! Wenn du mich damals gefragt hättest, hätte ich mir eher gedacht, daß es mit Greer mal so aussieht, wenn sie älter ist. Sie war eine echte Nervensäge.«

»Ja, aber schau sie dir heute an. Es ist, als wäre das Haus zwischen uns und *ihnen* geteilt. Außerirdische und Erdlinge. Lily, Greer und ich auf der einen Seite« – ich zeigte mit dem Daumen auf Lincolns Zimmer –, »Die drei Reiter der Apokalypse auf der anderen.«

»Was meinst du denn, was die da drinnen treiben? Ich meine außer *nicht* bumsen und Kader hören.«

»*Kadaver*. Sie hören Musik und sehen sich Horrorfilme an. Von Zeit zu Zeit hört man mal einen Schrei oder andere merkwürdige Geräusche von diesen Filmen.«

»Okay, aber was noch? Hast du noch nie durchs Schlüsselloch geguckt oder ... du weißt schon?«

»Als Lincoln einmal vergessen hatte, die Tür abzuschließen, bin ich hineingegangen. Das ist noch so eine Sache. Er hat ein Schloß an der Tür angebracht, das einen Elefanten draußen läßt. Die einzige von uns, die er reinläßt, ist Greer.«

»Was hast du gesehen?«

»Das ist ja so merkwürdig. Das Zimmer war makellos. An den Wänden hängen keine Bilder, das Bett war faltenlos gemacht, der Teppich gesaugt... Es erinnerte mich an eine Marinekaserne. Es war zu *saaauuber*. Unheimlich fast.«

»Das paßt doch nicht, oder?«

Ich wollte gerade antworten, als ich Greers Schulbus vor der Tür halten sah. Sie stieg aus, ließ ihre Schultasche umgehend zu Boden fallen, bückte sich und klopfte sich mit beiden Händen auf ihren Po. Das galt jemandem im Bus. Dann wackelte sie ihn hin und her, hob ihren Ranzen auf und ging zum Haus, ohne sich auch nur einmal umzusehen und zu schauen, ob ihre Vorstellung die gewünschte Wirkung hatte.

Sie trug rote Jeans, ein weißes Polohemd und schwarze Turnschuhe. Das Haar stand ihr in zwei Zöpfen vom Kopf ab. Das Gesicht war eher meins als Lilys, aber es war eine Helligkeit darin, die alles zusammenspielen ließ, eine Kombination von Humor und Ungezogenheit, die allein von ihrer Mutter stammte.

Greer war fünf. Unser Wunderkind. Das Kind, das geboren wurde, als wir dachten, es gäbe keine Hoffnung, daß Lily jemals schwanger werden könnte. Von dem Tag an, da sie auf die Welt kam, machte sie Probleme. Sie war eine Frühgeburt und vermittelte den Eindruck, als wäre sie wütend darüber, nach unserem und nicht ihrem eigenen Zeitplan auf die Welt geholt worden zu sein. Sie brauchte Bluttransfusionen, experimentelle Medikamente. Zehn unsichere Tage lang fürchtete man, eine ihrer Nieren sei schlecht und müsse entfernt werden. Während ihrer ersten Wochen dachten und redeten wir über kaum etwas anderes. Eines Abends mußte ich Lincoln sagen, daß seine neue kleine Schwester vielleicht nicht überlebt. Mag sein, daß es damals mit ihm begann. Wiederholt fragte er, ob sie sterben würde. So ruhig ich konnte sagte ich ihm auf drei verschiedene Weisen, daß ich es nicht wisse.

»Und warum tust du nichts daran? Du wirst sie doch nicht einfach sterben lassen?«

»Wir tun alles, was wir können. Die besten Ärzte im Krankenhaus arbeiten daran, ihr zu helfen.«

»Na und? Warum besorgst du nicht die besten Ärzte in der Welt, Max?« Er begann zu weinen, aber als ich ihn in den Arm nehmen wollte, stieß er mich weg. »Was wäre denn, wenn mir das passieren würde? Was, wenn ich krank würde? Würdet ihr mich einfach so sterben lassen?«

»Wir lassen niemanden sterben. Wir tun alles, was wir können.« Ich war müde und verängstigt, aber das war keine Entschuldigung für das, was ich dann sagte. »Ich glaube, es wäre besser, du würdest jetzt an Greer und nicht an dich selbst denken. Es sieht nicht so aus, als würdest du in absehbarer Zeit sterben.«

Er war ein kleiner Junge. Das Leben hatte ihn im Nacken gepackt und drückte sein Gesicht in seine grauenvollste Wahrheit. Er verstand das nicht. Er wußte nicht, wie er damit umgehen sollte. Wer weiß das schon? Er wollte nur die Bestätigung, daß wir ihn immer lieben, daß wir uns immer um ihn kümmern würden, aber aus Dummheit verstand ich es als Selbstsüchtigkeit und machte ihn mit einem bösartigen Satz nieder.

Aber man kann tun soviel man will, es bleiben immer unlösbare Geheimnisse übrig. Mit ruhigem Gewissen kann ich für die Jahre, die wir zusammenlebten, das Folgende sagen: »Lincoln war meine große Leidenschaft. Unsere Kinder sollten unsere Leidenschaft sein, aber es gibt einen entscheidenden Unterschied. Zu wissen, daß sie das Produkt unserer Liebe, eine Kombination von Genen und der Umgebung sind, die wir aus unseren Mitteln, Hoffnungen und Anstrengungen geschaffen haben, ist eins. Zu wissen, daß sie sprichwörtlich wir selbst sind, nur in einer anderen Haut, darin besteht der Unterschied zwischen Zufall und Schicksal. Egal, wie viele Probleme Greer mit sich brachte, alles, was wir für sie tun konnten, war, ihr zu geben, was wir hatten, und dann zu Gott zu beten.«

Meine Eltern begannen, jeden Sommer einen Monat bei uns zu verbringen. Wenn er konnte, kam Saul auch. Den größten Teil dieser Zeit verbrachten wir damit, uns unserer Leben zu erinnern, und ich löcherte alle drei mit Fragen nach Details, die ich vergessen hatte, nach belanglosen Aspekten und Erklärungen zu vergangenen Zeiten und Erlebnissen, die mir einen klareren Blick dafür geben würden, wer ich damals gewesen war. Denn von welchen Bestandteilen, die mich zu dem Mann gemacht hatten, der ich jetzt war, wußte ich damals absolut nichts? Können wir uns wirklich richtig kennen, ohne zu hören, was andere über uns denken?

Manchmal wollten sie wissen, warum ich *so* an unserer Vergangenheit interessiert war. Eines Abends wurde Saul wütend, als ich meine Fragerei zu weit trieb. Was zum Teufel machte es aus, was vor zwanzig Jahren war? Warum bestand ich so hartnäckig darauf, diese vergangenen Tage zu sezieren oder sie unters Mikroskop zu packen? Warum ließ ich's nicht einfach dabei bewenden und genoß die Erinnerungen an eine Familie, die bis zum heutigen Tag zusammengehalten hatte und sich immer noch liebte? Glücklicherweise hatte ich eine Antwort parat, die sie alle beruhigte und weitere Fragen zuließ. Ich hatte von einer Künstlerin aus Europa gelesen, die in einer Ausstellung Gemälde zeigte, die sie von ihrer eigenen Kindheit gemalt hatte. Ich gab das als meine Idee aus, sagte, es sei schon seit Jahren mein geheimes Traumprojekt, meine Geschichte zu zeichnen, aber ich hätte erst kürzlich den Mut zusammengenommen, Notizen zu machen und erste Studien anzufertigen. Es war etwas, das jahrelang dauern konnte, bis es fertig war, aber wenn ich es erfolgreich abschließen könnte, würde es sicher meine beste Arbeit werden. Die Fischers waren stolz auf meinen Erfolg als Karikaturist, und als sie wußten, worum es ging, fühlten sie sich durch die Idee geehrt. Hinterher redeten sie oder schrieben Briefe oder führten Ferngespräche, um mir zu sagen, sie hätten sich gerade an etwas erinnert, das hilfreich sein könnte...

Ich hörte zu, las, sorgte mich. Ich arbeitete sehr hart daran, den genauen Inhalt, jedes Zimmer meines Lebens kennenzulernen, dann räumte ich alles auf. Nicht damit ich es eines Tages so zeichnen konnte, wie es wirklich war, sondern um es dazu zu benutzen, meinem Jungen dabei zu helfen, aus seinem Leben etwas Großartiges zu machen.

Mary Poe hatte recht damit, wenn sie sagte, wir hätten versucht, mit unserem Sohn alles richtig zu machen. Aber abgesehen von Einschlafgeschichten über Gott oder darüber, daß Donner nicht gefährlich ist, den behutsam eingewickelten Butterbroten und den beiden Keksen dazu, dem Zirkus, den Baseballspielen, Ferien, dem gemeinsamen Wiederholen des Einmaleins, Popcorn, Rasenmähen, Reden über den Tod des Hundes, so daß er ein akzeptabler Teil des *Lebens* wurde...

Abgesehen davon, daß ich wußte, was ich tat, war ich ständig darüber erstaunt, festzustellen, daß die *einzige* angemessene Art und Weise, ein Kind zu erziehen, sich grundsätzlich nicht von jeder anderen Methode unterschied, die gute und besorgte Eltern anwandten. Meine Biographie, das geheime Wissen, die große Zahl von Büchern, die ich las und über die ich jahrelang nachdachte, sagten im wesentlichen eins – liebe sie, lehre sie Bescheidenheit, Ausgeglichenheit und Beherrschung, applaudiere ihnen, sag nein, wenn es nötig ist, gesteh deine Fehler ein.

Richtig, Sie kennen das alles schon, und ich brauche nicht weiterzumachen. Vielleicht rede ich jetzt nur noch mit mir selbst. Wie der Mann, der schon zum zweiten Mal sein Scheckbuch nachgeprüft hat und immer noch nicht weiß, warum er in den roten Zahlen ist. Ich hatte hundert Dollar. Ich habe das dafür und das dafür ausgegeben. Wenn ich jeden Posten angeben kann, warum ist dann trotzdem auf meinem Konto weniger als nichts übrig? Warum war aus unserem Sohn ein unehrlicher, verstockter, verschlossener Knoten von Mensch geworden? Nach all den Jahren der Unterstützung, der behutsamen Führung und der Liebe hätte etwas Gutes übrigbleiben müssen. Aber es blieb nichts. Auf diesem »Bankkonto« war nichts.

»Hallo, Mary Poe.«

»Hallo, Greer Fischer.«

»Hast du deine Pistole dabei?«

»Sicher.«

»Kann ich sie sehen?«

»Es ist immer noch dieselbe alte Pistole, die du dir schon die letzten fünf Mal angeschaut hast.«

»*Bitte*?«

Mary sah mich an, und ich nickte. Sie öffnete ihren Blazer und zog das Ding aus seinem Schulterhalfter, nahm die Patronen heraus und hielt es Greer hin.

»Ist sie schwer?«

Ich wußte, worauf das hinauslief. »Greer, du kannst sie nicht anfassen. Du kennst die Regeln.«

»Ich habe nur *gefragt*.«

»Ich weiß, was du getan hast. Schau sie dir an, aber sie wird nicht berührt.«

»Smith and Wessssson. Sind das die Typen, die sie gemacht haben?«

»Richtig.«

»Machen sie auch Bomben?«

»Ich weiß nicht.«

»Hast du eine Pistole, Papi?«

»Du weißt doch, daß ich keine habe. Nur Polizisten und Privatdetektive wie Mary haben welche.«

»Lincoln hat eine Pistole.«

»Was soll das heißen?«

Greer war sehr intelligent, aber sie redete zuviel. Wenn sie im Zimmer war, beanspruchte sie die ganze Aufmerksamkeit und war bereit, fast alles zu tun, um sie auch zu bekommen. Auch zu lügen. Sie schaute von Mary zu mir und wußte, sie war mit diesem Stück Information auf Gold gestoßen, und ihr Gesichtsausdruck wurde verschlagen.

Sie kletterte auf meinen Schoß, schmiegte sich dicht an mein Ohr und flüsterte: »Versprich mir, daß du nichts sagst. Lincoln weiß nicht, daß ich's weiß. Ich bin in sein Zimmer gegangen und habe sie hinter seiner Kommode gesehen. Er hat sie da mit Klebeband festgemacht.«

Ich nickte, als wäre es gut. Dein Bruder versteckt in seinem Zimmer eine Pistole? Das ist okay. Es gelang mir, mit gleichmäßiger Stimme zu sagen: »Ich weiß auch nicht, wozu er *die* wohl braucht. Aber was soll's.« So behutsam ich konnte, schob ich sie runter. »Okay, das ist in Ordnung. Warum gehst du nicht in die Küche, Süße, und holst dir was zum Naschen? Mary muß bald gehen, und wir müssen uns noch über etwas unterhalten. Ich komme in einer Minute nach.«

Enttäuscht darüber, daß ihr Geheimnis keinen größeren Wirbel verursacht hatte, steckte sie die Hände in die Taschen und schlurfte aus dem Zimmer.

Als sie weg war, erzählte ich Mary, was sie geflüstert hatte. Sie schloß die Augen und preßte den Mund zusammen. »Scheiße. Okay, Max, ganz ruhig. Jetzt bloß nicht explodieren und durchdrehen. Zuerst mal mußt du nachsehen, was es für eine ist. Vielleicht ist es nur eine Luftpistole oder so, eine Schrotflinte, von der er nicht will, daß du davon weißt.

Wenn nicht, wenn sie echt ist, dann versuch die Seriennummer rauszukriegen, damit wir herausfinden können, ob sie heiß ist. Du mußt das richtig machen, oder wir kommen in große Schwierigkeiten.«

»Ich kümmre mich darum.«

»Max –«

»Ich habe gesagt, ich kümmre mich darum, Mary. Ich mache

es so, wie du es mir gesagt hast. Sonst *kann* man ja nichts tun, oder?«

»Noch nicht. Aber denk dran, es muß nicht unbedingt was zu bedeuten haben. Jungs in dem Alter stehen auf solche Sachen, aber das heißt noch lange nicht –«

»Ich weiß, aber wir haben auch Bobby Hanley gekannt, oder etwa nicht?«

Ohne mich anzuschauen stand sie auf und knöpfte ihre Jacke zu. Bobby Hanley war ein legendär gewalttätiger, furchterregender Junge aus unserer Heimatstadt, der in einer Schießerei mit der Polizei gestorben war.

»Bobby Hanley war ein Krimineller. Dein Sohn ist ein verwöhnter Balg, kein Krimineller.«

»Er hat eine gottverfluchte *Pistole*. Woher weiß ich denn, daß er keiner ist?«

»Weil er keiner ist. Okay? Weil er's nicht ist. Ich gehe jetzt gleich und rede mit meinem Freund Dominic Scanlan. Er arbeitet im Polizeipräsidium von Los Angeles. Ich versuche, ob ich ihn dazu kriegen kann, rauszufinden ... ich weiß auch nicht. Ich will mal vortasten bei ihm. Er weiß, welche Richtung wir einschlagen müssen. Wir werden das rauskriegen. Du schau dir diese Pistole an und besorge die Seriennummer, dann sehen wir, was es ist. Aber nimm sie nicht weg. *Berühr* sie nicht. Wenn Lincoln irgendeine Dummheit gemacht hat und weiß, daß du von der Pistole weißt, macht es alles nur noch komplizierter. Ich ruf dich in ein paar Stunden an.«

Als sie weg war, suchte ich Greer. Sie saß auf der hinteren Terrasse und aß einen Schokoladenkeks. Ich legte meinen Arm um sie, und wir setzten uns in einen Liegestuhl.

»Ist Mary weg?«

»Hmhm. Hör mal Süße, ich habe darüber nachgedacht, was du mir gerade erzählt hast.«

»Das von Lincolns Pistole? Ich weiß, ich hätte nicht in sein Zimmer gehen sollen, Papi. Ich weiß, Mami und du habt's mir verboten. Bist du böse?«

»Ich bin nicht zufrieden. Dazu kommt, daß du es auch nicht gern hast, wenn jemand in deinem Zimmer herumschnüffelt.«

Sie ließ den Kopf hängen. »Ich würde es hassen.«

»Okay, dann Schwamm drüber. Vergessen wir's. Ich weiß, wie sehr dein Bruder dich liebt, aber er wäre sicher sehr böse und enttäuscht, wenn er wüßte, daß du es wieder tust. Erinnerst du dich ans letzte Mal? Also schau, wenn du ihm nichts davon sagst, was du mir erzählt hast, dann sag ich auch nichts. Es bleibt unser Geheimnis, Greer. Denn wenn das jemand rauskriegt, bekommst du nur Schwierigkeiten.«

»Erzählst du es Mami?«

»Mam braucht auch nichts davon zu wissen.«

Als sie das hörte, wußte sie, daß sie gerettet war und sich wieder vorwagen konnte. »Okay, aber manchmal *kann* ich einfach kein Geheimnis bewahren, Papi. Ich muß einfach meinen Mund aufmachen und es rausschreien, denn es ist wie ein Rülpser, weißt du? So, als kann es in meinem Bauch nicht leben, oder ich explodiere.«

»Baby, mach was du willst, aber wenn du es Lincoln sagst, läßt er dich bestimmt nicht mehr in sein Zimmer, denn dann traut er dir nicht mehr. Und wenn du's Mam erzählst, dann denk daran, was sie dir beim letzten Mal dazu gesagt hat, wie sie es findet, wenn du im Haus in Sachen herumschnüffelst, die dich nichts angehen. Ich halte es für keine gute Idee, mit irgend jemandem darüber zu reden, aber es ist deine Entscheidung.«

»Sagst du es jemandem?«

»Nein.«

»Es ist schlimm, was, Papi? Ich meine, daß Lincoln das hat.«

»Ich weiß noch nicht. Aber ich glaube, es ist doch irgendwie schlimm, denn wozu braucht er eine Pistole?«

»Vielleicht will er uns beschützen?«

»Ich beschütze uns. Er weiß, er braucht sich darüber keine Sorgen zu machen.«

»Vielleicht will er angeben. Oder vielleicht erschießt er jemanden!«

»Ich hoffe niemanden, den wir kennen!«

Sie schaute nach, ob ich das ernst meinte, und ihr kleines besorgtes Gesicht entspannte sich sofort, als sie sah, wie ich lachte, und sie verstand, daß ich nur einen Witz gemacht hatte.

Ich konnte nur für kurze Zeit damit rechnen, daß sie niemandem etwas sagte, denn früher oder später plapperte Greer alles aus. Ich rief Lily bei *Massen und Macht* an und sagte, wir würden zum Abendessen vorbeikommen. Sie hatte gute Laune und wollte wissen, ob es was Neues gäbe.

»Nicht viel, außer daß ich dich liebe.«

»Das ist neu? Wir sind jetzt seit sieben Jahren zusammen, und erst jetzt fängst du an, mich zu lieben?«

»Ich glaube, wir lieben uns jeden Tag anders. Wie der Typ, der gesagt hat, man kann in einem Fluß nicht zweimal an genau derselben Stelle stehen. Heute liebe ich dich anders als gestern und morgen wieder anders.«

»Ach so. Äh, Max, ist alles in Ordnung?«

»Ist das Mami am Telefon? Kann ich mit ihr sprechen?«

Ich gab Greer das Telefon. Sie nahm es mit zwei Händen und drückte es fest gegen ihr Gesicht.

»Mam? Mrs. Zuckerbrot hat gesagt, ich muß am Donnerstag für unsere Party zweitausend Erdnußbutterkekse mitbringen.«

Ich hörte Lily kreischen: »Zweitausend!?« Greer kicherte in ihre Hand und grinste mich an. »*Reingefallllllen.* Aber ich muß viele Kekse für die Party haben. Hilfst du mir beim Backen?«

Wir arbeiteten zusammen an ihren Hausaufgaben und spielten dann noch eine Stunde Dame.

»Max, ich geh aus.«

Ich drehte mich um und sah, wie Little White Elvis einen koketten Blick zuwarf. Er faßte sie am Unterkiefer und drückte offensichtlich zu fest zu, denn sie quiekte wie ein Schwein und schlug seine Hand weg. »Du tust mir immer *weh*, Arschlo –« Als sie uns sah, fing sie sich und setzte ein lahmes Lächeln auf. Lincoln kümmerte sich nicht um sie.

»Sei um sieben wieder da, klar? Wir gehen zum Abendessen ins Restaurant.«

»Ich habe keinen Hunger.«

»Lincoln, sei heute abend um sieben Uhr zu Hause. Es ist mir egal, ob du Hunger hast.«

Elvis pfiff und segnete meine »Machtdemonstration« mit einer langsamen Handbewegung. Das Mädchen rieb sich das Kinn.

»Wat soll'n ich da? Mit einem leeren Teller am Tisch sitzen und den ganzen Tunten zuhören?«

»Wenn du sarkastisch sein willst, Tiger, dann mußt du auch witzig sein. Du hast jetzt fast den Ton, nur der Witz fehlt dir noch.«

Little White fand das zum Totlachen. Hocherfreut klatschte sie in die Hände. Elvis streckte einen Finger aus, berührte ihn am Arm und, indem er so tat, als hätte er sich verbrannt, machte er ein zischendes Geräusch und zog seine Hand schnell zurück.

»Scheint so, als hätte er dich am Arsch, Linco.«

»Du solltest mich besser am Arsch lecken, *Elvo*. Kommt, wir machen, daß wir hier rauskommen.«

In ihren Siebenmeilen-Gestapo-Stiefeln marschierten sie hinaus, und ich glaube, es war mein Sohn, der die Tür ins Schloß schmiß und ihr obendrein noch einen lauten Tritt verpaßte.

»Warum streitet Lincoln und du euch immer, Papi?«

»Weil ich glaube, daß er bestimmte Sachen tun soll, aber er meint, er hat das nicht nötig. Komm, du bist dran.«

Es wurde sieben Uhr, und er war nirgends zu sehen. Ich wartete noch eine weitere halbe Stunde, bevor wir gingen. Während ich mir gleichzeitig Gedanken darüber machte, was ich mit ihrem Bruder tun sollte, versuchte ich, mit Greer so ruhig und gutgelaunt wie möglich umzugehen. In sein Zimmer zu kommen, war kein Problem – eine Woche, nachdem er das Schloß an der Tür angebracht hatte, ließ ich einen Schlosser kommen, der mir eine Kopie des Schlüssels anfertigte. Was ich Mary gesagt hatte, war wahr – ich war erst einmal in seinem Zimmer gewesen, seitdem das Schloß dort war, aber ich hatte ebenfalls schon lange aufgehört, unserem Sohn zu vertrauen, und hielt den Extraschlüssel für notwendig. Niemand wußte, daß ich ihn hatte, nicht einmal Lily.

Massen und Macht war voller schöner Menschen, als wir ankamen. In den Jahren, seit ich Lily kannte, war es zu einem der In-Lokale in Los Angeles geworden, wo sich Leute trafen und sehen ließen. In Zeitgeistmagazinen standen Artikel darüber, der Parkplatz war ständig voll mit den entsprechenden deutschen, englischen und italienischen Wagen mit Nummernschildern, auf denen Sachen standen wie »L.A.-Typ«, und es war schwer, eine Tischreservierung zu bekommen, wenn man nicht wichtig war. Ibrahim und Gus waren trotz ihrer nicht enden wollenden Streitereien immer noch zusammen, aber ich mochte sie nicht mehr so sehr, denn sie hatten sich mit ihrem Erfolg verändert. Auf der einen Seite arbeiteten sie zu hart, um gelassen zu sein. Auf der anderen Seite waren beide offen opportunistisch. Das zeigte sich daran, wie sie mit ihrer zunehmend berühmten Klientel umgingen. Wenn man jemand war, stand immer ein Tisch zur Verfügung. Wenn nicht, gestatteten sie einem vielleicht, an einem der Tische hinten in der Nähe der Küche zu sitzen. In dem Niemandsland, das Gus die »Tischhölle« nannte. Es war nur noch wenig von der ursprünglichen Wärme und fröhlichen Raserei zu spüren, die für das Lokal so wertvolle Wahrzeichen waren, als ich es anfangs kennenlernte. Vor einigen Jahren hatte es wegen dieser grundsätzlichen Stimmungsänderungen eine Palastrevolte gegeben. Die Geschwister Band und

Mabdean Kessack kündigten, denn es gefiel keinem von ihnen, wie elitär und falsch ihre Chefs geworden waren. Ibrahim ersetzte die Frauen durch ein homosexuelles Paar, Ace und Berndt, zwei todschicke Snobs, aber sehr tüchtig.

»Hallo, ihr. Wo ist Lincoln?« Lily hatte die Arme voller Speisekarten, und ihr Haar, das sehr viel länger geworden war, stand in alle Richtungen ab. Wir küßten uns, dann bückte sie sich zu Greer hinunter und tauschte ein paar dicke Küsse mit ihr.

»Er ist bei seinen Freunden. Er kommt vielleicht später noch vorbei.«

Sie warf mir einen ihrer »Ist es so, wie ich es mir denke?«-Blicke zu, und ich nickte. Sie verzog das Gesicht und seufzte. »Er ist immer so gern hergekommen, weißt du noch? Wir haben uns zusammen amüsiert. Erinnerst du dich daran, wie Mabdean ihm immer diese Spezialpizza machte?«

»Und seine Geburtstagsparty mit den Schlangen?«

»Goldene Zeiten in *Massen und Macht*. Wie sehr ich mir wünschte, es wäre heute noch so. Habt ihr Hunger?«

Einer der Kellner kam zu uns und zeigte uns mit der Andeutung eines Kopfnickens an, daß er uns erkannte, redete aber gleichzeitig in einem drängenden Flüsterton mit Lily.

»Sag ihr einfach, daß es nicht auf der Speisekarte steht, Berndt. Ich verstehe das Problem nicht.«

Er schaute sie beleidigt an, als hätte sie ihn gefragt, ob er gefurzt hätte. »Das Problem ist, daß ich ihr das gesagt *habe*, aber sie bestand darauf, daß wir es ihr wieder machen, weil wir es früher servierten.«

»Tut mir leid. Sie soll essen, was auf der Speisekarte steht, wie alle anderen auch.«

»Gus könnte sich darüber aufregen, wenn er hört, daß du nein gesagt hast. Er liebt die Show dieser Frau.«

»Darüber mache *ich* mir dann Sorgen. Bitte mach es so, wie ich gesagt habe.«

Er blitzte ihr ein zickiges kleines Lächeln zu und ging weg. Lily kratzte sich am Kinn. »Ich vermisse Sullivan und Alberta mindestens zehnmal am Tag, und das jeden Tag. Es ging mal soviel fröhlicher hier zu. Es war einmal ein Restaurant, da hätte man dieser Schauspielerin gemacht, was sie wollte, weil wir so aufgeregt gewesen wären, daß sie da war. Aber das ist nicht mehr.«

»Mam, können wir jetzt essen?!«

»Ja, Liebling. Laßt uns einen Tisch finden.« Während Lily uns durch das vollbesetzte Restaurant führte, drehte sie sich um und fragte: »Wo *ist* seine Majestät?«

»Das Letzte, was ich von ihm sah, war, als er mit Mickey und Minnie ins Unbekannte schlurfte. Wir gerieten an der Tür aneinander, und ich habe ihm gesagt, er soll nicht so klugscheißerisch tun.«

»Ich bin sicher, das hat ihm gefallen. Hier, setzen wir uns hierher. Hast du ihn vor seinen Feunden blamiert? Du weißt ja, wie er das haßt.«

»Er haßt die meisten Sachen. Das ist das Problem.«

»Manchmal haßt er *dich*, Papi.«

»Ich weiß, aber das kommt schon mal vor, wenn zwei Kerle sich mit den Köpfen stoßen, wie wir's tun. Du weißt ja, wie wir uns streiten können.«

»Was hast du ihm gesagt, daß er ausfällig geworden ist?«

»Daß er um eine bestimmte Zeit daheim sein soll, damit wir zum Abendessen ausgehen können. Er hat gesagt, er hätte keinen Hunger. Ich habe gesagt, *komm* nach Hause. Das war unsere ganze Diskussion. Sieht so aus, als hätte er sich dann doch gegen uns entschieden.«

»Mam, Lincoln hatte sein ›Ficken‹-T-Shirt an.«

»Danke, daß du mir das mitgeteilt hast, Greer, aber du weißt selbst, daß du mir das nur gesagt hast, damit du dieses Wort wieder sagen kannst. Glaub bloß nicht, daß du mich reinlegen kannst.«

»Lil, ich hatte auf dem Weg hierher ein paar Einfälle für die Cartoons. Ich würde gern direkt nach dem Essen zurückfahren und daran arbeiten. Du hast doch heute Frühschicht, oder? Kann Miss Muffet mit dir nach Hause fahren?«

»Sicher. Wir müssen zuerst noch am Supermarkt vorbeifahren, aber du hast sicher nichts dagegen, ein bißchen länger aufzubleiben, oder?«

Während sie sich selbst laut Wörter aus der Speisekarte vorlas, schüttelte Greer den Kopf.

»Du siehst heute abend großartig aus. Das lange Haar steht dir wirklich gut.«

»Oh, Max, wirklich? Danke. Ich glaube, ich sehe heute aus, als wäre ich hundert Jahre alt.«

»Nein, du siehst toll aus. Du bist einer von den Menschen, die immer besser aussehen, je älter sie werden. Ich bin sehr froh, dich zu haben, weißt du das?«

Wir machten uns oft Komplimente. Ich kannte kein glücklicheres Paar. Weder daß sie Lincoln gestohlen hatte noch was aus ihm geworden war, konnte die Tatsache trüben, daß wir uns im Laufe der Jahre immer mehr liebten.

»Danke dir. Du bist ein guter Kerl, mir das zu sagen.«

»Es ist wahr. Was gibt's denn zum Abendessen?«

Obwohl es ein gutes Familienessen war, mit vielen Gesprächen, Gesten und Gelächter, suchten Lily und ich immer wieder den Raum ab, um zu sehen, ob der Junge gekommen war. Manchmal trafen sich unsere Blicke, und wir hoben hin und wieder eine Augenbraue, als wollten wir sagen »Was können wir tun? Der Junge kommt nicht.«

Aber er überraschte uns.

»Max, ich habe heute versucht, jemandem zu sagen, in wie vielen Zeitungen ›Büroklammer‹ erscheint. Sind es nicht an die dreihundert?«

»Ja. Eigentlich ein paar mehr, aber dreihundert ist okay.«

»Hallo *Mami.*«

»Lincoln! Hallo! Komm, setz dich.«

»Hallo Lincoln, willst du dich neben mich setzen?«

»Hallo Grrrreer. Nee, ich will neben Vati sitzen. Mitten im Herzen der guten alten *family*.«

Der Stuhl zu meiner Rechten wurde unter Krachen herausgezogen. Im Setzen schlug er mir auf die Schulter. »Alles klar, Max? Wie geht's unserem Versorger denn so?«

»Möchtest du etwas zu essen?«

»Ich hab doch schon gesagt, daß ich keinen Hunger habe. Ich bin nur gekommen, um euch zu treffen.« Er trommelte einen Takt auf den Tisch und sang dazu ein Lied, irgendwas wie »ich liebe meine *fam-i-ly*«. Wir schauten zu und warteten, aber er hörte nicht auf. Er sang lauter. Leute an anderen Tischen begannen herüberzustieren und schauten ihn sich ausgiebig von oben bis unten an. Als wir drei uns wieder unseren Nachtischen widmeten, sang er immer noch.

Greer sagte, sie müsse auf die Toilette, und Lily ging mit ihr hin.

Lincoln lächelte mich an. »He, Max, was ist der Unterschied zwischen einem Kühlschrank und einem Homosexuellen?« Er sagte es sehr laut, wollte, daß die Leute ihn hörten.

»Ich vermute, du wirst es mir gleich sagen.«

»Ein Kühlschrank furzt nicht dabei, wenn man sein Stück Fleisch rauszieht.«

Eine Frau am Nachbartisch schüttelte den Kopf und sagte: »Heiliger Himmel, wie *geschmacklos*!«

Ich lehnte mich vor und legte meine Hand auf seinen Unterarm. »Lincoln, hör auf damit. Was willst du eigentlich unter Beweis stellen? Du weißt doch, daß du hier nicht so reden solltest. Es ist beleidigend und völlig unangebracht.«

Statt einer Antwort steckte er einen Daumen in Greers Pfirsicheis, steckte ihn dann in den Mund und saugte daran. Es war so unpassend, dieses hoffnungslos versaute Kind am Daumen lutschen zu sehen. In übertriebenem Genuß schloß er die Augen. Mir wurde klar, daß ich in all den Jahren, die wir jetzt zusammen waren, diese unschuldige Geste zum ersten Mal bei ihm sah.

»Lincoln! Was machst du da? Was ist bloß los mit dir? Warum machst du jedesmal, wenn du jetzt hierher kommst, Ärger?« Ibrahim kam auf uns zumarschiert, er kochte vor Wut. Er war ein freundlicher Mann, aber er hatte von dem Benehmen des Jungen genug. Innerhalb der letzten zwei Jahre hatte unser Sohn hier eine Reihe von Szenen und fast Schlägereien provoziert. Häßliche Bemerkungen, Witze so ekelhaft und laut wie dieser eben, üble Sachen, die herausschrien, wie sehr er das Restaurant und alle, die damit zu tun hatten, verachtete. Wir hatten es schon lange aufgegeben, ihn zu bitten, uns zu begleiten, aber oft genug schloß er sich einfach an, und es endete meistens damit, daß er Ärger machte. Wir hatten keine Erklärung dafür, außer seiner äußerst aggressiven Homophobie. Ich wollte ihn heute abend nur deshalb dabei haben, weil ich sicher sein wollte, daß er nicht zu Hause war, wenn ich mich auf die Suche nach der Pistole machte.

»Das ist das Ende. Jetzt habe ich die Nase von dir voll. Du hast nicht das Recht, uns so zu behandeln, Lincoln. Du machst alle Menschen, die dich lieben, zu Krüppeln. Du schneidest uns die Beine ab, und dann schneidest du uns unsere Herzen heraus. Liebe reicht sehr weit, Mister, aber es ist nicht das Universum. Irgendwo hört sie auf, und das ist dann das Ende.«

»Ich bemüh mich, mir das zu merken.«

Als Ibrahim weg war, fragte mich Lincoln, ob wir nach draußen gehen könnten, um uns allein zu unterhalten. Ich stimmte zu und bat auf dem Weg einen Kellner, Lily zu sagen, wir wären in ein paar Minuten zurück.

Als wir vor dem Restaurant standen, steckte sich der Junge die Hände in die hinteren Taschen seiner Jeans. »Ich *weiß* es, Maxie. Ich weiß alles! Ich habe heute abend alles rausgefunden. Heute abend. Es ist unglaublich, wie sich dein ganzes Leben innerhalb von einer Sekunde von hier nach ganz ganz ganz weit *draußen* bewegen kann. Unglaublich. Ein richtiger Hirnriß. Aber ich kenne jedes einzelne deiner dreckigen, beschissenen Geheimnisse!« Er war richtig fröhlich. Wenn ich nicht gewußt hätte, was los war, hätte mich sein Gesichtsausdruck reinster Freude geschockt. »Ich kann's nicht glauben. Ich kann nicht glauben, daß du mir in all den Jahren nichts gesagt hast. Hättest du's? Hättest du es mir je erzählt?«

»Ich weiß nicht.«

»Du Scheißkerl, Max. Leck mich für den Rest deines vollgeschissenen Lebens am Arsch. Scheiß auf Lily und all die Lügen und alles, was mit euch zu tun hat. Willst du, daß ich was für euch tu? Das werdet ihr bezahlen. Von jetzt an wirst du für *alles* zahlen, du Wichser.«

»Wie fühlst du dich?«

Er dachte einen Moment lang nach. »Ich fühle mich ... Ich fühle mich unheimlich. So als wäre mein Leben bis jetzt auf einem anderen Planeten gelebt worden, und es wäre gerade erst hier gelandet. Irgendwie so ähnlich. Ich bin sicher, du kannst verstehen, was ich meine, *Dad*.«

»Ja, ich verstehe dich.«

»Klar. Echt gut. Ich wollte dir das nur sagen, Max. Aber ich glaube nicht, daß ich deine Frau im Moment darüber in Kenntnis setzen will, sagen wir, ein ›Elternteil‹ reicht fürs erste.«

Ich verstand nicht, was er meinte, aber ich hatte auch keine Zeit, ihn zu fragen. Ein wunderschöner silberner Mercedes fuhr auf der anderen Straßenseite vor und hielt an. Die Hupe ertönte. Lincoln winkte ihm zu. »Ich mach jetzt die Fliege. Wir, wie soll ich sagen, sprechen uns später, okay?«

»Wohin gehst du?«

»Muß mit Elvis ein paar Sachen erledigen.«

»Elvis? Ist er das da im Wagen? Er hat gar keinen Mercedes.«

»Gehört einem Freund.«

»Lincoln, bleib! Wir müssen uns unterhalten –«

»Einen Scheiß müssen wir!« Ohne sich umzusehen rannte er in den Verkehr. In der Mitte der Straße blieb er stehen und drehte sich zu mir um, dann zum Mercedes, und rief über seine Schulter: »Von jetzt an machen wir's so, wie ich es will, Papilein. Immerhin kenne ich jetzt *das große Geheimnis*. Genau seit heute. Es ist wie meine verwichste Bar-Mizwa! Heute wurde ich zum *Mann*!« Er warf beide Arme in die Höhe, die Hände zu Fäusten geballt, schüttelte sie gen Himmel und heulte wie ein Wolf. Autos fuhren langsamer, weil man etwas sehen wollte. Ein Fahrer heulte zurück. Ein anderer trat aufs Gas, um von diesem wütenden Punk wegzukommen. Elvis hupte immer wieder. Ich trat auf die Straße, wurde aber von einem heranbrausenden Motorrad gestoppt. Auf der anderen Seite ging Lincoln um den Mercedes, bückte sich, verschwand, und der silberne Wagen röhrte davon, noch bevor ich gehört hatte, daß die Beifahrertür ins Schloß gefallen war.

Ich lief zurück ins Restaurant und sagte Lily, ich müsse umgehend nach Hause, gab keine Erklärung. Ich mußte an seine Pistole kommen. Was würde er an dem Tag machen, an dem er erführe, wer er war? Vielleicht durchdrehen. Oder etwas Verrücktes tun. Vergiß, was Mary gesagt hat. Ich mußte vor ihm an diese Pistole ran und sie an einen sicheren Ort bringen. Dann könnten wir uns unterhalten. Reden und reden, bis ich ihm die Zusammenhänge, so gut ich konnte, klargemacht hätte.

Auf Wilshire Boulevard war ein böser Unfall geschehen, und die bekannte unheilvolle Mischung aus wirbelnden Lichtern auf den Polizei- und Ambulanzfahrzeugen plus einem flackernden orangefarbenen Leuchtfeuer auf dem Boden machte die frühabendliche Szene noch neonhafter und häßlicher. Zum ersten Mal seit Jahren erinnerte ich mich an einen Tag aus meiner Kindheit. An einem Sonntag im Sommer, noch bevor Saul geboren wurde, nahmen meine Eltern mich mit in den Palisades Park in New Jersey. Ich war um die sieben und hatte noch nie einen Vergnügungspark besucht. Der Tag wurde ein voller Erfolg und hätte eigentlich eine von diesen Kindheitserinnerungen werden sollen, die einem lieb und teuer sind, denn ich vergnügte mich so sehr und erlebte mehr, als zehn Jungen hätten verkraften können. Aber Vergnügen ist manchmal nicht so unvergeßlich wie der Tod.

Auf der Fahrt nach Hause, schon auf der anderen Seite der Tappan Zee Brücke, gerieten wir in einen enormen Stau und wurden zum Halten gezwungen. Die Autoschlange war viele Kilometer lang, und wir bewegten uns so langsam, daß mein Vater den Motor mehrmals abstellen mußte, damit der Wagen nicht zu heiß wurde. Aber im Radio übertrug man ein Baseballspiel, meine Mutter hatte ihr Strickzeug dabei, und wenn jemand Hunger bekam, so hatten wir im Picknickkorb auch noch ein paar Sandwiches übrig. Wir waren fröhlich. Vati und ich folgten dem Spiel eine Weile, aber ich war von dem Tag und dem Sonnenbrand, den er mir verpaßt hatte, so müde, daß ich mich auf den breiten Rücksitz legte und einschlief.

Ich weiß nicht mehr, wie lange ich schlief, aber plötzlich wurde ich von Mams Stimme geweckt. »Mach einfach keinen Lärm, dann wacht er auch nicht auf.«

Vati pfiff still in sich hinein. »Ich habe seit Jahren keinen so schlimmen mehr gesehen.«

Ich öffnete die Augen, aber mit der Intuition eines Kindes wußte ich, noch bevor sie sich zu mir umdrehte, daß Mam gleich nach mir schauen würde. Als sie es tat, gab ich vor, fest zu schlafen.

»Max ist in Ordnung. Schläft noch. O mein Gott, Stanley! O mein *Gott*!«

Ich konnte dem Geheimnis nicht widerstehen. Was war hier los? Es wäre auch egal gewesen, wenn ich mich aufgesetzt und ebenfalls laut gerufen hätte, denn meine Eltern waren von der Szene draußen gebannt. Ich kroch über den Sitz, und als ich aus dem Fenster spähte, sah ich ein rauchendes Schlachtfeld von zertrümmerten Wagen, rotierende Lichter, Feuerwehrwagen, Menschen, die durcheinanderliefen. Polizeiblau, Feuerwehrgelb, Arztweiß.

Da waren Körper. Zuerst sah ich zwei zusammen unter einer Decke, ihre Füße schauten demütig heraus. Das Nächste und Erstaunlichste war das Kind, das nur zur Hälfte durch die Windschutzscheibe eines Wagens geschleudert worden war. Das war vor der Zeit, wo unzerbrechliches Sicherheitsglas in Autoscheiben Standard wurde. Es war ein Kind, dessen war ich mir fast sicher, denn trotz der Tatsache, daß es fast völlig von einer Schicht schillerndem Blut überzogen war, war der sichtbare Teil des Körpers kurz und dünn. Der obere Teil des Torsos steckte in der Windschutzscheibe, als wäre er vom Rücksitz aus abgeschossen, aber auf halbem Weg gestoppt worden. Ein kleiner Arm mit einer Armbanduhr hing hinunter. Ich konnte das weiße Zifferblatt sehen. Diesen kleinen weißen Punkt in all dem gemaserten, schimmernden Rot. Ein vollendeter weißer Kreis. Der Rest war Blut und zermatschtes, formloses Chaos. In Sekunden nahm ich alles wahr. Als meine Mutter sich wieder umdrehte, ließ ich mich in meine Schlafposition zurückfallen und wurde nicht ertappt. Ich hatte zu viel Angst, um noch einen Blick zu riskieren, und schon kurz danach waren wir an dem Unfall vorbei und beschleunigten wieder.

»Gib Gas, Kumpel.« Vier Jahrzehnte später hielt ein Polizist mit Helm eine Taschenlampe in der Hand und leuchtete mir ins Gesicht. »Du hast die Vorstellung gesehen, beweg dich.« Ich beschleunigte und dachte an mich als das siebenjährige Kind auf einem Rücksitz, das ich war, das tote Kind in der Windschutzscheibe und an meinen Sohn. Als ich nach Hause kam, waren weder in der Einfahrt noch vor dem Haus Wagen geparkt. Gut, aber das bedeutete noch gar nichts. Vielleicht hatte man ihn schon abgesetzt, und er war drinnen. Ich stellte den Wagen auf der Straße ab und atmete, während ich am Wagen stand, ein paarmal tief ein und aus, bevor ich mich auf den Weg machte. Was sollte ich sagen, wenn er da war?

Auf meinem Weg zum Haus gingen mir Fragen und Antworten durch den Kopf, bereitete ich mich auf alles vor, was er fragen könnte. Aber würde ihm irgend etwas Klarheit oder innere Ruhe geben, jetzt, da er alles wußte?

Ich war fast an der Tür, als ich sie sah. An der Vorderfront unseres Hauses führen einige Stufen zu einer Terrasse und der Eingangstür hinauf. Auf der Terrasse stehen, etwas nach hinten versetzt, Metallstühle, auf denen Lily und ich abends oft saßen und plauderten, wenn sie von der Arbeit kam.

Zwei kleine Jungen saßen auf diesen Stühlen. Ich stoppte, erstaunt darüber, dort oben jemanden zu sehen, wo ich wußte, daß unsere Familie nicht da war.

»Hi, Mr. Fischer!«

»Hallo, Mr. Fischer!«

Es waren zwei der Gillcrist-Jungen vom Ende der Straße. Nette Kinder, vielleicht neun und zehn Jahre alt. Immerzu sah man sie zusammen.

»Hallo, Jungs. Was macht ihr denn hier oben?«

»Edward hat mit mir gewettet, ob ich mich traue, hierherzukommen und mich auf Ihre Terrasse zu setzen.«

»Um was habt ihr gewettet?«

»Fünfundzwanzig Cents.«

Ich langte in meine Tasche, zog ein Geldstück heraus und gab es ihm.

»Wieso zahlen Sie denn? Ed hat verloren!«

»Halt den Mund, Bill! Wenn er zahlen will, kann er.«

»Ist irgend jemand ins Haus gekommen, seit ihr zwei hier seid?«

»Nein, Sir. Wir sind schon, ach ich weiß nicht, vielleicht eine halbe Stunde da.«

»Lincoln habt ihr auch nicht gesehen?«

»Nee.«

»Okay. Ja, dann macht euch jetzt mal besser auf den Heimweg. Es wird ganz schön spät.«

Edward stand auf und stupste seinen Bruder an, als der sich nur langsam erhob. Bill stupste zurück. Edward stupste –

»He Jungs!«

»Er fängt immer an!«

»Weil du doof bist!«

»Ich weiß, daß du's bist, aber was bin ich dann?«

Ich schaute ihnen zu und dachte, was wäre, wenn sie Lincoln und ich wären? Kinder, Brüder, zwei Jahre auseinander. Mein Blick verschwamm, und ich versuchte es mir vorzustellen. Mein Bruder Lincoln. Kleiner Bruder Lincoln, der mir überallhin folgte und mir auf die Nerven ging, aber gleichzeitig mein bester Freund war. Es war merkwürdig, aber als meine Augen wieder klar waren, sahen die Gillcrists immer noch so aus wie wir. Ich mußte die Augen mehrmals auf- und zumachen, bis das Bild verschwand.

Nervös schloß ich die Eingangstür auf und betrat das Haus. Es war ruhig und still, und die Zimmer rochen warm und muffig. Das normale, wunderbare Gefühl, das man empfindet, wenn man durch die Tür seines eigenen Hauses tritt, war verschwunden. Ich wohnte hier, aber er auch. Alltägliche Objekte, Dinge, die ich kannte und gewöhnlich, ohne über sie nachzudenken, benutzte, erschienen größer und hingen seltsam schief. Wie ein Bild, gegen das man gestoßen ist und das jetzt schiefhängt und ausgerichtet werden muß. Unser ganzes Haus fühlte sich schief an und ... erwartungsvoll. War das das richtige Wort? Als wartete es darauf zu sehen, was ich als nächstes tat. Draußen auf der Straße fuhr ein Wagen vorbei. Ich erstarrte und horchte darauf, ob er anhielte oder in die Einfahrt führe. Er fuhr weiter. Ich schätze, mir blieb etwa eine halbe Stunde, bevor Lily zurückkam.

»Lincoln? Bist du da?« Ich ging langsam durchs Haus, schaltete Lampen ein und war völlig von der absurden Vorstellung überzeugt, daß er sich vor mir verstecken würde, wenn er im Haus wäre. Daß er mich anspringen und zuschlagen würde, sobald ich ihm den Rücken zugewandt hätte. Obwohl das eher Greers Art war als seine, bewegte ich mich dennoch vorsichtig und rechnete damit, daß er überall herausspringen könnte. Mein Sohn der Schachtelteufel.

Ich schaute mich erst mal überall um, bevor ich mich etwas sicherer fühlte. Lächelte über mich selbst, weil ich hinter der Couch im Wohnzimmer und in einem viel zu kleinen Wandschrank in der Waschküche nachgesehen hatte. Aber Furcht kommt daher, daß dem Normalen plötzlich Fangzähne gewachsen sind. Nach den Eröffnungen des heutigen Tages war dieser Raum hinter unserem Sofa nicht mehr länger der unschuldige Ort, wohin Greers Tennisball gefallen war.

Ich holte meinen Schlüssel zu seinem Zimmer aus seinem Versteck. Er war mit Klebeband unter eine unbenutzte Küchenschublade geklebt. Nur auf Strümpfen ging ich durch den langen Korridor bis in den hinteren Teil des Hauses. Ich klopfte an seine Tür und rief erneut ein paarmal seinen Namen, um zu sehen, ob er da war. Keine Antwort. Ich hatte keine Zeit mehr zu verlieren. Ich öffnete sie, langte an die Wand und schaltete das Licht an. Wieder bildeten die völlige weiße Leere und die Ordnung von Lincolns Zimmer einen so düsteren Gegensatz zu dem, was vermutlich hier drinnen geschehen war und was hier versteckt wurde. Es war wie der falsche Friede einer leeren Gefängniszelle oder eines Raums in einer Anstalt.

Seine Kommode stand zehn oder fünfzehn Zentimeter von der Wand entfernt. Ich bückte mich, legte meinen Kopf auf die Seite und fuhr mit der Hand über die Rückwand des Dings. Bingo, da war's. Dreißig Zentimeter weiches glattes Holz, dann die verdächtige Schleife eines Klebebands, das sich am einen Ende löste. Dann die harten Kanten einer Pistole.

»Gott sei Dank. Gott sei Dank.« Ich riß sie los und zog sie heran. Abgesehen von dem, was ich in Filmen gesehen habe, verstand ich nichts von Pistolen, aber ich erkannte diese Form – es war eine Fünfundvierziger. Ob sie echt war oder nicht, blieb die nächste Frage. Ich wußte, daß die Japaner erstaunlich maßstabsgerechte Modelle von Pistolen herstellten, die so detailgetreu waren, daß man damit Experten hereinlegen konnte. Diese hier war erstaunlich leicht und hatte entweder einen Überzug oder war aus irgendeiner Art von Gummi oder Plastik gemacht. Eine Plastikpistole? Wie konnte das sein? Auf der linken Seite stand eingraviert »Glock 21 Austria 45 AUTO«. Auf der rechten Seite stand nochmals der

Name »Glock«, eine Seriennummer, die Adresse einer Firma in Smyrna, Georgia. Sie war erstaunlich leicht. Ich habe mich in der Nähe von Pistolen noch nie wohlgefühlt, aber diese war in ihrer einfachen Grobheit beeindruckend. Ich drehte sie immer wieder. Mit Vorsicht und nach vielem Nachdenken und Herumnudeln gelang es mir, unten einen Bügel zu öffnen. Sie war mit zwölf wunderschönen, goldenen Patronen gefüllt.

Bevor ich irgend etwas anderes tat, nahm ich das Telefon von seinem Schreibtisch und rief Mary Poe an. Während es klingelte, hielt ich die Glock in der Hand und drehte sie von einer Seite auf die andere, betrachtete sie über meinen Arm hinweg aus verschiedenen Winkeln. Was für ein Instrument. Was für ein einzigartiges Stück Maschinerie. Peng. Das ist alles. Nur dafür war sie da. Peng – ein großes Loch. Mary war nicht zu Hause, aber ich erzählte ihrem Tonband, daß ich die Pistole gefunden hätte, daß sie verdammt echt war und las die Seriennummer von der Seite ab. Ich wäre noch ein paar Stunden zu Hause, falls sie mich zurückrufen wollte.

Dann tat ich etwas Merkwürdiges. Ich steckte mir das Magazin in die Tasche und legte die Pistole mitten auf den Boden. Warum steckte ich mir nicht gleich das ganze Ding in die Tasche? Weil ich sie nicht in meiner Tasche wollte. Die Patronen waren schlimm genug, aber sie waren das häßliche Herz der Pistole, denn ohne konnte das Ding nichts weiter tun, nur daliegen und alles Licht und alle Energie in dem Zimmer aufsaugen wie ein schwarzes Loch im All.

Die Stille, die auf das Abschalten von schweren Maschinen folgt oder der auf einer großen Autobahn um drei Uhr morgens gleicht, wenn schon seit Minuten keine Wagen mehr vorübergefahren sind. Die Lautlosigkeit eines Flugzeugs, das kilometerhoch über dir fliegt und seine Spur mit einem weißen Kondensstreifen zieht. In diesen Dingen steckt soviel Lärm, daß ihre seltene Ruhe millionenfach leiser klingt. Es ist die Stille des Wartens, nicht der Vollendung. Jeden Moment wird der Lärm, der das Ding *ausmacht*, mit einem Dröhnen zurückkehren. So fühlte sich die Stille in Lincolns Zimmer an, nachdem ich den Hörer aufgelegt hatte.

Ich preßte meine Augen fest zusammen, ballte die Fäuste und senkte meinen Kopf auf die Brust. »Ich hasse das. Ich hasse es.« Dann begann ich zu suchen.

In einer Schublade waren drei Pakete mit Kondomen. Wie wunderbar! Er war vorsichtig! Wenn es nur so zahm und einfach gewesen wäre. Ich lächelte und dachte, daß ein Vater oder eine Mutter früher einen Wutausbruch darüber bekommen hätte, in der Schublade eines Sohnes Gummis zu finden. In einer anderen lagen ein Schmetterlingsmesser und ein Polaroidfoto von Little White, oben ohne. Sie hatte niedliche kleine Brüste und sah mit ihren beiden Armen in der Luft, in der klassischen ›Zeig den Bizeps‹-Pose, hübsch aus. Wie hieß sie gleich wieder? Ruth. Ruth Burnett? Burdette? Was würden ihre Eltern sagen, wenn sie dieses Foto sähen?

Und hier, was ich sonst noch alles fand: Eine Postkarte mit einem Penis und haarigen Eiern und einer schwarzen Brille auf dem Schwanz, so daß es in dieser Kombination aussah wie das Gesicht eines Mannes mit dichtem Bart. Auf der Rückseite stand: »L. Wenn ich tot bin, kannst du mir einen blasen.« In seiner Schreibtischschublade ein weiteres Messer und eine Patrone, zwei unscharfe Polaroids von anderen Handfeuerwaffen, von denen ich annahm, daß sie entweder Lincoln oder seinen Freunden gehörten.

Das Telefon klingelte. Ich erschauerte und mußte mir die Lippen anfeuchten, bevor ich antwortete. »Hallo?« Es wurde eingehängt. Ich riß mir den Hörer vom Ohr, ich schrie hinein: »Scheißkerl! Arschloch! *Verrecken sollst du!*« Solche Leute sollten sich entschuldigen! Irgendwas sagen. Zum Beispiel »Bitte, entschuldigen Sie, es tut mir leid, ich habe die falsche Nummer gewählt«. Egal was, nur damit ich Bescheid wußte –

»Meins. O mein Gott, *mein* Zimmer!« Als ich mich vorher im Haus umgesehen hatte, war ich nicht in meinem Zimmer gewesen, denn ich hatte angenommen, Lincoln würde nicht hineingehen, denn das tat er nie. Ich legte das Telefon auf und schaute auf meine Uhr, sah mich um und versicherte mich, daß ich nichts durcheinandergebracht hatte, denn er sollte nicht wissen, daß ich in seinem Zimmer gewesen war. Er war so geheimnistuerisch und intrigant, daß ich sicher sein konnte, daß er Haare über die Tür gelegt oder andere Fallen aufgestellt hatte, um umgehend zu erfahren, ob sich jemand in seinem Zimmer umgesehen hatte. Aber darüber konnte ich mir im Moment keine Gedanken machen. Es sah gut genug aus. Ein letzter Blick, die Schubfächer waren geschlossen, die Fotos lagen, wo ich sie gefunden hatte, die Schranktür war zu, nichts auf dem Schreibtisch. Okay, raus hier! Mist, die Pistole! Ich hatte die verfluchte Pistole auf dem Boden vergessen und war gerade dabei, sie dort liegenzulassen.

»Clever, Max. Sehr intelligent.« Ich hob die Glock auf, knipste das Licht aus und verließ das Zimmer. Draußen schloß ich die Tür wieder ab und ging den Korridor entlang. Wie gefährlich und falsch das ausgesehen haben muß. Was stimmt an diesem Bild nicht? Warum schleicht Max Fischer mit einer 45er in der Hand durch sein Haus? Wen will er erschießen?

Wo steckten Lily und Greer? Im Supermarkt. Sie hatte gesagt, sie würden zuerst noch beim Supermarkt vorbeifahren und dann nach Hause kommen. Aber ich war so verwirrt, als ich hineinrannte, um ihr zu sagen, daß ich gehen mußte, daß sie möglicherweise in Panik geraten könnte und viel eher als geplant heimkommen. Ich hoffte nicht. Ich hoffte, sie bliebe weg. Ich hoffte, das Telefon würde noch nicht klingeln. Ich hoffte, daß mein Zimmer immer noch einfach nur ein Zimmer war und keine neue Krise.

Seitdem ich Lincolns Zimmer durchsucht hatte, war das Haus noch größer geworden. Ein kleines Bild an der Wand, das ich für Lily gezeichnet hatte, bäumte sich bedrohlich auf, ein gelber Teppich leuchtete so stark auf dem Boden, daß ich einen großen Schritt über ihn machte, weil ich ihn nicht betreten wollte. Man wurde kleiner. Man verlor die Perspektive, die Kontrolle. Etwas frißt einen von innen nach außen auf, und man kann nichts daran ändern. Es ist die eigene Angst.

An meiner Zimmertür legte ich die Hand auf den Knauf, verharrte einen Atemzug lang, drehte ihn, knipste das Licht an.

Nichts.

Nichts war berührt worden. Die Ordnung, die zu meinem Zimmer gehörte, die es schon immer ausgemacht hatte, bestand immer noch. Bis ich den Geruch bemerkte. Scheiße. Der Raum war sauber und ordentlich und stank ekelerregend nach Scheiße. Das Zimmer gehörte dem Gestank.

Es war auf meinem Schreibtisch. Zwei Dinge waren auf meinem Schreibtisch: einer von Lilys Lieblingstellern voller Scheiße und ein Foto, das oben drinsteckte. Daneben lag ein grüner Aktendeckel. Ich besaß nur einen grünen Ordner. Bewußt. Ich bewahrte ihn am Boden einer verschlossenen Eisenschatulle, ganz unten in einem verschlossenen Aktenschrank auf. In der Schatulle lagen neben dem grünen Ordner noch Kopien meines Testaments, Versicherungspolicen und wichtige Bankunterlagen. Lily wußte nichts von der Dose, nur unser Anwalt war informiert. Außer mir kannte niemand den Inhalt. Sollte ich plötzlich sterben, würde er sie informieren und ihr den zweiten Schlüssel übergeben. Ich hatte ihr nichts gesagt, weil ich wußte, daß sie sich mit aller Macht gegen die Existenz dieser Akte gesträubt hätte. Sie *war* gefährlich und belastend, aber ich hielt sie dennoch für einen wichtigen Bestandteil unseres Lebens und unserer Beziehung. Ich stellte mir einen Tag vor, wenn wir beide älter wären und gemeinsam die Papiere durchsähen. Ich glaubte daran, daß es uns beiden sehr viel bedeuten würde, alles nochmals mit sechzigjährigen Augen und Herzen zu erleben.

Die Akte war dick. Sie enthielt dreiundneunzig Seiten Information, die von dem Detektiv über Anwen und Gregory Meier zusammengetragen worden waren. Ebenfalls enthielt sie das Tagebuch, das ich von dem Tag an, als ich die Meiers in New Jersey besucht hatte, bis einen Tag vor Lilys Geständnis, ihren Sohn gekidnappt zu haben, geführt hatte. Nachdem sie mir einmal die Wahrheit gesagt hatte, empfand ich keine Notwendigkeit mehr, darüber zu schreiben, was ich für die Wahrheit *hielt*. Ich empfand keine Notwendigkeit, auch nur über irgend etwas zu schreiben. In diesem Moment damals hatte es sich von dem, was ich fürchtete, zu dem, was ich wußte, gewandelt.

Als Lincoln älter und weniger vertrauenswürdig wurde, hatte ich die Schatulle zweimal in ein Schließfach in unserer Bank gebracht. Sie jedoch dort zu verwahren hatte mich sehr unruhig gemacht, und so hatte ich sie beide Male wieder zurückgeholt. Um das Risiko einer Entdeckung zu verringern, hatte ich die »Lily Dokumente« ganz nach unten gelegt und sie mit Aktien und anderen langweiligen Papieren bedeckt, die für einen Neugierigen oder einen Dieb nicht von unmittelbarem Wert oder Interesse waren.

Selbst wenn man die Papiere von der Detektei las, hätte man vermutlich nur angenommen, daß ich ein ungewöhnliches Interesse an einem Ehepaar namens Meier hatte. Menschen, die auf tragische Weise ein grauenvolles Erlebnis nach dem anderen durchlebt und nur mit Mühen überlebt hatten, um auf den anderen Strand des Lebens zu krabbeln. Diese Fotokopien allein sagten gar nichts aus.

Es war mein Tagebuch. Ich könnte jetzt spezielle verfluchte Passagen daraus zitieren, aber wozu? Sie haben meine Fragen, meine Sorgen und meine Schmerzen aus jenen Tagen schon vernommen. Das Tagebuch, das Lincoln fand und las, sagte alles. Außer dieser einen *anderen* Sache, die ich in der Nacht von Lilys Geständnis erfuhr. Aber als ich die Scheiße und diesen tödlichen grünen Aktendeckel so ordentlich nebeneinander auf meinem Schreibtisch liegen sah, dachte ich nicht an diese eine andere Angelegenheit. Der widerliche Gestank wurde stärker, kam näher, ich mußte würgen. Ich ging weiter und setzte mich auf meinen Stuhl. Ich atmete durch den Mund, beugte mich nach vorne und zupfte das Foto oben aus dem glitzernden braunen Haufen. Es zeigte unseren Sohn auf eben diesem Schreibtisch hockend, wie er auf eben diesen Teller schiß. Er grinste in die Kamera und zeigte seinen Mittelfinger. Mit dicken fetten Lettern stand darauf geschrieben: »Guck mal, was ich gefunden habe!«

Das Telefon klingelte. Ich warf ihm einen Blick zu. Es schien hundert Kilometer weit entfernt zu sein, auf der anderen Seite des Schreibtischs. Ich hatte nicht die Kraft, die paar Zentimeter bis dorthin zu langen. Es klingelte wieder. Es klingelte wieder.

»Hallo?«

»*Daddy*!« Seine Stimme klang so fröhlich. »Ich dachte mir, daß du *jetzt* zu Hause wärst. Meine Nachricht gekriegt? Muß inzwischen ganz schön reif sein. Was hast du unserer alten Lily erzählt, daß du so schnell nach Hause mußtest? Denk mir mal, du bist mit einem Affenzahn rübergerast, um zu sehen, ob ich da bin, was?«

»So ähnlich. Lincoln –«

»Halt's Maul. Ich will kein Wort von dir hören. Wenn du anfängst zu reden, hänge ich ein. Ich bin am Flughafen. Ich habe mir deine zweite Visakarte genommen und werde sie eine Weile benutzen. Ich hab mir schon ein paar hundert Dollar aus einer Maschine geholt. Sicher haste nicht gewußt, daß ich deine Geheimzahl kenne, oder doch? Ruf *bloß* Visa nicht an und laß die Karte sperren, klar?«

»Ja, benutze sie, aber hör mal –«

Seine Stimme wurde zutraulicher. »Gut, alles klar. Ich nehme in zehn Minuten ein Flugzeug nach New York. Nur damit du und *Mami* Bescheid wißt und ihr euch keine Sorgen macht. Dann besorge ich mir einen Wagen und fahre raus und statte Mr. und Mrs. Meier einen Besuch ab. Wir müssen uns mal lang und ausgiebig miteinander unterhalten.«

»Lincoln –«

»Halt dein dämliches Maul! Ich red mit denen, und dann werde ich mir über dich Gedanken machen. Vielleicht. Aber nur vielleicht komme ich wieder, vielleicht nicht. Versuch *nicht*, mir zu folgen.

Abgesehen davon geht das nächste Flugzeug nach New York erst wieder in drei Stunden. Ich hab's nachgeschaut. Selbst wenn du's versuchst, es nützt dir nichts.

Bleib weg. Das schuldest du mir, du Arschloch. Du und Lily, ihr schuldet mir noch viel mehr als das. Bleibt weg von mir, bis ich mich wieder mit euch in Verbindung setze. In der Zwischenzeit kommt das einzige Geld, das ich habe, von deiner Kreditkarte, also laß sie nicht sperren.«

Ich mußte ihm die eine Sache sagen. Ich mußte es darauf ankommen lassen. »Lincoln, die Meiers –«

»Fresse!« Die Leitung war tot.

Bevor ich etwas anderes tat, nahm ich den Teller von meinem Schreibtisch, schüttelte, was darauf war, in die Toilette und zog ab. Dann spülte ich den Teller unter frischem Wasser ab, bis er wieder sauber war. Nicht gut genug. Ich trug ihn zur Spüle in der Küche, kippte Geschirrspülmittel darauf und ließ ihn da in diesem chemischen Bad ein paar Minuten lang stehen, bevor ich ihn mit brühheißem Wasser abspülte. Immer noch unzufrieden, stellte ich den Teller in die leere Geschirrspülmaschine und stellte sie an. Ich frage mich, was Lily später gedacht haben mag, als sie die Tür öffnete und nur einen Teller sah. Seltsame Dinge schlichen in jener Nacht durch das Haus der Fischers.

Ich wollte nicht zu Hause sein und Lily mitteilen müssen, was sich innerhalb der letzten Stunden hier zugetragen hatte. Kurze Zeit erwog ich, alles zuzugeben, auch die Tatsache, daß Lincoln alles wußte, weil er das Tagebuch gelesen hatte, das ich jahrelang vor ihr versteckt gehalten hatte. Aber das würde eine Diskussion in einer Nacht erfordern, in der wir stundenlang alles abwägen, uns streiten und hoffentlich zu einem friedlichen Ergebnis darüber gelangen konnten, warum ich das Buch überhaupt behalten hatte. Dazu blieb jetzt keine Zeit. Lincoln würde in wenigen Minuten ein Flugzeug nach New Jersey besteigen und mit den Meiers tun, was immer er sich in seinen verfluchten Kopf gesetzt hatte, wenn er einmal da war.

Ich rief die Flugauskunft am Flughafen in Los Angeles an. Der Junge hatte die Wahrheit gesagt – die Maschine, die gerade kurz vor dem Abflug stand, war die einzige in drei Stunden. Es gab auch keine Flüge nach Newark. In einer Stunde einen nach Hartford, nach Philadelphia in zweien. Beide Städte waren zu weit entfernt und nützten nichts. Ich brauchte New York oder New Jersey, aber für einhundertachtzig Minuten plus Flugzeit war weder das eine noch das andere möglich. Einen Moment lang hatte ich die Hoffnung, daß eine Autovermietung einem Sechzehnjährigen keinen Wagen vermieten würde, obwohl er eine gültige Kreditkarte dabei hatte. Stimmt doch, oder? Er wird im Flughafen bleiben müssen, bis er eine andere Möglichkeit gefunden hat, und das verschafft mir die bitter nötige Zeit. Andererseits handelte es sich hier um denselben jungen Mann, der eine geladene 45er Pistole mit Klebeband hinter seiner Kommode versteckt hielt und mein geheimstes Geheimnis entdeckt hatte. Was natürlich bedeutete, daß er findig genug war, um seinen Weg nach Somerset, New Jersey, sehr viel schneller als ich zu machen.

Da ich keine Ahnung hatte, ob sie immer noch dort lebten, war der nächste Schritt, die Auskunft in New Jersey anzurufen und mich zu erkundigen, ob Anwen und Gregory Meier immer noch in Somerset wohnten. Taten sie. Verflucht noch mal, sie taten's. In diesem seltsamen und unheimlichen Haus, das als Ersatz für ihr verlorenes Kind dienen sollte.

Ich saß da und dachte nach, dann rief ich hoffnungsfroh ein paar verschiedene Charterlinien an, die im Telefonbuch aufgelistet standen, und fragte, wieviel es kosten würde, eine Privatmaschine und einen Piloten zu mieten, um nach Osten zu fliegen. Die Preise waren irrsinnig, aber ich war bereit es zu tun, bis sie sagten, sie benötigten mindestens drei Stunden, um alles vorzubereiten. Ich rief die Flughäfen in Burbank, Sacramento und San Francisco an. Nichts. Es gab von diesen Orten aus Flüge nach New York, aber nicht die nötigen Verbindungen, um mich rechtzeitig hinzubringen.

Nur Sekunden, nachdem ich das Telefon nach dem letzten überflüssigen Anruf eingehängt hatte, klingelte es wieder. Ich betete, daß es Lincoln war, damit ich ihm die eine wichtige Sache mitteilen konnte, die er nicht wußte. Ich riß den Hörer hoch und hörte doch nur Mary Poes Stimme.

»Hallo?«

»Max, Mary. Ich rufe dich vom Autotelefon aus an, die Verbindung ist also schlecht. Lincolns Pistole ist auf alle Fälle echt, und sie ist gestohlen. Die Seriennummer sagt uns, daß sie Teil einer Ladung von Waffen auf einem Lastwagen war, der vor sechs Monaten in Florida entführt worden ist. Es handelt sich hier auch um eine Pistole aus der oberen Spielklasse, absolute Superpower

Kacke. Terroristen bevorzugen Glockpistolen, weil sie zum größten Teil aus Kunststoff sind und sich deshalb an Metalldetektoren auf Flughäfen vorbeischmuggeln lassen. Das ist keine Saturday Night Special, Max. Es ist die Art von Knarre, die einem Schüttelfrost macht, selbst wenn man selbst eine Pistole trägt. Aber du sagst, sie sei immer noch da? Dann ist alles in Ordnung. Nimm sie einfach an dich und leg sie dir auf den Schoß oder steck sie in den Safe, bis Bubi heimkommt.«

Ich beendete das Gespräch so schnell ich konnte, nachdem ich sie darum gebeten hatte, Lily nichts von der Pistole zu erzählen. Da ich keine Vorstellung davon hatte, wie lange ich in New York bleiben würde, ging ich in unser Schlafzimmer und packte mir eine kleine Tasche mit Jeans, ein paar Hemden, Unterwäsche... genug für drei oder vier Tage. Ich wußte, ich mußte Lily eine Nachricht schreiben und ihr ein bißchen von dem erklären, was hier vor sich ging, damit sie nicht verrückt wurde vor Sorge, wenn sie zurückkam und keinen von uns beiden antraf. Aber was konnte ich sagen? »Ich renne unserem Sohn hinterher, denn er hat herausgefunden, daß er gekidnappt worden ist...« Was *konnte* gesagt werden? Ich hatte keine Zeit, darüber nachzudenken. Ich schrieb, daß er möglicherweise mit Elvis und Little White zusammen ausgerissen sei. Ich würde versuchen, ihn zu finden, bevor etwas Schlimmes passierte. Darum war ich auch vorher so aus dem Restaurant gerannt – weil er mir gesagt hatte, er hätte die Nase voll von uns und wolle sein eigenes Leben leben. Es war die Art von Lüge, die genug ausließ, um fast wahr zu sein. Sie würde darauf hereinfallen, und das war alles, was ich im Moment hoffen konnte. Lily war stur in bezug auf Lincoln, aber nicht dumm. Sie wußte, wie voller Wut er steckte und wie unangenehm er sein konnte. Zu hören, daß er ausgebüxt war, würde sie nicht erstaunen. Ich schrieb, ich riefe sie sofort an, wenn ich etwas wisse.

Ich lief aus dem Haus, schloß die Tür ab, schaute gedankenlos durchs Wohnzimmerfenster und stellte fest, daß ich einige Lampen angelassen hatte. Eine Erinnerung flimmerte durch meinen Kopf, wie ich einmal eine Glühbirne in einer dieser Lampen ausgewechselt hatte und wie ich Greer gerufen hatte, bitte in die Küche zu gehen und mir eine neue Birne zu holen. »Ja, Papi.« Das weiche Geräusch ihrer Füße, die in Hausschuhen steckten, wie sie über die Teppichböden lief und im entfernten Teil des Hauses ihre Mutter um eine Birne für Papi bat. Wie wohl unsere Leben beim nächsten

Mal aussähen, wenn ich in unserem Zuhause wieder eine Glühbirne auswechselte? Wieviel Zeit wohl verginge, bis es wieder geschah?

Im Gegensatz zu allen angsteinflößenden Aussichten war der Abend in Los Angeles lieblich und duftig. Es wäre angenehm gewesen, auf der hinteren Terrasse zu sitzen, ein Glas Brandy zu trinken und leise bis spät in die Nacht hinein zu reden. Das taten wir oft. Genau wie Lincoln vor einigen Jahren würde Greer auf unserem Schoß einschlafen. Wir würden sie nicht wecken. Es wäre zu schön, dort zusammenzusein. Als er noch lebte, lag der Windhund neben unseren Stühlen mit weit von sich gestreckten Beinen auf der Seite. Als Greer sehr klein war, lebte er noch. Mehr als einmal betrat er eins der Zimmer und sah dieses winzige Mädchen dicht vor sich stehen, aber sie berührte ihn nie.

»Cobb! Mein Gott.« Mir fiel etwas Verblüffendes ein, als ich an unseren Hund dachte. Lincoln war der einzige Mensch, der den alten Exzentriker berühren durfte. Bis der Junge eines Tages weinend ins Haus gelaufen kam und sagte, der Hund hätte gerade nach ihm geschnappt. Keiner von uns mochte das glauben, denn wir kannten ja ihre besondere Beziehung. Wir versicherten ihm, daß der Hund wahrscheinlich nur geschlafen hätte und mitten aus einem bösen Traum erwacht sei. Alle drei gingen wir hinaus und suchten ihn. Wir wollten wissen, was los war. Er lag auf seinem Lieblingsplatz – auf den warmen Steinen des Patio. Wir sagten Lincoln, er solle hingehen und versuchen, ihn wieder zu streicheln. Als er sich bückte, um den grauen Riesen zu berühren, knurrte oder brummte der Hund. Es klang nicht freundlich. Das war das Ende einer Ära. Von diesem Moment an, bis zu seinem Tod, ließ er es nicht mehr zu, daß ihn irgendeiner von uns berührte, nicht einmal sein junger Kumpel. Er streckte immer noch mit diesen langen, langsamen Wischern seine Zunge heraus, von denen Lily behauptete, es seien Küsse, aber er wollte nicht mehr angerührt werden. Wann war das? Als ich zum Wagen ging, versuchte ich mich daran zu erinnern, wann genau diese Veränderung mit ihm vorgegangen war. Es muß geschehen sein, kurz nachdem Lincoln und ich Blutsbrüder geworden waren. Oder vielleicht auch nicht. Mein Verstand raste so schnell und versuchte so viele verschiedene Fäden zu verbinden, daß es nicht nur nicht hilfreich, sondern gefährlich war. Ich dachte mir einen Satz aus, der für mich zu einer Art von immer anwendbarem Gebet geworden ist: »Ich will Ruhe und nicht Kontrolle.« Als ich aus der Einfahrt setzte – das Fenster war unten, denn ich brauchte eine kühle Brise im Gesicht – konnte ein Teil von mir immer noch nicht glauben, daß ich unmittelbar davor stand, quer übers Land zu fliegen, um meinen Sohn zu verfolgen, der zu schnell zu viel herausgefunden hatte und genau das tat, was er nicht sollte.

Ich drehte das Lenkrad und wiederholte mir immer wieder: »Ich will Ruhe und nicht Kontrolle.« Den ganzen Wilshire hinunter, mich durch die roten und gelben Rücklichter windend, sagte ich es mir immer wieder vor. Den La Cienega Boulevard hinunter und hinaus zum Flughafen: »Ich will Ruhe und nicht Kontrolle.«

Im Wagen war fast kein Tropfen Benzin mehr. Ich fuhr auf eine Tankstelle und hielt an einer Selbstbedienungssäule. Der Mann an der Kasse schaute mich durch ein Fernrohr hindurch an. Keine zehn Meter weit weg, benutzte er ein Fernglas, um zu prüfen, ob ich ihn berauben würde. Es war eine großartige Idee für »Büroklammer«. Aber das Leben, in dem ich diesen Job innehatte, schien mir so weit entfernt wie die Elfenbeinküste. Ich ging zum Kassenhäuschen und schob eine Zwanzigdollarnote unter einer kugelsicheren Scheibe durch, die dick genug war, eine Cruise Missile zu stoppen. Der Mann hielt den Geldschein gegen das Licht, um zu prüfen, ob er falsch war. Sein Gesicht war voller Mißtrauen. Wie oft war er schon ausgeraubt oder einfach bis auf die Knochen verängstigt worden?

»Wir kriegen jede Menge falsche Zwanziger.«

»Kann ich mir vorstellen.«

Meine Mutter pflegte zu sagen: »Wenn du dich schwarz ärgerst, siehst du schwarz.« Auf der Fahrt zum Flughafen in jener Nacht folgte eine Szene von Sorge oder Angst oder Hölle auf die nächste, und begonnen hatte es mit dem Mann mit dem Fernglas. War es Zufall, daß ich mitten auf der Straße einen schreienden, betrunkenen Mann stehen sah oder zwei Polizeiwagen mit quietschenden Bremsen vor einem Haus halten sah, und daß die Polizisten, die heraussprangen, nach ihren Pistolen griffen? Weiter unten stand eine Gang von schwarzen Jungs vor einem Fatburger. Alle trugen sie die gleichen schwarzweißen Baseballkappen und Windjacken der Oakland Raiders. Es müssen an die fünfzehn von ihnen gewesen sein, alle in dieser Einheitsuniform, und alle sahen sie aus, als wären sie bereit, jemanden umzubringen. Die Straße wurde breiter und stieg in Richtung auf die von Ölquellen bedeckten Hügel langsam an. Die Straßenlaternen kippten ihr unechtes grellorangefarbenes Licht über einen. Ich blickte zur Seite und sah häßliche, düstere Gesichter in den Wagen, die meinen überholten. Fahrer mit nach unten gebückten Köpfen wie Wiesel, kahlköpfige Ratten und lippenlose Frettchen schauten nach vorn und waren so versessen darauf, irgendwo anzukommen, daß selbst ihre Köpfe von der Übermacht der Erwartung wie zusammengedrückt wirkten. Ein kleines Kind auf dem Rücksitz eines Hyundai hatte seine Hände und seinen offenen Mund gegen das Fenster gepreßt. Eine wunderschöne Fahrerin mit langen blonden Haaren schaute mich mit völlig ausgebrannten Mich-interessiert-überhaupt-nichts-mehr-Augen an. War sie tot? War die Welt, die ich kannte, plötzlich so makaber und bedrohlich wegen all der Dinge, die heute abend mit meinem Sohn geschehen waren? Oder war es immer schon so gewesen, und ich war erst jetzt in der Lage, es mit verständnisvollen Augen zu sehen?

Ich gab Gas. Es dauerte noch lange, bis mein Flugzeug ging, aber ich mußte auf dem Flughafen sein. Ich brauchte die langen, sauberen Korridore, die Plastikstühle, auf denen man saß, ohne etwas zu sehen, und darauf wartete, daß die Zeit verging, bis man in die Maschine gelassen wurde, wo man noch für ein paar weitere Stunden ins Leere schaute.

Bevor man den Flughafen von L.A. sehen kann, sieht man die Flugzeuge, die zur Landung über die Autobahn gleiten. Sie wirken da enorm, fünfundzwanzig Meter über dem Boden und stetig weiter sinkend. Größer noch als wenn sie unten auf dem Terminal parken. Sie machen alles andere zwergenhaft, wenn sie langsam auf die Erde fallen. Man mag ihre Größe und die Tatsache, daß sie zahm sind, daß man mit einem fahren kann, wann immer man will.

Ich ließ den Wagen im Parkhaus für Langzeitparker und ging schnell zum Flughafengebäude. Es war ein Abend mitten in der Woche, und es herrschte nur leichter Verkehr.

So viele Gefühle an den Türen eines Flughafens. Umarmungen und Tränen, die Freude in den Gesichtern derer, die gerade gelandet sind und jetzt nach so vielen Stunden in einem Flugzeug in richtige Luft hinaustreten. Wagen fahren vor, fahren ab. Und vor allem muß alles schnell gehen. Eile, um hinzukommen, um da wieder rauszukommen. Die Welt im Zeitraffer. Wo steckte Lincoln jetzt? Auf seinem Weg quer übers Land, auf zwei Menschen zu –

»Ruf sie an! Ruf sie einfach an!« Das Nächstliegende fällt einem nicht ein, wenn man im Streß ist. Nach zwei Schritten innerhalb des Gebäudes kam mir die Idee, sie anzurufen und irgendwie zu warnen. Ich schaute mich verzweifelt nach einem Telefon um. Da drüben! Ich hatte mir eine Handvoll Kleingeld mitgenommen, als ich das Haus verließ, und das war gut, denn das hier würde ein verflucht teures Gespräch werden. Ich wählte die Auskunft in New Jersey und fragte in dieser Nacht zum zweiten Mal nach Gregory Meiers Telefonnummer. Diese gesegneten Druckknopftelefone. Wie lange es immer dauerte, wenn man es eilig hatte, aber die Wählscheibe an den alten Apparaten drehen, drehen und nochmals drehen mußte. Jetzt stoß, stoß, stoß ... und man ist durch. Es schien lächerlich, daß ich mich so unter Zeitdruck fühlte, wo Lincoln doch noch vier Stunden von seiner Landung entfernt war, aber ich war's. Die Verbindung wurde hergestellt, und fünftausendsechshundert Kilometer entfernt begann ihr Telefon zu klingeln.

»Hallo, Sie haben die Meiers erreicht, aber im Moment ist niemand zu Hause. Bitte, hinterlassen Sie Ihren Namen und eine Nachricht, und wir rufen zurück, sobald wir können. Vielen Dank für Ihren Anruf.«

Es folgte der Signalton und die auffordernde Stille, die von einem erwartet, daß man etwas sagt. Mir fiel nichts ein. Was sollte ich in einer Minute sagen? Wenn ich gesagt hätte: »Seien Sie vor einem Jungen auf der Hut, der zu Ihnen kommt. Er hält Sie für seine Eltern und könnte gefährlich sein« –, hätten sie vielleicht die Polizei gerufen, oder es hätte sie so verängstigt, daß sie die ganze Gelegenheit noch konfuser und schwieriger gemacht hätten. Was wäre, wenn *mich* jemand anriefe, den ich nicht kannte, und mir so was sagte? Ich würde entweder denken, es handle sich um einen üblen Scherz oder der Sprecher sei ein Sadist. Bevor ich dann abflog, versuchte ich noch viermal, sie zu erreichen, aber es antwortete immer nur ihr Anrufbeantworter. Was bedeutete das in bezug auf Lincoln? Ob sie wohl zu Hause wären, wenn er bei ihnen eintraf? Wenn nicht, wenn sie weggefahren wären und erst in einigen Tagen wieder zurückerwartet würden, was für eine Wirkung hätte das wohl auf ihn? Was würde er tun? Warten? Seine ganze Wut und Frustration zusammennehmen, wieder ein Flugzeug besteigen und woandershin fliegen? Wie ich unseren Sohn kannte, würde er eine kurze Zeit lang warten und dann nach Hause zurückkehren. Ich wußte nicht, was schlimmer war.

Obwohl das Flugzeug halb leer war, landete ich neben einer Frau, die in dem Augenblick anfing zu reden, als ich mich setzte, und die nicht eher aufhörte, bis ich mich wieder erhob, ihr sagte, ich hätte eine Menge Arbeit zu erledigen, und mir einen anderen Sitz suchte. Ich war nicht in der Stimmung, umgänglich zu sein. Es blieb nur noch eine bestimmte Zahl von Stunden bis nach New York, und ich wollte mir über soviel wie möglich klarwerden. Nachdem wir gelandet waren, hätte ich keine Zeit mehr zum Nachdenken.

Als wir in der Luft waren, kamen die Stewardessen durch die Gänge und fragten, was wir trinken wollten. Ich hätte für jede Art von einem Doppelten jemanden umgebracht, aber verkniff mir das und bat statt dessen um ein Ginger Ale. Ich war erschöpft, ein Drink, und ich wäre eingeschlafen. Ich saß am Fenster und schaute zu, wie das Flugzeug kippte und sich in die Kurve legte, schließlich seinen Weg fand und über dem glitzernden Schwarz und Gelb unter uns wieder ausgerichtet wurde. Ich dachte daran, wie ich heute abend zum Flughafen gefahren war und landende Flugzeuge gesehen hatte. Was für ein romantischer und erhebender Anblick. Und wie einsam und winzig fühlte ich mich jetzt, da ich in eben diesen Himmel kletterte.

Wir flogen über ein Baseballstadion, in dem alle Lichter nach dem Abendspiel noch eingeschaltet waren. Als ich das Stadion sah, mußte ich an eine unangenehme Diskussion denken, die ich vor einigen Wochen mit Lily geführt hatte.

Genau wie Lincoln hatte ich Baseball immer sehr gemocht. Bis ich fünfzehn oder so war, blieb das Wichtigste jedes Sommers *das* Spiel, egal ob es eines war, das ich im Fernsehen sah, eines, das ich mit meinen Freunden spielte, oder eines, über das ich mit dem Friseur sprach, als ich zu ihm ging, um mir so einen Bürstenschnitt wie die Spieler verpassen zu lassen, oder ob ich mit anderen Topps Baseballkarten tauschte …

Von dem Moment an, wo ich alt genug war, um in der Juniorliga mitzuspielen, bat ich meine Eltern, mich dafür einzutragen. Sie taten's. Und eine der stolzesten Erinnerungen meines jungen Lebens war es, eines Abends nach dem Abendessen ins Wohnzimmer zu treten und zum ersten Mal meine blaue Baseballkappe und das entsprechende T-Shirt, auf dem vorn der Name des Sponsors stand: »Nick's Shell Tankstelle«, zu tragen. Mein Team hieß, Gott sei's gedankt, die Yankees, was das Leben noch besser machte, denn damals war die Blütezeit der New York Yankees, und alle Männer, die in diesem großartigen Team mitspielten, waren meine Helden. Mutter legte ihr Kreuzworträtsel aus der Hand und sagte, ich sähe »sehr nett« aus. Aber Vater machte mir *das* überragende Kompliment. Nachdem er mich von allen Seiten angeschaut hatte, sagte er, ich sähe aus wie Moose Skowron, erster Baseman und mein Lieblingsspieler.

Unser erstes Spiel eröffnete auch die Saison in jenem Jahr, und es kamen viele Leute heraus, um zuzuschauen. Ich wurde im rechten Feld aufgestellt, was in der Juniorliga ungefähr für Sibirien stand, denn kein Kind schlägt jemals einen Ball dorthin. Nichtsdestotrotz dachte unser Trainer, dies sei ein guter Platz für mich, weil ich so gut wie überhaupt nicht fangen konnte und dort den geringsten Schaden anrichten würde. Das kümmerte mich überhaupt nicht, denn mein Traum war das Schlagen der Bälle und nicht, auf dem Feld herumzustehen. Nichts fühlte sich besser an, als den Louisville-Slugger-Schläger herumfegen zu lassen und von Zeit zu Zeit das spektakulär großartige »Klonk« von Holz beim Zusammentreffen mit dem Ball zu spüren. Dafür lebte ich, und nicht dafür, einen großen Lederhandschuh in die Luft zu recken und einen Ball daran zu hindern, vorbeizusegeln. Schlagen war heroisch, Fangen bloß notwendig.

Unsere Gegner in diesem ersten Spiel waren die Dodgers, ein gutes Team, aber auch furchterregend, denn ihr Pitcher war kein anderer als Jeffrey Alan Sapsford. Sein schneller Ball hätte damals schon Moose Skowron abgezogen.

Im fünften Inning lagen wir neun zu null zurück. Ich hatte zweimal geschlagen, aber beide Male daneben. Hinzu kam, daß ich einen einfachen Flugball fallen gelassen hatte, und dafür war ich vom gesamten Team angeschrien worden. Ich wußte, sie haßten mich zu Recht. Ich war ein Versager, wir verloren, die Welt ging unter. Schlimmer noch, meine Eltern waren da und wurden Zeugen des Debakels. Ich wußte, daß mein Vater nicht zum Sieben-Uhr-Zug gefahren war (seine größte Fuhre müder Kunden), damit er bei meinem Debüt dabeisein konnte. Was für ein Debüt. Ich hatte ihn enttäuscht, mein Team, den Namen der Yankees.

Als ich mich das letzte Mal zum Schlag aufstellte, schaute mich Jeffrey Alan Sapsford mit schadenfroher Verachtung an. Unvergeßlich, als sein zweiter Baseman schrie »Kein Problem!« und damit mich meinte. Das hatte die gesamte Welt gehört. Ich, der Erbe von Moose Skowrons Thron, war in jedermanns Erinnerung als »kein Problem« fixiert. Versuchen Sie mal, diese Art von Makel aus Ihrer Akte zu tilgen, wenn Sie in diesem Alter sind.

Sapsford pitchte seinen ersten Ball, und ohne nachzudenken schlug ich den Ball mit fünfhundertvierzig Stundenkilometern tief ins Mittelfeld hinein. Ich schlug ihn so fest und weit, daß die andere Mannschaft wie ein Mann erstarrte, als sie den Ball verfolgte, wie er in die tiefe grüne Unendlichkeit sauste. Die Zuschauer auf der Haupttribüne standen auf und begannen schon zu applaudieren, als ich noch nicht einmal an der ersten Base vorbei war. Als ich bei der Homebase anlangte, stand meine Mannschaft schon da und erwartete mich. Sie jubelten, als wäre dies das letzte Spiel der World Series und ich hätte die Situation gerettet. Reinster Ruhm.

Wir verloren immer noch zehn zu eins, aber anschließend im Auto, auf dem Weg nach Hause, war ich ein einhundertprozentiger Held, und das könnte mir niemals jemand wegnehmen.

Meine Eltern redeten immer wieder davon, wie großartig es war, während ich auf dem Rücksitz saß und mich in der frischen Erinnerung und ihrem Lob sonnte. Als wir um die Ecke von Main Street und Broadway fuhren, sagte mein Vater mit liebevollem Kichern: »Und hast du gewußt, daß die ganze Zeit dein Stall auf war?«

»Was?«

»Dein Stall war offen.«

»Oh, Stan, du hast doch versprochen, ihm das nicht zu sagen.« Mutter schüttelte ihren Kopf und lächelte mich über ihre Schulter hinweg mitfühlend an.

Wie vom Schlag getroffen, in bewegungslosem Schock, schaute ich auf meine Blue Jeans hinunter. Ich hatte den Home-Run in dieser Hose geschlagen. Sie war Teil der Mannschaftsuniform. Aber da war's – das anklagende weiße Stück meiner Unterhose leuchtete aus meinem Hosenstall. Nicht viel. Nicht genug, um es wirklich zu sehen, es sei denn, jemand schaute ganz genau hin, oder ein anderer machte einen darauf aufmerksam. Aber es war nichtsdestotrotz *da*. Der Höhepunkt meines Lebens – und mein Reißverschluß stand offen!

Ich weiß ehrlich gesagt nicht mehr, ob ich schnell darüber hinwegkam oder ob dieser Augenblick hirnzertrümmernder Erniedrigung lange anhielt. Bis ich Lily die Geschichte erzählte, war es nichts weiter als ein stolzes Lächeln von weit her aus meiner Vergangenheit, die Art von Kindheitserinnerung, die man seiner Partnerin gern erzählt, damit sie an einem Teil aus der Vergangenheit teilhaben kann, von dem nur wenige Menschen wissen. Ich erzählte ihr die Geschichte mit einem Lächeln zu Ende und hob die Schultern. »Max schlägt einen Homer.«

»Das ist ekelhaft. Manchmal ist dein Vater ein richtiges Arschloch.«

»Warum?«

»*Warum?* Wozu hat er dir das gesagt? Was wollte er? Du hattest deinen Home-Run. Er gehörte dir, und nichts und niemand konnte ihn dir wegnehmen. Aber er tat's – er hat es dir auf *ewig* versaut, indem er dir das mit dem Reißverschluß erzählte. Hör dir doch nur zu, wie du heute davon sprichst – als wäre es nichts weiter als eine kleine, witzige, amüsante Geschichte. Oder? ›Max schlägt einen Homer.‹ Du hättest deine Stimme mal hören sollen. Es war nicht nur das, es war einer der herausragendsten Momente deiner gesamten Kindheit. Ein Home-Run! Was soll's, wenn dein dämlicher Reißverschluß offenstand? Was soll's, wenn die ganze Welt es wußte, solange du keinen Schimmer davon hattest? Er ist ein unsensibler Wichser.«

Nennen Sie mich blind. Oder einfach nur in meinen Vater verliebt, was auch immer, so hatte ich das noch nie betrachtet. Ich wußte, daß der Mann mich liebte und nie versucht hatte, mir diesen Augenblick zu ruinieren. Aber wie ein Hammer, der über vier Jahrzehnte hinweg geschmissen wurde, traf mich das, was er damals so falsch gemacht hatte, genau am Kopf.

Als ich aus dem Flugzeug auf das leere, erleuchtete Baseballstadion hinunterschaute, erinnerte ich mich an die empörte Stimme meiner Frau, als sie von ihm sprach.

Wie oft hatten wir genau dasselbe mit Lincoln getan? War es das, was ihn so verheerend verändert hatte? Gab es Hunderte oder Tausende von Dingen, die wir aus reiner Liebe getan hatten, die dennoch so völlig falsch waren, daß kein Feind wirkungsvollere Mittel hätte erfinden können, um unseren Jungen zu zerstören?

Darüber dachte ich nach, als ich in jener Nacht Amerika überquerte. Bedauern Sie den Mann, der sich seiner Sünden nicht bewußt ist. Vorsicht vor dem Kind, für das er die Verantwortung trägt.

Auf halber Strecke dachte ich, wie wunderbar es wäre, wenn ich für den Rest meines Lebens hier oben in der Luft bleiben könnte. Wie in einer Kindergeschichte hätte es alles um so viel einfacher gemacht: Es war einmal ein Mann, der in seinem Leben so viele Fehler gemacht hatte, daß er beschloß, die Erde zu verlassen und niemals zurückzukehren.

In New York regnete es, als wir landeten. In seltsamen Mustern rann Wasser an den Fenstern hinunter, als wir zum Flugsteig fuhren. Da es sich um einen so späten Flug handelte, gab es nicht das übliche Gerenne der Passagiere, als sie ihre Sitze verließen und dann das Flugzeug. Die Leute erhoben sich langsam und schlurften wie müde Zombies zum Ausgang.

Da ich nur Handgepäck bei mir hatte, ging ich geradewegs zu einem Telefon und rief wieder bei den Meiers an. Es war sieben Uhr dreißig morgens. Kein Glück. Dann ging ich zum Schalter einer Autovermietung. Schon nach wenigen Minuten saß ich hinter dem Steuer eines neu riechenden Ford. Ich rechnete mir aus, daß ich vom Kennedy-Flughafen bis Somerset, New Jersey, etwa zwei Stunden brauchen würde. Aber als ich auf der Straße war, begann auch der morgendliche Berufsverkehr. Es würde länger dauern.

In all den Jahren, die seit unserer ersten Begegnung vergangen waren, hatte ich sehr selten an die Meiers gedacht. Das einzige Mal, daß ich mein Leben für einen Moment vergaß und mich auf sie konzentrierte, war eines Morgens im Wartezimmer eines Zahnarztes. Als ich dort saß und darauf wartete, an die Reihe zu kommen, nahm ich eine Architekturzeitschrift und blätterte sie oberflächlich durch. Ich stieß auf etwas, beachtete es nicht, doch nur Sekunden später fiel der Groschen. Schnell blätterte ich zurück und fand eine große Doppelseite mit der Abbildung des Hauses, das ich an einem deprimierenden Nachmittag mitten in jener ersten Krise besucht hatte. Da stand es! Anwen und Gregory Meiers beachtliches Haus. Eine schielende Kuppel und etwas, das wie der gigantische Flügel einer Fledermaus aussah, war dem ursprünglichen Haus hinzugefügt worden. Aber es war ein so einprägsames Gebäude, daß nichts in der Lage gewesen wäre, es zu verkleiden. Im Text stand, daß Anwen Meiers Brendan-Haus, eines der berühmtesten Beispiele der Corvallis Architekturschule, einen weiteren renommierten Preis bekommen habe, diesmal von einer europäischen Architekturvereinigung. Sie sprachen über das Haus, als müsse jeder es kennen und als wäre diese letzte Ehrung nicht weiter erstaunlich. Ich riß den Artikel heraus und zeigte ihn

Lily. Sie schüttelte den Kopf und begann zu weinen. Die Erinnerung an ihr sich rötendes Gesicht und die glitzernden Tränen auf ihren Wangen begleitete mich mehrere Kilometer weit.

Irgendwo auf diesen Kilometern war die Raststätte, in der Lincoln kaufte, was er brauchte. Es war der einzige Ort, wo er mitten in der Nacht auf der New Jersey-Autobahn so was bekommen konnte. Er kaufte große Flaschen Coca-Cola. Ich würde vermuten vier Stück. Vier würden ausreichen, wenn er clever war und vorsichtig an die Sache heranging. Benzin war kein Problem. Fahr an eine Tankstelle, tank voll und frag den Tankwart, ob er dir einen von diesen Reservetanks verkauft, in dem du ein paar Extraliter für den Rasenmäher aufbewahren kannst. *Extraliter* Benzin machen ein ganz schönes Feuer. Was er wohl als Docht benutzt haben mag? Wahrscheinlich eine Unterhose oder ein T-Shirt. Vielleicht zog er sich sein »Scheiß aufs Tanzen – Laß ficken«-Hemd aus, riß es in Streifen und steckte es in die Flaschenhälse. Das wäre angemessen gewesen: Cokeflaschen mit goldenem Benzin gefüllt und Fetzen vom »Ficken«-Hemd. Das ist alles, was man braucht. Jeder Fernsehzuschauer weiß, wie man einen Molotow-Cocktail baut, die Handgranate des armen Mannes.

Ich wußte, daß er böse war, fähig, Dinge zu tun, an die ich nicht einmal denken wollte. Aber selbst später, nachdem ich seine Schritte zurückverfolgt und seine Motive verstanden hatte, war ich angewidert von dem, was er in jener Nacht tat. Wenn er nur ein paar Minuten zugehört, wenn er nur ein paar Fragen gestellt und sich die Wahrheit angehört hätte, egal wie schlimm sie war. Nichts von all dem wäre geschehen. Andere Dinge ja, bestimmt sogar, aber *das* nicht und diesen Leuten nicht.

Er war ein schneller Fahrer und hatte drei Stunden Vorsprung. Außerdem verfügte er über einen großartigen Orientierungssinn und würde keine Schwierigkeiten haben, das Haus zu finden. Als kleiner Junge war es eines seiner Hobbys, sich Landkarten anzuschauen, besonders exotische – Kambodscha, Mali, Bhutan –, und die kürzesten Routen von einem heroischen oder fremdländisch klingenden Ort zu einem anderen zu finden. Von Timbuktu nach Nouahchott. Von Bu Phlok nach Snuol. Zu einem Geburtstag schenkten wir ihm einen wunderschönen Messingzirkel, damit er seine Entfernungen genau abmessen konnte. Er verwahrt diesen Zirkel immer noch in einer Schreibtischschublade, zusammen mit einer Patrone und dem Bild von Little White.

Ich stellte ihn mir vor, wie er mit hundertdreißig Sachen über die Autobahn in New Jersey raste, wie er nur anhielt, um zu tanken und die Sachen einzukaufen, die er für den Job brauchte. Was mag ihm in diesen Stunden durch den Kopf gegangen sein? Zu Hause fuhr er immer mit lautem Radio, und ungeduldig suchte er immerzu einen neuen Sender, wenn ein Lied kam, das ihm nicht gefiel. Fügen Sie das dem Bild hinzu. Und auch noch das Klicken der Wageninnenbeleuchtung, während er mit einer Hand weitersteuerte und dabei schnell von seiner Karte auf Straßenschilder schaute, die herankamen, und zurück auf seine Landkarte, um sich zu versichern, daß er sich auf dem richtigen Weg befand.

Lily hatte vor sechzehn Jahren dieselbe Fahrt gemacht, als sie mit einem Wagen, den sie sich von dem gestohlenen Geld eines Drogenhändlers/Zuhälters gekauft hatte, aus New York floh. Sie war damals nur fünf Jahre älter als Lincoln heute. Jeder von uns dreien hatte diese Fahrt nach Süden gemacht, alle aus so unterschiedlichen, verzweifelten Gründen.

Ich nahm die Ausfahrt New Brunswick und erinnerte mich noch von meiner letzten Fahrt an bestimmte Sehenswürdigkeiten, obwohl die Stadt in der Zwischenzeit auf die typische Weise aufgeräumt worden war – homogenisiert, shopping-zentriert. Der Morgenverkehr war dicht. Als ich in einer langen Schlange vor einer roten Ampel stand, spürte ich, wie Mattigkeit an meinem Hinterkopf aufstieg und sich ausdehnte. Die Leute um mich herum hatten ihren gesunden Schlaf genossen, heiße Duschen, Frühstücke, damit sie fit wurden und sich auf den Weg machen konnten. Ich nicht. Als die Ampel auf Grün umschaltete und ich wieder losfuhr, haßte ich jeden einzelnen von ihnen. Neidete ihnen ihre mit köstlichem Kaffee gefüllten Mägen, die sichere Langeweile ihrer Jobs. Sie hatten Kinder. Ihre Kinder waren nicht so wie meine.

Das ländliche New Jersey kurz nach Sonnenaufgang. Kühe weit weg auf den Feldern. Hunde, die frei in den Höfen herumliefen. Kinder, die am Straßenrand standen und auf den Schulbus warteten. Je näher ich kam, desto fester wurde der Knoten in meinem Magen. Ein letzter Linksabbieger, und ich befand mich auf ihrer Straße. Genau da hatte ich beim letzten Mal angehalten, weil ich so dringend pinkeln mußte. Einige der Bruchbuden waren abgerissen worden und durch attraktive, sehr viel teurer aussehende Häuser ersetzt worden. Invasion der Mittelschicht.

Die Straße senkte sich, hob sich, senkte sich wieder, und da sah ich den ersten Feuerwehrwagen. Es war ein langer Zug, die ausfahrbare Leiter kam langsam auf mich zu. Auf einer solch schmalen Straße hier mitten in Nirgendwo sah der rote Lastwagen zweimal so groß aus. Wohin er auch fahren mochte, er hatte keine Eile, dorthin zu gelangen. Oben im offenen Fahrerhaus saßen der Fahrer und ein anderer Mann, sie lächelten. Sie trugen keine Helme. Der Beifahrer rauchte eine Zigarette. Unsere Augen trafen sich, und er hob die Hand mit der Zigarette zu einem kleinen halben Winken. Zwei weitere Männer standen auf dem hinteren Trittbrett des Lasters und hielten sich an silbernen Griffen fest. Beide trugen ihre Uniformen, und einer lehnte seinen Kopf gegen den Wagen und sah aus, als wäre er erschöpft oder schliefe im Stehen. Ich fuhr weiter, jetzt jedoch schneller. Warum war dieser Feuerwehrwagen hier draußen? Wo war er schon so früh am Morgen gewesen? Etwa vierhundert Meter weiter sah ich den Rauch. Ein Polizeiwagen kam mir entgegen.

Rauch erzählt die ganze Geschichte. Wenn er langsam und spiralförmig ist, wie ziellos aufsteigt, weiß man, daß ein Feuer seine Wut oder seine Energie verloren hat. Ohne die Flamme selbst zu sehen, kann man sicher sein, daß es unter Kontrolle ist und bald ausgehen wird. Ist der Rauch aber hart und schnell und steigt gerade in den Himmel, handelt es sich um ein schlimmes Feuer, immer noch sehr lebendig und gefährlich.

Eine dünne braune Rauchwolke hing bewegungslos in dem blassen, rosa Morgenhimmel über dem Haus der Meiers. Aus dem verbrannten Teil des Gebäudes stieg immer noch etwas auf, aber das war eher eine Art Nachgedanke als irgend etwas anderes. Zwei Feuerwehrwagen und ein Polizeiwagen parkten vorne auf der Straße. Feuerwehrmänner rollten dicke graue Schläuche zusammen und waren im allgemeinen damit beschäftigt, die Spuren ihrer Arbeit zu beseitigen. Drei Polizisten standen dicht beieinander und besprachen sich. Auf der Straße und am Rand des Rasens der Meiers standen Leute und sahen den Geschehnissen zu. Ich parkte meinen Wagen hinter der Menge der anderen Fahrzeuge und stieg langsam aus. Das Haus war bis auf eine Sache unverwechselbar. Wie ich da stand und es anschaute, wurde mir bewußt, daß der Fledermausflügel fehlte. Diesen vagen asymmetrischen Anbau, dessen Abbildung ich in der Architekturillustrierten gesehen hatte, gab es nicht mehr. An seiner Stelle befand sich ein schwarzes, versengtes, zusammengebrochenes Durcheinander verbrannter

Dinge, die über eine weite Fläche verteilt herumlagen, aufrecht, übereinandergestapelt, rauchend: der Metallrahmen eines Architektenstuhles, ein Holztisch, der merkwürdigerweise nur auf einer Seite verbrannt war und dem nur zwei Beine geblieben waren, auf denen er jetzt stehen sollte, Bücher überall auf der Erde. Ob der Fledermausflügel ihre Bibliothek gewesen war?

»Teer.« Eine alte Frau kam auf mich zu und blieb einen Meter vor mir stehen. Es war eindeutig, daß sie jemandem erzählen wollte, was sie gehört hatte. »Einer von den Feuerwehrleuten glaubt, es war der Teer. Sie haben *wochenlang* an dem verrückten Dach gearbeitet, und er sagt, das Benzin muß direkt mit dem Teer in Berührung gekommen sein, sonst wäre das ganze Ding nicht so schnell in Flammen aufgegangen. Wer auf Gottes grüner Erde würde wohl *ihr* Haus abbrennen wollen?« Sie dachte über diese Frage nach und stierte mich plötzlich aus veränderten, mißtrauischen Augen an. »Sind Sie aus der Gegend, Sir?«

Trotz des Lochs in meinem Herzen, das so tief wie die Hölle war und immer noch weiter wuchs, reagierte ich schnell, und es gelang mir zu antworten: »Ich bin von der Zeitung. Die haben mich hier rausgeschickt, um nachzusehen, was los ist.«

»Sind Sie vom *Spectator*? Ach so, für den Fall, daß Sie mich als Ihre *Quelle* angeben möchten, mein Name ist Sandra Hagen.«

Ich sah deutlich, wie sehr sie es genoß, dieses Wort zu benutzen. »Vielen Dank, Mrs. Hagen. Hören Sie, ich bin gerade im Moment angekommen. Können Sie mir sagen, was passiert ist?«

Sie räusperte sich und warf ihren Kopf zurück, als liefen die Fernsehkameras bereits. »Anwen war letzte Nacht nicht da. Sie mußte wegen irgendeiner Sache oben in New York sein. Brendan war allein zu Hause, und er war's auch, der den Täter gesehen hat.«

»*Brendan*? Verzeihen Sie, sagten Sie Brendan?«

»Ja, Brendan Meier, das ist ihr Sohn. Wissen Sie denn nichts über *ihn*? Das ist auch eine Geschichte für sich! Die sollten Sie mal zuerst schreiben. Machen Sie doch eine von diesen zweiteiligen Serien über sie. Das ist eine Familie, die hatte mehr Probleme als Hiob.«

»Brendan wurde als Kind gekidnappt.«

»Genau. Und sie haben so lange gesucht, bis sie ihn fanden. Es geht das Gerücht, die Meiers hat die Suche ein paar hunderttausend Dollar gekostet. Dann ist ihr Mann, Greg, gleich nachdem sie den Jungen gefunden hatten, gestorben.«

»Ich kann's gar nicht glauben! Sie haben ihn *gefunden*. Davon habe ich nie gehört.«

»Es ist erstaunlich. Ist auch egal, jedenfalls war Brendan gestern nacht zu Hause, als der Kerl diese Flaschen voll mit Benzin auf ihr Haus geworfen hat. Er hat draußen was gehört, das muß das zerbrechende Glas gewesen sein, und ist rausgerannt. Wer es auch war, der Kerl stand noch immer da auf dem Rasen und schaute zu, wie das ganze Ding in Flammen aufging. Können Sie sich das vorstellen? Nedda Lintschinger, die in dem Haus da drüben wohnt, dem blauen da, sie wachte von dem Geräusch auf und schaute auch aus dem Fenster. Sagte, sie hat zwei Männer auf dem Rasen gesehen und erkannte Brendan in seinem blauen Schlafanzug, denn er ist ja so ein großer Junge, wissen Sie? Ihr Haus brannte, aber, und das war komisch, diese beiden Kerle standen einfach da und unterhielten sich. Nedda sagte, es habe ausgesehen, als hätten sie ein nettes Plauderstündchen abgehalten.

Plötzlich, einfach so, fängt der andere Kerl an zu schreien: ›Was? Was? Was?‹ Einfach so, und dann tritt er Brendan, na, Sie können sich schon vorstellen wohin. Der arme Kerl fiel hin, aber der andere hörte nicht auf. Stand da und trat und trat ihn immer wieder. Also das ist jedenfalls das, was Nedda sagt. Ich kann Ihnen nur sagen, was ich gehört habe, aber sie schwört, genau das habe sie auch der Polizei gesagt, also wird es wohl stimmen.

Ist auch egal, jedenfalls tritt der Verrückte den armen Brendan immer weiter. Dann zündete er noch eine Flasche an und warf sie auf das Haus. Dann lief Nedda *endlich* zum Telefon und rief Hilfe und hat natürlich nicht mehr gesehen, was sonst noch passiert ist. Alles, was wir wissen, der Irre war weg, als sie wieder da war und rausschaute. Brendan lag auf dem Boden und bewegte sich nicht. War sich sicher, daß er tot war. Gott sei Dank war er's nicht. Er liegt mit ein paar gebrochenen Rippen und einem zerschnittenen Gesicht im Krankenhaus, aber sie sagen, es geht ihm soweit gut.«

Ich dankte ihr für ihre Hilfe und hörte noch zu, wie sie ihren Namen buchstabierte, damit er nicht falsch gedruckt würde. Dann verabschiedete ich mich von Mrs. Hagen und ging zu den Polizisten. Glücklicherweise habe ich immer so einen kleinen Taschenkassettenrekorder bei mir für den Fall, daß mir eine Idee kommt. Ich stellte mich als Reporter des *Spectator* vor und fragte, was geschehen sei, hielt ihnen den Rekorder vors Gesicht. Es war mehr oder weniger dieselbe Geschichte. Sie hätten einen Anruf erhalten, der den Brand und einen Überfall meldete. Als sie Beamte schickten, um die Sache zu prüfen, fanden sie ein brennendes Haus und einen bewußtlosen Teenager auf dem Rasen. Keinen Hinweis auf den Täter. Das Feuer sei vermutlich durch Molotow-Cocktails verursacht worden, die die Eimer mit dem Teer fürs Dach entzündeten, die in der Nähe des Gebäudes standen. Der Meier-Junge befinde sich in verhältnismäßig gutem Zustand im Krankenhaus, er komme wieder in Ordnung. Keine Ahnung, wer der Täter sei. Immer wieder wiederholten sie das Wort – Täter. Täter. Brendan sagte, er habe den anderen noch nie gesehen. Es sei ein Junge gewesen, so viel stehe immerhin fest. Ein Teenager, der wie ein Punk angezogen gewesen sei, aber es könne sich bei der Kleidung auch nur um eine Tarnung gehandelt haben, ein Kostüm, damit sie einer anderen Spur nachgingen. Der Schaden am Haus sei »teuer, aber behebbar«, es müsse deshalb nicht abgerissen werden. Dem Polizisten, der das sagte, gefiel sein Satz so gut, daß er ihn für seine Freunde mehrere Male wiederholte. In ein oder zwei Tagen könnte ich Brendan im Krankenhaus interviewen. Aber das brauchte ich eigentlich gar nicht, denn ich wüßte jetzt genau, was vorgefallen wäre.

Lincoln hatte meine Akte über die Meiers gelesen und in einem grauenvollen Blitz erkannt, daß wir nicht seine Eltern waren, Lily hatte ihn gekidnappt.

Wie hätte er vernünftig bleiben sollen? Es gelang ihm. Aber er kam mit diesem Wissen ins Restaurant und wußte bereits alles. Er flog nach Osten und hatte in diesen ersten Stunden seines neuen Lebens nur eine Sache im Kopf, er wollte jetzt seine richtigen Eltern sehen und sie bestrafen. Ja, sie dafür bestrafen, daß sie ihn nicht gefunden hatten. Dafür, daß sie nicht intensiv gesucht hatten. Dafür, daß sie nicht all ihre Zeit und Energie und ihr Geld ausgegeben hatten, um ihren Sohn zurückzubekommen. Was auch immer in all den Jahren sie getan hatten, es war nicht genug. Ja, er las die Akte und sah, was für tragische, abgewrackte Leben sie seit seinem Verschwinden geführt hatten, aber das war ihm egal. Egal, was sie erlitten haben mochten, *er* war derjenige, der entführt worden war, ihm war Gewalt angetan, er war gezwungen worden, ein Leben ohne seine wirkliche Familie zu leben.

Es zählte auch nicht, daß wir ihm alles gegeben hatten, was wir konnten; wir waren Entführer, Kriminelle, Monster. Dieselben Wörter, die vor zehn Jahren durch meinen Kopf rasten, als ich

Lilys Geheimnis entdeckte. Und es immer noch taten. Und es immer noch taten.

Für Lincoln war es jedoch schlimmer, denn das Geheimnis war von Leuten bewahrt und gepflegt worden, die er für seine Eltern hielt. Schlimmer noch, denn nach allem, was er wußte, hatten seine richtigen Eltern die Suche nach ihm abgebrochen.

Was er nicht wußte, wozu er mir nicht die Zeit gab, es ihm am Vorabend zu erklären, die Meiers waren nicht seine Eltern. Lily hatte *ihr* Kind nicht gestohlen. Der Grund, warum sie diese Zeitungsausschnitte über sie und ihr Elend verwahrte, lag darin, daß sie einmal einen Nachmittag in Garamond, Pennsylvania, verbracht hatte. Am nächsten Tag kidnappte sie ein Kleinkind aus einem Wagen, der auf einem Autobahnparkplatz ein paar hundert Kilometer von Garamond entfernt stand.

Genau so war's, Lincoln. Wenn du nur zugehört hättest. Nachdem ihr Wagen repariert worden war, fuhr sie nach Westen. Gegen Abend des nächsten Tages machte sich ihr Magen bemerkbar, und sie wußte, sie mußte umgehend eine Toilette finden. Glücklicherweise kamen Schilder für einen Parkplatz. Sie fuhr schneller und war im Nu da. Sie sprang aus dem Wagen und bemerkte den Chevrolet Corvair kaum, der keine drei Meter neben ihrem Auto stand. Keiner saß drin. Keine Zeit, darüber nachzudenken. Sie rannte auf die Toilette.

Als sie herauskam, sah sie das Auto wieder und hätte es nicht weiter beachtet, wenn sie diesmal nicht ein weinendes Baby gehört hätte. Besorgt ging sie hin. Weit draußen im Feld hinter dem Parkplatz lachten zwei Personen. Sie schaute hin und konnte kaum die beiden Köpfe erkennen, die sich dicht über dem Gras auf und ab bewegten. Sie lachten, stöhnten, rangen. Sie schliefen zusammen! Die hatten Nerven! Es war ihnen danach, sie fuhren gleich rechts ran und liefen ins nächste Feld. Was für ein Glück die hatten, wer sie auch sein mochten. Sie beneidete sie um ihr Glück und ihren Mut. Die hatten alles. Sie nichts. Während sie schamlos ins Feld hinausstarrte, fühlte sie sich nicht als Voyeurin, sie stierte Glück an. Sie ertrank in ihrem eigenen Leben. Eine ertrinkende Frau, die zum letzten Mal Land sieht.

Aber warum weinte das Kind? Es mußte ihres sein. In dem Corvair, auf dem Rücksitz, festgezurrt in einer hellblauen Babytasche, schrie ein rot angelaufenes Baby so unbändig, daß sich seine Züge auf einen Punkt in der Mitte des Gesichts zusammengezogen zu haben schienen. Offensichtlich brauchte es etwas – Essen, eine neue Windel, vielleicht wollte es in den Arm genommen werden – aber Mami und Papi waren beschäftigt.

Lily schaute nach rechts und links, sah niemanden, öffnete die Fahrertür und drückte den Sitz nach vorn. Das Kind hörte eine Sekunde auf zu schreien und schaute sie an. Das bedeutete nichts, aber war alles, dessen es bedurfte. Sie stieg ins Auto, nahm das Baby in ihre Arme, und ohne sich noch einmal umzusehen, rannte sie zum Opel und fuhr davon.

Eines Tages, Monate später, war sie in einem Supermarkt und sah diese beschissene Zeitung, *Die Wahrheit*. Die, die über die Landung von Außerirdischen redet oder davon, wie man Krebs kuriert. Auf der ersten Seite war eine Schlagzeile: »Die Stadt, in der die Babys verschwinden.« Da war auch ein Bild von Garamond, das sie erkannte, weil genau vorne im Bild die Tankstelle war, wo sie ihren Wagen repariert hatten. Sie kaufte die Zeitung und las den Artikel draußen im Stehen. In drei Jahren waren zwei Kinder von dort verschwunden, und keines war je wiedergefunden worden. Man nannte die Namen der Familien. Eine hieß Meier. Man zeigte Bilder von ihnen, und es gefiel ihr, wie die beiden aussahen. Wundervolle Gesichter. Auf sehr unterschiedliche Weise intelligent. Das waren *nicht* Lincolns Eltern. Sie wollte nie wissen, wer die richtigen waren, aber diesen Leuten hier war dasselbe geschehen, und nicht weit von dort, wo sie ihn mitgenommen hatte. Es war ein ungeheurer Zufall. Danach stellte sie sich die beiden immer als seine Eltern vor. Und über die Jahre fand sie wiederholt eine Gelegenheit, Informationen über sie zu bekommen. Die Ausschnitte hatte ich gefunden. Zuerst rief sie die Auskunft in Garamond an, um ihre Adresse dort zu bekommen. Als sie umzogen, besorgte sie sich von der Post die neue Anschrift. Ein paar Jahre später schrieb sie an die lokale Zeitung in der neuen Stadt, wo sie lebten, und erkundigte sich, ob über sie noch irgend etwas geschrieben worden sei. Sie gab sich als Familienmitglied aus, sagte, sie stelle für ein Familientreffen ein Sammelalbum zusammen. Sie verwendete jedesmal einen falschen Namen, wenn sie sich erkundigte, und ließ sich das Material jeweils an ein Postfach senden. Warum machte sie das? Wer würde sie mit ihnen in Verbindung bringen können?

Lincoln!

Wenn er das Meiersche Haus abgefackelt hatte, ohne jemals mit ihnen zu reden, was würde er dann mit Lily anstellen? Jetzt, da Lincoln wußte, daß Anwen Meier nicht seine Mutter war, würde er sie in Frieden lassen. Aber Lily nicht, so viel war gewiß. Auf die eine oder andere Art und Weise, früher oder später, Lily und ich... Und möglicherweise sogar – der Gedanke war zu grauenvoll und beängstigend, mein Verstand wollte ihn fast nicht zu Ende denken: Was würde er mit seiner kleinen Schwester tun?

Ich hätte bleiben können, um mich mit Brendan zu unterhalten, aber was hätte ich damit erreicht? Weitere Beweise für das, was ich schon wußte? Brendans Geschichte war einfach zu erstaunlich, um *nicht* geglaubt zu werden. Er war gekidnappt, aber gefunden und nach Jahren zu seinen Eltern zurückgebracht worden. Wie entsetzlich unfair und ironisch muß das für Lincoln geklungen haben, als er es hörte! Ich stellte mir die beiden Jungen vor, wie sie am frühen Morgen im Vorgarten der Meiers standen. Ob es schon hell war? Zwei Jungen mit Biographien, wie sie kein menschliches Wesen verdiente. Der eine ohne Hemd, in zerrissenen Sachen und mit einer stachligen Punkfrisur, der andere, gerade aus dem Bett gesprungen, im noch warmen Schlafanzug (was für ein liebenswertes Bild – ein Teenager, im Schlafanzug), redeten sie auf dem Rasen miteinander. Was haben sie gesagt? Wie verlief ihr Gespräch? Auf dem Weg zurück zu meinem Mietwagen spielten sich in meinem Kopf ein halbes Dutzend Szenarios davon ab, wie sie miteinander in dem kurzen Zeitraum gesprochen hatten, bevor Lincoln in verständlicher Wut Brendan angriff und ihm zwischen die Beine trat. Das war sein Stil – tritt ihnen in die Eier, halt eine Pistole hinter deiner Kommode versteckt, fahr in einem gestohlenen Mercedes davon. Unser Sohn. Mein Sohn.

Als er noch klein war und sich langweilte, kam Lincoln immer mit einem erwartungsvollen Gesichtsausdruck in mein Zimmer gewandert. Er schaute nach, ob ich beschäftigt war, kam an den Tisch und fragte: »Also, was gibt's, Max?«

»Nicht viel, Kumpel. Und bei dir?«

»Nix. Sollen wir was zusammen machen? Nur wenn du nichts zu tun hast, verstehst du? Nur wenn du Zeit hast?«

Ich nahm mir die Zeit. Ich liebte es, zu sehen, daß dieser kleine Junge gern mit mir zusammen war.

Darüber dachte ich nach, als ich zum ersten Mal in meinem Leben aus Somerset hinausraste. Es brachte mich zum Lächeln. Viele von diesen guten Erinnerungen kamen mir auf der Fahrt nach New

York und machten alles nur noch schmerzlicher. Es kam mir vor, als würde ich von einer Beerdigung wegfahren. Die edlen Erinnerungen an die Zeiten, die man mit dem Verstorbenen verbracht hatte. Alles vorbei.

Bis ich auf die Autobahn kam, wußte ich, was ich tun wollte. Ich würde auf den nächsten Parkplatz fahren, ein Telefonbuch suchen und verschiedene Fluggesellschaften anrufen. Wann ging der nächste Flug nach Los Angeles? Von welchem Flughafen? Ich zweifelte nicht daran, daß Lincoln jetzt nach Hause flog. Seine Wut auf die Meiers war wie ein Bumerang auf die schockierendste und unerwartetste Weise zu ihm selbst zurückgekommen. Was sonst konnte er jetzt tun, als Lily mit einer doppelten Dosis bestrafen? Zuerst würde er sie zwingen, ihm zu sagen, wer seine richtigen Eltern waren, damit er versuchen konnte, *sie* zu finden. Und dann... Aber Lily wußte das nicht. Da war ich mir sicher. Erinnerte sich ja nicht einmal mehr daran, wo genau sie ihn gekidnappt hatte. Diese Information hätte man leicht bekommen können, wenn man die Polizei in der Gegend befragt hätte, aber keiner von uns tat das je. Warum? Weil sie's nicht wissen wollte und ich auch nicht, nachdem ich beschlossen hatte, ihr Geheimnis aus meinen eigenen selbstsüchtigen Gründen zu bewahren.

Ich verzweifelte, denn ich dachte daran, wie groß sein Vorsprung war. Er war vermutlich jetzt am Flughafen, wenn nicht sogar schon in einem Flugzeug auf dem Weg nach Hause. Das würde ich die Fluggesellschaft auch fragen – wann ging Ihr letzter Flug nach L.A.? Wäre es wohl möglich herauszufinden, ob sich ein gewisser Lincoln Fischer an Bord befand? Würden sie einem das am Telefon sagen? Nein.

Ich mußte auch Lily anrufen. Sie anrufen und warnen, sie auffordern, unser Haus, unser Leben zu verlassen, unser kleines Mädchen zu nehmen und so schnell sie konnte vor unserem Sohn zu fliehen, der gleich kommen würde, weil er alles *wußte*. Und daß er es wußte, war mein Fehler. Alles war meine Schuld. Alles Böse heute hatte ich gemacht, ich verursacht. Weil ich vor zweitausend Tagen zu genau hingeschaut hatte. Ich hätte es auf sich beruhen lassen sollen. Ich hätte auf meine Liebe und nicht auf mein Mißtrauen bauen sollen. Mein Fehler. Diesen entzückenden Jungen so falsch zu erziehen, indem ich ihm nichts gab, um als guter Mensch erwachsen zu werden. Meine Schuld. Und alles aufzuschreiben!? Einen Bericht meines Lebens als Sünder aufzubewahren? Warum?

Warum hatte ich diese Dinge getan? Man tat, was man konnte. Man tat, was man für richtig hielt. Nein, man tat die Dinge, von denen man annahm, daß sie Lily und einen selbst retteten, und zum Teufel mit dem Rest der Welt. Das war die Wahrheit, oder etwa nicht? Scheiß auf den Rest der Welt. Meine Schuld.

Ich überholte Laster und Busse, fuhr mit überhöhter Geschwindigkeit über die Überholspur und dachte darüber nach, wie ich diesen unmöglichen Anruf an meine Frau formulieren sollte. Lily, er weiß es. Es ist meine Schuld. Er weiß es und kommt, weil er's auf dich abgesehen hat. Vielleicht auch auf Greer. Ich bin schuld. Kein anderer als ich.

Ich schaute in den Rückspiegel und sah einen Audi, der sich mit großer Geschwindigkeit näherte. Ich ging in die rechte Spur, um ihn vorbeizulassen, dann glitt ich wieder auf die Überholspur zurück und fuhr ein paar Kilometer hinter ihm her. Lily, Lincoln hat alles über die Meiers in Erfahrung gebracht und ist nach New Jersey geflogen. Er hat mein Tagebuch gelesen ... Ein anderer Wagen tauchte im Rückspiegel auf. Ich fuhr wieder nach rechts. Er dröhnte vorbei, dicht gefolgt von einem weiteren. Lily, pack für dich und Greer ein paar Sachen zusammen ... Ich drehte die Scheibe hinunter. Pack Taschen für dich und Greer –

Ich formulierte das gerade aus, als ich das Geräusch auf meiner linken Seite wahrnahm. Ob ich es erkannte? Vielleicht, vielleicht erkannte es irgendein Teil von mir. Ein Quietschen und Klappern von Metall, wie es nur von einem Auto mit tödlichen Problemen kommen konnte, das zu schnell über die Straße segelte und jede Sekunde kollabieren oder explodieren konnte.

Lily, ich habe dieses Tagebuch geführt –

»He!« Der Wagen war neben mir, nur Zentimeter von meinem Fenster entfernt. »He, Kackkopf!«

Ich warf einen Blick hinüber, und da war Lincoln am Steuer des Schrottautos, er lächelte und zielte mit einer Pistole auf mich.

»Erinnerst du dich noch?« Die Pistole explodierte.

Ich riß das Steuer nach links und bremste. Mein Wagen schleuderte wild – es gab zu viel gleichzeitig zu tun. Ich versuchte gegenzusteuern, aber er ließ es nicht zu. Ein langer Tunnel drohte. Ich schleuderte, noch immer viel zu schnell, hinein. Das Steuer immer noch nach rechts reißend, krachte ich gegen eine Betonwand und schrammte, es schien eine Ewigkeit zu dauern, daran entlang. Das böse Geräusch von Stein, der Metall zerreißt. Immer weiter. Dunkel. Die Dunkelheit eines Tunnels nach dem brillanten Morgenlicht draußen. Kraaaaaaaaaaaaatz!

Ich hielt an. Kam endlich zum Stehen. Der Wagen war immer noch unter der Unterführung und stand in völligem Dunkel. Geruch nach feuchtem Stein und heißem Gummi. Ich war in Ordnung. Heil!

Noch bevor mein Kopf sich orientieren konnte, war Lincolns Gesicht nur Zentimeter von meinem entfernt und schrie: »Raus aus dem Scheißauto, Daddy, alter Junge!« Er mußte meine Tür geöffnet haben, denn immer noch verwirrt und verängstigt von dem, was vor einem Moment geschehen war, war das nächste, was ich spürte, wie ich aus dem Wageninneren auf die Straße fiel. Meine Hände trafen auf Split und Glas. Sehr scharf und schmerzhaft stach es tief. Ich versuchte aufzustehen. Die nahen Verkehrsgeräusche in einem Tunnel. Whomp. Whomp. Whoooosh.

»Komm her, du Scheißkerl!« Er nahm mich am Ohr und marschierte mit mir bis zum Licht. Die Morgensonne blendete mich. Völlig desorientiert, versuchte ich nicht einmal, mich aus seinem Griff zu befreien, obwohl er viel kleiner war als ich. Er kniff mir weiterhin ins Ohr, und nachdem wir aus dem Tunnel getreten waren, stieß er mich vom Bankett der Straße auf den mit Gras bewachsenen Damm darunter. Beide rutschten und stolperten wir hinab, bis die Straße hoch über uns war und wir zwischen Stöcken und nasser Erde knieten. Der Verkehrslärm war weit oben.

»Lincoln –«

Er hielt die Pistole in seiner Hand, und ich erkannte sie als die von zu Hause. Hatte er zwei Pistolen? Wie hieß sie gleich? Glock? Grock? Ich wollte den Namen wissen. Es war wichtig, den Namen zu kennen.

Er schlug mir gegen die Schläfe. Schmerz und Schwindel spritzten über mein Gesicht wie Wasser. Ich konnte nicht glauben, daß er das getan hatte. In unserer Familie hatte nie jemand einen anderen geschlagen. Niemals.

»Halt's Maul! Erinnerst du dich an jenen Tag, du Arschloch? Erinnerst du dich an den Verrückten, der neben dir herfuhr und schoß? Erinnerst du dich daran, wie du mir die Geschichte erzählt hast? Ich *liebe* diese Geschichte! Ich liebte sie, als du sie mir erzählt hast. Ich war dein Sohn, und es war eine von den tollen Geschichten meines Vaters.« Er schlug sich selbst mit der Pistole gegen die Brust. Womm. Womm. Womm. Nach dem letzten Womm schlug er mir mit der anderen Hand gegens Kinn. Schmerz. Das Geräusch eines Kleinlasters, der oben vorbeifuhr, dann ein ärgerliches, langes Hupen. Lincolns Gesicht so dicht vor mir.

Durch meine Panik und meine Schmerzen hindurch wurde mir eines zum ersten Mal klar. »Aber es waren damals Patronen in seiner Pistole, oder nicht? Und du hast mich beschützt, oder nicht, Lincoln? Du hast es verhindert. Du warst noch zu klein, um zu wissen, was passiert ist, aber du hast mich gerettet! Mein Gott! Das weiß ich erst seit heute!«

Er lachte mir ins Gesicht, sein Speichel traf meine Backe. »Du hast so viel Angst, daß du verflucht noch mal durchdrehst, Mann! Völlig daneben... Dich schützen? *Dich* retten, du Krimineller? Du Kidnapper! Du und diese gottverfluchte Lily! Dich *retten*? Weißt du, was ich mit euch beiden machen will? Das, Drecksau, *das*!« Er streckte die Pistole in die Luft und schoß dreimal sehr schnell hintereinander. Die Schmerzen in meinem Gesicht waren heiß und klopften, aber ich mußte einen klaren Kopf bewahren, denn in diesem Augenblick lag die Antwort. Ich mußte mir Rotz von Nase und Kinn wischen, aber ich fürchtete, er könnte es falsch verstehen und meinen, ich wollte irgendwas versuchen. Ich mußte mit ihm reden, ihm sagen, was ich heute verstand, was ich nach sieben falschen Jahren verstand.

»Wisch dir das Gesicht ab, Mann. Los, tu's, verdammt. Ich erschieß dich jetzt noch nicht.«

Mit zitternden Händen versuchte ich mich abzuwischen, aber ich konnte es nicht. Angeekelt riß er mir mein Hemd aus meiner Hose und stieß es mir ins Gesicht. »Komm schon, los, wisch es ab.« Während ich wischte, begann er wieder zu sprechen. »Hör zu, und hör gut zu, denn was ich dir sage, wirst du für den Rest deines Lebens nicht mehr vergessen. Guck mich an.«

»Ich kann nicht –«

»*Guck* mich an, Max!«

Ich hob mein Gesicht von meinem Hemd und sah – mich selbst. Nicht Lincoln, mich selbst. Und das, weil ich jetzt alles wußte.

»Lily und du, ihr habt dauernd Gott gespielt und gedacht: Ist schon okay, daß wir ihn gestohlen haben, denn wir ziehen ihn so wundervoll auf, daß er Superman wird, der König der Könige. Der Champion der Welt. *Aber ihr habt euch geirrt!* Ihr könnt einer Familie nicht ihr Kind wegnehmen und glauben, das ist okay. Es gibt keine Möglichkeit für ihn, okay zu sein. Warum hast du mich nicht zurückgegeben, als du es wußtest? Als du herausbekommen hast, was sie getan hat!« Seine Stimme war ein Schrei.

Mein Gesicht auf seinem verwandelte sich wieder zu seinem, wurde Lincolns Gesicht. Das Gesicht des Teenagers Lincoln, und es war voller Haß gegen mich. Ich mußte ihm sagen, was ich wußte. Mußte es ihm genau und gut erzählen, damit er es verstand und wußte, warum alles so gekommen war. Warum Lily ihn genommen hatte, warum ich es akzeptiert hatte, warum wir jetzt hier waren ... Daß alles nicht länger in unserer Macht stand, daß man es uns aus den Händen genommen hatte.

»Lincoln, kann ich – kann ich was sagen?«

»Was?«

»Lincoln, du bist mein Schutzengel. Verstehst du? *Darum* ist es geschehen. Darum sind wir hier. Darum hat Lily dich mitgenommen, darum habe ich sie überhaupt kennengelerrnt.«

»Wovon redest du? Was zum Teufel sagst du da eigentlich? Was meinst du mit ›Schutzengel‹?«

»Das bist du! Engel *können* kommen, aber du mußt sie auch verdienen. Aber ich habe dich ruiniert, weil ich damals nichts zu Lily gesagt habe. Verstehst du? Ich habe dich von deinen wirklichen Eltern ferngehalten, weil ich dich und deine Mutter so sehr wollte. Ich habe dich gezwungen, diese Lüge dein ganzes Leben lang zu leben. Ich bin sehr viel schlimmer als sie. Genau in dem Moment, als ich herausfand, was ihr Vergehen war, hätte ich es in Ordnung bringen sollen. Hätte dich zu deiner richtigen Familie zurückbringen müssen, damit du das Leben leben konntest, das dir bestimmt war.«

Sein Gesicht spiegelte Bestürzung und Verwirrung wider, aber dieser Satz fuhr direkt in ihn. Er erhob sich und steckte mir die Pistole ins Gesicht. »Ja! Du hättest mich nach Hause bringen sollen! Du hättest mich mein richtiges Leben leben lassen sollen! Weißt du eigentlich, wie es sich gestern abend angefühlt hat, diese Papiere zu lesen? Plötzlich zu wissen, daß dein ganzes Leben nichts als ein großer, beschissener Schwindel war? Alles über euch beide herauszukriegen, und wer ich in all den Jahren wirklich war? All die Jahre, in denen ihr so tatet, als wärt ihr meine Eltern? All das – all das Zeug auf einmal. Warum mußte ich es überhaupt erfahren? Warum hätte ich nicht einfach leben können, ohne es je herauszukriegen?! Mein ganzes Leben lang habt ihr zwei an nichts anderes gedacht als an euch selbst!«

»Lincoln, du hast recht. Alles, was du sagst, ist richtig, aber hör mir zu. Laß mich das erklären. Es wird dir helfen, ich schwör's dir.

Selbst wenn wir beide uns nie getroffen hätten, so bist du doch als mein Schutzengel geboren worden. Ist das nicht wunderschön? Und es ist wahr, es gibt wirklich Engel. *Wenn du sie in Ruhe läßt und sie nicht umbringst!* Aber nein, ich habe Lily kennengelernt, und das war mein Ende. Denn in dem Moment, als ich entdeckte, was sie mit dir gemacht hatte, hätte ich es berichtigen müssen. Du hast recht – das war mein Test, meine Prüfung. Ich hatte eine einzige Chance, dich aufrichtig zu verdienen, aber meine Gier hat sie zunichte gemacht. Du sollst nicht stehlen. Das wußte ich. Du sollst nicht habsüchtig sein. Darum ist alles schlecht geworden. Es ist meine Schuld. Ich habe uns alle ruiniert. *Bevor* ich alles in Erfahrung brachte, warst du so ein großartiger kleiner Junge, aber als ich es erfuhr und trotzdem nichts unternahm ... So hättest du dein ganzes Leben lang sein sollen. Aber ich habe dich vergiftet. Das ganze Blut klebt an meinen Händen.« Seine auf mich gerichteten Blicke waren wie Blitze, die Haß versprühten, schwarz glühte es aus seinen Augen heraus ... er holte mit der Pistole aus und schlug mir auf die Nase.

»Das ist hier kein beschissenes Cartoon, Max! Ich bin nicht dein Scheiß ›Büroklammer‹! Hör auf, Scheiße zu reden! Diese verrückte dreckige Scheiße! Ich bin nicht deine Karikatur. Ich bin kein Engel! Warum sagst du nicht die Wahrheit? Warum sagst du nicht einmal in meinem Leben die Wahrheit!«

Ich glaube, ich hätte seinen Arm beim nächsten Mal aufhalten können, wenn ich schnell zugelangt und ihn abgeblockt hätte, aber ich tat es nicht. Er schlug mir wieder auf die Wange, auf die Kehle, auf den Kopf. Ich wollte meine Arme heben, um ihn abzuhalten, ihn von mir abzuwehren, aber ich hatte die Kraft nicht. Er schlug immer wieder zu, bis ich das Bewußtsein verlor. Das letzte, an das ich mich erinnere, war, daß er immerzu »Daddy« sagte, während er mit aller Kraft zuschlug.

»Es war einmal ein großer Zauberer, und als er alt wurde, beschloß er, seine größte Magie anzuwenden und eine Maus in eine wunderschöne Frau zu verwandeln. Nachdem er sein Meisterwerk geschaffen hatte, dachte er, er müsse ihr, weil sie so außergewöhnlich war, als Ehemann das mächtigste Wesen auf der ganzen Welt finden. Nach langem Nachdenken ging er zum Sonnengott und fragte, ob er bereit wäre, diese Frau zu ehelichen. Der Sonnengott fühlte sich von dem Angebot sehr geehrt, sagte jedoch nein, denn ›es gibt jemanden, der stärker ist als ich – die Wolke, die mich bedeckt, wenn ich scheine‹. Der Magier dankte ihm für seine Ehrlichkeit und wandte sich mit demselben Angebot an die Wolke. Zu seinem großen Erstaunen sagte auch die Wolke nein, denn es gebe jemanden, der noch sehr viel mächtiger sei als sie – der Berg, dessen zerklüftete Gipfel die Fahrt der Wolke über den Himmel aufhielten. Der Zauberer schüttelte den Kopf und ging dann zum Berg, aber nur, um auch dort erneut ein Nein zu hören. ›Es gibt jemanden, der noch viel stärker ist als ich‹, sagte er. ›Das ist die Maus, denn sie kann Tunnel in meine Seiten graben, sooft sie will, und ich bin machtlos und kann sie nicht davon abhalten.‹ Also ging der Magier schließlich nach Hause, und traurig verwandelte er das wunderschöne, junge Mädchen zurück in eine Maus, damit sie sich eine andere Maus zum Ehemann suchen konnte. Alle Dinge kehren zu ihrem Ursprung zurück.«

Finky Linky sang sein verrücktes Abschiedslied, und die Show war zu Ende. Lincoln drehte sich zu mir um und blinzelte aus ungläubigen Augen. »Eine Maus ist doch *gar* nicht die größte Sache auf der Welt. Sie ist doch wohl nicht stärker als die *Sonne*!«

Ich konnte merken, daß uns eine großartige Vater-Sohn-Moral-Lektion ins Haus stand. Ich atmete tief ein und aus und wollte gerade beginnen, doch als ich meinen Mund aufmachte, kam nichts heraus. Ich konnte meine Kiefer und Lippen bewegen, aber in mir war keine Stimme, nicht ein Piepser. Ich räusperte mich, aber selbst das machte kein Geräusch. Ich versuchte es wieder. Nichts. Ich kratzte mir den Nacken und nickte ihm zu. Er wartete auf eine Antwort, aber sein fragender Gesichtsausdruck wollte wissen, ob ich ihm einen Streich spielte. Er begann zu lächeln. Ich unternahm noch größere Anstrengungen, um sprechen zu können, aber es ging nicht. Mein Schweigen ängstigte mich. Ich schob ihn von meinem Schoß und setzte mich aufrechter hin. Versuchte es wieder. Nichts. Noch einmal. Nichts. Ich geriet in Panik.

Ich erwachte.

Diesen Traum träumte ich seit Jahren immer wieder, und sicher wäre er schrecklicher geworden, wenn mich die Schmerzen nicht geweckt hätten. Ich kam zu mir, aber es existierte nur noch Schmerz. Meine Augen waren in Ordnung. Ich öffnete sie, und es erstaunte mich nicht, um mich her einen mir unbekannten weißen Raum zu sehen. Nach einer Weile stellte sich heraus, daß es sich um ein Krankenhauszimmer handelte. Mein Gesicht fühlte sich riesig und heiß an. Als ich eine zögernde Hand hob und es berührte, bellte der Schmerz mich an wegzubleiben, es in Frieden zu lassen, oder er würde erst richtig loslegen. Ich sagte: ›Okay, okay, ich bin vorsichtig.‹ Allerdings mußte ich wissen, wie schlimm der Schaden war. Ich mußte wissen, was es war. In meiner Vorstellung wurde dieser Schmerz zu einem Hund, der knurrend in einer Ecke dieses großen weißen Zimmers darauf wartete, daß ich eine falsche Bewegung machte, um mich umgehend anzuspringen. So behutsam ich konnte, berührte ich mein Gesicht und ertastete ein Schlachtfeld von Schnitten, Blutergüssen, Schwellungen. Einmal sicher, daß das alles war, ließ ich die Hand nach unten gleiten und dann über meinen Körper, soweit ich ihn erreichen konnte, und schickte ein Dankesgebet zum Himmel, als ich spürte, daß ich weder Gipsverbände noch andere schwere Bandagen trug. Er hatte es mir im Gesicht besorgt. Das mußte ihm gereicht haben.

Ich sah einen Summer, mit dem man die Krankenschwester rufen konnte, und griff zitternd danach. Ich bewegte meinen Kopf zu schnell, und der Schmerzhund knurrte plötzlich laut.

»Oh, hallo, Mr. Fischer! Sie weilen wieder unter uns, was? Wie fühlen Sie sich?«

»Froh, daß ich noch da bin. Können Sie mir sagen, was passiert ist? Aber bitte tun Sie's langsam, ich bin noch nicht richtig hier.«

»Sicher. Die Polizei fand Ihr völlig verbeultes Auto und suchte nach Ihnen. Sie fanden Sie unter der Böschung, und Sie waren besinnungslos. Wegen der bösen Schnitte dachten wir, Sie hätten eine schlimme Gehirnerschütterung oder vielleicht sogar einen Schädelbasisbruch, aber wir haben Sie mit dem Scanner untersucht und nichts gefunden. Sie klingen jetzt ziemlich gut. Was ist denn verflixt noch mal da draußen geschehen?«

Ich seufzte, um mir Zeit zu verschaffen, und erkannte, daß eine Lüge nicht nötig war, da die Wahrheit im Moment ausreichte. Ich erzählte ihr, ein Unbekannter hätte mich von der Straße gedrängt und mich schließlich mit Waffengewalt gezwungen, mit ihm die Böschung hinunterzugehen. Einmal unten, habe er begonnen auf mich einzuschlagen, bis ... ich konnte nicht mehr sagen, und sie bestand nicht darauf.

»Es ist doch verrückt heutzutage, wirklich beängstigend. Manchmal habe ich schon Angst, nur aus dem Haus zu gehen und Milch zu kaufen. Mein Mann hat mir erzählt –« Sie hätte weitergeredet, wenn nicht ein Polizist ins Zimmer getreten wäre und darum gebeten hätte, einen Augenblick mit mir allein sein zu können. Sie ging. Er setzte sich auf den Stuhl neben meinem Bett und zog seinen Notizblock heraus.

Ich erzählte ihm dieselbe Geschichte, und nach ein paar spezifischen Fragen hier und da schien er zufrieden zu sein. Es interessierte ihn besonders, zu erfahren, wie der Angreifer ausgesehen hatte. Ich beschrieb einen Mann Anfang Dreißig, ohne besondere Merkmale, aber mit einer erstaunlich tiefen Stimme. Ich hielt es für das beste, dem Phantasietäter eine denkwürdige Eigenschaft zu verleihen, damit er echter klang. Nein, ich hatte ihn noch nie gesehen. Keine Ahnung, warum er mich verletzen wollte. Ich sagte, wer ich war, und auf die Frage, was ich in New Jersey tat, gab ich an, ich sei geschäftlich da. Der Polizist war ein netter Kerl, freundlich und sympathisch. Er schüttelte oft mit dem Kopf, als könne er nicht glauben, was da geschehen war. Als ich fertig war, bat er mich, ein Formular zu unterschreiben, und sagte, es sei nicht nötig, daß wir uns nochmals träfen, es sei denn, ich hätte noch Fragen. Als er ging, berührte ich seinen Arm und fragte ihn, wie lange ich schon im Krankenhaus war. Er schaute auf seine Uhr und sagte »zehn Stunden.« Zehn Stunden! Ich konnte ein Schreien kaum unterdrücken. Zehn Stunden! Was hatte Lincoln in dieser Zeit gemacht? Alle Möglichkeiten waren grauenhaft.

Als ich wieder allein war, schob ich mich bis auf den Rand des Bettes und hob das Telefon ab. Es war nicht leicht, aber es gelang mir, die Telefonistin davon zu überzeugen, ein Ferngespräch nach Los Angeles für mich durchzustellen. Wie spät war es da? Egal. Das Telefon klingelte und klingelte. Geh endlich ran. Geh ans verdammte Telefon!

»Hallo?«

»Hallo Lily? Lily, ich bin's, Max –«

»Max, heiliger Himmel, wo bist du? Hier ist Mary.«

»Wer?« Ich verstand nicht. Warum war Lily nicht rangegangen?

»Mary. Ich bin's, *Mary Poe*. Max, um Himmels willen, wo immer du steckst, komm sofort nach Hause. Lincoln ist tot, Max. Er hat sich erhängt. Lily kam nach Hause und hat ihn gefunden. Max, bist du noch dran? Hörst du mich? Lincoln ist *tot*.«

Meine Sachen waren im Schrank. An der Innenseite der Schranktür war ein Spiegel mit einer kleinen Lampe darüber. Ich knipste sie an und schaute mich zum ersten Mal seit zehn Stunden an. Mein Gesicht war so schlimm, wie es mir meine Finger gesagt hatten, aber ich hatte an Bushaltestellen in Los Angeles schlimmer aussehende Leute gesehen. Als ich mich langsam anzog, brüllte der Schmerzhund. Zusammen mit der Nachricht, wenn es nicht genug sei, solle man mir eine Rechnung nach Kalifornien schicken, hinterließ ich dreihundert Dollar auf dem Tisch neben dem Bett.

Ich öffnete die Tür des Zimmers, sah niemanden auf dem Korridor und ging hinaus. Glücklicherweise war genau dort eine Tür, die in einen großen Garten führte. Draußen roch es so sehr nach guten, frischen Dingen, daß ich weinen wollte. Es war Abend. Ich ging über Kopfsteinpflaster durch den Garten und schließlich durch ein paar hohe Hecken auf den Parkplatz des Hospitals. Am Haupteingang hatte ein Taxi jemanden abgesetzt und wollte gerade wieder abfahren, als ich ihm ein Zeichen gab und einstieg.

»He, Sie haben Glück. Ich war schon fast wieder unterwegs. Wohin?« Der Fahrer schaute in den Rückspiegel und machte große Augen. »Heiliger Bimbam! Was ist Ihnen denn passiert?«

»Autounfall. Würden Sie mich bitte zum Flughafen in Newark bringen?«

»Sind Sie sicher, daß es Ihnen gutgeht? Ich meine, können Sie reisen und so?«

»Ja, bitte bringen Sie mich einfach zum Flughafen.«

Hat sich erhängt. Es war absolut das Grausamste, Großartigste, was er tun konnte. Was hatte er noch gesagt? »Ich bin keine Karikatur.« Hat er das gesagt? Ja, so was Ähnliches. Aber jetzt das, und es war so abscheulich perfekt, daß nichts auf der Welt wirkungsvoller gewesen wäre. Ich bin sicher, er hatte es irgendwo im Hause gemacht, wo Lily ihn mit Sicherheit gefunden hätte. Lily oder Greer.

»Greer. O Gott.«

»Was sagen Sie?«

»Nein, nichts.«

Der Fahrer schaute mich im Rückspiegel an und schüttelte den Kopf. Meine Reisetasche stand neben mir auf dem Sitz im Dunkeln. Ich langte hinein und tastete nach meinem Zeichenblock und einem Bleistift. Ich öffnete den Block, brachte den Stift aufs Papier und begann zu zeichnen. Abgesehen von den Straßenlaternen und den gelegentlichen Autoscheinwerfern, die uns anleuchteten, war es im Fond des Taxis absolut dunkel. Aber ich zeichnete und zeichnete, schaute dabei kein einziges Mal nach unten, spürte nur, wie der Bleistift über das Papier kratzte, wie er tat, was immer meine Hand tun wollte. Ich zeichnete, bis wir am Flughafen ankamen, wo ich Block und Stift auf dem Sitz liegen ließ und ausstieg, um ein Flugzeug nach Hause zu nehmen.

Während des Flugs zeigte man einen Film. Die Stewardeß gab mir einen Kopfhörer, aber ich ließ ihn auf meinem Schoß liegen. Es war besser zuzuschauen, ohne etwas zu hören, und den Dialog selbst zu erfinden, die Handlung zu erraten, während sie geräuschlos vor sich hinhopste. Alles, um mich abzulenken.

Eine sehr schöne blonde Frau hat die Welt in ihrer Jackentasche, Geld, Macht, einen gutaussehenden Freund, der sie ebensosehr zu lieben scheint wie die gesamte restliche Welt auch. Aber sie wird alles leid. Eines Tages lernt sie einen enorm fetten Mann kennen, der als Kassierer in einem Supermarkt arbeitet. Sie reden, sie lacht, sie reden weiter. In der nächsten Einstellung sehen wir sie draußen auf dem Parkplatz des Supermarkts nach der Arbeit auf ihn warten. Er tritt aus dem Laden und sieht sie dort, eine blonde Venus, die auf ihren roten Sportwagen gelehnt dasteht und offensichtlich auf ihn wartet. Schnitt auf sein Gesicht. Seine Augen verdrehen sich nach oben, und er fällt in Ohnmacht.

Als der Film schlimmer wurde, engagierte ich mich nur noch mehr. Ich stülpte mir den Kopfhörer auf und drehte die Lautstärke bis ganz nach oben. Das Paar muß sich mit der ganzen Welt anlegen, um unter Beweis zu stellen, daß seine Liebe echt ist. In dem Film war jedes Klischee vertreten, das man sich vorstellen kann. Ihre reichen Eltern sind entsetzt, ihr einstmals fescher Boyfriend entpuppt sich als gemeiner Kerl, der alles in Bewegung setzt, um die verliebten Vögelchen auseinanderzubringen. Fast hätten sie sich getrennt, aber wahre Liebe obsiegt.

Wahrscheinlich einer der dümmlicheren Filme, die ich in meinem Leben gesehen habe, aber ich lachte über die lahmen Witze, lehnte mich in meinem Sitz vor, wenn die Dinge schlecht für die beiden standen. Am Ende, als sie in einer idyllischen Stadt in Vermont leben und dort zusammen einen Laden betreiben, begann ich zu heulen. Ich konnte nicht mehr aufhören. Eine Frau in mittlerem Alter auf der anderen Seite des Gangs beobachtete mich mißtrauisch. Was sah sie da? Einen Mann mit einem geschwollenen, blutunterlaufenen Gesicht, der wie ein Kind weinte. Ich hätte in dem Moment alles in der Welt dafür gegeben, den Film noch mal sehen zu können, aber die Leinwand wurde leer, dann schwarz. Unbewußt langte ich in meiner Tasche nach dem Zeichenblock, als mir einfiel, daß ich ihn im Taxi gelassen hatte. Ich schaute die stierende Frau an, aber sie hatte sich wieder ihrer Illustrierten zugewandt. Es blieb nichts weiter zu tun, als meine Augen zu schließen und an meinen toten Jungen zu denken.

Ich holte den Wagen vom Parkplatz und fuhr auf die Stadt zu. Ich war etwas über vierundzwanzig Stunden weg gewesen, aber das einzige, was sich auf dieser Welt für mich nicht verändert hatte, war die Straße mit ihren orangefarbenen Lampen über mir und den bekannten Werbewänden für Fluggesellschaften, Hotels, Wochenendtrips nach Las Vegas oder Lake Tahoe. Als ich an der Tankstelle vorbeifuhr, wo einen der Kassierer mit dem Fernglas beobachtete, fragte ich mich, ob ich anhalten und ihn durch all sein ihn beschützendes Glas hindurch fragen sollte: Erinnern Sie sich an mich? Beachten Sie nicht, wie ich jetzt aussehe. Ich war der, der Ihnen gestern abend einen Zwanziger gereicht und keine Umstände gemacht hat. Gestern abend, als die Dinge nur voller gefährlicher Möglichkeiten waren. Nicht wie jetzt, mit meinem violettfarbenen aufgeschlitzten Gesicht und meiner toten Zukunft.

Ich fuhr an dem Hamburgerstand vorbei, wo die mörderische Gang gestanden hatte, aber er war leer und nur erfüllt von einsamem, gelbem Licht. Noch ein paarmal nach rechts, nach links, zwei rote Ampeln, nochmals rechts, und ich war in unserer Straße. Willkommen zu Hause, Daddy. Über diese Straße ist Lincoln mit dem Fahrrad gefahren. Hier waren wir mit dem Hund spazieren. »Lincoln, auf dem Rasen liegen ein paar Pakete, würdest du mir behilflich sein, sie hineinzubringen?«

Lilys Auto war nirgends zu sehen, aber Mary Poes schwarzer Jeep stand in unserer Einfahrt. Ich fuhr an den Bordstein und schaltete den Motor aus.

»Ich zähl bis fünfzig und rein. Nur bis fünfzig, und ich geh.«

Im Wohnzimmer waren die Lampen an, und obwohl es so weit entfernt war, versuchte ich hineinzuspähen und zu sehen, ob außer

Mary sonst noch jemand da war. Keine Bewegung, keine Formen, die sich hin- und herbewegten. Während ich schaute, zählte ich im Kopf bis fünfzig. Bei fünfzig ginge ich rein. Nichts bewegte sich.

Etwas klopfte laut gegen meine Scheibe. Ich fuhr zusammen. Im Kopf schrie ich Lincoln, es ist Lincoln, er ist wieder da. Er ist hier, er ist tot, aber er ist hier...

Das Gesicht am Fenster gehörte einer Frau mit gebräunter Haut und dunklen Haaren. Fünfunddreißig oder so, sie war hübsch, aber in ihrem Gesicht waren viele Falten, die sowohl ihr Alter als auch ihre Erfahrungen spiegelten. Ich war durch ihr Klopfen so erschrocken, daß ich sie nicht verstand, als sie mir mit dem Finger andeutete, ich solle die Scheibe hinunterdrehen. Ich schüttelte den Kopf. Sie stand nah genug, daß ich sie durch das Glas verstehen konnte, als sie sagte: »Könnten Sie bitte das Fenster öffnen? Bitte, nur eine Minute.«

Ich drehte es halb hinunter. Als ich ruhiger wurde, bemerkte ich, daß ich ihr Gesicht von irgendwoher kannte. War sie eine Nachbarin? Was machte sie um diese Nachtzeit hier draußen?

»Danke. Wissen Sie, wer ich bin? Erkennen Sie mich?«

»Nein.«

»Ich bin Little White, Mr. Fischer. Lincolns Freundin, Little White.«

Als ich sie letzten Abend gesehen hatte, war Little White sechzehn Jahre alt, hatte punkige, spitz abstehende weiße Haare auf dem Kopf und ein so clownweißes, tödlich blasses Gesicht, daß man glauben mußte, sie trüge eine besondere Art von Schminke. *Diese* Frau war fast in meinem Alter, hatte dunkle kurze Haare... Sommersprossen. Und doch, je länger ich hinschaute, um so mehr kam das bekannte junge Gesicht durch dieses hindurch an die Oberfläche. Die Augen, der Mund... es waren dieselben. Ich hatte sie in den Monaten, in denen sie mit Lincoln rumhing, so oft gesehen.

»Können wir uns eine Minute unterhalten?« Sie wartete. Ich machte keine Anstalten. »Wir wär's mit Anwen Meier, Mr. Fischer? Wir wär's mit Lincolns Schüssen auf Sie auf der Straße?«

Ich sah wieder aufs Haus und stieg aus. Wir standen keinen Meter voneinander entfernt. Sie trug ein dunkles, schickes Kleid, ein goldenes Armband, hochhackige Schuhe. Ich dachte daran, was sie gestern getragen hatte: Schmutzige Jeans, ein T-Shirt, auf dem »Nine Inch Nails« stand, Springerstiefel. Und jetzt behauptete diese elegante und attraktive Frau Anfang Dreißig, deren Parfüm verhalten und und blumig herüberschwebte, sie sei mit der anderen identisch.

»Sie sind nicht wirklich erstaunt, oder doch?« Die Stimme. Ja, es war auch die des Mädchens, nur unwesentlich tiefer.

»Nein.«

»Ich wußte es. Lincoln hat mir erzählt, was er mit Ihnen in New Jersey gemacht hat. Er hat mir auch gesagt, warum.«

Ich entgegnete nichts.

»Ich habe ihn heute getroffen, bevor er das da tat.« Sie zeigte auf unser Haus. »Er hat mir gesagt, daß er es vorhat, aber ich konnte ihn nicht davon abhalten. Er hat mich vom Flugzeug aus angerufen und gebeten, ihn abzuholen. Sagte, ich solle allein kommen und Elvis nichts sagen. Er war sehr erregt und bat mich inständig, da zu sein, wenn er landete. Das war nicht seine Art. Lincoln bat niemals um irgend etwas, also sagte ich klar: ›Okay, ich komme.‹

Ich kann Ihnen gar nicht sagen, wie schlimm er aussah, als ich ihn sah. Im Auto sagte er zuerst gar nichts, ließ nur immerzu sein Feuerzeug auf- und zuklacken, bis es mir auf die Nerven ging. Ich fragte ihn, was verflixt los sei, und er erzählte es mir. Alles über Sie und Ihre Frau, und wie sie ihn kidnappte. Und darüber, daß Sie ihm gesagt hätten, er sei ein Engel.

Als er mir die ganze Geschichte erzählt hatte, fragte er mich, ob ich ihm glaubte. Wissen Sie, was ich sagte? ›Ich glaub's, wenn du es beweist.‹ Das ist ja die einzige Möglichkeit, wie man wirklich sicher gehen kann, oder? Er sagte: ›Okay, fahr rechts ran, und ich beweis es dir.‹ Ich wußte nicht, was mich erwartete, aber ich fuhr auf den Parkplatz von Loehmanns und machte den Wagen aus.

Er begann, mir Sachen über mich zu erzählen, die niemand auf der ganzen Welt wissen konnte. Sachen, die *ich* sogar vergessen hatte, so tief lagen sie begraben.

Das erschütterte mich immer noch, als er sagte: ›Das ist heute, das ist, wer du heute bist. Und jetzt zeig ich dir deine nahe Zukunft.‹ Als es vorbei war und er mich zurückbrachte, hatte ich keinen Zweifel daran, daß die nächsten paar Jahre meines Lebens so verlaufen würden.

Und wissen Sie was? Sie waren total beschissen. Zuerst waren da dank Elvis jede Menge schlimmer Drogen, die mich zweimal für längere Zeit ins Krankenhaus brachten. Dann der Entzug in einer Klinik. Ich kam raus, und um meinen Eltern eins auszuwischen, heiratete ich einen Maler, der herausfand, daß es mehr Spaß machte, mich zu verprügeln, als zu malen. Schlimmer noch, er willigte nicht in die Scheidung ein und wollte mich nicht eher gehen lassen, bis meine Eltern ihm eine Abfindung zahlten. Und selbst danach machte dieser Geisteskranke mir noch weiter Schwierigkeiten.

Ich meine, mein Leben war eine lange Horrorgeschichte nach der anderen. Ich wußte, daß sie sich ereignen würden, denn so wie ich war, machten sie *Sinn*. Lincoln zeigte mir jede ekelhafte und traurige Sache, die mir in den nächsten achtzehn Jahren widerfahren würde. Unglaublich. Noch achtzehn Jahre davon! Noch einmal so lange, wie ich schon gelebt hatte, und bis ich mich endlich zusammenreißen und mein Leben in Ordnung bringen würde, wäre ich ein lebendes Katastrophengebiet. Super, was? Viel, worauf man sich freuen kann.« Sie hatte minutenlang geredet, aber jetzt schaute sie mich an und lächelte. »Ihr Engel hat mir das Gespenst meiner weihnächtlichen Zukunft gezeigt, und es war echt, das kann ich Ihnen sagen.

Dann brachte er mich wieder zurück und sagte: ›Das war's. So wird dein Leben verlaufen.‹ Ich habe gefragt, was ich tun könnte, um es anzuhalten oder zu verändern. Nichts. Es gebe allerdings etwas, das *er* tun könne, wenn ich wollte. Er könne mich älter machen. Er sagte, ab vierunddreißig würde sich mein ganzes Leben ändern und anfangen angenehm zu sein. Er könne mich die Jahre überspringen lassen, wenn ich wollte, diese ganzen grauenhaften achtzehn Jahre. Aber ich hätte trotzdem meine ganze Biographie im Kopf und wäre also dieselbe Person. Es wäre so, als ginge man über eine Brücke, und das Wasser unten, das wären die schlimmen Jahre.«

»Wie fühlst du dich?«

»Besser als jemals zuvor, und es ist erst ein paar Stunden her. Das Witzige ist, ich bin nach Hause gegangen, und meine Eltern haben gar keinen Unterschied gesehen.«

Ich wußte, sie wollte noch weiter darüber sprechen, aber ich konnte nicht. Ich mußte ihr andere Fragen stellen. »Was hat Lincoln am Flughafen gesagt? Was hat er dir erzählt?«

»Ich mußte ihm versprechen, nichts zu sagen. Er hat mir auch verboten, Ihnen zu sagen, was *ich* über Sie und Ihre Frau denke.« Sie hielt inne, dachte darüber nach, fuhr fort. »Er bat mich nur besonders darum, Ihnen das hier zu geben.« Sie steckte ihre Hand in ihre Handtasche und zog eine Pistole heraus. »Er hat sie gestern an Ihnen ausprobiert.«

»Was soll ich damit tun?«

»Ich weiß nicht. Vielleicht glaubte er, Sie wollten sie an sich selbst ausprobieren. Ich muß jetzt gehen. Ich habe getan, worum er mich gebeten hat.« Sie drehte sich um und ging die dunkle Straße entlang, etwas von ihrem Parfüm schwebte noch in der Luft.

»Warte! Wie konnte er dich retten, wenn er selbst so aufgeregt war? Und warum hast du es *nicht* verhindert, daß er sich umbrachte?«

»Weil wir Freunde waren und wollten, daß der andere das bekam, was er wollte. Lincoln wollte wegen dem sterben, was Sie getan haben, das war seine Entscheidung. Er war mein Freund, Mr. Fischer. Er hätte alles für mich getan, selbst am Ende. Schade, daß Sie ihn nicht kannten.« Sie drehte sich wieder um und ging weg. Ich hatte nicht das Verlangen, sie zu rufen oder ihr zu folgen. Sie bedeutete mir nichts, und was soll's, wenn ihre Geschichte stimmte. Lincoln war tot. Meine Schuld. Mein toter Engel.

Ich ließ die Pistole in meine Jackentasche gleiten und ging über die Straße zum Haus.

»Mr. Fischer?« Die beiden Gillcrist-Jungen kamen näher, und Bill zeigte auf Little White. »Kennen Sie die? Haben Sie sich darum mit ihr unterhalten? Meine Mutter hat uns gesagt, wir sollen nie mit einer wie ihr reden. Sie ist ganz alt und schmutzig. Aber Sie haben's getan. Kennen Sie sie?«

Bevor ich die Tür aufschloß, klingelte ich, um mögliche Anwesende vorzuwarnen. Ich hoffte, Lily wäre nicht da, denn ich wollte zuerst alles sehen und hoffentlich alle Details erfahren. Laß mir Zeit, über alles nachzudenken, bevor ich etwas unternehme.

»Wer ist da?«

»Mary? Ich bin's, Max.«

»Ich dachte mir, daß du das bist. Was ist mit deinem Gesicht passiert? Wo warst du?«

»Das ist egal. Ist Lily hier?«

Das Haus roch anders. Ich schloß die Tür hinter mir und versuchte herauszufinden, was es war. Kochgerüche? Nein. Ein neues Parfüm? Nein. Viele Leute. Es roch nach vielen Leuten, die alle gleichzeitig hier drinnen waren.

»Nein, sie und Greer sind drüben bei Ib und Gus. Der Arzt gab ihr ein Beruhigungsmittel, und es machte sie ruhiger, aber ich hätte mir gewünscht, du wärst hier gewesen. Sie hat ihn gefunden. Er hing an dem Balken in eurem Schlafzimmer.«

»War eine Nachricht da?«

»Ja. Sie lautete: ›Das ist für dich, Lily. Danke‹, und unterschrieben war sie: ›Nicht Brendan Meier.‹«

»Hat die Polizei das gesehen?«

»Ja. Sie haben sie mitgenommen. Max, was ist hier los? Was ist mit dir passiert? Wo war Lincoln gestern?«

»Die Polizei hat die Nachricht? Was stand noch mal darauf?«

»›Das ist für dich, Lily. Danke.‹ Unterschrieben: ›Nicht Brendan Meier.‹ Verstehst du das? Was ist mit Lily?«

»Du sagst, sie hat die Leiche gefunden? Hat Greer sie gesehen?«

»Nicht, daß ich wüßte. Lily hat mich gestern abend angerufen, nachdem du weg warst, und wollte wissen, was los war. Ich habe es ihr nur knapp umrissen und die Pistole nicht erwähnt. Ich habe gesagt, daß Lincoln wahrscheinlich in eine Sache hineingerutscht sei und du versuchen würdest, ihn da wieder rauszuholen. Sie bat mich darum, rüberzukommen und hier zu schlafen, und ich bin sicherheitshalber gekommen. Heute war sie sehr beunruhigt, weil sie noch von keinem von euch beiden gehört hatte. Ich blieb, solange ich konnte, und bin dann los, dachte, ich wäre nur ein paar Stunden weg. Greer ging zur Schule, Lily machte ihre Erledigungen, und als sie am Nachmittag zurückkam, war Lincoln ... da. Sie fand ihn, als sie ins Schlafzimmer ging.

Max, weißt du, warum er es getan hat?«

Sie war meine älteste Freundin, die Person, der ich wirklich mehr als jeder anderen vertraute. »Nein. Ich verstehe diese Nachricht auch nicht. Brendan Meier? Wer ist das?«

»Vielleicht ein Freund von ihm? Da ist noch so was. Die Polizei suchte nach seinen Freunden, um sie zu befragen. Besonders Elvis und Little White. Sie fanden Elvis, aber er weiß nichts. Er soll angefangen haben zu weinen, als er hörte, daß Lincoln tot sei.

Noch was anderes, Max. Du mußt hin und die Leiche identifizieren. Lily schafft das nicht, und ich glaube, sie sollte es auch nicht. Bevor du etwas anderes unternimmst, mußt du ins Leichenschauhaus und ihn identifizieren.«

»In Ordnung. Ich mach's gleich.«

»Ich würde mitgehen, aber sie wollen –«

»Ich sagte, es ist in Ordnung, Mary. Ich gehe jetzt.«

Sie berührte meine Schulter, ich zog sie weg. »Erzählst du mir, was da draußen los war? War es wegen der Pistole? Hat all das mit seiner Pistole zu tun?«

»Nein. Damit hat es nichts zu tun. Ich will mir noch das Schlafzimmer ansehen, bevor ich gehe. Ich will sehen, wo es geschehen ist.«

»Da ist nichts. Es ist nichts da. Es ist einfach wieder euer Schlafzimmer. Wirklich, *es ist nichts da*. Schau nach, da ist nur ein ordentlich gemachtes Bett, eine Kommode –«

»Und ein praktischer, freigelegter Balken? Ich will es sehen. Und ich muß auch in sein Zimmer gehen. Ich muß einfach ein bißchen in beiden Zimmern sein, verstehst du das?«

Sie nickte und schaute mich voller Mitgefühl an. »Okay. Willst du, daß ich dich begleite ...«

»Zum Leichenschauhaus? Ist das das Wort, nach dem du suchst, Mary? Nein. Ich geh allein. Sag mir nur, wie ich hinkomme.«

Wir standen dicht beieinander. Sie nahm mich in die Arme und drückte mich an sich. Ich hielt sie so lange, wie sie mich umarmte, aber in meinem Arm war keine Kraft, ich brachte keinen Gegendruck zustande. Wir lösten uns voneinander. In ihren Augen waren Tränen.

»Bist du sicher, daß ich dich nicht fahren soll?«

»Ganz sicher. Du, hör mal, vielen Dank für alles, was du getan hast. Danke, daß du gestern hier warst und heute.«

»Ich bin so froh, daß ich da war. Ich wünschte so sehr, daß euch beiden das erspart geblieben wäre.«

»Ich habe einmal einen Artikel gelesen, da sagten sie, nur einer von sechs Selbstmördern hinterließe eine Nachricht. Die Nachricht teilt den Hinterbliebenen fast nie mit, was sie erfahren wollen. Wenigstens haben wir eine Vorstellung, was? Lily und ich können den Rest unseres Lebens mit dem Wissen verbringen ...«

»Max –«

»Sag mir einfach, wie ich hinkomme.«

Man glaubt, ein Ort reißt einen entzwei, allein durch die Tür zu treten, nimmt einem alle Entschlossenheit und den Rest von Mut. Anders als andere Wörter wie »Liebe« oder »Haß« hat »Leichenschauhaus« nur eine Bedeutung. Es ist, was es ist – der Ort, wohin Leichen für eine letzte Besichtigung gebracht werden. Beerdigungsinstitute sind nicht dasselbe. Wenn eine Leiche im Leichenschauhaus ist, ist neben dem Tod noch etwas anderes schiefgelaufen, der letzte Atemzug war verdächtig. Da ist sie nicht mit einem Anzug bekleidet und geschmackvoll hergerichtet, sondern wird aufgeschnitten und von jemandem, der nach Anhaltspunkten sucht, untersucht. Im Gegensatz zu diesem anderen Haus der Toten handelt es sich hier nicht um den Ort der letzten Ruhe, sondern eher um den Ort der letzten Befragung. Die Fragenden finden ihre Antworten nicht in Form von Wörtern, sondern auf der Haut und unter ihr.

Ich dachte, ich würde das Leichenschauhaus nicht durchstehen, aber als ich durch die letzte Tür trat, bevor ich zu Lincolns Leiche kam, verschluckte ich mich, denn ich bemühte mich, ein großes altmodisches Ha ha! zu unterdrücken. Lachen. Der Arzt, der mich zu dem Zimmer führte, schaute mich mitfühlend an.

»Es ist okay. Schauen Sie einfach nur einmal hin, sagen Sie, ob Sie ihn erkennen oder nicht, und es ist vorbei.«

Er irrte sich gewaltig. Ich hatte nicht aus Schmerz oder Irrsinn gelacht, vielmehr darüber, daß ich, als ich meine Hände in meine Jackentasche steckte, Lincolns Pistole darin entdeckte. Eine Pistole in einem Leichenschauhaus? Wer war da, den man erschießen konnte, wo doch jeder schon tot war?

»Geht es Ihnen gut?«

»Ja, es geht.« Zu einem anderen Zeitpunkt wäre ich sehr paranoid gewesen, aber jetzt nicht. Ich war in einem Leichenschauhaus mit einer Pistole in meiner Tasche und stand kurz davor, meinen toten Sohn zu sehen, der sich früher am selben Tag ausschließlich wegen mir und meiner geliebten Frau erhängt hatte. Dachte man auf diese Weise daran, so bedeutete eine Pistole nicht viel. Seine Pistole. Meine Schuld. Sein Tod. Meine Schuld.

»Hier ist es. Hier. Würden Sie bitte etwas zurücktreten?« An der Wand waren Reihen von großen Schubfächern, und es bedurfte eines Augenblicks, bis ich kapierte, daß sich darin Leichen befanden. In der Mitte des Raums waren Metalltische mit Abflüssen unten. Bis auf einen waren sie leer. Wir waren an diesem einen stehengeblieben.

Ein dünnes weißes Laken bedeckte ihn. Unter diesem Laken befand sich unser Sohn, unser Verbrechen, mein toter Schutzengel. Der Mann zog es nach unten.

Ich wollte nicht zuerst das Gesicht. Das wäre zuviel gewesen.

Als das Laken nach unten fiel, schaute ich absichtlich auf die Mitte des Körpers. Er hatte einen so kleinen Bauchnabel. Wenn man ihn in diesem Bauchnabel kitzelte, als er noch klein war, dann lachte er, lachte und lachte. Die Arme waren dünn, die Hände zart. Es waren noch nicht die Hände eines Mannes, aber bald wäre es soweit. Ich stellte sie mir in Bewegung vor, wie sie Dinge berührten. Wie sie Pommes frites in seinen Mund stopften, wie sie seine Schwester hinten am Hals hielten, als er ihr das Schwimmen beigebracht hatte. Meine Augen fuhren entlang der Arme bis zu seinen schmalen Schultern, verharrten aber, als sie an die rote Kerbe an seinem Hals gelangten. Die Trennungslinie. Eine bösartige, rote, klaffende Rille um seinen Hals, die das Seil hinterlassen hatte. Was war schlimmer, die gräulichweiße Gesichtshaut, die geschlossenen, aber vorquellenden Augen oder der rote Schnitt um seinen Hals?

»Mr. Fischer?«

»Ja? O ja, das ist mein Sohn. Das ist Lincoln.«

»Ich fürchte, daß wir eine Autopsie an ihm vornehmen müssen. Wir nennen es einen ›unrechtmäßigen Tod‹, obwohl die Todesursache offensichtlich ist, das ist die Vorschrift –«

»Ich verstehe.« Ich spürte die Pistole in meiner Tasche. Sie war warm geworden, seit meine Hand auf ihr lag. Was würde dieser Mann tun, wenn ich sie plötzlich zöge?

»Verzeihen Sie, aber ich weiß nicht, was Ihre Vorschriften hier sind, Herr Doktor, aber wäre es wohl möglich, ein paar Minuten mit ihm allein zu sein? Ist das erlaubt?«

»Gewiß. Ich werde diesen Vorhang hier zuziehen, dann sind Sie allein.«

Ich hatte den Vorhang nicht bemerkt, der gegen die Wand zurückgeschoben worden war, aber ich war ihm für seine Freundlichkeit außerordentlich dankbar. Er zog ihn vor und sagte still, er sei nebenan, wenn ich fertig sei. Ich dankte ihm und lauschte auf seine sich entfernenden Schritte. Die Tür öffnete sich und schwang mit einem leichten Quietschen wieder zu. Lincoln und ich waren zum letzten Mal allein.

Ich spürte, wie mein Herz sich mit lauter Wörtern füllte, die ich ihm sagen wollte, ausnahmslos Entschuldigungen, alle erkannten die Schuld für diesen Abgang und diesen Verlust an. Ich wollte mich zu ihm hinunterbeugen ... alles wurde zu einem wirren Pulk von Gedanken und Gefühlen, aber ich wollte keine Wörter mehr.

Ich wollte auf eine andere Weise auf Wiedersehen sagen. Das schlimmste an ihm war der rote Strich um seinen Hals, ich hob eine Hand und berührte ihn. Berührte die blutige, geschwollene Rille mit zwei Fingern und führte sie daran entlang. Dachte: Es tut mir leid. So leid. Es tut mir so leid.

Bis sich sein Kopf bewegte.

Zuerst langsam, von einer Seite auf die andere. Tat er das? Bewegte er sich wirklich? Ja. O ja, er bewegte sich sehr wohl! Schneller, immer weiter von einer Seite auf die andere.

Ich schaute hin, und plötzlich war da auf seinem Hals nichts mehr. Er war klar, makellos. Kein roter Schnitt, kein Zeichen des Todes. Es war verschwunden. Was blieb, war blasse Haut. Die blasse Haut eines jungen Mannes.

Als ich ins Zimmer kam, war er tot. Als ich ihn direkt anschaute, war er tot, sein Hals war von einem Seil durchtrennt worden. Man weiß es in dem Moment, wo man es sieht, ein Blick und keine weitere Frage mehr. Tot.

Jetzt keine Spur mehr davon, und er lächelte. Dann klang es, als würde sich diese Leiche, mein Sohn, räuspern. Hmm. Hmm. Ahem. Dann, und daran gab es keinen Zweifel, ein Lachen. Sein Kopf bewegte sich von hinten nach vorn. Unser toter Junge lachte. Sein Mund öffnete sich, und seine Zunge, seine strangulierte Zunge, angeschwollen mit dem Blut eines toten Mannes, brach trocken und obszön groß aus seinem Mund hervor. Seine Augen öffneten sich. Sie quollen vor.

Von einer Seite auf die andere. Lachend.

Entsetzt preßte ich die Pistole gegen seinen Kopf, gegen seine Schläfe. Zusammen mit seinem Kopf bewegte sie sich von einer Seite auf die andere. Seine Augen waren blutunterlaufen, aber sie sahen mich, sie fokussierten, begannen auch zu lachen. Der rote Strich war wieder auf seinem Hals. Das Todeszeichen. Meine Schuld.

Er hörte auf, sich zu bewegen. Er versuchte zu sprechen, aber mit dieser Zunge wollte es ihm nicht gelingen. Er schloß seine Augen, öffnete sie wieder. Sie hatten ihre normale Größe. Nur die blaugraue Haut war gleich geblieben.

Er schaute mich an. Seine Lippen waren blaß und trocken, aufgesprungen. »Was hast du denn jetzt vor, *Daddy*, willst du einen Toten erschießen?«

Ich versuchte zu sprechen, aber es ging nicht. Abdrücken konnte ich auch nicht. Meine Augen begannen schneller zu blinzeln. Tränen. Ich versuchte zu sprechen, aber es ging nicht.

»Drück ab, aber es wird nicht klappen. Oder vielleicht doch, wenn *du* es tust. Ich darf nicht. Ich muß bleiben und mich um dich kümmern.«

»Lincoln –«

»Das ist zum *Kotzen*! Ich will sterben! Ist kein Trick! Ich spiel keine beschissenen Spielchen. *Ich will sterben!* Drück ab, bitte! Vielleicht klappt's.« Er lächelte wieder, konnte nicht mehr weiter. Das Lächeln verblaßte. »Ich habe Angst! Ich will das nicht. Ich will einfach aufhören. Ich will einfach weeeeg hier!«

Ich liebte ihn so sehr. Meinen Sohn. »Was kann ich tun?«

»Weiß nicht.« Er schloß die Augen und rollte seinen Kopf von einer Seite auf die andere, von einer Seite auf die andere. Der blutrote Gürtel um seinen Hals. »Sie lassen mich nicht gehen! Was soll ich denn sonst noch tun? *Ich habe so viel Angst!*«

Ich berührte seinen Körper mit meinem Arm. Er faßte ihn mit seinem, zog ihn zu sich heran und drückte ihn an sich. Mein Sohn. Mein armer, wunderschöner Sohn. Ich ließ die Pistole auf den Boden fallen und kletterte auf den Tisch. Ich nahm meinen Sohn in die Arme. Mein Sohn. Meine Schuld.

»Drück mich. Drück mich fest.«

Wie lange war ich schon da? Wie lange hielt ich ihn schon so, redete mit ihm, versuchte ihm zu versichern, daß ich alles täte, um es wiedergutzumachen, daß ich ihm helfen würde, bis ich ihre Stimme hörte? Lily.

»Max! Was tust du da? Geh runter von ihm! Hör auf! Komm sofort runter! O Gott!«

Ohne mir darüber klar zu sein, hatte ich meinen Kopf auf seine Brust gelegt und redete mit ihm, erzählte ihm Sachen. Ich weiß nicht mehr was. Zuerst hörte ich ihre Stimme, dann verstand ich, daß es ihre war, und dann erst konnte ich meinen Kopf heben und Lily ansehen. Sie stand so nah. Wie konnte ich sie nicht gehört haben, als sie hereinkam? Sie stand so nah, mit dem Vorhang in ihrer Hand. Ihre andere Hand lag auf ihrem Mund, und sie starrte mich an. In ihrem Blick waren Ekel, Mitleid und Haß zugleich.

»Komm runter von ihm! Bitte, Max, komm!«

Ich wollte gerade antworten, als ich über ihre Schulter hinweg das Mädchen sah. Sie muß draußen auf dem Korridor gestanden haben und ins Zimmer gekommen sein, als sie Lily schreien hörte.

Als sie mich auf Lincoln sah, rannte sie zu mir und griff mir in die Haare. Ich las, was auf ihrem T-Shirt stand: »Nine Inch Nails«. Es war dasselbe Hemd, das sie gestern getragen hatte, als Lincoln noch lebte. Dieselbe schmierige Hose und die Springerstiefel. Dasselbe weiße, stachelige Haar, das sechzehnjährige Gesicht. Little White.

Sie griff mir in die Haare, riß meinen Kopf zurück und schrie mich an, ich solle runterkommen! Komm runter! Mit der schrillen Stimme eines sechzehnjährigen Mädchens.

Ich ließ zu, daß sie an mir zog. Ich ließ zu, daß sie mich von Lincoln wegriß. Ich ließ es zu, denn als ich sie da sah, wie sie wirklich war, wie sie immer schon gewesen war, *wußte* ich alles. Sie hatte in meinem Inneren mit Gewalt unversehens ein grauenvolles Auge geöffnet, das jetzt die Wahrheit *erkannte*.

Erst da wußte ich es oder verstand es, oder was auch immer das richtige Wort sein mag. Ich wußte, daß dieses Mädchen sechzehn Jahre alt war und immer sechzehn Jahre alt gewesen war. Ich wußte, daß es keine Engel gab. Wußte, daß man mir vor wenigen Stunden eine letzte Möglichkeit gegeben hatte, meinen Sohn zu retten, aber daß ich sie wegen meiner Wut und meiner Ausflüchte nicht wahrgenommen hatte.

Es gab keinen Ort mehr für mich.

Was für ein Glück für Lincoln, daß er tot war.

Und er *war* tot.

105/1/9.93

Amerikanische Literatur in der edition suhrkamp und den suhrkamp taschenbüchern

Andrea Dworkin: Eis & Feuer. Roman. Aus dem Amerikanischen von Christel Dormagen. st 2229

Raymond Federman: Eine Liebesgeschichte oder sowas. Roman. Aus dem Amerikanischen von Peter Torberg unter Mitarbeit von Ingrid Werner. st 1788

– Die Nacht zum 21. Jahrhundert oder Aus dem Leben eines alten Mannes. Roman. Aus dem Amerikanischen von Gerhard Effertz. st 1849

– Surfiction: Der Weg der Literatur. Hamburger Poetik-Lektionen. Aus dem Amerikanischen von Peter Torberg. es 1667

Paul Goodman: Die Tatsachen des Lebens. Ausgewählte Schriften und Essays. es 1359

John Hawkes: Abenteuer unter den Pelzhändlern in Alaska. Roman. Aus dem Amerikanischen von Werner Schmitz. st 1795

– Der Kannibale. Aus dem Amerikanischen von Werner Schmitz. st 1951

– Travestie. Aus dem Amerikanischen von Jürg Laederach. es 1326

John Knowles: In diesem Land. Roman. Aus dem Amerikanischen von Uwe Johnson. st 1476

William Least Heat Moon: Blue Highways. Eine Reise in Amerika. Roman. Aus dem Amerikanischen von Dieter Hildebrandt. st 1621

Howard Phillips Lovecraft: Azathoth. Vermischte Schriften. Ausgewählt von Kalju Kirde. Aus dem Amerikanischen von Franz Rottensteiner. PhB 230. st 1627

– Berge des Wahnsinns. Zwei Horrorgeschichten. Deutsch von Rudolf Hermstein. PhB 258. st 1780

– Cthulhu. Geistergeschichten. Deutsch von H.C. Artmann. Vorwort von Giorgio Manganelli. Übersetzung des Vorworts von Gerald Bissinger. PhB 19. st 29

– Das Ding auf der Schwelle. Unheimliche Geschichten. Mit einem Nachwort von Kalju Kirde. Deutsch von Rudolf Hermstein. PhB 2. st 357

– Der Fall Charles Dexter Ward. Zwei Horrorgeschichten. Mit einem Nachwort von Marek Wydmuch. Deutsch von Rudolf Hermstein. PhB 8. st 391

– Der Fall Charles Dexter Ward. Eine Horrorgeschichte. Deutsch von Rudolf Hermstein. PhB 260. st 1782

– Der Flüsterer im Dunkeln. Eine Horrorgeschichte. Deutsch von Rudolf Hermstein. PhB 259. st 1781

– Das Grauen im Museum und andere Erzählungen. Ausgewählt von Kalju Kirde. Aus dem Amerikanischen von Rudolf Hermstein. PhB 136. st 1067

105/2/11.92

Amerikanische Literatur in der edition suhrkamp und den suhrkamp taschenbüchern

Howard Phillips Lovecraft: In der Gruft und andere makabre Erzählungen. Deutsch von Michael Walter. PhB 71. st 779

– Die Katzen von Ulthar und andere Erzählungen. Herausgegeben von Kalju Kirde. Deutsch von Michael Walter. PhB 43. st 625

– Lovecraft-Lesebuch. Herausgegeben von Franz Rottensteiner. Mit einem Essay von Barton Levi St. Armand. PhB 184. st 1306

– Der Schatten aus der Zeit. Erzählung. Aus dem Amerikanischen von Rudolf Hermstein. st 1939

– Schatten über Innsmouth. Eine Horrorgeschichte. Deutsch von Rudolf Hermstein. PhB 261. st 1783

– Stadt ohne Namen. Horrorgeschichten. Mit einem Nachwort von Dirk W. Mosig. Deutsch von Charlotte Gräfin von Klinckowstroem. PhB 52. st 694

– Die Traumsuche nach dem unbekannten Kadath. Eine Erzählung. Aus dem Amerikanischen von Michael Walter. st 1556

Howard Phillips Lovecraft / August Derleth: Die dunkle Brüderschaft. Unheimliche Geschichten. Aus dem Amerikanischen von Franz Rottensteiner. PhB 173. st 1256

– Das Grauen an der Schwelle. Aus dem Amerikanischen von Michael Koseler. st 2287

Harry Mathews: Zigaretten. Roman. Aus dem Amerikanischen von Werner Schmitz. st 2268

Dan McCall: Jack der Bär. Roman. Aus dem Amerikanischen von Harry Rowohlt. st 699

Walker Percy: Der Idiot des Südens. Roman. Deutsch von Peter Handke. st 1531

– Liebe in Ruinen. Die Abenteuer eines schlechten Katholiken kurz vor dem Ende der Welt. Aus dem Amerikanischen von Hanna Muschg. st 614

– Die Wiederkehr. Roman. Aus dem Amerikanischen von Sabine Hübner. st 1899

J. J. Phillips: Mojo Hand. Eine orphische Geschichte. Aus dem Amerikanischen von Barbara Henninges. es 1574

Padgett Powell: Edisto. Roman. Aus dem Amerikanischen von Harry Rowohlt. es 1332

– Eine Frau mit Namen Drown. Roman. Aus dem Amerikanischen von Harry Rowohlt. es 1516

Reynolds Price: Kate Vaiden. Roman. Aus dem Amerikanischen von Melanie Walz. st 2216

105/3/11.92

Amerikanische Literatur in der edition suhrkamp und den suhrkamp taschenbüchern

Adrienne Rich: Um die Freiheit schreiben. Beiträge zur Frauenbewegung. Aus dem Amerikanischen von Barbara von Bechtolsheim. es 1583

Cordwainer Smith: Herren im All. Erzählungen. Aus dem Amerikanischen von Rudolf Hermstein. st 1932

Gertrude Stein: Zarte Knöpfe. Deutsche Übertragung von Marie-Anne Stiebel unter Mitarbeit von Klaus Reichert. Mit einer Nachbemerkung von Klaus Reichert. st 1920

Edith Wharton: Gespenstergeschichten. Aus dem Amerikanischen von Andreas Vollstädt. PhB 268. st 1806

Who's sleeping in my brain? Interviews – Kurzgeschichten. Herausgegeben von Judith Ammann. es 1219

John Edgar Wideman: Bruder und Hüter. Aus dem Amerikanischen von Peter Bartelheimer. st 1818

105/4/11.92

252/1/7.93

Phantastische Bibliothek in den suhrkamp taschenbüchern

Franke: Die Glasfalle. PhB 295. st 2169
– Der grüne Komet. PhB 231. st 1628
– Schule für Übermenschen. PhB 58. st 730
– Sirius Transit. PhB 30. st 535
– Tod eines Unsterblichen. PhB 69. st 772
– Transpluto. PhB 82. st 841
– Ypsilon minus. PhB 3. st 358
– Zarathustra kehrt zurück. PhB 9. st 410
– Zentrum der Milchstraße. PhB 244. st 1695
– Zone Null. PhB 35. st 585
Grin: Wogengleiter. PhB 274. st 1830
Der Insektenmann. PhB 240. st 1666
Irwin: Der arabische Nachtmahr. PhB 304. st 2266
Ist Gott ein Taoist? Und andere Rätsel. PhB 162. st 1214
James: Dreizehn Geistergeschichten. PhB 247. st 1705
Kellermann: Der Tunnel. PhB 179. st 1283
Künstliche Menschen. PhB 308. st 2293
Lem: Also sprach GOLEM. PhB 175. st 1266
– Altruizin und andere kybernetische Beglückungen. PhB 163. st 1215
– Die Astronauten. PhB 16. st 441
– Frieden auf Erden. PhB 220. st 1574
– Imaginäre Größe. PhB 47 . st 658
– Irrläufer. PhB 285. st 1890
– Die Jagd. PhB 18. st 302
– Das Katastrophenprinzip. PhB 125. st 999
– Lokaltermin. PhB 200. st 1455
– Mehr phantastische Erzählungen des Stanisław Lem. PhB 232. st 1636
– Memoiren, gefunden in der Badewanne. PhB 25. st 508
– Der Mensch vom Mars. PhB 291. st 2145
– Eine Minute der Menschheit. PhB 110. st 955
– Mondnacht. PhB 57. st 729
– Nacht und Schimmel. PhB 1. st 356
– Phantastik und Futurologie I. PhB 122. st 996
– Die phantastischen Erzählungen. PhB 210. st 1525
– Die Ratte im Labyrinth. PhB 73. st 806
– Robotermärchen. PhB 85. st 856
– Der Schnupfen. PhB 33. st 570
– Sterntagebücher. PhB 20. st 459
– Die Stimme des Herrn. PhB 97. st 907
– Terminus und andere Geschichten des Piloten Pirx. PhB 61. st 740
– Die Untersuchung. PhB 14. st 435
– Vom Nutzen des Drachen. PhB 297. st 2199
– Waffensysteme des 21. Jahrhunderts. PhB 124. st 998
– Wie die Welt noch einmal davonkam. PhB 158. st 1181

252/2/7.93

Phantastische Bibliothek
in den suhrkamp taschenbüchern

Lovecraft: Azathoth. PhB 230. st 1627
– Cthulhu. PhB 19. st 29
– Das Ding auf der Schwelle. PhB 2. st 357
– Der Fall Charles Dexter Ward. PhB 8. st 391
– Das Grauen im Museum. PhB 136. st 1067
– In der Gruft und andere makabre Erzählungen. PhB 71. st 779
– Die Katzen von Ulthar. PhB 43. st 625
– Lovecraft-Lesebuch. PhB 184. st 1306
– Der Schatten aus der Zeit. PhB 281. st 1939
– Stadt ohne Namen. PhB 52. st 694
– Die Traumsuche nach dem unbekannten Kadath. PhB 287. st 1556
Lovecraft / Derleth: Die dunkle Brüderschaft. PhB 173. st 1256
– Das Grauen an der Schwelle. PhB 307. st 2287
Der Einsiedler von Providence. PhB 290. st 1626
Morselli: Licht am Ende des Tunnels. PhB 298. st 2207
Pakleppa: Die Himmelsjäger. PhB 299. st 2214
Phantastische Aussichten. PhB 160. st 1188
Phantastische Welten. PhB 137. st 1068
Quiroga: Geschichten von Liebe, Irrsinn und Tod. PhB 248. st 1711
Ray: Malpertuis. PhB 165. st 1223
Der Riß am Himmel. PhB 296. st 2175
Rubião: Der Feuerwerker Zacharias. PhB 292. st 2151
Schefner: Bescheidene Genies. PhB 246. st 1704
Die Sirene. PhB 253. st 1688
Smith: Herren im All. PhB 280. st 1932
Springer: Leonardos Dilemma. PhB 271. st 1821
Strugatzki / Strugatzki: Die bewohnte Insel. PhB 282. st 1946
– Die dritte Zivilisation. PhB 294. st 2163
– Der ferne Regenbogen. PhB 111. st 956
– Fluchtversuch. PhB 89. st 872
– Die gierigen Dinge des Jahrhunderts. PhB 79. st 827
– Die häßlichen Schwäne. PhB 177. st 1275
– Der Junge aus der Hölle. PhB 238. st 1658
– Eine Milliarde Jahre vor dem Weltuntergang. PhB 186. st 1338
– Mittag. 22. Jahrhundert. PhB 305. st 2272
– Montag beginnt am Samstag. PhB 72. st 780
– Picknick am Wegesrand. PhB 49. st 670
– Troika. PhB 300. st 2221
– Die Wellen ersticken den Wind. PhB 206. st 1598
– Die zweite Invasion der Marsianer. PhB 139. st 1081

252/3/7.93

Phantastische Bibliothek in den suhrkamp taschenbüchern

Turner: Sommer im Treibhaus. PhB 272. st 1822

Von den Vampiren und Menschensaugern. PhB 306. st 2281

Wharton: Gespenstergeschichten. PhB 268. st 1806

Wyndham: Kuckuckskinder. PhB 277. st 1893

Zondergeld: Lexikon der phantastischen Literatur. PhB 91. st 880

252/4/7.93